KB167312

성채 2

The Citadel

THE CITADEL
by A. J. Cronin

Copyright © 1937 by A. J. Cronin
Copyright © renewed 1965 by A. J. Cronin
All rights reserved.

Korean Translation Copyright © 2009 by Minumsa

Korean translation rights arranged with A. J. Cronin
c/o A. M. Heath through EYA(Eric Yang Agency).

이 책의 한국어 판 저작권은 EYA를 통해
A. M. Heath와 독점 계약한 (주)민음사에 있습니다.

저작권법에 의해 한국 내에서 보호를 받는 저작물이므로
무단 전재와 무단 복제를 금합니다.

세계문학전집 216

성채 2

The Citadel

A. J. 크로닌

이은정 옮김

민음사

차례

1권 차례

3부

1

석탄 및 기타 광산 노무 사무국은 웨스트민스터 공원에서 그리 멀지 않은 임뱅크먼트에 위치한 웅장하고 인상적인 회색 석조 건물 안에 있었다. 통상부, 광산부도 한 건물에 있는데, 이 두 부서는 사무국 관할권에 대해 서로 잊고 지내다가 격렬히 싸우기를 반복했다.

8월 14일 상쾌하고 맑은 아침 앤드루는 건강한 육체와 넘치는 의욕을 한껏 느끼며 이 건물 계단을 뛰어 올라가고 있었다. 그의 눈빛은 런던을 정복하려는 정복자의 눈빛처럼 야심만만했다.

"저는 새로운 의무관입니다."

그가 사무국 제복을 입은 수위에게 이렇게 외쳤다.

"아, 그러시군요." 아버지처럼 인자한 풍모의 수위가 말했다.

마치 기다렸다는 듯 그를 대하는 수위의 태도에 앤드루는 뿌듯함을 느꼈다. "사무국의 길 씨를 만나시죠. 존스! 새로 오신 의사 선생님을 길 씨의 방으로 안내해 드리게."

앤드루는 천천히 올라가는 승강기 밖으로 녹색 타일을 붙인 복도며 많은 방들, 사무국 제복을 입은 사람들을 보았다. 이윽고 그는 커다랗고 햇볕 잘 드는 방으로 안내되어 길이라는 사람과 악수를 나누었다. 그는 앤드루를 맞기 위해 일어서며 《타임스》를 책상에 내려놓았다.

"조금 늦었습니다." 앤드루가 경쾌한 음성으로 입을 열었다. "죄송합니다! 어제 프랑스에서 돌아와서요. 그러나 언제라도 일은 시작할 수 있습니다."

"좋소."

명랑해 보이는 상대는 작은 체구에 금테 안경을 쓰고 목사의 제복 같은 깃이 달린 짙푸른색 양복에 감청색 넥타이를 매고 있었으며 넥타이에는 납작한 금빛 넥타이핀이 꽂혀 있었다. 그리고 반지를 끼고 있었다. 그는 뭔가 확인하려는 눈빛으로 꼼꼼하게 앤드루를 뜯어보았다.

"앉으시오! 차 한잔 드시겠소? 아니면 뜨거운 우유라도? 나는 보통 11시에 마시지만. 아, 그러고 보니 11시가 다 되었군."

"아, 네." 앤드루는 머뭇거리다 이내 표정을 밝게 하고 대답했다. "그럼 그동안 제가 해야 할 일에 대해 말씀해 주십시오."

오 분 뒤 사무국 직원이 차 한 잔과 뜨거운 우유 한 컵을 가져오며 길에게 말했다.

"제 생각엔 저쪽이 좋을 것 같습니다. 펄펄 끓였거든요."

"고맙네, 스티븐스." 스티븐스가 방을 나가자 길은 웃으면서 앤드루를 돌아보았다. "솜씨 좋은 친구요. 버터 바른 맛 좋은 토스트도 만들 줄 알고. 이런 곳에서는 저런 일등 급사를 구하기가 힘들죠. 이 건물에는 온갖 부처가 모여 있어서요. 내무부, 광산부, 통상부. 나로 말할 것 같으면." 길이 다소 자만하는 투로 헛기침을 했다. "해군 본부에서 파견되어 왔소."

앤드루가 뜨거운 우유를 한 모금 마신 뒤 자신의 일에 대해 듣기를 기대하는 동안 길은 느긋하게 날씨, 브르타뉴, 공무원의 연금 계획, 멸균의 효능 따위에 대한 화제를 늘어놓았다. 그러더니 자리에서 일어나 앤드루가 사용할 방으로 그를 안내했다.

이 방 역시 따뜻한 색의 양탄자가 깔려 있고 아늑한 데다 햇볕이 잘 들었으며 강이 내려다보여서 전망이 최고였다. 창유리에는 커다란 금파리 한 마리가 붙어서 아득하게 향수를 불러일으키는 소리를 내고 있었다.

"내가 특별히 이 방을 골랐죠." 길이 쾌활하게 말했다. "실내 배치를 약간 바꿨어요. 저기 개방형 석탄 벽난로는 겨울에 쓸모가 있죠. 어때요, 마음에 드시오?"

"그럼요, 훌륭한 방입니다. 다만……."

"자, 이제 비서를 소개해 드리죠. 메이슨 양입니다."

길이 문을 두드린 다음 방문 손잡이를 돌리자 메이슨 양이 보였다. 나이는 들어 보이지만 예쁘장하고 차분한 인상에 단정한 옷차림의 아가씨가 작은 책상에 앉아 있었다. 그녀 역시 읽고 있던 《타임스》를 내려놓고 자리에서 일어섰다.

"안녕하시오, 메이슨 양."

"안녕하세요, 길 씨."

"메이슨 양, 이분은 맨슨 박사요."

"처음 뵙겠습니다, 맨슨 박사님."

앤드루는 계속되는 인사 때문에 머리가 약간 어질했지만 이내 정신을 차리고 대화에 끼어들었다.

오 분 후 길이 방을 나가며 호쾌한 말투로 말했다.

"이따가 서류를 몇 개 보내 드리죠."

잠시 후 스티븐스가 정중하게 서류를 가져왔다. 토스트를 만들고 우유를 배달하는 소질 외에도 스티븐스는 이 건물 안에서 최고의 서류 배달꾼이었다. 그는 한 시간마다 서류를 싸안고 들어와서는 책상 위 '미결'이라고 쓰인 칠기 함에 얌전하게 내려놓으면서 눈으로는 '기결'이라고 표시된 곳에서 가져갈 서류가 없나 열심히 살폈다. 그리고 기결함이 비어 있을 때는 무척 실망하는 모습이었다. 이런 슬픈 일이 생기면 그는 풀이 죽어 슬그머니 나가곤 했다.

앤드루는 어리둥절하고 불안해하며 서류를 분주하게 검토했다. 노무 사무국의 회의록인데 온통 지루하고 별로 중요하지 않은 내용뿐이었다. 이윽고 그는 메이슨 양을 불러 귀찮게 이것저것 물어 보았다. 하지만 내무부 냉동육류 조사국에서 파견되었다는 메이슨 양은 제한된 정보밖에는 갖고 있지 못했다. 그녀는 사무국 하키 팀에 관해 설명하면서 "물론 여자 팀이죠, 맨슨 박사님."이라고 덧붙인 후 자신이 부주장이라고 귀띔했다. 그러면서 원한다면 자신의 《타임스》를 빌려 주겠다고 말했다. 그녀의 눈빛은 그에게 '제발 느긋하세요.'라고 말하는 것 같았다.

하지만 앤드루는 느긋할 수가 없었다. 휴가에서 막 돌아온데다 일이 그리웠기 때문에 사무국의 양탄자 위를 초조하게 서성거렸다. 그러다가 창밖으로 예인선이 쏜살같이 달려가고 긴 행렬의 석탄 운반선이 물을 튀기며 쫓아가는 강의 활기찬 풍경을 바라보기도 했다. 이윽고 그는 길의 사무실로 내려갔다.

"언제부터 일을 시작하게 되는 겁니까?"

앤드루의 느닷없는 질문에 길이 자리에서 벌떡 일어났다.

"아, 맨슨 씨. 이렇게 사람을 깜짝 놀라게 하다니! 제가 한 달은 족히 검토할 수 있을 정도의 서류를 드렸다고 생각했는데요." 그가 손목시계를 들여다보았다. "자, 함께 나가시죠. 점심시간이군요."

앤드루가 저민 양고기를 먹는 동안 길은 김 나는 생선 요리를 먹어 가며 9월 18일까지는 다음 사무국 회의가 열리지 않을 거라고 말했다. 챌리스 교수는 노르웨이에 가 있고, 모리스 개즈비 박사는 스코틀랜드에, 사무국 의장인 윌리엄 듀어 경은 독일에, 그리고 자기 직속 상관인 블래즈 씨는 가족과 프린턴에 있기 때문이라고 했다.

그날 저녁 집으로 돌아오면서 앤드루는 미로에 갇힌 것처럼 머릿속이 복잡했다. 가구는 아직 창고에 보관되어 있고, 그들은 돌아다녀 보면서 적당한 집을 구할 때까지 한 달가량 얼스코트의 가구 딸린 아파트에서 살고 있었다.

"믿을 수 있겠어, 크리스? 그 사람들은 아직 내가 할 일에 대해 준비조차 하지 않았더라고. 한 달 내내 우유나 마시고 《타임스》나 읽고 서류에 서명이나 하고…… 아! 노처녀 메이슨 양이랑 하키 따위나 얘기하게 생겼어."

"이봐요, 맨슨 씨, 괜찮다면 대화의 주제를 당신 아내로만 한정시킬 수 없을까요? 그건 그렇고 여기 정말 좋아요. 애버릴로에 살다 와서 그런진 몰라도. 오늘 오후에 첼시까지 원정을 나갔다 오지 않았겠어요. 토머스 칼라일의 저택이 어디인지도 알아냈고요, 테이트 갤러리도 봤어요. 참, 그리고 우리가 해야 할 일들을 계획해 봤는데, 몇 푼만 들이면 증기선을 타고 큐까지 갈 수 있어요. 거기 있는 멋진 정원도 가 봐요. 그리고 다음 달에는 앨버트 홀에서 크라이슬러 연주회가 있고, 아, 그리고 기념비도 봐야 해요. 왜 사람들이 그걸 보면 웃는지 알아내야죠. 그리고 뉴욕 시어터 길드의 연극도 하는데 언제 함께 점심 먹고 공연을 보면 멋지지 않겠어요?" 크리스틴이 조그맣고 활기 넘치는 손을 쭉 뻗었다. 앤드루는 크리스틴이 그렇게 흥분하는 모습을 별로 본 적이 없었다. "여보, 우리 외식해요. 이 거리에 러시아 레스토랑이 있는데, 아주 좋아 보였어요. 물론 당신이 너무 피곤하지만 않다면……."

"그런데 말이야." 그를 문가로 잡아끄는 크리스틴을 가볍게 제지하며 앤드루가 말했다. "난 당신이 우리 집에서 가장 무미건조한 사람일 줄로만 알았는데 이게 웬일이지, 크리스? 어쨌든 오늘 하루 고생을 했으니 저녁에는 활기차게 보내야지."

이튿날에도 앤드루는 책상에 앉아 모든 서류를 읽고 일일이 서명을 하고 11시쯤부터 벌써 방 안을 서성거렸다. 그러다 이 새 둥지 같은 사무실이 너무 좁게만 느껴져서 규정을 위반하고 건물을 탐험해 보기로 했다. 맨 위층으로 올라갈 때까지는 시체 없는 시체실처럼 흥미로울 게 없었다. 그런데 꼭대기 층에 있는 긴 방에 들어서니 절반 정도 실험 장비가 갖추어져 있는 곳에 얼룩이 묻은 길고 하얀 가운을 입은 웬 젊은이가 한때 유황을 담아 두었을 법한 상자 위에 걸터앉아 우울한 표정으로 손톱을 깎고 있었다. 입에 문 담배는 가뜩이나 니코틴으로 누렇게 된 윗입술을 더욱 누렇게 만들고 있었다.

"계십니까!"

앤드루가 소리쳤다.

상대방은 아무 반응도 없다가 심드렁하게 대꾸했다.

"길을 잃었군요. 승강기는 오른쪽 세 번째 칸이에요."

앤드루는 실험대에 몸을 기댄 채 주머니에서 담배를 꺼냈다. 그리고 물었다.

"여기까지 차(茶)를 갖다 줍니까?"

젊은 남자가 처음으로 고개를 들었다. 얼룩 묻은 가운의 깃이 아무렇게나 뒤집힌 모습과는 어울리지 않게 칠흑처럼 까맣고 윤기 흐르는 머리카락을 단정하게 빗은 청년이었다.

"흰쥐에게만 주죠." 그가 흥미진진한 표정으로 대답했다. "찻잎은 특히 흰쥐에게 영양분이 되니까요."

앤드루가 웃었다. 아무래도 이 까만 머리는 그보다 다섯 살은 어려 보였다. 앤드루가 자기소개를 했다.

"난 맨슨이라고 하오."

"역시 우려한 대로군요. 당신도 잊힌 사람이 되기 위해 이곳으로 왔군요." 그가 잠시 말을 멈췄다. "난 호프라고 합니다. 적어도 나는 내게 희망(Hope)이 있을 거라고 믿죠. 당분간은 연기했지만요."

"여기에서 뭘 하시오?"

"그건 하늘과 빌리 버튼만 알죠. 듀어 씨 말입니다! 이따금 여기 앉아서 생각을 해요. 하지만 대개는 그저 앉아만 있을 뿐이죠. 그들이 내게 광부의 부패한 살 덩어리를 가져와 폭발의

원인을 묻지 않을 때는.”

“그럼 당신이 의견을 말해 주는 겁니까?”

앤드루가 정중하게 물었다.

“아니요, 방귀나 한 대 뀌어 주죠!”

호프가 거칠게 대답했다.

이렇게 욕설을 뱉고 보니 서로 기분이 좀 나아져서 두 사람은 함께 점심을 먹으러 나갔다. 호프의 설명에 의하면 점심을 먹으러 나가는 것이 유일한 일과이기 때문에 하루 종일 그 생각만 하게 된다고 했다. 호프는 앤드루에게 다른 이야기도 들려주었다. 자신은 버밍엄 대학을 거쳐 케임브리지 대학을 졸업하고 장학생으로 백하우스 연구소에 들어갔는데, 그러다 보니 — 그는 멋쩍게 웃었다. — 종종 판단 착오를 하는 것 같다고 말했다. 그렇지 않고서야 듀어 교수가 다소 성가시게 권유했기로서니 이렇게 광산 사무국에서 근무하고 있겠냐는 것이다. 이곳에서는 어느 실험이든 단순한 기계를 조작하는 일 외에 특별히 하는 일은 없다고 했다. 스스로 “미치광이 놀음”이라고 단적으로 표현한 사무국의 나태하고 무기력한 분위기 속에 계속 있다가는 자신이 정말로 미치고 말 거라며 그것이 이 나라 연구 기관의 전형적인 모습이라고 덧붙였다. 몇몇 저명한 얼간이들에 의해 좌우되고, 어떤 한 방향으로만 끌고 가려고 싸움질하기 바쁜 형국이라고. 호프는 자기가 하고 싶은 일보다 이리저리 끌려다니면서 명령받은 일만 하며, 그나마도 간섭이 심해 육 개월 동안 한 가지 일을 한 적이 없다고 했다.

그는 미치광이 놀음인 협의회에 대해 간단히 설명해 주었다. 비실거리지만 고집이 센, 아흔 살이 넘은 의장 윌리엄 듀어

경은 주요 부위의 단추를 채우지 않는 버릇이 있어서 빌리 버튼이라는 별명으로 불렸다. 늙은 빌리 버튼은 영국에 있는 모든 과학 관련 단체의 회장을 싹쓸이하고 있었다. 게다가 「어린이를 위한 과학」이라는 시끌벅적한 인기 라디오 프로그램까지 맡고 있었다.

그리고 학생들 사이에서 '경주마'라는 그럴싸한 별명으로 유명한 휘니 교수, 자신이 라블레*에다 파스퇴르라도 되는 양 굴지만 않으면 그리 밉지 않은 챌리스 교수, 그리고 모리스 개즈비 박사에 대한 이야기를 들려주었다.

"개즈비를 아십니까?"

호프가 물었다.

"만난 적이 있죠."

앤드루는 시험의 기억을 되살려 대답했다.

"그는 '우리의 모리스'죠." 호프가 씁쓸한 표정으로 말했다. "어디서든 나서기 좋아하는 사람이에요. 어디든지 끼어들고. 요즘에는 영국 약사협회에도 기웃거린다고 하더군요. 아주 영리한 사람이긴 한데 정작 연구에는 관심이 없어요. 오로지 자기를 알리는 데만 관심이 있지요." 호프가 갑자기 웃음을 터뜨렸다. "로버트 애비가 개즈비에 대해 잘 알죠. 개즈비는 우둔살스테이크 클럽에 들어가고 싶어 했어요. 런던의 식도락가 동호회 중 하나인데 저명인사들로 구성된 꽤 유명한 모임이죠! 그런데 마음씨 좋은 애비가, 이유는 모르지만 개즈비를 위해 최선을 다해 주겠다고 약속했던 모양이에요. 그러고 나서 일주

---

* 프랑스의 풍자 작가.

일 후 개즈비가 애비를 만나서 '입회가 되었는가?' 하고 물었답니다. 그랬더니 애비가 '자네는 안 되겠어.'라고 대답했대요. 개즈비가 화가 나서 '내가 거절당한 것은 아니겠지?' 소리쳤더니 애비는 '거절당했네.'라며 솔직히 털어놓았답니다. 그러면서 '이봐, 개즈비! 자넨 캐비아 접시도 본 적이 없지 않은가?'라고 말했대요." 호프는 몸을 젖히고 큰 소리로 웃었다. 잠시 후 그가 덧붙였다. "애비 경도 이사회 회원이기는 한데, 그분은 인품이 훌륭한 분이죠. 이곳의 상황을 너무 뻔히 알기 때문에 자주 참석하지는 않지만요."

이 만남이 계기가 되어 앤드루와 호프는 그 후 여러 번 점심 식사를 함께 했다. 대학생 같은 패기를 지닌 호프는 천성이 경박하기는 하지만 머리 하나는 타고난 것 같았다. 다소 예의가 없어 보여도 건전한 사고를 가진 청년이었다. 앤드루는 그가 언젠가는 대단한 일을 해낼 거라고 확신했다. 사실 호프는 이따금 진지한 표정으로 그가 계획하고 있는 진짜 연구, 즉 소화 효소의 분리에 관한 연구를 다시 시작하고 싶다는 열의를 피력하곤 했다.

가끔 그들의 점심 식사에 길이 끼어들기도 했다. 길에 대한 호프의 평가는 특이했다. 그는 길이 착한 어린애 같은 사람이라고 했다. 삼십 년이 되는 공무원 생활로 얼굴이 두꺼워지기는 했지만 ─ 그는 급사에서 출발해서 한 부서의 장이 되었다. ─ 속마음은 선한 사람이었다. 그리고 사무실에서는 기름을 듬뿍 먹여 잘 작동되는 작은 기계처럼 일했다. 그는 매일 아침 선베리에서 기차를 타고 출근해서 특별한 일로 늦어지지 않는 한 매일 저녁 같은 기차를 타고 퇴근했다. 선베리에는 아내와 세 딸이 있고, 그가 손수 장미를 기르는 작은 정원이 딸린 집이 있었다. 겉으로 보면 모범적인 교외 거주자의 완벽한 틀대로 살아가는 사람 같았다. 하지만 한 꺼풀 벗겨 보면, 겨울철의 그레이트 야머스를 좋아해서 12월이면 항상 그곳에서 휴가를 보내고 『하지 바바』*라는 책을 성서처럼 여겨서 거의 외우다시피할 정도이며 십오 년째 동호회의 회원으로 활동하고 순진할 만큼 동물원의 펭귄에게만 관심을 갖는 진짜 길이 존재했다.

가끔 그들의 식사 자리에 크리스틴이 합석할 때도 있었다. 길은 공무원답게 정중하게 행동함으로써 스스로 돋보이려고 했고, 호프까지도 놀랄 정도로 신사답게 행동했다. 호프는 맨슨 부인을 만난 후로 전보다 망나니 같은 행동을 자제하게 되었다고 너스레를 떨었다.

손에서 모래알이 빠져나가듯 하루가 빨리 지나갔다. 앤드루는 사무국 회의가 열리기를 기다리는 한편 크리스틴과 런던을 탐험하며 시간을 보냈다. 그들은 증기선을 타고 리치먼드까지 여행을 했다. '올드 빅'이라는 극장에도 가 보았다. 자정이면 커피 행상이 운치를 더하는 유원지 햄스테드 히스의 흥분과 번잡함도 맛보았다. 승마 도로인 로튼 거리를 거닐고 서펜타인 연못에서 노 젓는 배를 타 보기도 했다. 소호에 대해 갖고 있었던 착각도 바로잡았다. 지하철을 타기 전 더 이상 지하철 안내도를 보지 않아도 되었을 때 그들은 비로소 런던 시민이 된 것 같았다.

---

* 영국 작가 제임스 모리어의 소설 『이스파한의 하지 바바』.

2

9월 18일 오후 기다리고 기다리던 광산 노무 사무국의 총회가 열렸다. 앤드루는 길과 호프 옆에 앉아 호프가 장난스럽게 자신을 힐끗거리는 것을 의식하면서 금박으로 돌림띠를 두른 회의실로 들어오는 회원들을 주시했다. 휘니, 랜슬롯 도드캔터베리 박사, 챌리스, 로버트 애비 경, 개즈비 그리고 마지막으로 빌리 버튼 듀어가 들어왔다.

듀어가 입장하기 전에 애비와 챌리스가 앤드루에게 말을 걸었다. 애비는 조용히 한마디 말로, 챌리스 교수는 과장된 말로 호들갑스럽게 임명을 축하했다. 듀어는 들어오자마자 특유의 높은 목소리로 길에게 소리쳤다.

"새로 부임한 의무관은 어디 있나, 길? 맨슨 박사는 어디 있는 거야?"

당황한 앤드루는 주춤주춤 자리에서 일어섰다. 호프의 귀띔으로 예상은 했지만 그 이상이었다. 빌리는 작은 키에 허리가 구부정하고 털이 많았다. 낡은 옷에 조끼는 밑으로 축 늘어져 있고, 초록빛이 도는 외투 주머니는 신문과 각 협회에서 받은 소책자와 서류 따위로 불룩했다. 그에게는 재산도 많고 딸들도 여럿이고 그중 한 명은 백만장자와 결혼을 해서 그가 이런 모습으로 다닐 이유는 없었지만 언제나 게으르고 늙은 원숭이처럼 차리고 다녔다.

"1880년대에 퀸스에서 나와 함께 지냈던 맨슨이란 친구가 있었네."

그는 인사말 대신 옛날 이야기를 꺼냈다.

"여기 앉아 있습니다, 박사님."

호프가 덤덤하게 중얼거렸다.

빌리가 그 말을 들은 것 같았다.

"자네가 어떻게 그를 알고 있지, 호프 박사?" 빌리는 코끝에 걸친 도시풍의 금속 테 코안경 너머로 눈을 가늘게 뜨고 호프를 바라보았다. "자넨 그때 강보에 싸여 있지도 않았어. 히! 히!"

그는 히죽거리면서 테이블의 상석에 마련된 자신의 자리로 외투 자락을 펄럭이며 걸어갔다. 이미 자리에 앉은 동료들은 아무도 그에게 눈길을 주지 않았다. 이 사무국의 운영 기법 중 하나가 도도하게 타인에게 무관심한 것이었다. 그렇다고 해도 빌리는 전혀 아랑곳하지 않았다. 그는 주머니에서 신문을 한 뭉치 잡아 빼고 물병에서 물을 따라 마신 다음 앞에 놓여 있는 작은 의사봉을 들어 테이블을 탕탕 내려쳤다.

"여러분! 여러분! 이제 길 군이 회의록을 낭독할 겁니다."

이사회의 서기 노릇을 하는 길이 재빨리 지난번 회의의 회의록을 낭독하기 시작했다. 빌리는 낭독에 전혀 귀를 기울이지 않고 신문을 뒤적거리거나 눈을 깜빡이며 이사진 사이에 앉아 있는 앤드루를 인자하게 내려다보다가 여전히 그를 1880년대 퀸스의 맨슨과 연관시켜 보았다.

마침내 길이 낭독을 마쳤다. 빌리는 즉시 의사봉을 집어 들었다.

"여러분! 오늘은 특히 우리와 함께할 신임 의무관을 맞게 되어 기쁘기 그지없습니다. 기억하기로 나는 1904년엔가 사무국 소속의 종신 의무관이 필요하다고 강조했습니다. 우리가 이따금 쓱싹해 오는, 히히, 백하우스 연구소에서 이따금 쓱싹해

오는 병리학자의 견실한 조력자로서 말입니다. 말이 나온 김에 나는 오늘 이 자리를 빌려 젊은 친구 호프 박사, 히히, 우리가 대단히 의지하고 있는 그의 성실성에 대해 경의를 표하는 바입니다. 내가 기억하는 바로 최근 1889년에······."

그때 로버트 애비 경이 그의 말을 가로막았다.

"이사회의 다른 회원들도 의장님과 함께 진심으로 맨슨 박사의 규폐증 논문에 대해 찬사를 보내고 있으리라 확신합니다. 대단한 인내심과 독창성으로 이뤄 낸 임상적인 연구라고 저 역시 생각하고 있습니다. 이사회 여러분이 잘 아시다시피 그의 논문은 우리 산업과 관련된 입법 활동에 막대한 영향을 끼칠 것으로 판단하기 때문입니다."

"맞소! 맞고말고!"

챌리스가 자신의 피후견인을 추어올리느라 우렁찬 목소리로 외쳤다.

"내가 하려는 말이 바로 그 말이었네, 로버트." 빌리가 토라진 듯 말했다. 애비는 빌리보다 나이가 한참 아래고 빌리한테는 제자뻘이었기 때문에 그가 자신의 말을 가로챈 것은 마땅히 꾸지람을 해도 괜찮았다. "우리가 지난번 회의에 그 문제를 가지고 논의했을 때 가장 먼저 맨슨 박사의 이름이 거론되었소. 그가 이 문제를 최초로 공론화했기 때문에 마땅히 그 조사 기회도 그에게 돌아가야 합니다. 여러분, 우리 그의 성공을 기원합시다." 빌리는 앤드루의 공적을 언급하면서 테이블을 따라 시선을 옮기다 앤드루에게 닿자마자 눈동자를 반짝였다. "맨슨 박사가 전국의 모든 무연탄 탄광을 조사하고, 나아가 그 조사가 모든 광산으로 확대될 수 있기를 빕니다. 또한 우리는 그에게 모든 광부들에 대한 임상적 조사를 할 수 있는 기회를 부여해야 할 것입니다. 우리는 그에게 모든 편의를 제공할 것입니다. 우리의 젊은 친구 호프 박사의 숙련된 세균학 지식도 유익하게 쓰일 것입니다. 다시 말해, 여러분! 우리는 신임 의무관이 분진 흡입이라는 이 중요한 연구를 발판으로 종내에는 과학적이고 행정적인 결론에 도달하도록 어떠한 지원도 아끼지 말아야 할 것입니다."

앤드루는 남몰래 짧은 숨을 들이마셨다. 이 얼마나 멋진 일인가! 그가 희망했던 것보다 훨씬 순조롭게 진행되고 있었다. 이사회는 그에게 재량권을 주고, 그들의 막강한 권한으로 지원해 주며, 자유롭게 임상 조사를 하도록 허락할 모양이었다. 그들은 모두 천사였다. 그중에서도 빌리는 가브리엘 대천사였다.

"하지만 여러분." 빌리가 갑자기 목소리를 높이더니 외투 주머니에서 다른 서류를 끄집어 들었다. "맨슨 박사가 그 문제를 착수하기 전에, 그 문제에 노력을 집중할 수 있게 허가를 내리기 전에, 여기 더 다급한 문제가 있습니다. 나는 그가 이 문제부터 착수해야 한다고 생각합니다."

빌리가 잠시 말을 멈췄다. 앤드루는 심장이 오그라드는 것만 같았고, 빌리가 다시 말을 시작하자 서서히 밑으로 꺼지는 것 같았다.

"통상부의 빅스비 박사가 내게 계속해서 지적해 왔는데, 산업 현장에서 사용하는 응급 처지 장비의 규격이 개탄스러울 만큼 통일되어 있지 않답니다. 물론 현행 법규에 의한 규정이 있기는 하지만 고무줄처럼 제멋대로라서 불만족스럽습니다. 예를 들면 붕대의 크기와 직조 방법, 길이, 재질은 물론이고 부목의 종류도 정확한 기준이 없어요. 그래서 말씀인데, 여러분, 이것은 중요한 문제이며, 이 이사회에서 직접 관할해야 할 문제입니다. 나는 우리의 신임 의무관이 분진 흡입 문제에 착수하기 전에 이에 대한 철저한 조사를 하고 보고서를 제출해 주기를 간절히 바라는 바입니다."

침묵이 흘렀다. 앤드루는 실망스러워서 테이블만 바라보았다. 도드캔터베리는 다리를 바깥으로 쭉 뻗고 천장만 응시하고 있었다. 개즈비는 자신의 압지 위에 도형을 그려 대고, 휘니는 인상을 찌푸리고, 챌리스는 뭔가 말하려는 듯 숨을 들이마시고 있었다.

그러나 정작 입을 연 사람은 애비였다.

"윌리엄 경, 하지만 이 문제는 통상부나 광산부 소관이 아닌가요?"

"우리는 양쪽 부서 모두의 명령을 받게 되어 있어요." 빌리가 높은 톤의 목소리로 끽끽대듯 말했다. "우리는, 히히, 말하자면 양쪽을 다 부모로 둔 고아라고나 할까."

"알고 있습니다. 하지만 어쨌든 이 문제, 이 붕대 문제는 비교적 사소한 문젠데 맨슨 박사가……."

"아니네, 아냐. 로버트, 이 문제는 그렇게 사소한 문제가 아니야. 조만간 의회에서도 문제 삼을걸세. 나도 겨우 어제 웅거 경에게서 들었네만."

"아하!" 개즈비가 귀를 쫑긋 세우며 조그맣게 탄성을 질렀다. "만일 웅거 경이 관심을 갖게 되면 우리로서는 선택의 여지가 없습니다."

개즈비는 오늘 믿을 수 없을 만큼 무뚝뚝했지만 웅거만큼은 그가 특별히 환심을 사고 싶어 하는 인물이었던 것이다.

앤드루는 끼어들고 싶은 충동을 느꼈다.

"저, 실례합니다, 윌리엄 경." 마침내 그가 머뭇거리다가 입을 열었다. "저…… 저는 이곳에서 임상 업무를 맡게 될 걸로 생각했습니다. 그런데 한 달 동안이나 사무실에서만 왔다 갔다 했습니다. 그래서 이번에 만약 제가……."

그는 말을 중단하고 주위를 둘러보았다. 그때 그를 도와준 사람은 애비 경이었다.

"맨슨 박사의 요점은 바로 이거죠. 사 년 동안 끈질기게 자기만의 주제를 연구해 왔고, 이제 온갖 지원을 제공받아 연구를 확대하려는 마당에, 우리가 새삼스럽게 붕대 세는 일을 하지 않겠느냐고 제안한 것입니다."

"만일 맨슨 박사가 사 년 동안 참아 왔다면, 로버트, 조금 더 참을 수도 있지 않겠소, 히히!"

"그건 그래요." 챌리스가 큰 소리로 소리쳤다. "규폐증 연구는 죽을 때까지 할 수 있는 거니까."

휘니가 헛기침을 했다. 그러자 호프가 앤드루를 보며 속삭였다.

"이제 경주마가 히힝 하고 울겠군요."

"여러분!" 휘니가 입을 열었다. "저는 오랫동안 이사회에 증기 열과 관련한 근육 피로의 문제를 조사하게 해 달라고 요청해 왔습니다. 여러분도 아시다시피 저는 그 주제에 깊은 흥미를 느끼고 있습니다. 그러나 감히 말씀드리자면 여러분은 지금까지 그 주제에 대해 연구하는 것이 얼마나 가치 있는 일인지 관심을 갖지 않았습니다. 그래서 만일 맨슨 박사가 당분간 분진 흡입 연구에 신경을 쓰지 못하게 된다면 근육 피로라는 중차대한 문제를 연구해 볼 수 있는 절호의 기회라고 생각해서……."

개즈비가 손목시계를 내려보았다.

"저는 정확히 삼십오 분 뒤에 약속이 있어서 할리 거리에 가야 합니다."

휘니는 화가 나서 개즈비를 노려보았다. 그러자 동료 교수인 챌리스가 휘니의 역성을 들어 주었다.

"무례를 범해도 정도껏 해야지."

자칫하면 소동이 일어날 것 같았다.

그러나 빌리의 도시적인 노란 얼굴은 턱수염 뒤에서 회의장을 조용히 응시하고 있었다. 그는 전혀 동요하지 않았다. 사십년 동안 이런 회의를 주재해 온 그였다. 그는 사람들이 자신을 몹시 싫어하며 그만 떠나 줬으면 한다는 것도 알고 있었다. 그러나 그는 그만둘 마음이 없었다. 죽기 전에는 절대 그만두지 않으리라 마음먹고 있었다. 그의 커다란 두뇌에는 갖가지 문제들과 자료, 의제, 애매모호한 공식들, 방정식, 물리학과 화학, 조사 내용의 사실과 허구들이 가득 차 있었다. 천장이 둥글고 정체 모를 무덤 같은 그의 머리는 뇌 없는 고양이들의 환영에 사로잡혀 있었고, 어렸을 때 리스터*가 한번 쓰다듬어 주었다는 위대한 기억에 의해 편광(偏光)을 띠고 온통 장밋빛으로 물들어 있었다.

그는 단도직입적으로 선언했다.

---

* 영국의 의학자. 화학적 살균을 이용한 방부 처리 외과 수술을 가능케 한 인물.

"여러분께 할 말이 있습니다. 나는 어려움에 처한 웅거 경과 빅스비 박사를 돕겠다고 약속을 했습니다. 맨슨 박사, 육 개월이면 충분할 거요. 어쩜 조금 더 길어질 수도 있겠지. 아주 흥미 없는 일도 아닐걸세. 젊은 시절에 많은 사람들을 만나고 경험해 두는 것도 나쁘지 않아. 자네도 라부아지에가 물방울에 관해 한 말을 기억할 거야. 히히! 자, 그럼 이제 지난 7월 윈도버 탄광에서 호프 박사가 가져온 표본에 대한 병리학적 조사에 관해……."

회의는 4시경에 모두 끝났다. 앤드루는 길의 사무실에서 길, 호프와 그 문제를 철저히 검토했다. 이사회의 영향력과 흐르는 세월이 심어 준 자제력 덕분이었다. 앤드루는 화를 내거나 극단적으로 자기 주장을 하지 않고 정부에서 보급해 준 책상에서 정부의 펜을 꾹꾹 눌러 그럴듯한 양식의 서류를 꾸미는 일로 만족하게 되었다.

"그렇게 나쁘지도 않을 거요." 길이 앤드루를 위로했다. "내 생각에 전국으로 출장을 다니게 될 텐데 그것도 어찌 보면 즐거울 수 있죠. 부인과 함께 갈 수도 있고요. 벅스턴은 지금 좋을 때예요. 더비셔 탄광 지대의 중심부에 위치한 곳이죠. 그리고 육 개월 후에는 다시 당신의 무연탄 탄광 조사 작업을 시작할 수 있으니까."

"절대 그런 기회는 오지 않을걸요." 호프가 씩 웃었다. "이제 붕대 판매원이 되는 거지……평생토록."

앤드루가 모자를 집어 들며 말했다.

"자네의 단점은 말이야, 호프. 너무 젊다는 거야."

앤드루는 크리스틴이 기다리는 집으로 돌아왔다. 주말을 보내고 월요일, 이 유쾌한 여행 기회를 절대 놓치지 않겠다는 크리스틴의 제안으로 60파운드짜리 중고 모리스 자동차를 구입한 뒤 위대한 응급 처치 용품 조사의 첫발을 함께 내딛었다. 자동차가 북부행 고속도로를 신나게 달릴 때는 행복감을 만끽했다. 앤드루는 발로 자동차를 운전하며 원숭이 빌리 버튼 흉내를 냈다.

"1832년 라부아지에가 물방울에 대해 뭐라고 했건 무슨 상관이람! 우리가 이렇게 함께 있는데 말이야, 크리스!"

그가 해야 할 일이란 것은 시시했다. 전국의 광산을 돌며 부목이며 붕대, 솜, 소독약, 지혈대, 들것 같은 응급처지 장비들을 조사하는 일이었다. 시설이 좋은 광산은 장비들도 양호한 편이었고, 열악한 광산의 장비는 형편없었다. 갱도 시찰도 앤드루에게는 신기한 일이 아니었다. 갱내 조사는 수백 번쯤 했는데, 화차를 타고 수 마일이나 떨어진 막장까지 기어 들어가 광부들이 미리 삼십 분쯤 전에 살짝 비치해 놓은 응급 상자를 조사했다.

요크셔의 허름한 갱도에서는 지하 감독이라는 사람이 배짱 좋게 속삭이는 소리도 들었다.

"조디, 어서 내려가서 알렉스에게 약국에 다녀오라고 해." 그런 다음 앤드루에게는 "의사 선생님, 어서 앉으시죠. 곧 준비해 놓겠습니다."라고 말했다. 노팅엄에서 앤드루는 금주해야 하는 구급차 직원들에게 냉차가 브랜디보다 훨씬 좋은 흥분제라며 한마디 위로를 건네기도 했다. 또 어떤 광산에서는 위스키를 마시고 술주정을 한 적도 있었다. 그러나 대개는 광산 측이 불안해할 정도로 양심적으로 일했다. 그와 크리스틴은 편의를 위해 시내 중심지에 여관을 얻었다. 그런 다음 앤드루는 자동차로 구석구석을 돌아다녔다. 앤드루가 조사를 하러 다니는 동안 크리스틴은 남아서 뜨개질을 했다. 어떤 여관 주인을 만나게 될까 하는 것이 그들에게는 모험이나 다름없었다. 그들은 주로 광산 검사원들과 교분을 맺었다. 앤드루는 자신의 업무가 이 완고하고 손이 거친 사람들에게 의미 없는 웃음만 유발할 뿐이라는 사실에도 별로 놀라지 않았다. 그리고 그들과 함께 웃다 보면 한심한 생각만 들었다.

마침내 3월 그들은 런던으로 돌아와서 구입할 때보다 겨우 10파운드 낮은 가격으로 자동차를 되팔았다. 앤드루는 곧장 보고서 작성 준비에 들어갔다. 그는 부목의 곡선은 내려오는데 어째서 반대로 붕대의 곡선은 올라가는지를 보여 주는 도표와 차트, 개별적인 그래프 따위를 풍부하게 삽입한 통계표를 제공함으로써 이사회에 그들이 쓴 돈이 헛되지 않았다는 것을 보여 주리라 마음먹었다. 크리스틴에게도 말했지만 자신이 이 작업을 얼마나 멋지게 해냈는지, 자신들이 얼마나 현명하게 시간을 사용했는지 보여 주리라 다짐했다.

그 달이 끝나갈 즈음 앤드루는 길을 통해 자신의 초안을 제출했고, 곧이어 자신이 통상부의 빅스비 박사로부터 호출받았다는 것을 알게 되었을 때는 무척 놀랐다.

"빅스비가 당신 보고서를 보고 무척 흡족해했소." 길이 앤드루를 화이트홀로 안내하는 길에 흥분된 목소리로 속삭였다. "이런 말을 해서는 안 되지만 어차피 알게 될 테니까! 맨슨 씨, 당신은 처음부터 운이 무척 좋은 편이오. 당신은 빅스비가 얼마나 거물인지 모를 거요. 전국의 공장 행정권을 손안에 쥐고 있다니까!"

빅스비 박사를 만나기까지는 꽤 시간이 걸렸다. 그들은 모자를 벗어 들고 기다리다가 두 곳의 대기실을 거쳐 마침내 그를 만날 수 있다는 허가를 받았다. 그런데 막상 만나본 빅스비 박사는 땅딸막한 체구에 소탈해 보이는 신사였다. 짙은 회색 양복에 짙은 회색 각반, 더블 버튼의 조끼까지, 능률적으로 일을 할 수 있는 경쾌한 옷차림이었다.

"앉으시오, 맨슨 박사. 이게 당신이 제출한 보고서지요? 초안을 읽어 보았는데 섣불리 말하기에는 이른 감이 있지만 아주 보기 좋게 만들었더군요. 아주 과학적이오. 그래프도 훌륭하고. 이 부서에서 내가 원하는 게 바로 이런 거지. 우린 모든 공장과 광산에서 사용될 장비를 표준화하려고 하는데 박사가 나의 견해도 알아야 할 것 같아서 말이오. 우선 박사는 명세서에서 8센티미터짜리 붕대를 기본 붕대로 추천했는데, 나는 그것보다 6센티미터짜리 붕대가 낫다고 생각하오. 당신 생각은 어떻소?"

앤드루는 초조하고 짜증이 났다. 그까짓 차이가 무슨 대수란 말인가!

"개인적으로는 광산에서 사용하는 붕대는 넓을수록 좋다고 생각합니다. 하지만 별 차이 없을 것 같은데요!"

"뭐라고요?" 빅스비는 귓불까지 빨개졌다. "차이가 없다고?"

"네, 별 차이가 없습니다."

"당신이 뭘 압니까? 우리가 추진하는 표준화의 전반적인 원칙에 대해. 우리가 6센티미터짜리를 추천하고 당신이 8센티미터짜리를 추천하면 엄청나게 곤란한 일이 생긴단 말이오."

"그렇다면 전 8센티미터짜리 붕대를 추천하겠습니다."

앤드루가 냉정하게 말했다.

빅스비 박사는 어찌나 흥분하던지 마치 목털이 돋아나서 곧 추설 것만 같았다.

"당신 태도를 이해하기 어렵소. 우린 지난 몇 년간 6센티미터짜리 붕대를 만들어 왔소. 도대체 왜……당신은 이 문제가 얼마나 중요한지 모르오?"

"아니, 알고 있습니다!" 앤드루도 똑같이 화가 났다. "혹시 갱도에 들어가 보신 적 있습니까? 저는 있습니다. 진흙탕물에 엎드려 안전등 하나만 켜고 고개를 쳐들 공간도 없는 갱도에서 어려운 수술을 한 적도 있습니다. 솔직히 붕대가 2센티미터 크고 작고는 쓸데없는 걱정거리입니다."

앤드루는 들어올 때보다 더욱 잰걸음으로 건물을 나섰다. 길은 자기 손을 쥐어짜며 임뱅크먼트까지 뒤따라오는 내내 안타까워했다.

앤드루는 사무실에 돌아와서도 굳은 얼굴을 펴지 못했다. 그는 창문 너머로 번잡스러운 강물과 시끌벅적한 거리, 질주하는 버스들, 다리 위를 덜컹거리며 오가는 전차, 심장의 고동과 생명력의 흐름이 선명하게 보이는 사람들의 움직임을 물끄러미 바라보았다.

'나는 이 조직에는 맞지 않아.' 갑자기 조바심이 났다. '나는 저곳으로 나가야 해. 저곳으로!'

애비는 이사회 총회에 불참하겠다고 알려 왔다. 챌리스는 일주일 전 앤드루에게 점심을 사 주겠다고 데리고 나가서는 휘니가 규폐증 연구가 시작되기 전에 자신의 근육 피로증 연구를 먼저 할 수 있도록 강력한 로비를 벌이고 있다고 경고했다. 앤드루는 실망을 넘어서서 불안해지기까지 했다.

그는 절망스러운 기분을 애써 누르며 가볍게 생각하려고 애썼다. '붕대 사건에다 그런 일까지 있다면 미리 영국 박물관 열람증이나 받아 두는 게 낫겠군.'

임뱅크먼트에서 집까지 걸어오는 동안 그는 자신도 모르게 의사들의 진료소 바깥 울타리에 내걸린 동 간판을 질투어린 시선으로 노려보았다. 게다가 한 환자가 현관 앞에서 초인종을 누른 뒤 안으로 들어가는 모습을 보느라 걸음을 멈추기도 했다. 앤드루는 침울한 마음으로 걸으면서 상상의 나래를 폈다. 자신이 문진을 하고 청진기를 재빨리 꺼내는 모습, 과학적인 진단을 내렸을 때 온몸을 짜릿하게 만드는 전율. 그 역시 의사였다. 그렇지 않은가? 적어도 한때는…….

5월도 막바지로 접어드는 어느 날 오후 5시쯤, 앤드루는 이런 심정으로 오클리 거리를 걷고 있었다. 그때 도로 위에 어떤 남자가 누워 있고 그 주위에 사람들이 몰려 있는 광경이 눈에 들어왔다. 그 옆 도랑에는 부서진 자전거가 있고, 자전거 위에는 술 취한 사람처럼 쓰러질 듯 멈춰 서 있는 순찰 오토바이 한 대가 보였다.

앤드루는 사람들을 헤치고 안으로 들어갔다. 부상당한 남자와 무릎을 꿇고 그를 살펴보는 경찰관이 있었다. 부상자의 사타구니 쪽에 깊은 상처가 나고 피가 많이 흐르고 있었다.

"내가 좀 봅시다! 난 의사요."

좀처럼 지혈을 못하고 있던 경찰관이 난감한 표정으로 얼굴을 돌렸다.

"전 못하겠어요. 상처가 너무 위쪽이라서요."

앤드루는 지혈대를 쓸 수 없다는 것을 알고 있었다. 상처가 장골 동맥보다 한참 위쪽이었고, 자칫하면 출혈로 죽을 수도 있을 것 같았다.

"일어나시오." 그가 경찰관에게 말했다. "부상자를 바닥에 똑바로 눕혀야 합니다."

앤드루는 오른팔을 앞으로 쭉 뻗고 몸을 기울여 주먹으로 부상자의 배에서 하행 동맥이 있는 지점을 힘껏 눌렀다. 온몸의 무게가 대동맥에 전달되자 즉시 피가 멎었다. 경찰관은 헬멧을 벗고 손바닥으로 이마를 닦았다. 오 분 뒤 구급차가 도착했다. 앤드루는 구급차에 올라탔다.

이튿날 아침 앤드루는 병원으로 전화를 걸었다. 전화를 받은 수련의는 대개 그렇듯 퉁명스럽게 대답했다.

"네, 네, 괜찮습니다. 좋아지고 있어요. 그런데 누구시죠?"

"아, 네." 앤드루가 공중전화기에 대고 웅얼거리며 말했다. "아무도 아닙니다."

그리고 그 말이 맞는 것 같아 씁쓸한 기분이 들었다. 아무것도 하지 않고, 갈 곳도 없다. 자신은 아무것도 아닌 존재였다. 그는 주말까지 조용히, 아무런 소동도 일으키지 않고 기다렸다가 길에게 대신 이사회에 사직서를 내 달라고 부탁했다.

길은 당황했지만 언젠가는 이런 일로 그가 괴로워할 줄 알았다고 털어놓았다. 길은 마지막으로 담담하고 산뜻하게 이런 말을 덧붙였다.

"결국, 맨슨 씨, 당신이 있어야 할 자리는, 그렇지, 전쟁터에서 자주 사용했던 말에 비유하자면……기지가 아니라 일선입니다⋯⋯병사들과 함께하는."

호프는 이렇게 말했다.

"장미나 키우는 펭귄 애호가의 말에는 신경 쓰지 마세요. 당신은 행운아예요. 나도 구실만 있으면 당신의 뒤를 따르겠어요. 삼 년의 기한이 끝나자마자!"

그 후로 앤드루는 이사회에서 분진 흡입 문제에 관해 별다른 논의가 있었다는 말은 듣지 못했다. 몇 개월 후 의회에 출석한 웅거 경이 모리스 개즈비 박사가 제출한 의학적 증거를 인용해 가며 이 문제를 요란하게 제기했다는 말밖에는.

그 일로 신문들은 개즈비가 훌륭한 인도주의자라느니 위대한 의사라느니 하며 찬사를 보냈다. 그리고 그해 규폐증은 직업병으로 지정되었다.

4부

1

앤드루와 크리스틴은 개업할 길을 찾기 시작했다. 지금까지 험난한 희망의 봉우리를 올라가면 곧 더 험난한 절망의 구렁텅이가 기다리고 있었다. 세 번의 연속적인 실패, 즉 블라넬리, 애버럴로 그리고 노무 사무국을 떠났던 일을 생각할수록 앤드루는 어떻게든 자신의 정당함을 증명하고 싶었다. 하지만 지난 몇 개월 안정된 월급쟁이 노릇을 하는 동안 저축액이 약간 늘기는 했어도 총 재산은 600파운드도 되지 않았다. 병원을 소개하는 중개소를 아무리 부지런히 드나들고, 《란셋》지 광고란에 올라 있는 온갖 기회를 잡아 보려고 해도 이 정도 돈으로는 런던에서 병원을 차리기에 턱없이 부족했다.

특히 첫 번째 인터뷰는 두고두고 잊지 못할 것 같았다. 캐도건 가든의 브렌트 박사는 은퇴를 앞두고 자신이 일군 멋진 터전을 자격이 충분한 신사에게 양도하고 싶어 했다. 일면만 보면 대단한 기회였다. 앤드루와 크리스틴은 자기들보다 더 빠른 누군가 그 열매에 손을 뻗칠까 걱정되어 고급 택시를 잡아타고 브렌트의 병원을 찾아갔다. 그는 머리가 허옇게 세고 성격이 쾌활하며 점잖아 보이는 왜소한 체격의 남자였다.

"병원 목이 아주 좋지요. 건물도 훌륭하고. 하지만 7000파운드만 받고 임대하겠소. 계약 기간은 사십 년이나 남았고 토지세는 일 년에 300파운드밖에 되지 않아요. 만약 개업을 할 경우 통상 그렇다고 알고 있는데, 이 년 치의 할증금을 현금으로 내야 합니다. 어떻소, 맨슨 박사?"

"그래야겠죠." 앤드루가 진지하게 고개를 끄덕였다. "환자도 계속해서 소개해 주시겠죠? 고맙습니다, 브렌트 박사님. 좀 더 생각해 보겠습니다."

앤드루는 크리스틴과 브롬프턴 거리에서 3펜스짜리 차를 마시며 생각했다.

"권리금이 7000파운드라니!" 앤드루는 피식 웃었다. 그는 찡그린 눈썹 위로 모자를 젖히고 팔꿈치를 대리석 테이블에 올려놓았다. "정말 지독한 영감이야, 크리스! 저런 노인네들은 어금니로 한번 물면 놓아 주질 않지. 돈을 가져오지 않으면 절대 포획물을 놓아 주지 않아. 이게 비난받아야 할 우리의 관행이야! 썩을 대로 썩었지만 받아들일 수밖에! 기다려 봐! 내가 지금부터 돈 문제를 해결해 볼 테니."

"그러지 말아요." 크리스틴이 웃었다. "우린 지금까지 돈 없이도 행복했잖아요."

앤드루가 볼멘소리로 말했다.

"우리가 거리에서 노래라도 불러야 한다면 당신도 그렇게 말할 수 없을걸. 자, 계산서나 줘 봐."

의학박사 학위도 있고 왕립의사협회 회원이기도 한 앤드루는 의료보험이 적용되지 않고 약을 조제할 필요도 없는 개업의가 되고 싶었다. 그는 보험 제도의 횡포로부터 자유롭고 싶었다. 그러나 시간이 지날수록 기회만 주어지면 무엇이라도 하겠다는 심정이 되었다. 그는 툴스힐, 이슬링턴, 브릭스턴에 있는 병원들과 캠던타운의 지붕에 구멍이 뚫린 병원도 보러 다녔다. 호프를 만났을 때 집을 한 채 빌려 간판을 내걸고 병원을 시작해 보겠다고 말했더니 호프는 그 돈으로 개업하는 것은 자살 행위나 다름없다고 말렸다.

그로부터 두 달 동안 절망에 빠져 지내던 중 하느님이 그들을 가엾게 보았는지 패딩턴의 늙은 포이 박사를 고통 없이 하늘로 데려가셨다. 《의학 저널》에 실린 네 줄짜리 포이 박사의 부고가 우연히 앤드루의 눈에 띄었다. 열정도 식을 대로 식은 터라 그들은 별 기대도 하지 않고 체스보러 테라스 9번지를 찾아갔다. 진료소가 딸린 높고 납색을 띠는 무덤 같은 주택으로 뒤쪽에는 벽돌로 만든 차고도 있었다. 장부를 살펴본 결과 포이 박사는 생전에 진료와 약 처방으로 1회에 3실링 6펜스씩, 일 년에 500파운드를 벌어들였다는 것을 알 수 있었다. 미망인을 만나 본 후에는 포이 박사의 병원이 꽤 건실하고 한때는 현관까지 '고급 환자'들이 찾아오는 등 잘 나갔다는 사실을 어렴풋이 짐작할 수 있었다. 두 사람은 미망인에게 조문을 하고 덤덤하게 그곳을 떠났다.

"아직은 모르겠어." 앤드루는 걱정이 많았다. "유리한 점은 많아. 난 약을 조제해 주는 건 싫어. 위치도 별로 마음에 들지 않고. 당신도 양옆으로 낡은 하숙집들뿐인 거 봤을 거야. 하지만 주변에 괜찮은 주택가는 있더군. 건물이 중심 도로 모퉁이에 있어서 우리의 예산으로도 얼추 맞출 수 있을 것 같아. 일년 반 동안의 수입이나 미망인이 진찰실과 수술실의 비품을 그대로 넘겨주겠다는 말도 괜찮고. 당장 병원 문을 열어도 될 것 같잖아? 이게 죽은 사람의 병원을 물려받는 이점이겠지. 당신 생각은 어때, 크리스? 지금 아니면 다시 없을 기회 같은데. 우리 한번 해볼까?"

크리스틴이 애매한 눈으로 앤드루를 바라보았다. 그때는 이미 런던에 대한 경탄이 사라진 상태였다. 그녀는 시골을 좋아했고, 이런 칙칙한 환경에서 지내다 보니 그곳이 더욱 간절하게 그리웠다. 그러나 앤드루가 런던에서 개업하려고 마음먹은 것을 알고는 차마 속마음을 털어놓거나 앤드루를 말릴 엄두를 내지 못했다.

크리스틴은 천천히 고개를 끄덕였다.

"당신이 원한다면 그렇게 해야겠죠."

다음 날 앤드루는 750파운드를 요구하는 포이 부인의 변호사에게 600파운드를 제시했다. 마침내 그 가격이 받아들여지고 계약서에 서명을 했다. 10월 10일 토요일, 그들은 창고에 보관하고 있던 가구를 옮겨 와 새로운 집으로 이사했다.

그들은 일요일에야 어지럽게 흐트러진 지푸라기와 삼베 자루 틈에서 겨우 정신을 차렸는데 다리가 후들거려 서 있기도 힘들었다. 좀처럼 그러지 않던 앤드루가 밉살스럽게도 이때다 싶은 듯 가톨릭의 부사제처럼 연설을 늘어놓기 시작했다.

"우리는 그야말로 사면초가야, 크리스. 우리의 전 재산을 써 버렸으니 이제부터 어떻게든 여기서 벌어서 먹고살아야 해. 어떻게 될지는 하느님만이 아실 테지만 우린 최선을 다해 잘해 나가야 해. 당신은 우선 집 좀 정리하고, 절약도 하고……."

그때 아직 양탄자도 깔지 않아 칙칙하고 천장도 더러운 커다란 앞쪽 방에 힘없이 서 있던 크리스틴이 갑자기 울음을 터뜨렸다.

"제발 나 좀 내버려 둬요." 크리스틴이 울먹였다. "절약하라고요! 나는 언제나 당신을 위해 절약하고 있어요. 내가 낭비한 게 뭐가 있었죠?"

"크리스!"

앤드루가 놀라서 소리쳤다.

그녀가 앤드루의 말을 막으며 이성을 잃고 퍼부었다.

"이 집 때문이에요! 나도 왜 이러는지 모르겠어요. 지하실, 계단, 저 더러운……."

"제기랄! 중요한 건 내 병원을 열었다는 사실이야."

"어디든 시골에서 개업했더라면 좋았을 거예요."

"그래! 장미 덩굴 우거진 시골 오두막에서 말이지! 젠장……."

결국 앤드루가 자신의 설교에 대해 사과했다. 그러고는 크리스틴의 허리에 팔을 두르고 계란 프라이를 만들러 어두침침한 지하로 내려갔다. 그는 그곳이 지하실이 아니라 패딩턴 터널의 일부이기 때문에 어쩌면 당장 기차가 지나갈지도 모른다면서 그녀의 기분을 풀어 주려고 노력했다. 크리스틴은 앤드루의 농담에 희미하게 웃었지만 눈은 식기실의 부서진 싱크대를 보고 있었다.

이튿날 아침, 정각 9시에 앤드루는 병원 문을 열었다. 실은 그보다 일찍 열까 했지만 사람들에게 초조해하는 것처럼 비칠지도 모른다는 생각이 들어 그러지 않았다. 흥분과 기대로 가슴이 두근거렸다. 블라넬리에서 진료실로 첫 출근하던 날 아침, 거의 잊고 있었던 그 순간에 가졌던 기대와는 비할 수도 없는 것이었다.

삼십 분이 지났다. 그는 초조하게 환자를 기다렸다. 진료실은 길가로 문이 하나 나 있고 짧은 통로를 통해 집과 연결되어 있어서 포이 박사의 부인이 말한 '고급' 손님은 집의 현관을 통해서도 진찰실로 들어올 수 있었다. 1층 가운데 위치한 가장 넓은 방인 진찰실에는 포이 박사의 책상과 소파, 진열장이 그럭저럭 보기 좋게 배치되어 있었다. 그는 사실 이중으로 그물을 쳐 놓고 있는 셈이었다. 그리고 두 개의 그물에 무엇이 걸려들지 기다리는 어부만큼 긴장해 있었다.

아직은 아무것도 건진 게 없었다. 아무것도! 11시가 가까워졌지만 여전히 환자 한 명 오지 않았다. 택시 운전기사들은 반대편 주차장에 세워 둔 택시 옆에 서서 두런두런 이야기를 나누고 있었다. 포이 박사의 낡은 간판 위에 덧붙인 그의 간판이 문 위에서 반짝반짝 빛났다.

그가 거의 희망을 버렸을 때 갑자기 진료실의 벨이 날카롭게 울리더니 숄을 걸친 노파가 들어왔다. 노파가 증상을 말하지 않았어도 앤드루는 가래 끓는 기침 소리만 듣고 만성 기관지염 환자라는 것을 알 수 있었다. 그는 정중하게 노파를 의자에 앉힌 다음 숨소리를 들었다. 노파는 포이 박사의 오랜 단골 환자였다. 앤드루는 문진을 하고 나서 진찰실과 치료실의 통로 중간에 있는 비좁은 조제실에서 약을 조제했다. 잠시 후 약을 가지고 돌아온 그가 떨리는 목소리로 진료비를 청구하자 노파는 아무 질문 없이 3실링 6펜스를 건네주었다.

그 순간 느껴지는 전율과 기쁨. 손바닥에 놓여 있는 은전 몇 개가 주는 한없는 위안은 믿기 어려울 정도였다. 마치 난생 처음으로 돈을 벌어 본 것 같았다. 앤드루는 진료실 문을 닫고 크리스틴에게 달려가 은전을 내밀었다.

"첫 환자야, 크리스. 어쨌든 그렇게 나쁜 장소는 아닌 것 같아. 우리 점심 값은 벌었으니 말이야!"

포이 박사가 사망한 지 삼 주가 지났지만 그 전부터 보조 의사 없이 병원을 운영해 왔기 때문에 앤드루는 딱히 왕진 나갈 일이 없었다. 그저 왕진 요청이 들어올 때까지 기다려야 했다. 한편 혼자서 집안일을 하고 싶어 하는 듯한 크리스틴을 두고 앤드루는 마을을 산책하며 아침 나절을 보냈다. 페인트가 벗겨진 집들이며 길게 늘어선 하숙집들, 개인 호텔, 그을려서 우중충한 나무들이 서 있는 광장, 차고로 개조한 좁은 마구간들을 시찰 겸 구경했다. 거기에서 북쪽으로 꺾으니 전당포와 행상인들의 수레, 술집, 특허 받은 약들과 현란한 고무 제품들을 진열해 놓은 점포들이 즐비한 빈민가가 나왔다.

이곳은 마차가 노란색을 칠한 주랑현관을 돌아 나가던 시절 이후로 쇠락해 왔다는 사실을 앤드루는 막연히 짐작할 수 있었다. 구석에 처박힌 더러운 곳이지만 곰팡이 속에서도 새로운 삶의 징후들이 솟아났다. 어떤 구역으로 가니 새로운 건물들이 들어서고 있었는데 그중에는 말끔한 점포와 사무실도 있었다. 글래드스톤 광장에는 유명한 로리에 상점도 있었다. 여자들의 유행에 대해서는 무지한 그도 로리에라는 이름은 들은 적이 있었다. 창문 없이 순백색으로 칠해진 석조 건물 바깥에 길게 늘어선 우아한 자동차들의 행렬을 보지 않고도 그것이 상류 계급의 전문점이라는 사실을 짐작할 수 있었다. 그런 로리에 상점이 뜻밖에도 이런 초라한 거리 한가운데 있다니 어쩐지 생뚱맞은 느낌이었다. 그러나 맞은편에 경찰관이 서 있듯 그것은 부인할 수 없는 명백한 사실이었다.

오후에는 부근의 의사들을 방문하는 것으로 개업 첫날 순례를 마쳤다. 그는 모두 여덟 곳의 병원에 들렀다. 그중 세 명에게서만 깊은 인상을 받았다. 글래드스톤 광장의 인스라는 젊은 의사, 알렉산드라 거리 끝에 있는 리더라는 의사, 로열 크레슨트 모퉁이의 맥클린이라는 나이 많은 스코틀랜드인 의사였다. 그들은 한결같이 말했다.

"오! 불쌍한 포이 영감의 병원을 떠맡은 의사군요."

그 말에 앤드루는 기분이 상했다. 왜 "떠맡은"이라는 표현을 쓰는지 다소 화가 났다. 그러면서 반년 안에 그들의 생각을 바꿔 놓겠다고 다짐했다. 앤드루는 이제 서른 살이 되었고 자제하는 것이 얼마나 중요한지 알고 있었지만 고양이가 물을 싫어하듯 지나치게 겸손한 것도 싫어했다.

그날 밤 진료실에는 세 명의 환자가 왔는데, 그중 두 환자는 그에게 각각 3실링 6펜스의 진료비를 내고 갔다. 세 번째 환자는 토요일에 다시 와서 진료비를 내겠다고 했다. 개업 첫날에 합계 10실링 6펜스를 번 것이다.

그러나 이튿날에는 수입이 한 푼도 없었다. 그리고 그 다음 날에는 겨우 7실링을 벌었다. 목요일은 그런대로 괜찮았고, 금요일은 간신히 무수입을 면했고, 토요일에는 오전 내내 환자가 한 명도 없다가 저녁 무렵 지불을 미루었던 환자가 약속대로 진료비를 가져온 것까지 합하여 17실링 6펜스를 벌었다.

일요일이 되자 앤드루는 크리스틴에게 아무런 내색도 하지 않았지만 우울한 기분으로 지난 일주일을 되돌아보았다. 망해가던 이 병원을 떠맡은 것, 이 무덤 같은 집에 저축했던 돈을 몽땅 털어 넣은 게 치명적인 실수였을까? 내가 무슨 잘못을 한 걸까? 그는 이제 겨우 서른 살이었다. 게다가 의학박사 학위도 있고, 명예도 있고, 왕립의사협회 회원이기도 했다. 임상 경험도 풍부하고 자기 이름을 내세울 만한 훌륭한 연구 실적도 있었다. 그러나 여기에서 나오는 3실링 6펜스의 돈은 겨우 입에 풀칠이나 할 수 있을 정도였다. 이것은 어디까지나 낡고 비합리적인 제도 탓이라는 생각이 들었다. 더 좋은 제도, 모두에게 동등한 기회가 부여되는, 이를테면 국가가 통제하는 제도가 필요했다! 그러다가 빅스비와 광산 노무 사무국 이사회가 생각나서 이를 악물었다. 젠장! 이런 희망 없는, 개인의 노력을 짓밟는 관료들이 나의 숨통을 막을 것이다. 나는 성공해야 한다. 에잇, 빌어먹을! 나는 성공하고 말 거야!

지금까지 그는 병원의 재정적인 문제로 이렇게까지 압박감을 느껴 본 적이 없었다. 하지만 일주일 내내 그를 따라다녔던 식욕이라는 순수한 고통만큼 인간을 미묘하게 물질주의자로 만드는 방법도 없는 것 같았다.

100미터쯤 내려간 버스 노변에는 독일에서 귀화한 키가 작고 뚱뚱한 여자가 작은 식료품점을 하고 있었다. 자기 이름을 스미스라고 소개하지만 서툰 발음에 S를 강하게 발음하는 것으로 보아 본명이 슈미트임에 틀림없었다. 슈미트 부인의 작은 가게는 전형적인 유럽 대륙의 식품점 분위기가 났다. 좁다란 대리석 진열대 위에는 소금에 절인 청어와 병에 담긴 올리브, 식초 양배추 절임, 갖가지 독일식 소시지, 페이스트리, 살라미, 그리고 리프타우어라는 이름의 맛 좋은 치즈가 잔뜩 진열되어 있었다. 이 가게는 값이 싼 게 미덕이었다. 체스보러 테라스 9번지는 돈이 귀한 데다 조리용 화덕은 고물이고 자주 고장이 났기 때문에 앤드루와 크리스틴은 슈미트 부인의 가게를 자주 이용했다. 수입이 좋은 날에는 뜨거운 프랑크푸르트 소시지와 사과 파이인 '아펠슈트루델'을 사 먹고, 수입이 적은 날이면 소금에 절인 청어와 구운 감자로 점심을 때웠다. 밤에는 종종 김 서린 창문으로 진열대를 훑어보며 음식을 고른 다음 가게로 들어가 맛있어 보이는 것을 사오기도 했다.

슈미트 부인은 곧 그들의 존재를 알게 되었다. 특히 크리스틴을 무척 좋아했다. 그녀는 높게 둥글린 금발 머리를 하고 페이스트리를 굽느라 번들번들해진 얼굴에 한가득 주름을 잡은 채 눈이 안 보일 정도로 앤드루를 보고 웃으면서 고개를 끄덕이며 이렇게 말했다.

"선생님은 잘될 거예요. 성공할 거예요. 나처럼 아담하면서도 상냥한 좋은 아내를 뒀으니까요. 조금만 기다려요. 내가 환자를 소개해 줄 테니!"

어느새 겨울이 성큼 다가와 거리는 자욱한 안개로 뒤덮였는데, 근처 커다란 역에서 나오는 연기까지 뒤섞여 언제나 한층 짙어 보였다. 그들은 그런 것도 가볍게 여기고 고생스러운 일도 재미있는 척했지만 애버럴로에 살 때도 이렇게 힘들지는 않왔던 것 같았다.

크리스틴은 냉기 도는 허름한 집을 최대한 손질했다. 천장에는 회칠을 하고 대기실에는 새 커튼을 달았다. 침실의 벽지도 새로 발랐다. 2층 응접실의 보기 흉한 낡은 접이문은 금색과 검정색을 칠해 새것처럼 바꿔 놓았다.

앤드루가 왕진 가는 일은 아주 드물었고 있다 해도 근처의 하숙집이 고작이었다. 그런 환자들에게서 치료비를 받아 내는 일은 여간 힘든 게 아니었다. 대부분 사는 형편이 초라했고, 심지어 성격이 의심스럽고 믿을 수 없는 사람들도 있었으며 돈을 떼먹고 도망가는 데 이골이 난 사람도 있었다. 앤드루는 하숙집을 운영하는 수척한 여주인들을 상냥하게 대하려고 노력했다. 어두침침한 복도에서 대화를 나눌 때도 있었다. 그럴 때면 그는 "이렇게 추울 줄 몰랐어요! 외투를 입고 올걸 그랬네."라든가 "돌아다니기 정말 힘들군요. 하필이면 이럴 때 자동차가 고장날 게 뭐람." 하면서 말을 건넸다.

그는 슈미트 부인의 식료품점이 있는 혼잡한 교차로에서 근무를 서는 경찰관과도 친해졌다. 경찰관의 이름은 도널드 스트루더스인데, 앤드루와 고향이 같은 파이프 출신이라 처음부터 친근감을 느꼈다. 그 경찰관은 고향 사람을 돕기 위해 자신이 할 수 있는 일은 무엇이라도 하겠다고 약속하면서 무시무시한 농담을 했다.

"만일 누군가 여기에서 차에 치여 죽게 된다면 말입니다, 제가 그 사람을 선생님 병원으로 메고 가겠습니다."

그들이 이곳에 정착한 지도 한 달쯤 되어 가던 어느 날 오후 앤드루가 집으로 돌아와 보니 — 그는 마을의 약국마다 들러 자신을 체스보러에서 새로 개업한 젊은 의사라고 소개한 뒤 10밀리리터짜리 특수한 주사기가 있는지 물어보았지만 아무 데도 재고가 남아 있지 않았다. ── 크리스틴의 표정이 전과 다르게 무척 들떠 보였다.

"진찰실에 환자가 한 명 와 있어요." 그녀는 숨을 한 번 들이마셨다. "현관으로 들어왔어요."

앤드루의 얼굴이 밝아졌다. 그에게도 처음으로 '고급' 환자가 찾아온 것이다. 어쩌면 이것은 일이 잘 풀리려는 조짐인지도 모른다. 그는 마음의 준비를 하고 활기차게 진료실로 향했다.

"안녕하십니까! 어디가 편찮으셔서 오셨죠?"

"안녕하세요, 선생님. 스미스 부인의 소개로 왔어요."

그녀는 의자에서 일어나 악수를 청했다. 통통하고 선해 보이는 얼굴에는 짙은 화장을 하고 짧은 털 코트 차림에 커다란 핸드백을 들고 있었다. 한눈에도 그녀가 이 지역에 자주 나타나는 거리의 여자라는 것을 알 수 있었다.

"그러십니까?"

앤드루는 다소 실망한 투로 대꾸했다.

"네, 선생님." 그녀는 수줍게 웃었다. "그이가 멋진 금 귀걸이 한 쌍을 주었거든요. 스미스 부인이 그러는데, 제가 그 집 단골이거든요, 선생님한테 오면 귀를 뚫어 줄 거라고 해서요. 그이는 더러운 바늘 같은 걸로 뚫지나 않을까 걱정하고 있어요."

앤드루는 길게 한숨을 내쉬었다. 어쩌다 이렇게까지 되었을까? 그가 대답했다.

"네, 뚫어 드리지요."

그는 바늘을 소독하고 귓불에 염화메틸을 묻힌 다음 조심스럽게 구멍을 뚫었다. 게다가 금 귀걸이까지 끼워 주었다.

"어머나! 선생님, 정말 예뻐요." 그녀가 핸드백에 붙은 거울을 보며 외쳤다. "하나도 아프지 않았어요. 그이가 기뻐할 거예요. 얼마예요?"

포이 박사가 정한 '고급' 환자의 요금은, 도무지 믿기지 않지만 7실링 6펜스였다. 앤드루가 금액을 말했다.

그녀는 지갑에서 10실링을 꺼냈다. 그녀는 그가 친절하고 고상하며 잘생긴 신사라고 생각하면서도 ─ 그녀는 피부가 거무스름한 남자를 좋아했다. ─ 거스름돈을 받을 때는 어쩐지 이 남자가 배고파 보인다고 느꼈다.

그녀가 돌아간 뒤 앤드루는, 이전에 곧잘 그랬듯이, 이렇게 하찮고 비굴한 짓을 하다니 매춘부와 다를 게 없지 않느냐며 격분해서 양탄자를 짓밟고 돌아다니지는 않았다. 오히려 이상하게도 겸손한 마음이 들었다. 그는 구겨진 돈을 쥐고 창가로 다가가 엉덩이를 씰룩거리고 핸드백을 빙빙 돌리며 자랑스럽게 귀걸이를 달랑거리면서 거리로 사라지는 여자의 뒷모습을 바라보았다.

2

앤드루는 힘겨운 전투를 벌이는 가운데도 굶주린 사람처럼 의료계 친구들을 찾아다녔다. 썩 내키지 않았지만 지역의료조합 회의에도 참석했다. 필립 데니는 아직 해외에 머물고 있었다. 데니는 탐피코가 마음에 들었는지 그곳에 머물면서 뉴

센추리 석유 회사 소속 촉탁 의사 노릇을 하고 있었다. 적어도 당분간은 그를 만날 수 없었다. 호프는 컴벌랜드에 파견되어 — 그가 보낸 조잡한 색깔의 엽서에 적힌 바로는 — 미치광이의 희열을 위해 혈구(血球) 세는 일을 하고 있었다.

앤드루는 몇 번이고 프레디 햄프턴에게 연락하고 싶은 충동을 느꼈다. 그러나 이따금 전화번호부를 집어 들었다가도 아직 성공은커녕 제대로 자리도 잡지 못했다고 스스로에게 말하며 충동을 억제했다. 햄프턴은 다른 번지로 이사했지만 아직 퀸 앤 거리에 살고 있었다. 어느 날 앤드루는 학창 시절 무모했던 행동 따위를 추억하다 햄프턴이 더욱 궁금해졌다. 그는 갑자기 그를 만나고 싶은 충동을 억제하지 못하고 전화를 걸었다.

"자네가 날 기억할지 모르겠지만." 그는 푸대접당할 것을 어느 정도 각오한 채 우물쭈물 말을 꺼냈다. "나 맨슨이야, 앤드루 맨슨. 여기 패딩턴에서 개업했네."

"맨슨! 자네를 잊다니! 우리의 역전 용사를!" 전화선 저편에서 햄프턴의 과장 섞인 말투가 들려왔다. "어이! 맨슨, 왜 그동안 연락 한번 안 했나?"

"으응……이제야 겨우 자리 잡았네." 앤드루는 햄프턴의 격의 없는 태도에 긴장이 풀려서 수화기를 향해 웃음을 지었다. "그 전에는 광산 노무 사무국에 근무하면서 영국 전역을 돌아다녔어. 자네도 짐작하겠지만 결혼도 했고."

"나도 했어! 어때? 우리 함께 만나지. 곧 말이야! 자네 여기 런던에 있지? 잘됐어! 그런데 내 수첩 어디 있더라? 여기 있군. 다음 주 목요일 어떤가? 저녁 함께 먹을 수 있겠어? 그래, 그래. 좋아, 그럼 그때 보자고. 아내에게도 자네 부인에게 따로 연락을 하라고 일러두지."

하지만 크리스틴은 초대 이야기를 듣자 심드렁한 반응을 보였다.

"당신이나 다녀와요, 앤드루."

"말도 안 돼! 햄프턴은 당신과 자기 아내를 만나게 하려는 거야. 당신이 그 친구를 좋아하지 않는다는 건 나도 알고 있지만 그 자리에는 다른 사람들도 올 거야. 아마 다른 의사들. 우린 그 자리에서 새로운 시각을 배울 수 있을지도 몰라. 게다가 최근에는 기분 전환할 기회도 없었잖아. 아, 예복을 입고 오라고 했는데. 나는 다행히 뉴캐슬 광산에서 초대했을 때 사 둔 턱시도가 있지만 당신은 어쩌지, 크리스? 옷 한 벌 사야 할 텐데."

"난 새 가스레인지가 더 필요해요."

그녀가 다소 험악한 표정으로 대답했다.

요 몇 주째 크리스틴은 그녀다움을 잃어버렸다. 그녀의 가장 큰 매력이었던 생기도 사라진 것 같았다. 게다가 이따금 지금처럼 무뚝뚝하고 지친 반응을 보였다.

하지만 목요일 밤 퀸앤 거리로 떠나려고 할 때 앤드루는 드레스를 입은 크리스틴의 모습이 얼마나 아름다운지 눈을 뗄 수 없었다. 뉴캐슬 광산 연회 때 구입한 하얀색 드레스를 약간만 손질했을 뿐인데도 새것 같고 말쑥해 보였다. 머리 스타일도 틀어 올린 모양으로 새롭게 바꾸었는데 새하얀 이마와 대비되어 더욱 검고 아름다웠다. 앤드루는 크리스틴이 넥타이를 매어 줄 때 그녀가 얼마나 아름다운지 모른다는 말을 하려고 했는데 문득 약속 시간에 늦지 않을까 걱정하다 잊어버리고 말았다.

하지만 늦기는커녕 너무 일찍 도착했기 때문에 그들은 햄프턴이 두 손을 내밀며 유쾌한 표정으로 들어올 때까지 삼 분이나 어색하게 기다려야 했다. 햄프턴은 미안해하면서도 반가운 표정으로 지금 병원에서 막 달려오는 길이라며 자기 아내도 금방 뒤따라올 거라고 말했다. 그는 마실 것을 주고 앤드루의 등을 두드리며 앉으라고 권했다. 햄프턴은 오래전 카디프에서 만난 후로 체중이 좀 는 것 같았는데, 목덜미의 분홍빛 살이 밖으로 비어져 나와 병원이 번창하고 있음을 짐작게 했다. 게다가 작은 눈은 여전히 반짝이고 노란 머리카락은 한 올도 흐트러지지 않게 기름을 발라 빗어 붙인 데다 얼마나 잘 차려입었는지 눈이 부실 정도였다.

"정말이지! 이렇게 두 분을 다시 만나서 얼마나 반가운지 모르겠습니다." 그가 자기 잔을 높이 쳐들었다. "이제 서로 자주 만납시다. 앤드루, 어떤가, 이 집 마음에 드나? 내가 지난번 만찬 때 말한 적 있지? 정말 형편없는 만찬이었지! 오늘 밤은 더 멋진 저녁이 될걸세. 내가 단단히 해 두었지. 실은 작년에 이 집 전체를 샀다네. 방들만 아니라 권리까지 말이야. 돈 좀 들었을 것 같지?" 그는 그렇다고 인정하기라도 하듯 넥타이를 톡톡 쳤다. "물론 내가 성공했기로서니 그 사실을 광고할 필요는 없지만 말이야. 자네라면 알아도 상관없겠지, 안 그런가?"

틀림없이 막대한 돈이 들어간 것처럼 보였다. 반질반질한 현대식 가구며, 깊숙이 앉힌 벽난로, 소형 그랜드 피아노와 커다랗고 하얀 화병 속의 모패(母貝)로 만든 인조 목련꽃까지. 이윽고 햄프턴 부인이 들어오는 모습이 보이자 앤드루는 인사를 하기 위해 목청을 가다듬었다. 가운데 가르마를 탄 검은 머리에 크리스틴과는 비교가 안 되는 최고급 의상을 걸친 키가 크고 아름다운 여자였다.

"어서 와요, 여보."

햄프턴은 애정을 넘어 심지어 정중하게 아내를 맞더니 얼른 셰리를 한 잔 따라 그녀에게 권했다. 그녀가 무관심하게 손을 흔들며 술잔을 거절하려는데 다른 손님인 찰리 아이보리 부부와 폴 프리드먼 박사 부부가 도착했다. 이어서 소개가 끝나자 아이보리 부부와 프리드먼 부부, 햄프턴 부부는 떠들썩하게 웃으면서 이야기를 나누었다. 그런 다음 여유롭게 만찬장으로 자리를 옮겼다.

테이블의 집기는 모두 화려하고 최고급이었다. 모든 게 값비싼 인테리어와 어울렸고, 앤드루도 유명한 리전트 거리의 보석점 '라빈 앤드 벤'의 진열장에서 본 적이 있는 가지 달린 촛대가 그중 가장 화려했다. 음식은 육류인지 생선인지 알 수 없었지만 기막히게 맛있었고 샴페인도 나왔다. 샴페인 두 잔을 마시자 앤드루는 훨씬 느긋해졌다. 그는 왼편에 앉은 아이보리 부인에게 말을 걸었다. 검정색 드레스에 최고급 목걸이를 한 그녀는 뛰어나 보이는 커다란 푸른 눈동자를 가졌고 몸매는 호리호리했는데 이따금 고개를 돌려 아기처럼 앤드루를 쳐다보았다.

앤드루는 그녀의 남편이자 외과 의사인 찰리 아이보리에 대해 이것저것 물었다. 그녀는 앤드루의 질문에 웃으면서 대답했는데, 모두들 자기 남편을 잘 아는 줄로만 생각하는 것 같았다. 그들의 집은 모퉁이 돌아 뉴캐번디시 거리에 있었으며 집 전체가 그들 소유였다. 그들은 햄프턴 부부와 가까이 사는 것을 좋아하는 것 같았다. 찰리 아이보리와 프레디 햄프턴, 폴 프리드먼은 모두 절친한 친구 사이로 새크빌 클럽의 회원이었다. 그녀는 앤드루가 그 클럽의 회원이 아니라고 말하자 깜짝 놀라는 표정을 지었다. 세상 사람들이 모두 새크빌 회원이라고 생각하는 모양이었다.

그녀가 더 이상 말을 하지 않았으므로 앤드루는 다른 쪽에 앉은 프리드먼 부인에게 고개를 돌렸다. 그녀는 더욱 부드럽고 친절하고 동양적인 매력을 물씬 풍겼다. 그는 이번에도 그녀의 남편을 화제로 삼았다. '이 사람들에 대해 알고 싶어. 이들은 어떻게 해서 이렇게 나날이 번창하고 잘 나가는 걸까?' 앤드루는 이런 생각을 했다.

프리드먼 부인은 자기 남편이 내과 의사이며 포틀랜드 플레이스의 아파트에 살고 있고 남편의 병원은 할리 거리에 있다고 말했다. 병원은 무척 잘되고 — 그녀는 허풍도 귀엽게 떠는 면이 있었다. — 주로 플라자 호텔의 손님이 고객이라고 했다. 그러면서 앤드루에게도 공원이 내려다보이는 플라자 호텔을 잘 알아 두라고 했는데 그 이유는 점심시간이 되면 식당에 유명 인사들이 몰려들기 때문이라며, 미국 부자들과 영화 배우들 — 그녀는 말을 멈추고 웃었다. — 하여튼 많은 사람들이 플라자 호텔에 오기 때문에 자기 남편에게는 아주 고마운 일이라고 했다.

앤드루는 프리드먼 부인이 마음에 들었다. 그래서 계속해서 그녀가 이야기할 수 있도록 분위기를 만들어 주었다. 그러다 햄프턴 부인이 자리를 뜨려 했으므로 그도 일어나 정중하게 프리드먼 부인의 의자를 뒤로 빼 주었다.

"담배 피우겠나, 맨슨?" 햄프턴은 여자들이 식당을 나가자 이제 그들만 아는 익숙한 분위기가 되었다는 듯 그에게 말을 걸었다. "향기가 아주 좋아. 그리고 이 브랜디도 꼭 마셔 보게. 1894년도 산이야. 절대 후회하지 않을걸세!"

그는 시가를 건네고 배가 불룩한 잔에 브랜디를 따라 앤드루 앞에 놓아 주었다. 앤드루는 사람들 쪽으로 더욱 가깝게 의자를 끌어당겼다. 그가 진작에 기대했던 것은 다른 의사들의 생생한 경험담, 툭 까놓고 말해 장사 얘기 그 이상도 이하도 아니었다. 앤드루는 햄프턴과 그의 친구들의 이야기를 기대했다. 그리고 그들은 이야기해 주었다.

"그건 그렇고 말이야." 햄프턴이 먼저 입을 열었다. "오늘 글리커트의 가게에서 최신 이리듐 램프를 주문했어. 꽤 비싸더군. 80기니 정도였으니까. 하지만 그만한 가치는 있어 보였어."

"그럴지도 모르지."

프리드먼이 생각에 잠긴 듯한 말투로 거들었다. 마른 체격에 검은 눈동자의 프리드먼은 똑똑한 유대인 분위기를 풍겼다.

앤드루는 대화에 끼어들기 위해 손에 있던 담배를 단단히 쥐었다.

"난 그런 조사등(照射燈)은 별것 아니라고 생각하네. 애비경이 엉터리 일광 요법에 관해 《의학 저널》에 발표한 논문 읽어 보았겠지? 그런 이리듐에는 적외선 따위는 하나도 들어 있지 않다더군."

햄프턴이 빤히 쳐다보다 웃음을 터뜨렸다.

"젠장! 못해도 3기니 정도는 들어 있겠지. 게다가 멋지게 갈색으로 태워 주잖아."

"이봐, 프레디." 프리드먼이 끼어들었다. "나는 그런 비싼 장비는 좋아하지 않아. 수익을 내지 않아도 값은 치러야 하니까. 게다가 시간이 지나면 유행도 사라지잖나. 솔직히 오래되긴 해도 좋은 피하 주사기만 한 것은 찾아볼 수 없을 거야."

"하지만 자네도 사용하게 될걸."

햄프턴이 말했다.

그때 아이보리가 끼어들었다. 덩치가 크고 다른 사람들보다 나이도 많은 그는 턱수염을 파르스름하게 면도하고 런던 사교계에 드나드는 한량처럼 느긋하고 유쾌하게 굴었다.

"그래서 말인데, 오늘 주사 코스 하나 예약받았다네. 12회짜리야. 알다시피 망간 주사. 내가 어떻게 했는지 말해 줄까? 요즘에는 꽤 수지맞는 일이야. 내가 그 환자에게 툭 까놓고 말했네. 어쨌거나 우린 사업가다, 이 코스는 12회에 50기니인데, 선불로 하면 45기니에 해 주겠다고 했지. 그랬더니 그 자리에서 수표를 끊어 주더군."

"기가 막힌 장사꾼일세." 햄프턴이 비꼬듯 말했다. "난 자네가 외과 의산 줄 알았네."

"물론 난 외과 의사지." 아이보리가 고개를 끄덕였다. "내일은 셰링턴에서 자궁 소파술을 하니까 말이야."

"사랑의 헛수고이던가!" 프리드먼은 담배를 멍하니 보며 중얼거리다 처음 생각으로 되돌아왔다. "그야 달리 방법이 없으니. 근본적으로 흥미로운 문제야. 그건 그렇고 상류 계급을 상대로 하는 치료에서 내복약은 분명 시대에 뒤떨어진 거네. 만일 내가 처방을 한다면, 그러니까 플라자 호텔에서 가루약을 처방해 주면 1기니짜리 얼음을 파는 것보다도 남는 게 없어.

하지만 같은 성분의 약이라도 피하 주사로 놓아 줄 경우 피부를 소독약으로 닦는다, 살균한 주사기를 사용한다 어쩐다 하고 설명하기 때문에 환자들은 자신이 과학적인 첨단 치료를 받나 보다 하고 생각하게 마련이지!"

햄프턴이 활기찬 어조로 말했다.

"웨스트엔드에서 내복약 처방이 사라지고 있다는 건 의사들에게도 좋은 일이지. 찰리의 환자를 예로 들어 보자고. 그가 망간을 처방했다고 가정해 보세. 아니 망간과 철이라도 좋아, 약병만 그럴듯하고 좋아 보이면. 그처럼 환자에게 흔히 처방하는 약들은 기껏해야 3기니밖에 받을 수가 없어. 하지만 그 약을 열두 개의 앰풀에 나누면 50기니를 받을 수 있어. 아, 미안, 찰리. 45기니만 받는다고 했지?"

"앰풀 하나 값은 12실링도 안 되지."

프리드먼이 조그만 목소리로 중얼거렸다.

앤드루의 머리가 혼란스러웠다. 여기서는 내복약 폐지를 주장하는 논쟁이 벌어지고 있었다. 앤드루는 그 기상천외한 발상에 머리를 한 대 얻어맞은 것 같았다. 그는 마음을 진정시키려고 브랜디를 꿀꺽꿀꺽 들이켰다.

"또 좋은 건 말이야." 프리드먼이 뭔가 생각에 잠긴 듯했다. "환자들은 이 주사가 얼마나 하는지 모른다는 점이야. 환자들은 책상 위에 죽 올려놓은 앰풀을 보면 본능적으로 '어머나! 이거 정말 비싸겠다!' 하고 생각하게 마련이거든."

"자네도 잘 들어 둬." 햄프턴이 앤드루를 보며 눈을 찡긋했다. "프리드먼이 말하는 걸 잘 들어 보면 환자들은 보통 여성이지. 그런데 폴, 어제 그 사냥에 대해 이야기를 들었는데 말이

야. 더멧이 팀을 짜고 싶어 하더군. 자네와 찰리, 내가 함께 갔
으면 하더라고."

그들은 그 후로 십 분 동안 사냥과 골프, 그것도 런던 근교
에 있는 여러 최고급 코스에서의 경기와 자동차에 관해 얘기
했다. 아이보리는 차체가 특별한 3.5리터짜리 신형 렉스를 주
문했다고 자랑했다. 앤드루는 그들의 이야기를 들으며 담배를
피우고 브랜디를 마셨다. 다른 사람들도 꽤 많은 양의 브랜디
를 마셨다. 앤드루는 혀가 약간 꼬이는 것을 느꼈고 그들이 모
두 좋은 친구들처럼 생각되었다. 그들은 대화에서 자신을 소외
시키지도 않았으며 말 한마디, 짧은 시선 속에서도 항상 그가
자신들과 함께 있다는 것을 느끼게 해 주었다. 어쨌든 그들은
앤드루가 점심으로 절인 청어를 먹었다는 사실을 잊게 만들어
주었다. 마지막으로 자리에서 일어날 때 아이보리는 앤드루의
어깨를 가볍게 쳤다.

"한번 초대장을 보내야겠는걸, 맨슨. 언제든지 자네와 함께
환자를 보게 되면 정말 기쁠 거야."

응접실에 돌아오니 그곳은 식당과 달리 다소 딱딱한 분위기
였지만, 기분이 한껏 고조된 햄프턴은 순백색의 번쩍거리는 리
넨 정장 주머니에 손을 찔러 넣으며 아직 초저녁이니 모두들
'엠버시'로 자리를 옮겨 한잔 더 하자고 했다.

"저, 우린……." 크리스틴이 앤드루를 힐끗 쳐다보며 말했다.
"우린 돌아가야 해요."

"무슨 소리야, 여보!" 앤드루가 불그레한 얼굴에 미소를 지
었다. "무슨 일이 있어도 파티를 망쳐선 안 되지."

엠버시에서 햄프턴은 이미 얼굴이 알려져 있는 듯했다. 햄프

턴과 그의 일행은 들어서자마자 미소 띤 종업원들로부터 정중한 인사를 받았고, 곧 벽 쪽의 테이블로 안내되었다. 여기에선 더 이상 샴페인을 마시지 않았다. 대신 춤을 추었다. 이 친구들 모두가 상당한 춤꾼이라고, 술 기운에 몽롱해진 앤드루는 생각했다. 그러고는 대담하게 말했다.

"야! 이거, 이거, 저 친구들이 연주하는 춤곡 정말 멋지지 않아? 크리스, 당신은 춤추고 싶지 않아?"

체스보러 테라스로 돌아오는 택시 안에서 앤드루가 유쾌한 듯 말했다.

"아, 모두 일급 친구들이야! 크리스, 오늘 저녁 멋지지 않았어?"

그녀는 작지만 단호한 목소리로 대답했다.

"정말 불쾌한 저녁이었어요!"

"그래? 왜?"

"난 데니나 호프 같은 사람들이 좋아요. 당신의 의사 친구들로는요. 오늘 그 사람들은 겉만 번지르르하고⋯⋯."

앤드루가 말을 가로챘다.

"하지만 크리스, 도대체 뭐가 불만이지?"

"세상에! 모르겠어요?" 크리스틴이 화가 나서 차갑게 쏘아붙였다. "모두 다요. 음식도, 가구도, 말하는 방식도. 말끝마다 돈, 돈 하는 것도. 당신은 그 여자가 내 드레스를 어떤 눈으로 쳐다봤는지 모를 거예요. 햄프턴 부인 말이에요. 그 여자가 미용실에 한 번 가서 쓰는 돈이 내가 평생 옷 사 입는 돈보다 많다는 걸 알고 있다는 듯한 눈빛이었어요. 응접실에서 내가 말도 안 되는 상대라는 걸 알았을 때 얼마나 우스웠을까. 물론 그녀야 휘튼 가의 공주죠. 위스키 회사 휘튼 말이에요! 당신이 들어오기 전에 어땠는지, 무슨 대화를 나눴는지 상상도 못할 거예요. 온통 상류계급의 추문들뿐이었어요. 누가 누구와 주말을 보냈다느니 미용실에서 어떤 소문을 들었다느니, 최근에 누가 낙태를 했다느니, 점잖은 말은 하나도 없었어요. 그래요. 그 여자 표현에 따르면 자기는 플라자 호텔의 악단 리더에게 '홀딱 빠졌다'고 하더군요."

그녀의 어조에 섞여 있는 빈정거림은 섬뜩할 정도였다. 앤드루는 그것을 질투라고 생각하고는 그만 쓸데없는 말을 내뱉고 말았다.

"나도 돈을 벌어다 주겠어, 크리스. 값비싼 옷도 잔뜩 사 주고."

"난 돈 같은 거 원치 않아요. 화려한 옷도 필요 없고요."

그녀는 딱 잘라 말했다.

"하지만 여보."

얼근히 취한 앤드루가 크리스틴에게 손을 뻗었다.

"이러지 말아요!" 그녀의 날카로운 목소리가 앤드루의 귓전을 때렸다. "앤드루, 난 당신을 사랑해요. 하지만 술 마셨을 땐 아니에요."

앤드루는 화가 나고 몽롱한 상태로 구석에 붙어 앉았다. 크리스틴이 그를 냉랭하게 뿌리친 것은 처음이었다.

"좋아, 좋다고." 그가 중얼거렸다. "마음대로 하라고."

앤드루는 택시비를 지불하고 크리스틴보다 먼저 집에 들어가 버렸다. 그런 다음 한마디 말도 없이 평소 사용하지 않던 침실로 올라가 버렸다. 방금 호사스러운 것들과 헤어지고 나서

인지는 몰라도 모든 게 궁상맞고 비참해 보였다. 마침 전기 스위치도 제대로 작동되지 않았다. 집 전체의 배선이 완전하지 않았던 것이다.

"제기랄!" 그는 침대로 뛰어들면서 생각했다. '이 소굴에서 곧 나갈 테다. 마누라에게 뭔가 보여 줘야지. 나도 돈을 벌 거야. 도대체 돈 없으면 할 수 있는 일이 뭐가 있단 말인가?'

결혼한 후로 그들이 떨어져 잔 것은 이번이 처음이었다.

3

다음 날 아침 식사 시간에 크리스틴은 어제 일은 모두 잊은 것처럼 행동했다. 게다가 자신에게 특별히 고분고분하려고 애쓴다는 것을 앤드루는 느낄 수 있었다. 그래서 내심 기분이 나아졌으면서도 왠지 겉으로는 더욱 부루퉁하게 굴었다. 조간신문을 열심히 읽는 척하면서 여자란 이따금 자신의 분수를 깨닫게 해 줘야 하는 존재라는 생각이 들었다. 그러나 앤드루가 계속해서 부루퉁한 얼굴로 무뚝뚝하게 대답하자 크리스틴도 이내 사근사근하던 태도를 버리고 본연의 상태로 돌아가서 입술을 꼭 다물어 버렸다. 함께 식탁에 앉았어도 앤드루가 식사를 끝낼 때까지 눈길 한번 주지 않았다. 고집이 보통이 아니군, 그는 이렇게 생각하며 일어나 식당을 나갔다. 나도 뭔가를 보여 주겠어!

그는 진찰실로 가자마자 가장 먼저 의사 명부를 꺼내 보았다. 어젯밤 만난 동료들에 대한 자세한 정보를 알고 싶은 호기심과 열망 때문이었다. 서둘러 책장을 넘겨 제일 먼저 햄프턴을 찾았다. 오, 여기 있군. 프레디 햄프턴, 퀸앤 거리, 의학사, 외과 의사, 월섬우드 외래 환자 보조 의사.

당황한 앤드루는 미간을 찌푸렸다. 햄프턴은 지난밤 병원에 관해 얼마나 많은 말을 했던가. 웨스트엔드의 개업의에게 종합 병원에 외래로 나가는 것만큼 도움되는 일도 없다고 했다. 종합 병원의 외래 의사라는 직함은 환자에게 믿음을 줄 수 있다고도 했다. 그러나 빈민 구제 병원, 게다가 월섬우드라고 하면 이제 막 개발되기 시작한 변두리 병원이 아니던가. 이것은 겨우 한 달 전에 구입한 최신 명부이므로 착오가 있을 리 없었다.

앤드루는 더욱 느긋해진 마음으로 붉은색의 커다란 명부를 무릎에 내려놓고 아이보리와 프리드먼에 관해서도 찾아보았 다. 그의 표정이 어리둥절한 빛을 띠며 골똘해졌다. 폴 프리드 먼은 햄프턴과 마찬가지로 의과대학 졸업생이었다. 하지만 햄 프턴만큼 우월한 점도 없고 종합병원 외래 의사도 아니었다. 그렇다면 아이보리는? 뉴캐번디시 거리의 찰리 아이보리는 영 국 외과의협회 최하위 회원이라는 것 외에는 외과 의사 자격 증도 없고 종합병원 외래 근무는 말할 것도 없었다. 경력이라 고 해야 야전병원과 연금자 병원에서 얼마간 근무한 게 고작 이었다.

앤드루는 깊은 생각에 잠긴 채 의자에서 일어나 명부를 책 꽂이에 꽂았다. 그의 얼굴 표정이 갑자기 결연해졌다. 자신의 경력과 어제 저녁을 함께 먹었던 잘 나가는 친구들의 경력은 비교도 할 수 없었다. 그들이 한 것을 나라고 왜 못하겠는가. 아니, 더 잘할 자신이 있었다. 크리스틴의 격노에도 불구하고 그는 어느 때보다도 성공의 의지를 더욱 굳혔다. 그러자면 우선 월섬우드 같은 그런 겉만 번지르르한 빈민 구제 병원이 아니라 런던의 종합병원 중 한 곳에 적을 두어야만 했다. 그래! 병원다운 병원, 그것이 그의 당면 과제였다. 그런데 어떻게?

앤드루는 사흘간 곰곰이 생각한 끝에 떨리는 마음으로 로버트 애비를 찾아갔다. 그에게 무언가를 부탁하는 것은 세상에서 가장 어려운 일이었다. 더구나 애비가 눈을 반짝이며 반갑게 맞아 주자 더욱 그랬다.

"여, 우리의 초특급 붕대 계산원이 어쩐 일인가? 내 얼굴을 보는 게 쑥스럽지 않은가? 빅스비 박사는 고혈압이 더 악화되었다네. 그에 대해 무슨 소식이라도 들었나? 오늘은 무슨 일인가? 나와 논쟁이라도 벌이려고 왔나, 아니면 광산 사무국에 자리라도 있나 하고?"

"아닙니다, 로버트 경. 저, 그러니까, 종합병원의 외래 의사 자리를 얻고 싶은데 혹시 저를 도와주실 수 있나 해서요."

"음! 사무국보다 더 어려운 일이군. 자네도 얼마나 많은 젊은이들이 그 기회를 잡으려고 임뱅크먼트로 몰려드는지 알고 있을 걸세. 모두들 보수도 없이 명예만 있는 그 자리를 기다리고 있어. 자넨 폐 연구를 계속해서 할 수 있는 곳으로 알아보게. 그럼 범위가 더 좁아질 거야."

"아, 네……."

"빅토리아 폐 병원. 거길 목표로 삼게. 런던에서 가장 유서 깊은 병원 중 하나지. 아마 내가 알아봐 줄 수 있을걸세. 아니! 약속은 못하네. 하지만 내가 계속 주시하고 있겠네. 그 분야 쪽으로."

애비는 앤드루에게 잠깐 앉아서 차나 한잔 하라고 권했다. 그는 4시경이면 어김없이 자기 진료실에서 간식 없이 설탕이나 우유를 넣지 않은 중국차를 두 잔 마셨다. 오렌지꽃 향기가 나는 특이한 차였다. 애비는 징더전*산(産) 받침 없는 찻잔에서부터 피르케 반응에 이르는 다양한 주제로 자연스럽게 대화를 이끌었다. 그리고 얼마 후 문까지 앤드루를 배웅해 주며 말했다.

"여전히 교과서와 씨름하나? 포기하지 말게. 그리고 설령 내가 자네를 빅토리아 병원에 넣어 준다고 해도 갈레노스**의 정신을 실천한답시고 환자의 침대 곁에 너무 붙어 있지는 말게." 애비의 눈이 반짝거리며 빛났다. "내가 그런 식으로 했다가 실패한 경험이 있기 때문이네."

앤드루는 구름 위를 걷는 기분으로 집으로 돌아왔다. 너무나 기쁜 나머지 크리스틴에게 위엄을 지켜야겠다는 생각도 잊어버리고 불쑥 말을 꺼내 버렸다.

"애비 경을 만나고 왔어. 그분이 날 빅토리아 폐 병원에 들어가도록 힘써 주신댔어. 그렇게 되면 최고 전문의의 자격을 얻게 되는 거야." 그녀의 눈에 기쁨이 어리자 앤드루는 갑자기 부끄럽고 작아지는 느낌이 들었다. "요즘 들어 내가 너무 옹졸하고 까탈스러워진 것 같아, 크리스! 우리 사이도 별로 좋지 않았고 말이야. 그래서 말인데, 우리 이제 화해하자고!"

크리스틴은 모든 것이 자신의 잘못이었다고 말하며 앤드루

---

* 중국 제일의 도자기 생산지로 유명한 공업 도시.
** 실험 생리학을 확립한 고대의 유명한 의사.

에게 안겼다. 그러다 보니 어찌된 셈인지 책임은 모두 그에게 있는 것처럼 되고 만 듯했다. 하지만 그의 마음 한구석에는 여전히 어떻게든 빨리 물질적으로 크게 성공해서 크리스틴을 꼼짝 못하게 해 줘야겠다는 고집스러운 마음이 자리 잡고 있었다.

앤드루는 새로운 의욕으로 일에 매달리면서도 조만간 어떤 행운이 정말로 굴러 들어올 것 같은 예감이 들었다. 아닌 게 아니라 환자도 꾸준히 늘고 있었다. 그러나 그들은 그가 바라는 환자들이 아니었고, 기껏해야 3실링 6펜스짜리 진찰 환자와 5실링짜리 왕진 환자들이었다. 하지만 그들이 진짜 환자였다. 그를 찾아오거나 그를 부르는 환자들은 정말로 아프거나 그렇지 않으면 병원은 꿈도 못 꿀 가난한 사람들이었다. 그는 마구간을 개조한 통풍도 안 되는 퀴퀴한 방에서 디프테리아 환자를 치료했고, 하인들이 기거하는 눅눅한 지하 방에서 류머티즘열 환자를 진찰했으며, 하숙집의 다락방에서 폐렴 환자를 만났다. 그는 그렇게 가장 비참한 방에서 질병들과 싸웠다. 친척이나 친구들에게 버림받고 적막한 단칸방에 홀로 살며 가스난로로 빈약한 음식을 만들어 먹는, 머리가 제멋대로 자라 헝클어진 외돌토리 할머니, 할아버지도 찾아갔다. 대부분이 이런 경우였다. 한번은 샤프츠버리 대로의 화려한 네온사인 속에서 그 이름이 빛나는 유명한 여배우의 아버지를 진찰한 적도 있었다. 온몸이 마비된 일흔 살의 노인은 더럽고 냄새나는 방에서 살고 있었다. 그리고 부러질 것처럼 마른 데다 곧 굶어죽을 것 같은 우스꽝스러운 늙은 귀부인 집을 방문한 적도 있는데, 그녀는 자신이 드레스를 입고 여왕을 알현하던 사진을 보여 주고 이 부근에서 자신의 마차를 타고 행차했던 옛날 이야기를 들려 주기도 했다. 어느 날은 한밤중에 돈 한 푼 없고 절망스러운 처지에 구빈원에 가느니 가스를 맡고 죽는 게 낫겠다며 자살을 기도한 비참한 인생의 목숨을 살려 놓고는 그런 일을 한 자신이 싫어지기도 했다.

그의 환자들 대부분이 절박한 응급 환자였다. 그들은 한시 바삐 병원으로 옮겨 달라고 큰 소리로 울부짖었다. 그럴 때마다 앤드루는 곤란에 빠졌다. 아주 위급한 최악의 환자라도 입원 허가를 받기란 하늘의 별 따기만큼이나 어려운 일이기 때문이다. 게다가 이런 일은 대개 밤늦은 시각에 일어났다. 그는 잠옷 위에 저고리와 외투를 입고 목도리를 두른 채 모자는 머리 뒤까지 내려오도록 눌러쓰고 전화통에 매달려 이 병원 저 병원으로 전화를 걸어 달래 보기도 하고 사정해 보기도 하고 협박도 했지만 돌아오는 건 언제나 무뚝뚝하고 때로 무례하기까지 한 거절이었다.

"어느 의사 선생님이죠? 누구죠? 안 됩니다. 미안합니다. 병상이 없어서요."

그럴 때 앤드루는 크리스틴 앞에서 화풀이를 하며 욕설을 퍼부었다.

"병상이 없다니! 세인트 존스 병원에는 자기네 환자들 몫으로 병상이 얼마든지 있다고. 모르는 환자는 죽어도 나몰라라 하는 거야. 그 새파란 자식의 목을 비틀어 버렸어야 했는데! 정말 지독한 놈이지 않아, 크리스? 오늘 교액성 탈장 환자가 있는데 병원에 입원을 시키지 못했어. 좋아, 병원 중에는 만원인 병원도 있을 거야. 하지만 여긴 런던이잖아! 대영제국의 심장부란 말이야. 이게 우리의 허울 좋은 기부제(寄附制) 병원시스템이지. 지난번에 어떤 만찬장에서 자선가라는 녀석이 일어나더니 이게 세상에서 가장 훌륭한 시스템이라고 열변을 토하더군. 그렇지만 이건 결국 가난한 사람들을 또다시 구빈원으로 가게 만드는 제도야. 서류에다 별의별 것을 다 쓰라고 하지. 수입은? 종교는? 어머니는 친어머니인가? 복막염 환자를 보고 말이야. 그래! 아프면 얌전히 시키는 대로 하라 이거지. 크리스, 구빈원 직원에게 전화 걸어서 나 좀 바꿔 줘."

앤드루가 어떤 어려움을 겪어도, 그가 싸워야 하는 불결함과 빈곤에 대해 아무리 불평을 토로해도 크리스틴은 언제나 똑같이 대답할 뿐이었다.

"어쨌든 보람된 일이잖아요. 내겐 그것 이상의 중요한 의미는 없어요."

"내 몸의 빈대를 없애기에는 부족해."

그가 빈대를 떨어내기 위해 욕실로 가면서 투덜거렸다.

크리스틴이 웃었다. 그녀는 다시 예전의 행복한 상태로 돌아간 것이다. 이렇게 되기까지 비록 크고 작은 다툼이 있었지만 마침내 그녀는 가정을 완전히 제압했다. 어디에서 또 어떤 일이 이따금 고개를 치켜들고 그녀를 공격할지 모르지만 그녀가 보기에는 대체적으로 깨끗하고 윤기도 나고 길이 들었다. 새로 가스레인지도 사고 전등갓도 갈고 낡아서 쭈글쭈글하던 소파 천도 깨끗하게 세탁했다. 계단 난간은 근위병의 단추처럼 반짝반짝 빛났다. 몇 주간 고민한 끝에 하녀를 구하는 문제도 — 이 지역에서는 하녀들이 팁 때문에 가정집보다 하숙집을 선호했다. — 베넷 부인이라는 사십대 과부를 들이는 것으로 해결되었다. 베넷 부인은 깔끔한 성격에 일도 잘했지만 일곱 살 난 딸 때문에 '딸과 함께 사는 조건'의 자리를 구하기 어려웠기 때문이다. 크리스틴은 베넷 부인과 함께 지하실 수선에 착수했다. 기차 터널 같던 곳이 꽃무늬 벽지를 바르고 행상들한테 사들인 가구를 놓고 크리스틴이 손수 크림색 페인트를 칠했더니 아늑한 침실이자 응접실이 되었다. 이곳에서 살게 된 베넷 부인과 이제 매일 아침 가방을 매고 패딩턴 학교에 다니게 된 어린 플로리는 비로소 삶의 안정을 찾았다. 몇 달간 궁핍하고 불안한 생활을 했던 베넷 부인은 이런 안정과 안락함에 대한 보답으로 자신의 가치를 인정받기 위해 아무리 일하고 또 일해도 부족하다는 생각으로 열심히 일했다.

대기실을 환하게 밝혀 주는 이른 봄꽃들은 크리스틴이 가정생활에 얼마나 행복해하는지 말해 주는 증거였다. 그녀는 이른 아침 장에 갔다 오다가 노점상에서 몇 펜스를 주고 꽃을 사왔다. 머슬버러 거리의 노점상들 중 크리스틴을 모르는 사람들은 별로 없었다. 과일이건 생선이건 채소건 뭐든지 싸게 살 수 있는 이곳에서 크리스틴은 전문직에 종사하는 남자의 아내라는 자신의 신분을 의식할 수도 있건만 절대 그러지 않았다. 그녀는 편물로 짠 장바구니에 물건을 넣고 집으로 돌아가는 길에 슈미트 부인의 가게에 들러 얼마간 담소를 나누며 앤드루가 무척이나 좋아하는 리프타우어 치즈를 몇 조각 사기도 했다.

오후에는 서펜타인 연못 주변을 자주 산책했다. 밤나무에는 새로 연한 잎이 돋고, 잔잔하게 물결 이는 수면 위를 물새들이 잰걸음으로 달렸다. 이곳은 그녀가 늘 그리워하는 탁 트인 전원의 분위기를 느끼기에 좋은 곳이었다.

앤드루는 저녁이면 종종 묘하게 질투 어린 시선으로 크리스틴을 힐끗거렸다. 그것은 하루 종일 크리스틴을 못 보고 지냈기 때문에 마음이 울적하다는 의미였다.

"하루 종일 뭐 했지? 난 바빴는데. 내가 차를 사면 당신도 운전을 해. 그래야 내가 언제나 당신 가까이에 있지."

앤드루는 여전히 애비로부터 종합병원 근무에 대한 소식이 오기를 고대하면서 오지 않는 '고급' 환자들을 기다리고 있었다. 게다가 지난번 퀸앤 거리에서의 저녁 만찬 이후 달라진 게 없었기 때문에 초조해졌다. 그날 이후로 햄프턴과 그의 친구들을 한번도 만난 적이 없는 것도 은근히 마음에 걸렸다.

그런 상태에서 4월이 끝나갈 무렵 어느 저녁 그는 진료실에 앉아 있었다. 9시가 가까워져서 문을 닫으려고 하는데 젊은 여자가 들어왔다.

그녀는 불안하게 그를 쳐다보았다.

"이쪽으로 들어오는 게 맞나요? 아니면 현관으로?"

"어느 쪽이나 괜찮습니다." 그가 심드렁하게 웃으며 말했다. "다만 이쪽은 진찰료가 반값이죠. 자, 어디가 불편해서 오셨죠?"

"전액을 다 내도 상관없어요."

그녀는 묘하게 진지한 표정으로 다가오더니 인조가죽을 씌운 의자에 앉았다. 나이는 스물여덟 정도 되어 보였고, 땅딸막한 체구에 짙은 올리브색 옷을 입었는데 다리가 굵었으며, 크고 밋밋한 얼굴에 심각한 표정을 짓고 있었다. 당장이라도 "여기선 허튼 짓 마세요!"라고 외칠 것 같은 그런 여자였다.

앤드루는 마음을 누그러뜨리며 말했다.

"치료비에 관해서는 그만 합시다! 자, 어디가 불편하시죠?"

"의사 선생님!" 그녀는 여전히 자신의 의견을 진지하게 설명하고 싶은 모양이었다. "식료품점을 운영하는 스미스 아주머니가 선생님을 찾아가 보라고 해서 왔는데요. 전 그 아주머니와 오래전부터 알고 지내죠. 거기에서 가까운 로리에서 일하고 있거든요. 이름은 크램이라고 해요. 그리고 미리 말씀드릴 게 있는데, 전 이미 이 근처의 여러 유명한 의사들한테 가 보았어요." 그녀는 장갑을 벗었다. "제 손 때문에요."

그녀의 손과 손바닥에는 붉게 피부병이 퍼져 있었다. 가장자리에 사행(蛇行)으로 돋지 않은 것을 보니 건선은 아닌 것 같았다. 앤드루는 갑자기 흥미가 생겨서 확대경을 들고 자세히 관찰해 보았다. 그러는 동안 그녀는 설득조의 말투로 진지하게 설명했다.

"이게 저 같은 일을 하는 사람에게 얼마나 괴로운지 모르실 거예요. 전 이걸 없애려고 모든 수를 다 써 봤어요. 세상에 있는 연고란 연고는 모두 발라 봤고요. 그런데 아무것도 효과가 없었어요."

"그런 건 효과가 없을 거예요."

그는 아직 모호하지만 결정적인 단서가 떠올랐을 때의 전율을 온몸으로 느끼며 확대경을 내려놓았다.

"흔치 않은 피부병이에요, 크램 양. 국소적인 치료만으로는 효과가 없어요. 원인은 혈액 때문이에요. 식이요법을 통해 그 원인을 제거해야만 합니다."

"약은 없나요?" 진지했던 그녀의 얼굴이 의심으로 바뀌었다. "다른 의사들은 그런 말을 한 적이 없었어요."

"그래서 제가 해 주고 있잖아요."

앤드루는 웃으면서 메모지를 가져와 그녀에게 식이요법에 대해 설명하며 절대 먹어서는 안 되는 음식을 죽 적어 내려가기 시작했다.

그녀는 어리둥절해하며 종이를 받아 들었다.

"네, 한번 해 볼게요, 선생님. 뭐라도 해 볼 거예요."

그녀는 꼼꼼하게 치료비를 지불하면서도 여전히 미덥지 못한 듯 꾸물거리더니 병원을 나갔다. 그러고 나서 앤드루는 곧장 그녀를 잊었다.

그런데 열흘 뒤 그녀가 이번에는 더없이 활짝 웃는 표정으로 그동안 자제했던 열렬함을 표현하면서 현관을 통해 진료실로 들어섰다.

"제 손 좀 보시겠어요, 선생님?"

"그러죠." 이번에는 앤드루도 웃었다. "식이요법은 잘 하셨겠죠?"

"그럼요." 그녀는 뜨거운 감사의 마음으로 손을 쑥 내밀었다. "보세요! 완전히 나았어요. 반점 하나 없어요. 제가 얼마나 기쁜지 모르실 거예요. 정말 대단한 명의세요!"

"뭘요." 그가 얼른 말을 가로막았다. "이런 걸 알아내는 게 제 직업이죠. 자, 이젠 다 나았으니 걱정하지 마세요. 제가 말씀드린 음식만 피하시면 재발하지 않을 겁니다."

그녀가 자리에서 일어났다.

"그럼 치료비를 받아 주세요, 선생님."

"이미 지불하셨잖아요."

앤드루는 순간 마음에 감동이 밀려오는 것을 느꼈다. 그는 기꺼이 3실링 6펜스를, 아니 7실링 6펜스를 받을 수도 있었지만 자신의 성공적인 의술을 극적으로 만들고 싶다는 유혹을 참을 수가 없었다.

문까지 배웅을 받으며 나가던 그녀는 마지막으로 자신의 진심을 표하기 위해 문가에서 걸음을 멈췄다.

"하지만 선생님, 다른 방법으로라도 또 저의 마음을 표시할 수 있기를 빌어요."

앤드루는 하늘로 향한 그녀의 달덩이 같은 얼굴을 쳐다보며 문득 야릇한 생각이 떠올랐다. 하지만 이내 고개를 끄덕이며 그녀를 보내고 문을 닫았다. 그리고 다시 그녀의 일을 잊었다. 피곤하기도 했고 치료비를 거절한 데 대해 약간의 후회도 있었지만 어쨌든 가게 여종업원이 그 이상 무엇을 해 주랴 싶은 생각이 들었다.

그러나 적어도 이 점에 있어 그는 크램을 제대로 알아보지 못했다. 더욱이 이솝우화에서 강조한 대로 얼치기 현자로라도 기억되어야 한다는 생각은 꿈에도 하지 못했다.

4

마사 크램은 로리에의 점원들 사이에서 '하프백'*이라는 별명으로 알려져 있었다. 그녀는 다부진 몸매에 여성적인 매력이라고는 찾아볼 수 없는 중성적인 여자로, 세련된 가운이라

---

* 축구나 하키 등에서 전위의 뒤쪽에 위치한 포지션.

든지 하늘하늘한 속옷, 가격이 100파운드에 이르는 값비싼 모피 같은 호화스러운 물건들을 파는 로리에의 관리자급 점원치고는 묘한 데가 있었다. 하지만 하프백은 유능한 점원으로 고객들 사이에도 신임이 지극히 두터웠다. 그 비결은 로리에만의 자랑이라고 할 수 있는 특수한 경영 방법에 있었다. 관리자급 점원들마다 그들만의 특별 고객이 정해져 있어서 그 고객만 서비스하는데, 그 고객의 취향을 연구하고 조언도 해 주고 새 상품이 들어오면 그 고객을 위해 물건을 '따로 떼어 놓는' 것이다. 그렇게 되면 고객과 점원의 관계는 상당히 친밀해지고 몇 년이나 지속되는 경우도 있어서 진실하고 성실한 성품의 하프백에게는 특히 적합한 제도였다.

그녀는 케터링 시 사무 변호사의 딸이었다. 로리에의 여자 점원 대부분이 도시나 그 변두리에 사는 소규모 자영업자의 딸이었다. 로리에에 입사하여 설립 초기부터 대명사가 된 짙푸른색 제복을 입는 것이 그들에게는 더없는 명예로 여겨졌다. 일반적으로 점원들은 낮은 임금에 열악한 환경에서 지내며 상점에서 먹고 자는 조건을 감수해야 한다는 관행이 로리에의 여점원들에게는 해당되지 않았고, 의식주 혜택은 물론 보호까지도 훌륭했다. 상점의 유일한 남자 점원인 윈치가 여점원들의 감독을 맡고 있었다. 그는 특별히 하프백을 높이 평가하고 그녀와 진지한 의논도 종종 했다. 그는 사십 년 동안 여성 모자만 취급해 온 멋쟁이에 자상한 노신사였다. 그의 엄지손가락은 옷감을 조사하느라 맨질맨질하게 닳았고 하도 정중하게 인사를 해서 등에는 항상 쥐가 났다. 그가 아무리 어머니 같은 존재라고 해도 로리에에 오는 고객들에게 그는 광활하고 허영적인 여성스러움의 바다에서 유일하게 바지 입은 사람이었다. 아내와 함께 진열장을 둘러보는 수많은 남편들에게는 별종이었고 결코 호의적인 시선을 받지 못했다. 왕실과도 알고 지내는 그는 로리에의 명성만큼이나 유명인이었다.

크램이 피부병을 치료한 사건은 로리에의 직원들 사이에서 잔잔한 반향을 일으켰다. 그리고 그 효과는 즉시 나타났다. 여러 명의 여점원들이 순수한 호기심에서 대수롭지도 않은 병으로 앤드루의 진료실을 찾았다. 그들은 서로 킥킥대고 웃으면서 "하프백이 말한 의사가 어떻게 생겼는지" 보러 왔다고 이구동성으로 말했다.

하지만 점점 더 많은 로리에의 점원들이 체스보러 테라스의 진료실을 찾아오기 시작했다. 여점원들은 모두 보험 환자였다. 그들은 법에 의해 강제로 '보험'에 등록되었지만 로리에에 다닌다는 자부심만으로 보험 환자 취급받기를 거부했다. 5월말쯤 되자 그들 중 대여섯 명 정도는 진료실에 앉아 기다리는 일이 흔해졌다. 모두 잔뜩 멋을 부리고 고객들을 흉내 내어 입술에 립스틱을 진하게 바른 젊은 여자들이었다. 그 결과 병원의 수입은 눈에 띄게 증가했다. 그 일을 두고 크리스틴은 장난삼아 명랑하게 말했다.

"당신, 그 코러스 걸 같은 아가씨들과 뭐 하는 거죠? 설마 그 아가씨들이 이곳을 무대로 착각하는 건 아니겠죠?"

그러나 크램의 누를 길 없는 감사의 마음은 ― 오! 손이 깨끗이 나았을 때의 그 희열이란! ― 이제 겨우 밖으로 드러나기 시작했을 뿐이었다. 지금까지 로리에 상점은 로열 크레슨트의 나이도 지긋하고 경험도 많은 맥클린 박사를 준(準)공식 의사로 지정하여 긴급한 경우, 예컨대 재단부의 트위그 양이 뜨거운 다리미에 심하게 데었다든지 하는 경우 왕진을 청하곤 했다. 그러나 맥클린은 은퇴할 나이인데다 그의 동료 겸 직계 후임자인 벤턴 선생은 경력도 실력도 신통치 않았다. 더구나 벤턴은 여직원의 발목을 곁눈질로 흘끔거린다든지 예쁜 점원들에게 과잉 친절을 베풀어서 윈치가 눈살을 찌푸린 일이 한두 번이 아니었다. 크램과 윈치는 이 문제에 대해 자주 의논했다. 크램이 벤턴 선생에 대해 지정 의사로 부적합한 점을 지적하면서 체스보러 테라스의 의사에 대한 이야기를 꺼냈을 때 윈치는 뒷짐을 진 채 진지하게 고개를 끄덕였다. 크램은 앤드루를 엄격하고 점잖으며 여자들에게 한눈도 팔지 않고 실력도 뛰어난 의사라고 소개했다. 언제나 시간을 두고 신중하게 생각하는 성격이라 쉽게 결정을 내리지 않는 윈치 씨지만 마침 방문한 공작 부인을 맞이하러 달려 나가는 그의 눈빛에서 크램은 기대해 볼 만하다는 느낌을 받았다.

앤드루가 크램을 무시했던 데 대해 부끄럽게 생각하고 있던 6월 첫째 주, 그녀의 또 다른 호의적인 주선으로 앤드루의 얼굴이 더욱 화끈거리게 된 일이 있었다.

그는 정갈하고 정성 들여 쓴 한 통의 편지를 받았다. 나중에 안 일이지만 전화 한 통처럼 약식으로 처리하는 게 더 어울릴 법한 내용이었다. 이튿날인 화요일 오전 가능한 한 11시쯤에 파크 가든스 9번지에 사는 위니프리드 에버렛에게 왕진을 와 달라는 내용이었다.

앤드루는 일찌감치 진료소 문을 닫고 기대에 부풀어 왕진을 나갔다. 지금까지 왕진을 다녔던 가난하고 지저분한 이웃

동네가 아닌 이런 곳으로 왕진을 가는 것은 이번이 처음이었다. 파크 가든스는 하이드 파크의 아름다운 전망이 보이고 모두 현대적이지는 않지만 크고 당당한 건물들이 늘어서 있는 깨끗한 아파트촌이었다. 그는 드디어 자신에게도 기다렸던 기회가 왔다는 묘한 확신을 가지면서 기대와 긴장된 마음으로 9번지 저택의 초인종을 눌렀다.

나이 든 하인이 그를 맞았다. 고가구와 책, 꽃들로 장식된 넓은 방 안이 본 부인의 응접실을 연상시켰다. 방으로 들어간 순간 앤드루는 자신의 예감이 적중했음을 느꼈다. 이윽고 에버렛이 모습을 나타냈다. 그가 몸을 돌려 바라보았을 때 그녀는 차분하고 고요한 눈길로 그를 평가라도 하듯 찬찬히 뜯어보고 있었다.

쉰 살쯤 되어 보이는 그녀는 균형 잡힌 체격에 검은 머리카락, 노르께한 피부와 수수한 복장으로 자신감 넘치는 당당한 분위기를 풍겼다. 그녀가 곧 신중한 어조로 말을 꺼냈다.

"안타깝게도 내 주치의를 잃었어요. 내가 대단히 신뢰하던 사람이었죠. 그런데 크램 양이 선생을 소개해 주더군요. 워낙 성실한 성품이라 나는 그녀를 절대적으로 신뢰하죠. 그래서 선생에 대해 알아봤어요. 능력 있는 분이시더군요." 그녀는 여기서 잠시 말을 멈추고 다시 앤드루를 뜯어보았다. 그녀는 평소에 영양도 충분히 섭취하고 건강을 돌봐서 손톱 밑의 피부를 검사해야 할 일이 아니면 손가락 하나 건드리지 못하게 할 것 같은 분위기가 풍겼다. 이윽고 그녀가 방어적인 말투로 말했다. "선생이라면 괜찮을 거라고 생각해요. 나는 보통 일 년 중 이맘때 연속해서 주사를 맞아요. 건초열(乾草熱)에 걸리기 쉬운 체질이라서요. 건초열에 대해선 잘 아시겠죠?"

"그럼요." 앤드루가 대답했다. "그런데 어떤 주사를 맞으셨죠?"

그녀는 잘 알려진 약품의 이름을 댔다.

"전 주치의가 그 주사를 놓아 주었죠. 난 그 주사의 약효를 대단히 신뢰해요."

"아! 그렇습니까!"

그녀의 태도에 잔뜩 주눅 들어 있던 앤드루는 하마터면 그녀가 신뢰하는 의사가 처방해 준, 그녀 역시 신뢰하는 그 약이 실은 쓸모없는 것이며, 회사 측의 교묘한 광고로 인기를 끄는 것일 뿐 영국의 경우 여름에는 대부분의 꽃가루가 없어진다는 사실을 발설할 뻔했다. 그러나 그는 간신히 자제했다. 지금 그가 믿는 것과 그가 원하는 것 사이에는 투쟁이 벌어지고 있었다. 앤드루는 만일 지금까지 몇 달간 기다렸던 이번 기회를 놓치면 바보나 마찬가지라고 자신을 다그쳤다.

마침내 그가 말했다.

"그런 주사라면 누구 못지않게 잘 놓을 수 있습니다."

"네, 좋아요. 그럼 왕진료에 대해서 말인데요, 난 싱클레어 박사가 한 번 왕진 올 때마다 1기니 넘게 저불한 적이 없어요. 선생도 그 값에 계속해서 왕진을 올 수 있는지 알고 싶군요."

한 번 왕진에 1기니라, 지금까지 받았던 최고 왕진비의 세 배가 아닌가! 아니 그보다 더욱 중요한 사실은 삼 개월 내내 고대했던 상류계급 진출의 첫발을 내디뎠다는 점이었다. 그는 순간 또다시 자신의 신념이 고개를 쳐드는 것을 간신히 눌렀다. 아무런 소용이 없는 주사라고 해도 별 문제는 없지 않은

가. 환자가 좋아서 맞는 주사지 그가 권한 것도 아니었다. 앤드루는 실패가 지긋지긋했고, 3실링 6펜스를 벌려고 악착을 떠는 데도 지쳐 버렸다. 어떻게든 성공을 향해 나아가고 싶었다. 무슨 수를 쓰더라도 성공하고 싶었다.

다음 날 11시 정각에 앤드루는 다시 에버렛을 찾았다. 오전 산책 일정에 지장을 받고 싶지 않은 그녀가 절대 늦어서는 안 된다고 엄격하게 경고했던 것이다. 앤드루는 첫 주사를 놓았다. 그리고 그 후로는 매주 두 번 왕진하며 계속해서 주사를 놓게 되었다.

앤드루는 에버렛이 원하는 대로 시간을 잘 지켰고, 절대로 주제넘은 참견 따위는 하지 않았다. 그녀의 태도가 점차로 누그러지는 것을 보고 있으면 재미있을 정도였다. 위니프리드 에버렛은 참으로 특이하고 결단력이 있는 여자였다. 셰필드에서 커다란 칼 제조 공장을 운영했던 아버지에게서 물려받은 유산을 안전하게 국공채에 투자하고 있는 큰 부자로, 단돈 1페니라도 최대한의 가치를 얻을 수 있게 돈을 썼다. 이것은 인색함이 아니라 오히려 색다른 자기중심주의였다. 그녀는 스스로 자기 우주의 중심이 되었으며 아직도 희고 아름다운 자신의 육체에 관심을 기울였고, 이를 위해 효과가 있을 거라고 생각하는 온갖 조치를 취했다. 그녀는 무엇이든 최고가 아니라면 허락하지 않았다. 식사도 절제를 하되 최고의 음식만 먹었다. 앤드루가 여섯 번째 왕진을 했을 때는 마음이 느긋해진 그녀가 셰리한잔을 권했는데, 1819년산 아몬틸라도였다. 옷은 로리에서만 사 입었다. 침대보도 그가 본 것 중 최고였다. 이런 모든 것은 그녀만의 기준으로 보면 한 푼도 헛되이 쓴 게 아니었다. 하지만 에버렛이 택시 미터기를 자세히 쳐다보지도 않고 택시 기사에게 반 크라운을 던져 주는 것을 보고 앤드루는 그로서는 상상도 못할 일이라고 생각했다.

앤드루는 그런 그녀가 싫어져야 하는데도 이상하게 그렇지 않았다. 그녀는 자신의 이기심을 하나의 철학으로 발전시켰으며 놀라울 정도의 감각을 지녔다. 그녀를 보고 있으면 언젠가 크리스틴과 함께 보았던 네덜란드의 화가 테르보르흐의 그림에 나오는 여인이 연상되었다. 그녀는 그 그림의 여인처럼 풍만한 몸매에 매끄러운 살결, 범하기 어려우면서도 향락적인 입술을 가졌다.

앤드루가 진정으로 자신에게 맞는 의사가 되어 가고 있다고 느끼자 에버렛의 조심스러운 태도는 점점 사라졌다. 의사의 왕진은 이십 분을 넘어서는 안 된다는 것이 그녀만의 불문율이었고 그 이상 시간을 끄는 사람은 실력 없는 의사라는 것이 그녀의 지론이었다. 그러나 한 달이 끝나 갈 무렵 앤드루의 왕진 시간은 삼십 분으로 늘어났고, 두 사람은 잡담을 나누기까지 했다. 앤드루는 자신이 얼마나 성공을 거두고 싶어 하는지 그녀에게 털어놓았다. 그녀는 그 말에 동감을 표시했다. 사실 그녀의 화젯거리에는 한계가 있었다. 그렇지만 인간관계의 범위가 무한했고 그녀가 하는 말의 대부분은 그들에 관한 내용이었다. 그녀는 특히 더비셔에 살고 있는 캐서린 서튼이라는 조카에 관해 자주 이야기했다. 그녀의 남편 서튼 대위가 반웰에서 하원 의원에 출마한 뒤 런던에 자주 올라온다고 했다.

"싱클레어 선생님이 조카 부부를 진찰해 주곤 하셨지요." 그녀는 확실한 언질은 피한 채 지나가는 투로 말했다. "당신이라고 못한다는 법은 없다고 생각해요."

마지막 왕진 때 그녀는 앤드루에게 아몬틸라도 한잔을 권하며 친절하게 말했다.

"난 청구서 받는 걸 아주 싫어해요. 괜찮다면 지금 지불해도 되겠죠?" 그녀는 반듯하게 접은 12기니짜리 수표를 건네주었다. "물론 조만간 또 와 주시겠죠? 난 보통 겨울이 되기 전에 독감 백신을 맞거든요."

에버렛은 그를 현관까지 배웅하다 잠시 문가에서 발걸음을 멈추었다. 그녀의 얼굴은 어쩐지 차가워 보일 정도로 환하게 빛났다. 앤드루가 줄곧 보았던 그녀 특유의 부자연스럽게 활짝 웃는 미소였다. 그러나 미소는 곧 사라지고 에버렛은 다시 엄격한 시선으로 그를 쳐다보며 말했다.

"어머니뻘 되는 여자가 하는 충고니 따르도록 하세요. 최고급 재단사에게 가세요. 서튼 대위의 단골 재단사인데 콘딧 거리에 사는 로저스라고 해요. 내게 성공하고 싶다고 말한 적 있죠? 하지만 그 복장으로는 어림도 없어요."

앤드루는 거리를 걸어 내려오며 낯 뜨거운 모욕감에 이마가 화끈거려서 예전처럼 과격하게 욕설을 퍼부었다.

"저속한 할망구 같으니라고! 내 옷이 자기와 무슨 상관이라는 거지! 도대체 무슨 권리로 내게 옷을 사 입어라 마라 하는 거야? 나를 애완견처럼 데리고 다니기라도 하겠다는 거야? 그런 짓을 하는 것은 최악의 타협이고 인습에 대한 맹종이야. 패딩턴 환자들은 3실링 6펜스밖에 안 내지만 의사에게 재단사의 마네킹이 되라는 따위의 요구는 하지 않아. 이제부턴 그런 환자만 상대하고 영혼을 파는 짓거리는 하지 않겠어!"

그러나 어찌된 일인지 그런 기분은 점차로 사라져 버렸다. 그가 옷차림에 전혀 관심이 없는 것은 사실이었다. 멋이라고는 전혀 생각하지 않고 몸을 가리거나 추위를 막아 주기만 하면 기성복 양복도 최고라고 생각했다. 크리스틴 역시 단정하게 차려입기는 하지만 옷에 대해서는 전혀 신경 쓰지 않았다. 능직 치마와 손수 짠 양모 스웨터만으로도 세상에서 가장 행복해하는 여자였다.

그는 슬며시 자신의 옷차림을 평가해 보았다. 평범한 소모 직물로 짠 바지는 줄도 서 있지 않고 바짓단은 흙탕물이 튀어 말라붙어 있었다. 이런! 은근히 짜증이 난 앤드루는 그녀의 말이 옳다고 생각했다. 내가 이런 꼴인데 어떻게 상류층 환자들을 유치할 수 있단 말인가? 왜 크리스틴은 이런 말을 해 주지 않을까? 그런 건 위니 할망구가 아니라 아내가 해야 할 일이 아니던가. 그녀가 가르쳐 준 이름이 뭐였더라. 콘딧 거리의 로저스라고 했지. 좋아! 나도 거기에 가 보겠어.

집에 돌아오자 그는 다시 기운이 났다. 그는 크리스틴의 코 앞에 수표를 흔들어 보였다.

"자, 보라고! 내가 처음으로 알량한 3실링 6펜스를 들고 달려왔던 때 기억나? 야호! 지금 그때 그 환성을 다시 질러야 해. 야호! 의학 박사에 왕립의사협회 회원이라면 적어도 기니로 진료비를 받아야 하지 않겠어? 이 12기니는 위니라는 노파에게 알랑거려 가며 효과도 없는 글리커트사의 엡톤을 주사해 준 덕분에 받은 거야."

"그게 뭐죠?" 크리스틴이 미소 띤 얼굴로 묻다가 갑자기 안색을 바꾸며 의심스러운 표정을 지었다. "그건 당신이 나쁘다고 한 약이잖아요?"

당황한 앤드루가 인상을 찌푸렸다. 자신이 가장 듣고 싶지 않았던 말을 크리스틴이 한 것이었다. 순간 그는 화가 났다. 그것도 자신이 아니라 크리스틴에게.

"제기랄, 크리스! 당신은 절대 만족이란 걸 모르는군!"

그는 몸을 휙 돌리더니 쿵쿵거리며 방을 나갔다. 그리고 그 시간 이후로 줄곧 부루퉁한 표정이었다. 하지만 이튿날에는 다시 기분이 좋아져서 콘딧 거리의 로저스네 양복점으로 갔다.

5

이 주 후 새로 맞춘 두 벌의 양복 중 한 벌을 입고 내려온 앤드루는 초등학생이 된 것처럼 쭈뼛거렸다. 로저스의 권유로 선택한 더블 버튼에 깃을 빳빳하게 세운 짙은 회색 양복을 입고 회색 계열의 짙은 보타이를 맸다. 콘딧 거리의 재단사는 자신의 직무를 잘 아는 사람임에 틀림없었고, 서튼 대위의 이름을 언급하자 한 치도 허술하지 않게 만들어 주었다.

오늘 아침 크리스틴은 그리 좋아 보이는 안색이 아니었다. 목이 약간 부어서 낡은 스카프로 목과 머리까지 감싸고 있었다. 그녀가 앤드루의 잔에 커피를 따르고 있을 때 그가 화려한 차림으로 그녀 앞에 불쑥 나타났다. 순간 크리스틴은 놀라서 아무 말도 하지 못했다.

"앤드루!" 크리스틴이 겨우 말문을 열었다. "멋있네요. 그런데 어디 가려는 거예요?"

"어디 가느냐고? 당연히 내 일인 왕진을 가려는 거지." 그는 쑥스러움을 감추려고 오히려 명랑한 척 굴었다. "어때? 마음에 들어?"

"그래요." 크리스틴이 이렇게 말했지만 앤드루의 마음에 흡족할 정도로 순순한 대답은 아니었다. "아주 멋져요. 하지만." 크리스틴이 미소를 지었다. "어딘지 모르게 당신 같지 않아요."

"당신은 계속해서 내가 떠돌이 방랑자처럼 보이길 바라겠지."

크리스틴은 아무 대꾸 없이 손가락 관절이 희게 드러나 보일 정도로 힘껏 커피 잔을 쥔 다음 들어 올렸다. '흥! 내가 제대로 짚었군.' 앤드루는 생각했다. 그는 아침 식사를 마치고 진료실로 갔다.

오 분쯤 후 여전히 스카프 차림인 크리스틴이 조심스러워하면서도 뭔가 호소하는 듯한 표정으로 진료실로 들어왔다.

"여보! 제발 오해하지 말아요. 난 새 양복을 입은 당신 모습을 보고 얼마나 기뻤는지 몰라요. 난 당신이 뭐든지 가졌으면 해요. 당신에게 최고라면 무엇이든. 조금 전에 내가 한 말 기분 상했다면 미안해요. 내게 익숙한 당신 모습이 아니어서 그랬어요. 뭐라고 설명하기 어렵지만, 난 지금까지 당신이 옷차림에 대해 다른 사람의 눈을 전혀 의식하지 않는 사람이라고 알고 있었어요. 그러니 제발 나를 오해하지 말아요. 언젠가 우리 둘이 보았던 엡스타인의 머리 조각상 기억나요? 만일 그게 말끔하게 손질되거나 다듬어졌다면 늘 보던 것 같지 않을 거예요."

앤드루가 무뚝뚝하게 대꾸했다.

"난 엡스타인의 머리가 아니야."

크리스틴은 아무 말도 하지 않았다. 요즘 들어 앤드루는 무슨 말을 들으면 이해하려고 하는 것이 아니라 오해하고 기분 나빠하는 일이 많아서 크리스틴은 뭐라고 말해야 할지 난감했다. 크리스틴은 머뭇거리다가 돌아서서 방을 나왔다.

그로부터 삼 주 뒤 에버렛의 조카가 런던에서 몇 주일간 머무르게 되었을 때 앤드루는 노부인의 귀띔을 현명하게 따른 덕분에 충분한 보답을 얻게 되었다. 에버렛은 핑계를 대고 앤드루를 파크 가든스로 불러내 뭔가 확신이 필요한 듯 그를 꼼꼼하게 점검했다. 앤드루는 그녀가 자기 옆을 지나갈 때 자신이 과연 그녀가 추천할 만한 후보자로서 적격인지 평가하고 있다는 것을 알 수 있었다. 그리고 다음 날 서튼 부인에게서 전화를 받았다. 그녀는 집안에 유전적인 소인(素因)이 이어지는 게 틀림없다며 숙모와 마찬가지로 건초열 주사를 놓아 달라고 했다. 이번에는 앤드루도 수완 좋은 글리커트사의 효과 없는 엡톤 주사에 대해 아무런 양심의 가책도 느끼지 않았다. 그저 서튼 부인에게 좋은 인상을 남겨야겠다는 생각뿐이었다. 그리고 그 달이 끝나기도 전에 역시 파크 가든스의 한 아파트에 살고 있는 에버렛의 친구로부터 왕진 요청을 받았다.

앤드루는 날아갈 것 같은 기분을 만끽했다. 그는 승승장구하고 있었다. 성공에 대한 열망이 너무 큰 나머지 자신이 지금껏 신조로 삼았던 길과 얼마나 다른 길로 가고 있는지는 잊어버렸다. 허영심이 자극을 받았다. 그는 전보다 더욱 기민해지고 자신감에 넘쳤다. 상류계급 진출이라는 눈덩이가 애초에는 허름한 머슬버러 시장에서 햄과 소고기 따위를 파는 식료품점 주인인 작고 뚱뚱한 독일 여자로부터 구르기 시작했다는 사실을, 그는 잠시 멈춰 서서 돌아다볼 겨를이 없었다. 그러나 사실 그가 되돌아볼 시간을 갖기도 전에 눈덩이는 이미 내리막 길로 굴러가고 있었고, 그에게는 더욱 결정적인 또 다른 기회가 기다리고 있었다.

6월 어느 날이었다. 평소에는 별다른 일이 일어나지 않는 오후 2시부터 4시 사이에 그가 진료실에 앉아 지난 달 수입을 계산하고 있는데 갑자기 전화벨이 울렸다. 그는 곧 수화기를 들었다.

"네! 맨슨 박사입니다."

다급해서 헐떡거리는 목소리가 들려왔다.

"아, 맨슨 선생님! 계셔서 다행이에요. 전 윈치입니다! 로리에의 윈치. 저희 고객에게 사고가 생겼어요. 좀 와 주시겠습니까? 당장이요."

"네, 사 분 정도면 도착할 겁니다."

앤드루는 수화기를 내려놓고 얼른 모자를 찾아 썼다. 그러곤 밖으로 달려나와 급하게 33번 버스에 올라탔다. 사 분하고 삼십 초쯤 지나 로리에에 도착한 뒤 회전문을 밀고 안으로 들어가자 크램이 걱정스러운 표정으로 발을 동동 구르고 있었다. 앤드루는 곧장 그녀의 안내로 매끄럽고 두꺼운 초록색 융단을 밟고 금테 두른 긴 거울과 새틴우드로 된 패널화 사이를 지나갔다. 언뜻 보니 벽쪽 옷걸이에 작은 모자 하나와 망사 스카프, 흰담비 털 숄이 걸려 있었다. 크램은 서둘러 걸어가며 빠른 말투로 진지하게 설명했다.

"환자는 르 로이 양이라고 해요, 맨슨 선생님. 우리 고객이죠. 제 고객은 아니에요, 다행히. 툭하면 문제를 일으키거든요.

참, 맨슨 선생님, 제가 윈치 씨에게 선생님에 대해 말씀드려 놓았어요."

"고맙군요!" 무뚝뚝한 말투였다. 그도 경우에 따라서는 여전히 무뚝뚝할 수 있었던 것이다! "무슨 일이죠?"

"그 손님이, 세상에, 선생님, 그 손님이 수선실에서 발작을 일으켰대요."

넓은 계단 꼭대기로 올라가자 크램은 붉게 상기된 얼굴로 안절부절못하는 윈치에게 앤드루를 소개했다. 윈치가 말했다.

"이쪽이요, 선생님, 이쪽입니다. 제발 선생님이 어떻게 좀 해주세요. 정말 뜻밖의 일이 일어나서 말입니다."

옅은 초록색의 고급스러운 융단이 아늑하게 깔려 있고 벽은 금테와 초록색의 패널화로 장식한 수선실로 들어가니 흥분한 여점원들이 잔뜩 몰려와 있었다. 게다가 금박 입힌 의자는 뒤집어지고 수건은 아무렇게나 널려 있고, 넘어진 컵에서 물이 쏟아져 있는 등 한마디로 아수라장이었다. 그리고 그 한가운데 르 로이가 발작을 일으켜서 쓰러져 있었다. 바닥에 뻣뻣하게 누워 있는 그녀는 양손에 경련이 일어난 듯 주먹을 꽉 쥐고 발도 뻣뻣해진 상태였다. 수축된 목구멍에서는 이따금 쥐어짜는 듯한 신음이 새어나와서 듣는 사람을 긴장하고 겁먹게 만들었다.

앤드루가 윈치와 함께 들어가자 그중에 나이 많은 점원 한명이 울음을 터뜨렸다.

"제 잘못이 아니에요." 그녀가 흐느꼈다. "저는 다만 르 로이 양에게 그것은 그녀가 원한 디자인이라고 말했을 뿐이에요."

"오, 이런, 이런!" 윈치가 중얼거렸다. "정말 끔찍한 일이군.

끔찍한 일이야. 어서 구급차를 불러야겠어요."

"아니요, 아직 그럴 필요는 없습니다."

앤드루는 애매하게 말하며 르 로이 곁으로 다가가 몸을 구부렸다. 스물넷 정도 되어 보이는 젊은 아가씨로 눈동자는 파랗고 비스듬히 쓴 모자 아래 색 바랜 비단 같은 머리카락이 마구 흐트러져 있었다. 경직과 경련 상태는 점점 더 심해졌다.

그녀의 곁에는 일행인 듯한 검은 눈동자의 여자가 걱정스러운 얼굴로 무릎을 꿇고 앉아 있었다. 그 검은 눈의 여자는 "오, 토피, 토피!" 이렇게 중얼거리고만 있었다.

"여러분, 밖으로 나가 주세요." 앤드루가 별안간 소리쳤다. "모두 나가세요, 이 아가씨만 남고."

앤드루는 검은 눈의 여자를 바라보았다.

여점원들은 내키지 않는 듯 주저하다 밖으로 나갔다. 르 로이 양의 발작을 구경하는 일은 좋은 기분 전환거리였기 때문이다. 크램과 윈치도 밖으로 나갔다. 그들이 나갈 무렵 경련은 더욱 심해졌다.

"아주 심각한 환자군요." 앤드루는 분명한 어조로 말했다. 르 로이 양의 눈동자가 앤드루 쪽으로 돌아갔다. "의자 좀 이리 주세요."

르 로이의 친구가 방 한가운데 넘어진 의자를 바로 세웠다. 앤드루는 동정 어린 표정으로 천천히 경련 중인 르 로이의 겨드랑이를 부축해 의자에 똑바로 앉혔다. 그런 다음 그녀의 고개를 바로 세웠다.

"자, 자." 앤드루는 환자를 배려하는 말투로 중얼거렸다. 그러더니 갑자기 손바닥으로 그녀의 뺨을 소리 나도록 때렸다.

그것은 과거에도 아니 앞으로도 오래도록 하지 못할 대단히 용기 있는 행동이었다.

이윽고 신음도 경련도 멈추고 돌아갔던 눈동자도 제자리로 돌아왔다. 그녀는 어린아이처럼 어리둥절한 표정으로 앤드루를 쳐다보았다. 그때 앤드루가 다른 쪽 뺨을 한 대 더 때렸다. 철썩! 르 로이의 얼굴은 고통으로 우스꽝스럽게 일그러졌지만 제정신으로 돌아온 것 같았다. 그녀는 당황해서 다시 신음을 하더니 조용히 흐느끼기 시작했다.

르 로이가 친구를 돌아다보며 울먹였다.

"나 집에 가고 싶어."

앤드루는 미안한 표정으로 검은 눈의 여자를 바라보았다. 사실 그녀는 앤드루에 대해 솟아나는 흥미를 억누르고 있었다.

"죄송합니다." 앤드루가 중얼거렸다. "이 방법밖에는 없었어요. 악성 히스테리에서 오는 수족 경련이에요. 자칫하면 자신을 해칠 수도 있죠. 전 마취제고 뭐고 가진 게 없었거든요. 어쨌거나 효력이 있었던 것 같군요."

"네, 효력이 있었네요."

"실컷 울도록 내버려 둬요. 좋은 안정제 역할을 할 테니. 이삼 분만 있으면 완전히 좋아질 거예요."

"참, 그런데요." 그녀가 얼른 말했다. "선생님이 제 친구를 집까지 데려다 주세요."

"그러죠."

앤드루는 몹시 바쁠 때의 사무적인 말투로 대답했다.

오 분쯤 지나자 토피 르 로이는 화장을 고칠 수 있을 정도로 가라앉았는데, 몇 번이고 느닷없이 훌쩍거리는 바람에 생각보다 긴 시간이 걸렸다.

"나 흉해 보이지 않아?"

그녀가 친구에게 물었다. 그러나 앤드루에게는 눈길 한번 주지 않았다.

그들은 마침내 수선실을 떠났다. 긴 진열장 앞을 통과하는 길은 흥분 그 자체였다. 윈치는 너무 신기해서 아무 말도 못했다. 어떻게 해서 이런 일이 일어났으며 몸을 뒤틀면서 마비를 일으켰던 사람이 어떻게 멀쩡하게 걸어 나갈 수 있는지 그로서는 도무지 이해할 수 없었고 앞으로도 그럴 것이었다. 그는 감탄사를 중얼거리며 그들을 뒤따랐다. 그러다 앤드루가 두 여자를 따라 중앙 출입문을 지나려고 하자 말랑말랑한 손으로 열렬히 앤드루의 손을 잡으며 악수를 했다.

세 사람을 태운 택시는 마블 아치 방향을 향해 베이스워터 거리를 달렸다. 모두 입을 꾹 다물었다. 벌 받은 옹석둥이 아이처럼 시무룩한 표정으로 앉아 있는 르 로이는 이따금 손과 얼굴 근육이 자신도 모르게 조금씩 씰룩거렸다. 제정신으로 돌아온 모습을 보니 여위기는 했어도 꽤 예쁜 편이었고 입고 있는 옷도 아름다웠지만, 앤드루에게는 일정한 간격을 두고 몸 안에 전류가 흐르는 털 빠진 병아리처럼 보였다. 그 자신도 어색한 분위기에 신경이 곤두설 지경이었지만 어떻게든 이 상황을 철저히 자신에게 유리하게 이용하리라 다짐했다.

마블 아치를 돌아 하이드 파크를 따라 달리다 좌회전을 한 택시는 그린 거리의 어떤 저택 앞에 멈춰 서는가 싶더니 쏜살같이 집 안으로 들어갔다. 앤드루는 그 저택을 보자 숨이 턱 막힐 것 같았다. 꿈에도 상상하지 못했던 호화로운 집이었다.

부드러운 소나무 목재를 사용한 넓은 홀, 비취 조각을 붙인 화려한 장식장, 고급 액자에 끼운 특이한 그림 한 점, 붉은 기가 도는 금빛 래커 칠을 한 의자들, 등받이가 있는 넓고 긴 의자, 피부처럼 얇고 부드러운 깔개.

토피 르 로이는 비단 쿠션이 놓여 있는 소파로 몸을 던지더니 여전히 앤드루는 안중에도 없이 작은 모자를 벗어 마루에 던졌다.

"벨 좀 눌러 줘. 뭣 좀 마셔야겠어. 아빠가 집에 안 계셔서 다행이야."

잠시 후 남자 하인이 종종거리며 칵테일을 가져왔다. 하인이 물러가자 토피의 친구는 별로 웃지도 않으면서 앤드루를 유심히 바라보았다.

"선생님, 급하게 오다 보니 저희 소개가 늦었네요. 전 로런스 부인이에요. 여기는 토피, 르 로이 양이고요. 예술가를 위한 자선단체의 무도회에 나가려고 특별히 주문한 디자인 때문에 그 소동이 벌어진 거예요. 게다가 토피는 요사이 너무 일을 많이 해서 신경이 곤두선 상태였고요. 토피가 선생님에 대해 몹시 언짢아하고 있기는 하지만 어쨌거나 여기까지 우리를 데려다주시고, 정말 폐를 많이 끼쳤어요. 가만 있자, 나 칵테일 좀 더 마셔야겠어."

"나도." 토피가 앵돌아진 목소리로 말했다. "그 지독한 로리에 여점원 말이야. 내가 아빠에게 전화 걸어 해고시키라고 하겠어! 아냐, 그런 일은 시시하니까 관둘래." 그녀는 두 번째 칵테일 잔을 살짝 기울이며 천천히 얼굴에 만족스러운 웃음을 띠었다. "하지만 난 그 사람들에게 뭔가 반성할 기회를 줬다고 생각해, 그렇지 않아, 프랜시스? 난 그저 울화통을 터뜨렸을 뿐이야. 그런데 그 할머니 같은 윈치 얼굴 봤어? 너무 웃기지 않아?" 그녀는 말라빠진 작은 몸을 흔들며 웃었다. 그리고 악의 없이 앤드루와 시선을 마주쳤다. "자, 선생님도 웃어요. 웃음은 천금보다 비싸대요."

"아니요, 그렇게 웃을 일이 아닙니다." 앤드루는 재빨리 자기소개를 하고 자신의 입장을 알린 다음 그녀가 아프다는 사실을 설명했다. "정말 심한 발작을 일으켰어요. 미안한데 나로서는 그렇게밖에 처치할 수가 없었어요. 마취제가 있었다면 그걸 썼을 거고요. 그랬더라면 아가씨를 그렇게 곤혹스럽게 하지 않았을 거예요. 나는 아가씨가 일부러 그런 발작을 일으켰다고 생각하지 않아요. 아가씨도 그렇게 생각하지 말고 조심하세요. 히스테리는, 아가씨의 경우도 그런 병 같지만, 틀림없는 병입니다. 사람들은 그 병을 이해하고 동정심을 가져야 해요. 일종의 신경계 질환이니까요. 그리고 아가씨는 지금 몹시 쇠약해 있어요, 르 로이 양. 반사작용이 예민해져서 극도로 불안한 상태예요."

"그건 그래요." 로런스 부인이 고개를 끄덕였다. "토피, 요즘 너무 과로했어."

"선생님은 정말 제게 클로로포름을 사용하실 작정이셨어요?" 토피는 어린아이처럼 궁금해하며 앤드루에게 물었다. "그럼 재미있는 일이 벌어졌을 텐데."

"토피, 진지하게 권하는데 이제 좀 쉬는 게 좋겠어."

로런스 부인이 말했다.

"아빠 같은 말만 하네."

토피는 기분이 상한 듯했다.

잠시 침묵이 흘렀다. 앤드루는 칵테일 잔을 비웠다. 그런 다음 소나무가 조각되어 있는 등 뒤의 벽난로 선반 위에 잔을 내려놓았다. 이제 더 이상 자신이 해야 할 일은 없는 것 같았다.

"그럼, 저는 이만." 그는 내심 어떤 효과를 기대하며 말했다. "제 일이 남아 있어서요. 부디 제 충고를 잊지 마십시오, 르 로이 양. 가볍게 식사하고 누워서 쉬세요. 그리고 저는 더 이상 도와드릴 수 없으니 내일 아가씨의 주치의를 부르세요. 그럼."

로런스 부인이 현관 앞까지 그를 배웅했는데 그녀의 행동이 어찌나 느긋하고 침착한지 서둘러 현관을 나설 수 없었다. 그녀는 키가 크고 호리호리한 몸매에 어깨는 높고 머리는 작고 우아했으며 아름답게 물결치는 검은 머리카락 사이로 드문드문 보이는 회색 머리카락이 묘하게 눈길을 끌었다. 젊은 편으로 스물일곱은 넘어 보이지 않았다. 키는 크지만 골격은 섬세했고, 특히 손목이 가늘고 아름다웠는데, 전체적으로는 펜싱 선수처럼 낭창낭창하고 유연했다. 그녀는 친근하면서도 엷은 미소를 지으며 짙은 갈색의 눈동자로 그를 응시하면서 손을 내밀었다.

"선생님의 새로운 치료법에 감탄했다는 말씀을 드리고 싶어요." 그녀의 입술이 미세하게 떨렸다. "무슨 일이 있어도 포기하지 마세요. 전 선생님이 크게 성공하실 거라고 믿어요."

버스를 타기 위해 그린 거리를 걸어 내려가던 앤드루는 벌써 5시가 가까워진 것을 깨닫고 깜짝 놀랐다. 저 두 여자를 상대하느라 세 시간을 허비해 버린 것이다. 이 정도라면 상당한 액수의 치료비를 청구할 수도 있었을 것이다. 그는 새롭고 화려한 앞날의 징조가 보이는 것 같아 기분이 날아갈 듯했지만 한편으로는 이상하게도 채워지지 않는 허전함과 혼란스러움을 느꼈다. 나는 정말로 이 기회를 최대한 이용한 것일까? 로런스 부인은 나에게 호의를 가진 것 같다. 하지만 그런 부류의 사람들은 절대 알 수가 없어. 그나저나 얼마나 호화로운 저택이던가!

그러다 앤드루는 갑자기 화가 나서 이를 부드득 갈았다. 깜빡 잊고 명함을 두고 오지 않았을 뿐만 아니라 자신의 이름을 밝히는 것조차 잊었던 것이다. 앤드루는 혼잡한 버스 속 더러운 작업복을 입은 늙은 노동자 옆에 앉아 절호의 기회를 놓친 자신을 호되게 책망했다.

6

이튿날 아침 11시 15분쯤 앤드루가 머슬버러 시장 주변의 값싼 왕진을 돌기 위해 집을 나서려는데 전화벨이 울렸다. 매우 정중한 남자 하인의 음성이 귓전에 울렸다.

"맨슨 선생님이십니까. 르 로이 양께서 오늘 몇 시에 왕진을 와 주실 수 있는지 알고 싶어 하십니다. 아! 잠깐만요, 전화 끊지 마십시오. 로런스 부인이 직접 통화하시겠답니다."

로런스 부인이 친근한 목소리로 꼭 왕진을 오길 기대한다고 말하는 동안 앤드루는 두근거리는 가슴으로 수화기를 들고 있었다.

그는 수화기를 내려놓고는 의기양양하게 혼잣말을 했다.

"어제의 기회를 잃은 게 아니야. 그래, 아니야. 아무것도 잃은 건 없어!"

앤드루는 위급하거나 아니거나 다른 왕진은 모두 포기하고 곧장 그린 거리의 저택으로 달려갔다. 그리고 처음으로 저택의 주인인 조지프 르 로이를 만났다. 그는 비취로 치장한 홀에서 초조하게 앤드루를 기다리고 있었다. 대머리에 뚱뚱하고 턱 아래 군살이 늘어진 직선적인 성격의 그는 한시도 낭비할 수 없다는 듯 담배를 피워 대고 있었다. 그는 일 초 동안 앤드루를 뚫어지게 쳐다보았는데, 겉모습만 보고 평가하기로는 앤드루가 흡족한 점수를 얻은 것 같았다. 그는 식민지 사투리가 섞인 말투로 우렁차게 말했다.

"어서 오시오, 선생. 난 지금 매우 바쁘오. 로런스 부인이 오늘 아침 선생을 수소문한다고 난리 법석을 떨었다오. 이제야 선생이 젊고 유능하며 어떤 허튼수작도 용납하지 않을 분이라는 확신이 생겼소. 물론 결혼은 하셨겠죠? 그것 잘됐군. 내 딸을 맡아 주시오. 그 아이의 몸에서 몹쓸 히스테리를 몽땅 없애 건강하고 정상적인 상태로 만들어 주시오. 내 치료비는 얼마든지 지불할 테니 수단과 방법을 가리지 말고. 그럼, 이만 실례하겠소."

조지프 르 로이는 뉴질랜드 사람이었다. 그에게는 막대한 재산과 그린 거리의 저택, 왜소하고 이국적인 딸 토피가 있었지만 누구나 그의 출신을 쉽게 짐작할 수 있었다. 그의 증조부는 마이클 클레어리라는 사람으로 그레이마우스 항구 농장의 무식한 머슴 시절에는 동료들 사이에서 '땅꼬마' 레어리로 불렸다. 조지프 르 로이의 어릴 때 이름은 조 레어리로 어릴 때부터 온갖 산전수전을 다 겪었는데, 처음에는 광활한 그레이마우스 농장에서 젖 짜는 일부터 시작했다. 그러나 본인도 말하듯이 그는 소젖이나 짜기 위해 태어난 사람은 아니었다. 그로부터 삼십 년의 세월이 지나 그는 오클랜드 최초의 마천루 최상층 사무실에서 뉴질랜드의 전 목장들을 거대한 분유 연합 회사로 통합하는 협정에 서명을 했다.

크레모건 연합 기업은 마법 같은 기획이었다. 당시만 해도 분유 제품은 잘 알려져 있지 않았고 상업적으로도 조직화되지 않았다. 하지만 그 가능성을 알아차린 르 로이는 분유를 신이 어린아이와 병약자를 위해 내려 준 영양식이라고 광고하면서 선두에서 세계시장 공략을 지휘했다. 그의 사업이 성공한 요인은 유제품의 질이 아니라 그의 대담무쌍한 상술에 있었다. 그 전까지는 하수구에 흘려보내거나 뉴질랜드 농장의 수백 마리 돼지들에게나 주었던 여분의 탈지 우유를, 준비한 깡통에 깔끔하게 담아 크레모건, 크레맥스 또는 크레마팻이라는 상표를 붙인 뒤 원유의 세 배 가격으로 전 세계 도시에서 판매했다.

르 로이 연합 기업의 공동 경영자 겸 영국 지점의 총지배인은 프랜시스 로런스의 남편 잭 로런스로, 런던에서 이 사업을 시작하기 전에는 엉뚱하게도 영국 근위 연대 장교였다. 하지만 로런스 부인과 토피가 어울려 다니는 데는 단순한 사업상의 관계 이상의 무엇이 있었다. 프랜시스는 런던의 사교계를 제집처럼 편안하게 드나들고 자기 이름으로 재산도 있지만 선조가 시골 출신이라는 티를 간간이 드러내는 응석받이 토피의 비위를 즐겁게 맞춰 주곤 했다. 앤드루가 르 로이와의 면담을 마친 뒤 위층으로 올라갔을 때 프랜시스 로런스는 토피의 방 밖에서 그를 기다리고 있었다.

그 후로 며칠간 앤드루가 왕진을 올 때마다 프랜시스도 때맞춰 토피를 찾아와서는 고집 세고 까다로운 환자를 상대하는 그를 도왔고, 토피의 병세가 좋아지는지 확인하고 다음 왕진을 언제 오겠느냐고 물어보는 등 계속해서 치료에 관여했다.

앤드루는 프랜시스에게 고마워하면서도 스스로 수줍고 소심하며 까탈스러울 정도로 가리는 게 많은 사람이라고 인정한 이 귀족이 왜 자신에게 어렴풋이 관심을 보이는지 이상하게 생각되었다. 그는 화려한 주간지에서 프랜시스의 사진을 발견하기 전부터 그녀가 배타적인 상류층 여자라는 것을 알고 있었다. 그녀의 크고 샐쭉한 입은 친하지 않은 사람들에게는 적개심을 보여 주었지만 어떤 이유에서인지 그에게는 한번도 적의를 보이지 않았다. 그는 아직 프랜시스가 진실로 어떤 사람인지 알지 못했다. 그녀가 방 안을 돌아다닐 때 그 절제 있는 몸동작을 바라보는 일은 즐거웠다. 그녀는 항상 여유 있게 행동하고 말투는 우아하고 태연스러웠지만 친근하고 조심스러운 시선 뒤의 이성적인 두뇌는 늘 앤드루의 일거수일투족을 냉정하게 감시하고 있었다.

앤드루는 진작에 크리스틴이 제안했다는 사실은 까맣게 잊고 ─ 1실링, 1페니를 아껴 가며 살림하는 생활에도 만족하는 크리스틴에게는 아직 말도 꺼내지 못하고 있었다. ─ 의사가 멋진 자동차 한 대 없이 상류층 왕진을 다닐 수 있겠느냐며 조바심을 내기 시작했다. 자동차도 없이 진흙 묻은 구두로 직접 왕진 가방을 들고 그린 거리까지 걸어가서 오만한 남자 하인들을 마주하는 자신이 우습게 생각되기도 했다. 게다가 집 뒤에는 벽돌로 만든 차고도 있어서 유지비도 줄일 수 있고, 의사들에게 특별가로 자동차를 판매하는 회사도 있고, 지불 기한을 얼마든지 연기해도 상관하지 않겠다는 마음 좋은 회사도 있었다.

그로부터 삼 주 후 체스보러 테라스 9번지에는 최신형의 검정색 광택이 나는 접이식 뚜껑 달린 갈색 쿠페형 자동차가 나타났다. 앤드루는 천천히 운전석에서 내려 집 계단을 뛰어 올라갔다.

"크리스틴!" 앤드루는 들뜬 가슴을 가라앉히려고 애쓰며 소리쳤다. "크리스틴! 나와서 이것 좀 봐!"

그는 크리스틴을 깜짝 놀라게 할 생각이었다. 그리고 그의 뜻대로 되었다.

"세상에!" 크리스틴이 그의 팔을 움켜잡았다. "우리 차예요? 너무 멋져요!"

"그렇지? 여보, 조심해. 페인트 칠한 곳 만지지 마! 광택제에 자국이 생기니까!" 그는 예전처럼 크리스틴을 보고 미소를 지었다. "많이 놀랐지, 크리스? 차를 구입하고 등록을 하고 그 모든 일을 당신에게 비밀로 했으니 말이야. 자, 타실까요, 마님. 시승을 해 보시죠. 새처럼 가뿐하게 날아갈 테니!"

앤드루가 모자도 쓰지 않은 크리스틴을 차에 태우고 광장을 한 바퀴 돌았을 때 그녀는 이 작은 자동차에 대해 감탄을 금치 못했다. 사 분여 후에 그들은 집으로 되돌아왔고, 크리스틴을 차에서 내려 준 뒤에도 앤드루는 한동안 자신의 보물을 실컷 음미했다. 요즘은 서로 친밀감을 나누고 이해하고 행복해하는 순간이 별로 없어서 크리스틴은 이 순간이 사라지는 게 아쉬웠다.

"당신도 이제 쉽게 여기저기 다닐 수 있겠네요." 크리스틴이 작게 중얼거린 다음 조심스럽게 말했다. "우리도 이제 일요일 같은 때 교외에 나갈 수 있겠네요. 숲으로 놀러 가기도 하고. 아, 생각만 해도 멋져요."

"그렇겠지." 앤드루는 건성으로 대답했다. "그런데 사실은 왕진용으로 산 거야. 그러니 아무 데나 타고 다니면서 진흙투성이로 만들 수는 없어!"

그는 이 날렵한 소형 쿠페가 자기 환자들에게 줄 효과를 생각했다.

그런데 효과는 기대 이상이었다. 그다음 주 목요일 앤드루는 그린 거리 17번지의 유리와 쇠창살로 된 육중한 문을 열고 밖으로 나오다 프레디 햄프턴과 마주쳤다.

"어이, 햄프턴!"

그가 태연히 불렀다. 햄프턴의 얼굴을 보자 온몸에서 뿌듯한 전율이 솟아나는 것 같았다. 처음에는 앤드루를 몰라보던 햄프턴은 이내 놀라는 표정이 서서히 풀리기는 했지만 여전히 당황스러움을 감추지 못했다.

"어이! 앤드루! 여기에서 뭐 하는 건가?"

"환자가 있어서." 그는 고개를 17번지 쪽으로 살짝 젖히면서 대답했다. "조 르 로이 씨의 따님을 치료하고 있어."

"조 르 로이!"

그의 탄성만이 앤드루의 귀에 들어왔다. 앤드루는 아름다운 새 쿠페 자동차가 자기 소유라는 것을 과시하려는 듯 차 문에 손을 올려놓았다.

"어느 쪽으로 가나? 내가 태워다 주지."

햄프턴은 재빨리 정신을 수습했다. 그는 결코 당황한다거나 언제까지 망설이고 있을 사람이 아니었다. 사실 삼십 초 사이에 앤드루에 대한 그간의 평가, 앤드루 맨슨의 이용 가치에 대한 그의 생각에는 뜻밖에도 엄청난 변동이 일어났던 것이다.

"좋네." 그가 친근한 미소를 지었다. "벤팅크 거리에 있는 이다 셰링턴 요양소로 가는 중이었어. 체중도 유지할 겸 늘 걸어가지. 하지만 오늘은 자네 신세를 질까."

그들은 본드 거리를 지나는 몇 분간 아무 말도 없었다. 햄프턴은 깊은 생각에 잠긴 듯했다. 그는 앤드루가 런던에 왔을 때 열렬히 환영했다. 앤드루가 개업하면 퀸앤 거리의 자신에게도 진찰료 3기니짜리 환자를 이따금 보내 줄 거라고 기대했던 것이다. 그런데 옛 친구가 지금은 완전히 변해서 자동차까지 장만하고 무엇보다 조 르 로이의 이름을 언급하는 것을 보며 — 그에게 그 이름은 앤드루의 경우보다 훨씬 더 큰 세속적인 의미를 갖고 있었다. — 자신의 판단이 틀렸음을 알게 되었다. 게다가 앤드루에게는 이상적인 직함도 있으니 그것이 얼마나 유용할지 모르는 일이었다. 햄프턴은 눈치 빠르게 앞날을 내다보며 앤드루와 협력 관계를 잘 유지하는 것이 더욱 큰 이익이 될 거라고 판단했다. 다만 앤드루는 예민하고 속을 알 수 없는 사람이라 신중하게 대하지 않으면 안 되리라 생각했다.

"자네 나와 함께 이다를 만나지 않겠나? 비록 런던에서 최악의 요양소를 운영하고 있지만 알아 두면 여러모로 유용할 거야. 글쎄! 또 모르지! 그 여자도 만나 보면 다른 사람들만큼이나 괜찮을지도. 요양소 비용을 많이 부르는 건 분명하지만."

"그런가?"

"나와 함께 내 환자를 만나 보세. 래번이라는 노부인인데 손해 볼 일은 없을 거야. 아이보리와 내가 몇 가지 검사를 해 주고 있지. 자네는 폐 전문이니까, 어떤가, 함께 가서 그녀의 폐 좀 봐 주게. 그럼 무척 좋아할 거야. 그러고서 5기니는 받을 수 있을 거고."

"뭐라고! 그러니까 자네 말은……? 그런데 그 환자의 가슴 상태는 어떤가?"

"별것 없네." 햄프턴이 미소를 지어 보였다. "그렇게 놀란 표정 짓지 말게. 그 할머니는 노인성 기관지염을 약간 앓고 있을 거야, 아마! 그리고 자넬 아주 좋아할 거고! 아이보리와 프리드먼 그리고 나, 우리 셋은 이런 식으로 하네. 맨슨, 자네야말로 정말 우리 팀에 끼어야 하네. 자, 그 이야기는 이쯤에서 그만하지. 아, 저기 저 모퉁이에서 돌아야 하네. 하지만 우리가 어떤 식으로 하고 있는지 알면 자네도 놀랄 거야."

앤드루는 햄프턴이 가리킨 집 앞에서 차를 멈췄다. 높고 폭이 좁은 평범한 도시형 주택으로 현재의 목적을 위해 지은 것이 아닌 게 분명했다. 사실 엔진 소리와 경적 소리로 시끄러운 혼잡한 도로를 마주하고 있어서 환자들이 이곳에서 마음의 안정을 찾을 수 있을 거라고 상상하기는 어려웠다. 신경쇠약을 치료하기는커녕 유발할 것 같은 곳처럼 보였다. 앤드루는 현관 계단을 올라가며 햄프턴에게 이런 점들을 지적했다.

"그건 그렇네." 햄프턴은 친근함이 담뿍 밴 음성으로 맞장구를 쳤다. "하지만 어디든 모두 같네. 웨스트엔드의 좁은 땅에는 이런 식으로 지은 집들이 많지. 하지만 우리야 이런 곳이 편하지 않겠나." 그가 씩 웃었다. "요양소가 어디 조용한 곳에 있으면 이상적이겠지만 의사가 환자를 오 분 진찰하러 차를 타고 16킬로미터를 가야 한다면 어떻겠나! 자네도 조만간 이 조그만 웨스트엔드의 병실에 익숙해질걸세." 햄프턴은 복도를 지나다 걸음을 멈췄다. "요양소라는 곳은 어디나 세 가지 냄새가 나지. 마취제, 음식 그리고 배설물 냄새. 필연적인 순서겠지. 아, 이거 미안하군! 이제 이다를 만나러 가자고."

햄프턴은 요양원 내부 구조를 잘 아는 사람처럼 앞장서서 앤드루를 1층의 조그만 사무실로 안내했다. 그곳에는 연한 자줏빛의 제복에 빳빳한 하얀 모자를 쓴 조그만 여자가 작은 책상에 앉아 있었다.

"안녕하세요, 이다." 햄프턴이 친근한 듯 알랑거리는 듯 분명하지 않게 소리쳤다. "계산하고 있어요?"

이다는 고개를 들어 햄프턴을 보더니 친근한 웃음을 지어 보였다. 키가 작고 뚱뚱하고 다혈질처럼 보이는 그녀는 불그스름한 얼굴에 화장을 두껍게 해서 피부색과 제복의 색이 별 차이 없게 보였다. 성격은 천박하고 부산스러워 보일 정도로 활기차고 유머가 넘치며 화통한 것 같았다. 치아는 삐뚤삐뚤하고 아랫윗니가 잘 맞물리지 않았으며 머리카락은 회색이었다. 어쩐지 삼류 나이트 클럽의 여주인을 연상시키는 그녀는 첫눈에도 대담한 말투를 사용할 것 같고, 경영 수완도 좋을 것 같았다.

하지만 이다 셰링턴의 요양소는 런던에서도 손꼽힐 만큼 일류에 속했다. 사교계의 여자들, 경마 선수들, 유명한 변호사들, 외교관 같은 귀족층의 절반 정도가 이다의 요양소를 다녀갔다. 잠깐 조간신문을 읽으려고 펼치면 오늘도 어김없이 무대나 스크린의 젊고 유명한 배우가 이다의 어머니 같은 손길 덕분에 무사히 맹장을 떼어냈다느니 하는 따위의 기사를 읽을 수 있었다. 그녀는 간호사들에게는 아름다운 연자줏빛 제복을 입히고, 와인 책임자에게는 연봉 200파운드를, 요리 책임자에게는 그 두 배를 주었다. 그녀가 환자에게 부과하는 요금은 상상을 초월하는 액수였다. 일주일 동안 방 하나 사용하는 데 40기니를 받는 일도 드물지 않았다. 거기에다 보통 몇 파운드 하는 약사의 약품 값, 특별 야간 간호 비용, 수술비 등이 추가되었다. 그러나 요금에 대한 논란이 생기면 그녀는 쉬운 형용사를 풍부하게 써 가며 이미 만들어 놓은 합당한 답변을 내놓곤 했다. 자신에게도 지급해야 할 이런저런 비용이 몇 퍼센트라 걱정이며, 쪼들리는 사업을 계속해야 하나 회의가 들곤 한다고 엄살을 부리는 것이다.

이다는 전문직의 젊은 회원들을 아주 부드럽게 대했는데, 지금도 햄프턴이 실없는 말로 앤드루를 소개하자 기분 좋게 응대했다.

"이 친구 잘 봐 두세요. 머지않아 플라자 호텔까지 환자를 보내야 할 정도로 많은 환자들을 몰고 올 테니까요."

"플라자 호텔에서 내게 손님을 보내 주고 있는걸요."

이다는 모자 쓴 머리를 의미심장하게 끄덕였다.

"하하!" 햄프턴이 웃었다. "그거 다행이군요. 프리드먼 그 친구에게 말해 줘야겠네요. 폴이라면 내막을 알겠죠. 자, 맨슨, 함께 위로 올라가지."

그들은 바퀴 달린 들것이 대각선으로나 겨우 들어가는 작은 승강기를 타고 4층으로 올라갔다. 좁은 복도에는 문밖까지 접시가 나와 있고, 후텁지근한 공기 속에서 화병의 꽃들이 시들어 가고 있었다. 그들은 래번 부인의 방으로 들어갔다.

예순 살이 넘는 래번 부인은 의사의 진찰을 기다리느라 허리에 베개를 괴고 손에는 종이 한 장을 들고 있었다. 간밤에 나타난 특정한 증상과 의사에게 묻고 싶은 질문을 적은 종이였다. 앤드루는 그녀가 노인성 우울증, 즉 샤르코*가 발견한 '종이쪽지를 들고 있는 병'을 앓는 것이 틀림없다고 진단했다.

햄프턴은 침대에 걸터앉아 그녀에게 말을 걸고 맥박을 재고 — 그 이상은 하지 않았다. — 그녀의 말을 들어 주고 명랑한 말투로 안심시켜 주었다. 그러고는 아이보리 선생이 오후에 매우 과학적인 검사 결과를 알려 주러 들를 거라고 말하며 자신의 동료인 맨슨 박사가 폐 전문의인데 가슴을 진찰받아 보는 게 어떻겠느냐고 물었다. 래번 부인은 흔쾌히 동의했다. 그녀는 이런 일을 몹시 좋아했다. 이야기하는 태도로 봐서는 햄프턴에게 이 년째 치료를 받아 오고 있는 것 같았다. 그녀는 친척도 없는데다 부자여서 최고급 개인 호텔과 웨스트엔드의 요양소를 오가며 여생을 보내고 있었다.

"대단하지!" 햄프턴이 방을 나서며 탄성을 질렀다. "자넨 저 할머니가 우리에게 어떤 금광인지 상상도 못 할 거야. 우린 그녀로부터 금 덩어리를 캐내고 있는 거지."

앤드루는 아무 대꾸도 하지 않았다. 이곳의 분위기가 약간 마음에 거슬렸던 것이다. 노부인의 폐에는 아무런 이상이 없었는데, 햄프턴을 감사의 눈길로 쳐다보는 그녀의 눈빛 때문에 솔직하게 털어놓고 싶은 것을 간신히 참았을 뿐이다. 그는 자신을 납득시키려고 애썼다. 왜 나는 이렇게 까다롭지? 내가 계

---

* 현대 신경학의 기초를 세운 프랑스의 신경 병리학자.

속 소신만 찾고 편협하게 굴면 절대 성공할 수 없을 거야. 게다가 햄프턴도 그런 의도에서 내게 저 환자를 진찰할 기회를 주지 않았는가.

앤드루는 쿠페 자동차에 올라타기 전에 햄프턴과 다정하게 악수를 나누었다. 그리고 그달 말, 래번 부인에게서 고맙다는 인사장과 능숙한 필체로 쓴 5기니짜리 자필 수표를 받았다. 그는 5기니에 바보스러울 정도로 양심적으로 살아왔던 지난날을 비웃을 수 있었다. 이제 수표를 받는 일을 즐기게 되었다. 그리고 앞으로 더 많은 수표를 받게 될 것을 생각하니 날아갈 듯 기뻤다.

7

지금까지도 의사로서의 전망은 꾸준히 좋아진 편이지만 이제부터는 전류가 사방으로 퍼져 나가듯 빠르게 개선되어 앤드루는 그 힘찬 물살에 떠내려갈 것만 같았다. 어떻게 보면 그는 지금까지 스스로 쳐 놓은 덫인 강렬한 의욕의 희생물이었다. 지금까지는 항상 가난했다. 지금까지는 자신의 완고한 개인주의가 좌절밖에 안겨 주지 않았다. 그러나 이제는 놀라운 물질적 성공의 증거들로 자신을 정당화시킬 수 있게 된 것이다.

로리에 상점에서 응급 처치를 해 준 직후 그는 원치를 만나 감사의 인사를 받았고, 그 후로는 더 많은 로리에의 여점원들과 심지어 관리자급 직원들까지도 그에게 진찰을 받으러 왔다. 대부분 사소하게 몸이 불편한 증상을 가지고 찾아왔지만 여점원들은 한번 진찰을 받고 돌아간 후에도 이상하게 자주 찾아왔다. 앤드루가 친절하고 유쾌하게 대해 주었기 때문이었다. 더불어 그의 진료소 수입은 폭발적으로 증가했다. 그는 곧 현관을 새로 칠하고 의료 장비 회사들과 함께 —— 그들 대부분이 젊은 개업의의 수입을 늘려 주기 위해 열렬히 도와주었다. —— 소파에서부터 패드를 댄 회전의자, 고무바퀴가 달린 들것, 의료 장비를 넣어 두는, 하얀색 에나멜을 칠하고 유리를 끼운 위생적인 진열장 따위로 진료소와 진찰실을 새롭게 꾸몄다.

크림색 페인트로 단장한 집과 자동차, 번쩍거리는 최신 의료 장비 등으로 그의 진료소가 잘된다는 사실이 이웃들에게도 분명히 알려지자 과거 포이 선생의 환자였지만 그 의사가 늙고 병원이 노후되면서 점점 발길을 끊었던 상당수의 '고급' 환자들이 다시 돌아오기 시작했다.

앤드루에게 기대와 방황의 날은 이제 끝이었다. 오후가 되면 현관의 초인종이 울리고 진찰실의 문이 덜그럭거리는 소리를 내며 연신 열렸다 닫히고, 호출을 기다리는 환자들이 줄지어 대기하는 바람에 앤드루는 진찰실과 처치실을 바쁘게 오갔다. 솔직히 그 혼자 감당하기에는 벅찰 지경이었다. 아무리 생각해도 차선의 조치가 필요했다. 시간을 절약하기 위해 어떤 수단을 강구하지 않으면 안 될 것 같았다.

"들어 봐, 크리스." 어느 날 아침 앤드루가 말을 꺼냈다. "방금 생각난 건데 말이야, 요즘처럼 바쁠 때 이러면 어떨까. 진찰실에서 환자를 진찰한 뒤에는 곧장 집으로 와서 약을 조제해야 하잖아. 그러려면 보통 오 분쯤 걸리거든. 이 얼마나 시간 낭비야. 그 시간이면 진찰실에서 나를 기다리는 '고급' 환자 한

명을 진찰할 수 있는데. 그래서 말인데, 이제 당신이 약 조제를 맡는 거야! 내 계획 어때?"

크리스틴이 깜짝 놀라 미간을 찡그리며 앤드루를 쳐다보았다.

"하지만 난 약 조제에 대해선 아무것도 몰라요."

앤드루가 안심시키듯 미소를 지었다.

"괜찮아, 크리스틴. 내가 몇 가지 약을 조제해 둘 테니까, 당신은 병에 담고 딱지를 붙이고 포장만 해 주면 되는 거야."

"하지만……." 크리스틴의 눈에 난감한 빛이 비쳤다. "나도 당신을 돕고 싶어요, 앤드루. 그건 정말이에요."

"그렇게 하는 것밖에는 다른 방법이 없잖아!" 앤드루가 크리스틴의 시선을 외면했다. 그는 초조하게 나머지 커피를 마저 마셨다. "나도 애버릴로에서 내가 약에 대해 이러쿵저러쿵 불평했던 일은 잊지 않고 있어. 하지만 이론은 이론일 뿐이야! 나는 지금 현실적인 의사라고. 게다가 로리에 상점의 여점원들은 하나같이 빈혈이야. 좋은 철분약은 몸에 전혀 해롭지 않아."

크리스틴이 대답도 하기 전에 진료실의 벨이 울리는 바람에 앤드루는 다시 불려 나갔다.

예전 같으면 그녀도 자신의 주장을 내세우며 논쟁을 벌였을 것이다. 그러나 지금은 슬프게도 예전의 관계가 완전히 역전되었다는 것을 그녀도 알고 있었다. 그녀는 더 이상 남편에게 영향을 끼치지 못했다. 늘 앞장서서 끌어가는 것은 앤드루였다.

크리스틴은 진료실이 바쁜 동안 비좁은 조제실에 서서 앤드루가 '고급' 환자와 진료실의 일반 환자 사이를 빠르게 왔다 갔다 하며 외치는 "철분약!", "이뇨제!", "구풍제!" 따위의 긴장된 주문이 떨어지기를 기다렸다. 그녀가 철분약이 다 떨어졌다고 말하면 앤드루는 신경질을 내며 의미 있는 표정으로 소리쳤다.

"아무거나 괜찮아! 제기랄! 아무럼 어떻겠어!"

진료실은 종종 9시 30분이 넘도록 문을 닫지 못했다. 드디어 마지막 환자가 돌아가면 그들은 진료실 문을 닫아걸고 병원을 양도받을 때 포이 박사가 반밖에 쓰지 않았던 두꺼운 원장(元帳)을 꺼내 놓고 장부 정리를 했다.

"우와! 오늘은 대단했어, 크리스!" 앤드루가 흡족한 표정을 지었다. "내가 처음 3실링 6펜스를 받고 초등학생처럼 호들갑을 떨던 일 생각나? 그런데 오늘은 현금만 8파운드가 넘어."

그는 높이 쌓아 올린 묵직한 은화 더미와 몇 장의 지폐를 포이 박사가 돈주머니로 사용했던 조그만 아프리캔더 담배 자루에 넣은 뒤 책상 가운데 서랍에 넣고 자물쇠로 잠갔다. 앤드루는 장부와 마찬가지로 이 담배 자루도 행운을 가져다준다고 믿고 계속해서 사용하고 있었다.

앤드루는 이제 이 병원을 인수할 때의 불안함은 씻은 듯이 잊어버리고 자신의 통찰력을 칭찬했다.

"우린 이제 어느 모로 보아도 완전히 상류층이야, 크리스." 그는 의기양양했다. "돈 잘 벌리는 병원과 안정된 중류계급과의 연줄이 있잖아. 게다가 나는 내 분야에서 일류 의사의 위치를 다져 가고 있어. 당신은 그저 우리가 어디까지 올라가는지 지켜보기만 하라고."

10월 첫째 날이 되자 앤드루는 집 안의 가구를 바꾸자고 말했다. 그날 오전 진료가 끝난 후 그는 요즈음 새롭게 습관이 된, 인상적일 정도로 태연스러운 말투로 제안했다.

"오늘 당신이 웨스트까지 갔다 왔으면 좋겠어. 허드슨 가구

점이나 오슬리 가구점이나 당신이 좋은 데로 가라고. 이왕이
면 고급 가구점으로. 당신이 원하는 건 무엇이든지 사. 침실
가구며 응접실 가구, 그 밖에 뭐든지 새로 장만하라고."

앤드루가 웃으며 담배에 불을 붙이는 모습을 크리스틴은 말
없이 힐끗 쳐다보았다.

"그런 게 돈 버는 즐거움 아니겠어. 당신이 원하는 건 뭐든
지 사 줄 수 있는 거. 내가 인색하다고 생각하지 마. 절대 아니
니까! 당신은 어려운 시절을 잘 참아 주었어, 크리스. 이제 우
리도 좋은 시절을 마음껏 즐기자고."

"번쩍거리는 값비싼 가구들이나 오슬리에서 털이 빽빽한 3인
용 소파 세트를 주문하면서 말이죠."

앤드루는 그녀의 말투에 깃든 씁쓸함을 눈치 채지 못했다.
그가 웃었다.

"맞아, 여보. 리전시에서 산 쓰레기 같은 가구는 이제 버릴
때도 되었어."

돌연 크리스틴의 눈에 눈물이 글썽거렸다. 그녀는 발끈해서
말했다.

"애버럴로에서는 쓰레기라고 생각하지 않았잖아요. 여기에
서도 마찬가지예요. 아아! 그땐 정말 사는 것처럼 살았어요.
그때가 행복했다고요!"

크리스틴은 울음을 참으며 몸을 획 돌려 방을 나갔다.

앤드루는 놀라서 멍하니 크리스틴의 뒷모습을 바라보았다.
크리스틴은 최근 들어 기분을 종잡을 수 없었다. 불안해하고
침울하고 갑자기 까닭 없이 감정을 터뜨렸다. 앤드루는 자신들
이 서로 멀어져서 그들 사이에 항상 존재했던 깊은 동반자 의

식이라든지 신비한 유대감이 사라져 가고 있음을 느꼈다. 하지만 그건 자신의 잘못이 아니라고 생각했다. 그로서는 지금 최선을 다하고 있었다. 자신이 열심히 성공을 향해 달려가고 있는 게 그녀에게는 아무것도 아니라는 생각에 앤드루는 화가 났다. 하지만 이해가 안 되는 그녀의 부당한 태도에 언제까지나 매달려 있을 수는 없었다. 그에게는 왕진 환자의 목록이 빽빽했고, 화요일이기 때문에 여느 때처럼 은행에 가야 했다.

앤드루는 일주일에 두 번 정기적으로 은행에 들러 자신의 계좌에 예금을 했다. 책상 서랍에 현금을 쌓아 두는 일은 현명하지 않다는 것을 알고 있었던 것이다. 그는 뿌듯한 마음으로 은행을 방문할 때마다 블라넬리에서의 초라한 조수 시절, 어나이린 리스에게 경멸을 당했던 때와 비교하지 않을 수 없었다. 은행 지점장인 웨이드 씨는 항상 따뜻하고 공손한 미소를 지으며 자기의 사무실에서 담배나 한 대 피우고 가라고 권했다.

"제가 이렇게 말씀드리면 어떻게 생각하실지 모르지만, 선생님, 개인적인 감정은 빼고 말하더라도 선생님은 지금 정말 잘하고 계시는 겁니다. 저희는 이 근방에서 적극적인 고객 분들하고만 일을 한답니다. 되도록 많은 대화를 나누고요. 바로 선생님 같은 분 말입니다. 지난번에 말씀드렸던 남부 철도 보증채권 말인데요……."

웨이드의 정중한 태도는 앤드루에 대한 세상 사람들의 태도가 바뀌었음을 보여 주는 일례에 지나지 않았다. 이제 이 지역의 다른 의사들은 쿠페 자동차를 타고 가다 역시 쿠페 자동차를 타고 있는 앤드루 곁을 지나갈 때면 친근하게 인사를 건넸다. 가을에 열리는 의사협회 지부 모임에서는, 처음 참석했을 때 천민 취급을 받는 것처럼 느꼈던 그가 이제는 그때와 똑같은 방에서 열렬한 환영을 받으며 지부의 회장인 페리 박사로부터 담배도 권유받았다.

"이렇게 와 주셔서 반갑습니다." 얼굴이 조그맣고 붉은 페리가 호들갑스럽게 말했다. "제 연설에 찬성하십니까? 우리의 요금에 대해서는 끝까지 밀고 나가야 합니다. 특히 야간 왕진에 대한 제 입장은 확고합니다. 지난밤에는 어떤 소년 때문에 잠을 깼죠. 열두 살쯤 되어 보이는 소년이었는데 '선생님, 빨리 저희 집에 와 주세요.'라며 엉엉 울더군요. '아버지는 직장에 있고, 어머니가 몹시 편찮으세요.'라면서요. 그때가 새벽 2시였어요. 게다가 평생 어린아이가 찾아온 건 처음이었죠. 그래서 제가 말했죠. '얘야, 너의 어머니는 내 환자가 아니란다! 가서 반기니를 더 가져오면 그때 왕진을 가마.' 물론 소년은 돌아오지 않았죠. 정말 이 지역은 형편없는 곳이에요."

지부 모임이 있고 일주일 뒤 프랜스 로런스에게서 전화가 걸려 왔다. 앤드루는 그녀와 전화 통화를 할 때마다 우아한 말씨로 논리에 맞지 않는 말을 하는 그녀의 엉뚱함을 즐기곤 했는데 오늘은 남편이 아일랜드에서 낚시를 하고 있는데 자신도 나중에 거기로 갈지 모른다고 말해 놓고는 중요한 용건은 아니지만 다음 금요일에 함께 점심 식사를 하지 않겠느냐고 슬며시 초대의 말을 흘렸다.

"토피도 올 거예요. 그리고 한두 명 더. 그렇게 따분한 사람들은 아니에요. 아마 그들도 알아 두면 도움이 될 거예요."

앤드루는 뿌듯함과 묘한 흥분 사이에서 수화기를 내려놓았다. 크리스틴이 함께 초대받지 않았다는 사실이 마음에 걸렸다. 하지만 점점 이것은 교제가 아니라 사업상의 자리일 뿐이라는 생각이 들었다. 여기저기 얼굴을 내밀고 특히 이런 점심 식사 자리에 참석하는 계층 사람들과는 알고 지낼 필요가 있다고 생각했다. 그리고 크리스틴이 이런 일까지 일일이 알 필요는 없다고 생각했다. 금요일이 되자 앤드루는 크리스틴에게 햄프턴과 점심 약속이 있다고 거짓말을 하고 자동차에 올라탄 뒤 해방감을 느꼈다. 자신이 지독한 거짓말쟁이라는 사실은 잊었다.

프랜시스 로런스의 집은 한스 플레이스와 윌튼 크레슨트 가운데 위치한 나이트브리지의 한적한 길가에 있었다. 르 로이의 저택만큼 호화스럽지는 않지만 절제된 멋이 있으면서도 부유함이 엿보였다. 앤드루가 늦게 도착하는 바람에 다른 손님들이 이미 자리에 앉아 있었다. 토피와 소설가인 로자 킨, 영국 의사협회 회원 소속의 유명한 의사이자 크레모 유제품 회사의 중역인 더들리 럼볼드블레인 경, 여행가 겸 인류학자인 니콜 왓슨, 그 밖에 별로 유명하지 않은 몇몇 사람들도 합석해 있었다.

앤드루는 손턴 부인 옆자리에 앉게 되었는데, 그녀는 자신이 레스터셔에 살고 있으며 정기적으로 런던에 올 때마다 시내의 브라운 호텔에 머물다 간다고 귀띔해 주었다. 앤드루는 이제 번거로운 자기소개쯤은 침착하게 할 수 있을 정도가 되었지만 손턴 부인이 로딘 스쿨에 다니는 딸 시빌이 하키를 하다 발을 다쳤다며 어머니답게 걱정스러운 수다를 늘어놓는 덕분에 여유 있는 기분을 유지할 수 있어서 다행이라고 생각했다.

손턴 부인은 묵묵히 듣고만 있는 앤드루를 보며 그가 자기 이야기에 관심이 있는 것으로 생각했지만 사실 그는 손턴 부인에게 한 귀를 열어 놓으면서도 여전히 주위에서 들려오는 부드럽고 위트 넘치는 이야기, 즉 로자 킨의 신랄한 농담이라든지 왓슨이 최근에 탐험했다는 파라과이 오지 여행의 우아하고 흥미진진한 이야기에도 귀를 기울였다. 프랜시스는 앤드루와 이야기를 나누면서도 동시에 옆에 앉은 럼볼드블레인 경의 학자다운 현학적인 이야기에도 맞장구를 쳤다. 앤드루는 프랜시스의 그런 재주에 절로 경탄이 나왔다. 그녀는 한 번인가 두 번 그를 쳐다보며 알 수 없는 미소를 지었다.

"물론이죠." 왓슨은 변명하는 듯한 미소를 지으며 자신의 이야기를 끝냈다. "뭐니 뭐니 해도 가장 괴로웠던 건 집으로 돌아오자마자 곧장 인플루엔자에 걸린 일이었죠."

"하하! 당신도 희생자였군요."

럼볼드블레인 경이 말했다. 그는 헛기침을 하고 천성적으로 높은 콧등에 코안경을 걸치는 것으로 좌중의 주목을 끌었다. 수년 동안 영국 국민의 주목을 한 몸에 받아 온 사람답게 그는 남들의 이목에 익숙했다. 그로 말할 것 같으면 지금으로부터 사반세기 전 인간의 장기 중에 특정 부위가 쓸모없을 뿐만 아니라 인체에 해롭다고 선언함으로써 인류를 놀라게 한 장본인이었다. 그의 말을 듣고 수많은 사람들이 그 위험한 부위를 절제하려고 병원으로 달려갔는데도 정작 자신은 그 사람들 속에 포함되지 않았고, 럼볼드블레인 절제술이라 이름 붙여진 이 수술이 유행하면서 영양학자로서의 명성을 확고히 할 수 있었다. 그 후로 그는 유고트라는 국가적인 밀기울 식품과 젖산 간균을 성공적으로 소개하는 등 일선에서 탄탄대로를 걸어왔다. 나중에는 '럼볼드블레인식 씹는 방법'을 개발하여 보급했고, 현재는 많은 기업체의 중역으로 활동하는 것 외에도 유명한 체인 음식점인 레일리 식당을 위해 메뉴도 개발해 주고 있었다. 그 음식점들은 '신사 숙녀 여러분, 영국 왕립 대학 의학 박사인 럼볼드블레인 경이 여러분의 건강 식단을 짜 드립니다!'라는 광고 문구를 홍보에 이용했다. 그래서 고지식한 의사들 사이에서는 럼볼드블레인 경을 진작에 의사협회 명단에서 제명하는 게 옳지 않을까 하는 수군거림이 흘러나왔다. 그러나 그런 주장에 대한 대답은 분명했다. 럼볼드블레인 경이 없는 의사협회에 무슨 의미가 있다는 말인가?

그는 아버지처럼 인자하게 프랜시스를 바라보며 말했다.

"요즘 유행하는 전염병의 가장 흥미로운 특징은 크레모건으로 놀랄 만한 치료 효과를 볼 수 있다는 점이죠. 지난 주 우리 회사 회의에서도 같은 이야기가 나왔어요. 지금 우리는 유행성 감기 하나 제대로 치료하지 못하고 있어요. 그렇기 때문에 그 살인적인 감염을 예방할 수 있는 유일한 방법은 병원균의 침입을 막기 위해 체내 필수적인 방어 능력, 즉 저항력을 높이는 겁니다. 하하! 다소 자화자찬하는 것 같지만 나는 우리가 우리의 실험실 동료들처럼 기니피그를 가지고 실험한 게 아니라 직접 인체를 상대로 실험하여 크레모건이 인체에 필수적인 저항력을 길러 주고 에너지를 높이는 데 놀라운 위력을 갖고 있다는 것을 시비 없이 증명해 왔다고 자부하는 바입니다."

왓슨은 묘한 미소를 지으며 앤드루를 돌아다보았다.

"맨슨 박사, 크레모 유제품 회사에 대해 어떻게 생각하십니까?"

앤드루는 무의식중에 이렇게 대답했다.

"탈지분유를 마시는 거나 똑같지 않을까요?"

로자 킨은 순간 옆을 힐끗거리며 인정머리 없게 큰 소리로 웃음을 터뜨렸다. 프랜시스 역시 웃었다. 럼볼드블레인 경은 재빨리 자신이 최근 북부 의사협회의 하객 자격으로 트로삭스를 방문한 이야기로 화제를 돌렸다.

이 일만 빼고 그런대로 화기애애한 점심 식사였다. 앤드루도 나중에는 자신이 대화에 자연스럽게 끼고 있음을 느꼈다. 그가 떠나려고 응접실을 나설 때 프랜시스가 말을 걸어왔다.

"진료실 밖에서 보니 더욱 멋져요." 프랜시스가 조그맣게 속삭였다. "손턴 부인은 제게 당신에 관한 이야기를 하느라 커피도 제대로 못 마셨어요. 제 예감에 당신은 그 부인의 마음을 사로잡아 자기 환자로 만든 것 같은데, 제 말 맞죠?"

앤드루는 그녀의 말을 귀에 담고 오늘은 생각보다 더 큰 수확을 거두었으니 크리스틴에게도 나쁜 게 아니라는 생각을 하며 집으로 돌아왔다.

그런데 다음 날 아침 10시 30분쯤 그는 불쾌할 정도로 놀랄 일을 겪었다. 프레디 햄프턴에게서 전화가 걸려왔는데 다짜고짜 이렇게 묻는 것이었다.

"어제 점심은 즐거웠나? 내가 어떻게 알았냐고? 이봐, 자네 오늘 아침 《트리뷴》도 읽지 않았나?"

앤드루는 당황해서 곧장 대기실로 달려가 신문을 찾았다. 크리스틴과 그는 신문을 읽은 뒤에는 항상 그곳에 놓아 두기로 했다. 그는 사진을 많이 싣기로 유명한 《트리뷴》을 당장 훑어 내려갔다. 순간 그는 놀랐다. 왜 아까는 이걸 못 보았을까?

전부 사교계의 가십으로 할애하고 있는 한 면에 프랜시스 로런스의 사진과 함께 어제의 오찬회에 대한 기사가 실려 있었는데, 손님들 이름 중에 그의 이름도 나와 있었다.

앤드루는 억울한 표정으로 신문에서 그 장만 빼서 돌돌 만 뒤 벽난로에 처넣었다. 그때 문득 크리스틴도 그 신문을 보았을지 모른다는 생각이 들었다. 그는 초조하고 분통이 터져서 미간을 찌푸렸다. 그녀가 이런 시시껄렁한 사진을 보았을 리 없다고 생각하면서도 찡그린 얼굴로 진찰실에 들어갔다.

하지만 크리스틴은 그 사진을 보았다. 그녀는 몹시 당황했는데 그 충격은 심장까지 조이는 듯했다. 왜 그는 말하지 않았을까? 왜? 왜? 말했더라도 이런 시시한 오찬회에 가는 것쯤은 말리지 않았을 것이다. 크리스틴은 마음을 가라앉히려고 애썼다. 이렇게 걱정하고 속상해하기에는 너무도 시시한 일이었다. 하지만 여기에 함축된 의미가 결코 사소한 것이 아니라는 것을 크리스틴은 가슴이 먹먹해지는 고통과 함께 깨닫고 있었다.

앤드루가 왕진을 돌기 위해 밖으로 나가자 크리스틴은 집안일을 하려고 했다. 그러나 도저히 일이 손에 잡히지 않았다. 그녀는 여전히 가슴을 짓누르는 근심과 함께 진료소로 돌아가 앤드루의 진찰실로 들어갔다. 그리고 두서없이 되는대로 병원 청소를 시작했다. 책상 옆에는 앤드루의 오래된 왕진 가방이 놓여 있었다. 그가 처음 구입한 가방으로 블라넬리의 사택을 누비고 다니며 비상시에는 갱도 안까지 들고 들어갔던 가방이었다. 크리스틴은 이상하게 감상적인 마음으로 가방을 가만히 쓸어 보았다. 앤드루는 지금 더 좋은 새 가방을 가지고 있었다. 그 새 가방은, 앤드루에게는 분발의 현장이지만 크리스틴에게는 불신만 더해 주는 새로운 업무의 일부분이었다. 그녀는 앤드루에게 자신이 지금 얼마나 불안해하는지 털어놓고 싶어도 소용없는 짓이라는 것을 잘 알았다. 그는 요즘 몹시 날카로워져 있어서 — 그가 마음의 갈등을 겪고 있다는 증거이긴 하지만 — 그녀가 뭐라고 한마디만 해도 곧잘 화를 내서 결국은 싸움이 될 뿐이었다. 그녀로서는 뭔가 다른 방법으로 최선을 다하지 않으면 안 되었다.

그날 토요일 오전은 크리스틴이 플로리를 데리고 쇼핑을 하러 가기로 약속한 날이었다. 크리스틴은 명랑한 플로리를 무척이나 귀여워했다. 플로리는 벌써 깨끗이 씻고 말끔한 코트 차림으로 잔뜩 들떠서 지하실 계단 꼭대기에서 어머니와 함께 기다리고 있었다. 그들은 토요일이면 가끔 이렇게 함께 외출을 했다.

크리스틴은 어린아이의 손을 잡고 시장 상인들과 이야기도 나누고 과일이며 꽃도 사고 앤드루를 기쁘게 해 줄 만한 게 뭐 없을까 생각하는 사이에 기분이 조금 나아졌다.

하지만 여전히 상처는 쓰라렸다. 왜, 왜, 그는 말하지 않았을까? 그리고 왜 나는 그곳에 가지 않았을까? 그녀는 애버럴로에서 처음으로 본의 집에 초대받았을 때의 기억을 떠올렸다. 그때는 그녀가 앤드루를 데리고 가려고 무척이나 애를 태웠다. 하지만 지금은 완전히 반대가 되어 버렸다. 이렇게 된 게 내 탓일까? 내가 변해서, 스스로 움츠러들고 비사교적이 되었기 때문일까? 아니, 그녀는 그렇지 않다고 생각했다. 그녀는 상대방의 지위나 성품에 상관없이 여전히 사람 만나고 사귀는 것을 좋아했다. 본 부인과도 여전히 정기적으로 편지를 주고받으며 우정을 이어 오고 있었다.

사실은 기분도 상하고 무시당한다는 느낌도 들었지만 그녀의 주된 걱정거리는 자신보다도 오히려 앤드루였다. 그녀는 아무리 부자라도 가난한 사람들이나 마찬가지로 병이 들 수 있고, 앤드루가 애버럴로의 세픈 사택 거리에서와 마찬가지로 메이페어의 그린 거리에서도 훌륭한 의사로 인정받을 수 있을 거라는 것을 의심하지 않았다. 또 그에게 각반이나 낡은 레드인디언 모터사이클 같은 것이 상징하는 영웅적인 행동을 지속하라고 요구하는 것도 아니었다. 다만 지난날 그의 이상주의는 순수하고 훌륭했으며 두 사람의 생활은 맑고 깨끗하고 백열하는 불꽃으로 빛났다고 가슴 깊이 느꼈다. 그런데 이제 그 불꽃은 더욱 노래지고 램프의 등피에는 까만 그을음이 앉아 버린 것이다.

크리스틴은 슈미트 부인의 가게로 들어가면서 이마에서 걱정의 주름을 지우려고 애썼다. 그럼에도 불구하고 그녀가 자신을 예리하게 꿰뚫어 보고 있다는 것을 알 수 있었다.

마침내 슈미트 부인이 중얼거렸다.

"크리스틴, 식사를 제대로 안 했군요. 여느 때의 얼굴이 아니에요. 멋진 차에 돈도 많고 뭣 하나 부러울 게 없잖아요. 자, 이것 좀 먹어 봐요. 아주 맛있어요!"

그녀는 손에 든 길고 좁은 칼로 이곳에서 소문난 불에 구운 햄을 한 겹 잘라 부드러운 샌드위치를 만들어 크리스틴에게 권했다. 그리고 플로리에게는 설탕 시럽 입힌 페이스트리를 꺼내 주었다. 그러는 동안에도 그녀는 계속해서 이것저것 권했다.

"리프타우어도 좀 먹어 봐요. 의사 선생님은 벌써 이 치즈를 몇 파운드나 먹었는데도 아직 물리지 않는대요. 언젠가는 그분에게 추천서를 써 달라고 해서 가게 유리창에 붙이려고 해요. 가게가 유명해진 것도 이 치즈 덕분이니까."

슈미트 부인은 크리스틴과 플로리가 떠날 때까지 만족한 미소를 지었다.

밖으로 나온 크리스틴과 플로리는 연석에 서서 근무 중인 경찰관 — 그들의 오랜 친구 스트루더스였다. — 이 건너라는 신호를 보낼 때까지 기다렸다. 크리스틴은 언제 뛰어나갈지 모를 플로리의 팔을 꼭 붙잡고 있었다.

"여기에선 항상 자동차를 조심해야 한단다." 크리스틴이 주의를 주었다. "네가 자동차에 치이기라도 하면 어머니가 뭐라 하시겠니?"

페이스트리를 마저 입 한가득 넣은 플로리는 그 말을 재미있는 농담처럼 생각했다.

집으로 돌아온 크리스틴은 장바구니를 풀기 시작했다. 현관으로 가서 사 온 국화꽃을 화병에 꽂고 있으려니 또다시 울적한 기분이 들었다.

그때 갑자기 전화벨이 울렸다.

그녀는 전화를 받으러 달려갔다. 얼굴 표정은 여전히 담담했지만 입술은 약간 풀죽어 있었다. 오 분쯤 뒤에 원래의 자리로 돌아온 그녀의 표정은 완전히 바뀌어 있었다. 두 눈이 반짝반짝 빛나고 흥분을 감추지 못했다. 그녀는 이따금 창밖을 내다보며 앤드루가 돌아오기를 초조하게 기다렸다. 방금 전해 들은 기쁜 소식에 의기소침했던 기분도 잊어버렸다. 앤드루, 아니 두 사람에게 모두 중요한 소식이었다. 이보다 더 좋은 소식은 없을 거라는 확신에 그녀는 가슴에서 솟는 행복감을 느꼈다. 쉽사리 얻어지는 성공의 독소를 해독하는 데 이것만큼 효과적인 일은 없을 것이다. 게다가 그것은 그에게는 전진이며 진실로 한 걸음 올라가는 좋은 기회였다. 크리스틴은 또다시 창문가로 걸어갔다.

마침내 앤드루가 돌아왔을 때 그녀는 더 이상 참지 못하고 그를 맞으러 현관까지 달려 나갔다.

"앤드루! 로버트 애비 경에게서 전화가 왔어요. 그분이 직접 전화하셨어요."

"그래?"

크리스틴의 얼굴을 대하자 양심의 가책으로 긴장되었던 앤드루의 얼굴이 대번에 밝아졌다.

"네! 직접 전화를 해서 당신을 바꿔 달라고 하셨어요. 그래서 제가 누군지 말씀드렸더니, 정말 자상하기도 하셔라! 어머나! 내가 지금 이런 말이나 하고 있다니! 당신이 빅토리아 병원의 외래 환자 담당 의사로 임명되었다고 하셨어요. 그것도 단번에!"

앤드루의 눈에 서서히 흥분과 안도감이 밀려왔다.

"그래, 정말 기다렸던 소식이야!"

"그렇죠? 그렇죠?" 크리스틴이 기뻐서 소리쳤다. "이제 당신 일을 하는 거예요. 연구 말이에요. 광산 노무 사무국에서 당신이 원했지만 하지 못했던 일 말이에요."

크리스틴은 앤드루의 목에 팔을 두르고 꼭 끌어안았다.

앤드루는 그녀를 내려다보며 그녀의 사랑과 아낌없는 헌신에 형언할 수 없는 감동이 밀려오는 것을 느꼈다. 그리고 순간적으로 가슴이 미어졌다.

'당신은 정말 좋은 여자야, 크리스! 난 이렇게 나쁜 놈인데!'

8

앤드루는 다음 달 14일부터 빅토리아 폐 전문 병원의 외래 환자 담당 의사로 첫 근무를 시작했다. 일주일에 두 번 화요일과 목요일, 오후 3시부터 5시까지 근무했다. 이곳은 폐나 기관지 질병 환자가 찾아온다는 것만 빼고는 애버럴로에서 진료하던 때와 별다르지 않았다. 하지만 자신이 더 이상 의료조합의 보조 의사가 아니라 런던에서 가장 유서 깊고 유명한 병원의 명예 의사라는 사실에는 당당한 자부심과 기쁨을 느꼈다.

빅토리아 병원은 의심할 것 없이 오래된 병원이었다. 템스 강에 인접한 그물코처럼 얽혀 있는 더러운 시가지 중 하나인 배터지에 위치해서 여름에도 햇볕이 몇 줄기밖에 들지 않고 겨울에는 환자들의 바퀴 달린 침대를 발코니까지 끌어내도 짙은 강 안개가 담요처럼 내려앉기 일쑤였다. 음침하고 허름한 병원 정면에는 하얀 천에 빨간색 글씨로 '빅토리아 병원 붕괴 위험'이라고 쓴 현수막이 걸려 있는데, 일부러 광고하지 않아도 곧 붕괴될 것처럼 보였다.

앤드루가 소속된 외래 환자 담당과는 건물의 일부가 18세기에 지어진, 말 그대로 유물이었다. 출입문 홀의 유리 진열장에는 1761년부터 1793년까지 이 병원 같은 부서에 근무했던 명예 의사 린텔 호지스 박사가 사용했다는 조제용 사발과 절굿공이가 자랑스럽게 진열되어 있었다. 타일을 붙이지 않은 벽에는 특이하게 짙은 초콜릿 색의 페인트가 칠해져 있고, 세심하게 청소는 했지만 울퉁불퉁한 복도는 환기가 잘 안 되어 늘 눅눅했으며, 어느 방들이나 오랜 역사를 입증하는 듯 곰팡이 냄새를 풍겼다.

첫 출근 날 그는 상급 명예 의사인 유스터스 소러굿 박사와 함께 병원을 돌았다. 소러굿 박사는 유쾌하고 세심한 오십 대의 남자로 중키도 못 되는 작은 체구에 조그만 염소수염을 기른, 상냥한 교구 위원처럼 싹싹하고 예의 바른 남자였다. 그는 병원의 한 병동을 책임지고 있었고, 오랜 세월 전통으로 내려온 현재 제도하에서는 — 그는 그 제도에 대해 매우 해박한 지식을 갖고 있었다. — 앤드루와 다른 하급 명예 의사인 밀리건 박사에 대해서도 '책임자'였다.

소러굿 박사는 앤드루와 병원을 한 바퀴 돌아본 뒤 기다란 지하 휴게실로 그를 데려갔다. 아직 4시밖에 안 되었는데도 그곳에는 벌써 전등이 켜져 있었다. 쇠창살이 둘러쳐진 벽난로에는 불꽃이 타오르고 리넨으로 장식한 벽에는 이 병원을 거친 유명한 의사들의 초상화가 걸려 있었다. 가발을 쓴 뚱뚱한 린텔 호지스 박사의 초상화는 벽난로 장식 바로 위 가장 명예로운 자리에 걸려 있었다. 소러굿 박사는 광대한 과거의 시간 속에서 완벽하게 살아남은, 가치 있는 그 장소가 자기 자식이라도 되는 양 — 그는 비록 독신이고 교구 위원 같은 인상을 풍겼지만 — 콧구멍을 벌름거리며 자랑스러워했다.

그들은 같은 부서의 다른 의사들과 함께 맛 좋은 차를 마시고 버터를 듬뿍 바른 토스트를 먹었다. 앤드루는 이들 수련의들을 보며 매우 호감 가는 젊은이들이라고 생각했다. 그러나 그들이 소러굿 박사와 자신에게 표하는 존경을 보면서 바로 수 개월 전에 자기 환자를 이런 병원에 입원시키려고 비슷한 또래의 이런 '오만한 풋내기 의사들'과 툭하면 충돌을 일으켰던 기억이 떠올라 웃음이 나오는 것을 참을 수 없었다.

앤드루 옆에 앉은 밸런스 박사는 미국의 메이요 브라더스 병원에서 일 년 동안 연수를 마치고 온 젊은 의사였다. 앤드루는 그와 메이요 병원의 유명한 시스템에 관해 이야기를 나누다 문득 호기심이 생겨서 미국에 있을 때 스틸먼이라는 의사의 이름을 들어 본 적이 있느냐고 물었다.

"그럼요." 밸런스가 대답했다. "그곳에선 그 사람을 상당히 높게 평가하죠. 학위는 없지만 이제 비공식적으로는 그를 인정해 주고 있어요. 놀라운 연구 성과를 올리고 있으니까요."

"그의 진료소에도 가 보았습니까?"

"아니요." 밸런스가 고개를 가로저었다. "오리건까지는 너무 멀어서 가 보지 못했어요."

앤드루는 이야기를 해도 좋을까 말까 망설이면서 잠시 말을 멈췄다. 그러다 간신히 말을 꺼냈다.

"저는 그의 진료소가 대단히 주목할 만한 곳이라고 생각합니다. 몇 년 전에 스틸먼 씨와 연락하고 지낸 적이 있어요. 그분이 먼저 미국 위생 협회에서 발간한 책자에 실린 제 논문을 보고 편지를 보냈죠. 저는 그 진료소의 내부 시설을 사진으로 보았는데, 환자를 치료하는 데 그보다 더 이상적인 곳은 없을 겁니다. 고지대의 솔밭 한가운데 위치하고 발코니는 유리로 되어 있으며, 공기가 완벽하게 정화되고 겨울에도 온도를 일정하게 유지해 주는 특수한 에어컨디셔너 장치가 되어 있더군요. 우리 런던 병원의 상태를 생각해 보면 도달할 수 없는 이상향이라고 할 수 있죠."

다른 사람들의 대화는 끊기고 자신의 말소리만 들리자 앤드루는 너무 열을 냈다 싶어 겸연쩍어서 돌연 입을 다물었다.

소러굿 박사가 차갑고 무뚝뚝한 미소를 지었다.

"맨슨 박사, 우리 런던의 의사들은 지금까지 이런 런던의 상황에 맞춰 잘해 왔네. 우리에게는 자네가 말한 그런 특수 장비는 없네. 하지만 수없이 많은 실험을 거쳐 효과를 입증받은 우리의 방법이 겉보기에는 초라해도 결과는 더 만족스럽고 지속적일 거라고 감히 자신 있게 말할 수 있네."

앤드루는 시선을 내리깔고 아무 대답도 하지 않았다. 그는 신임 의사 처지에 자신의 의견을 너무 내세운 게 경솔하지 않았나 하는 생각이 들었다. 이어서 소러굿 박사는 자신이 상대의 기를 꺾을 의도가 없었다는 것을 보여 주기 위해 일부러 쾌활하게 화제를 돌렸다. 그는 부항법에 대한 이야기를 꺼냈다. 오래전부터 취미 삼아 의학사를 공부해 온 그는 옛 런던의 이발 외과의*에 대한 지식이 해박했다.

모두가 자리에서 일어났을 때 그는 앤드루에게 상냥하게 말했다.

"나는 진짜 부항 세트를 가지고 있지. 언젠가는 자네에게 꼭 보여 주겠어. 부항법이 사라지고 있는 건 정말 유감이야. 지

---

* 옛날 유럽에는 수술을 전문적으로 하는 의사가 없었고, 이발사가 외과 의사 일을 겸직했다.

금도 반사 자극을 위한 방법으로는 효과가 최고인데 말이지."

처음에 잠시 분위기가 어색했던 것만 빼면 소러굿 박사는 마음이 넓고 믿음직한 선배라는 느낌을 주었다. 아닌 게 아니라 그는 절대 오진을 하지 않는 훌륭한 진단의였다. 그리고 언제든지 자신의 병동을 둘러봐도 좋다고 친절하게 말했다. 하지만 까탈스러운 성격상 치료법에 새로운 이론이 끼어드는 것을 싫어했다. 실제로 투베르쿨린 주사도 그 효과가 아직 완전히 입증되지 않았다는 이유로 거들떠보지도 않았다. 인공 기흉 치료법에 대해서도 매우 신중해서 그의 시술 횟수는 병원에서도 최저였다. 하지만 간유나 맥아 같은 것은 환자들에게 대담하게 처방했다.

막상 근무가 시작되자 앤드루는 소러굿 박사에 관한 일은 완전히 잊어버렸다. 몇 달을 기다린 끝에 다시 자신의 일을 시작한다는 것은 멋진 일이었다. 그는 처음부터 예전의 열정과 포부가 변함없음을 보여 주었다.

먼지 흡입으로 인한 결핵성 질병에 대해 연구했던 그가 폐결핵 전반에 대해 연구를 시작하게 된 것은 필연적인 결과인지도 몰랐다. 그는 폰 피르케 검사를 이용해서 중요한 폐 질환의 초기 신체적 증상을 알아내겠다는 계획을 막연하게 세웠다. 조사 대상은 소러굿 박사의 유명한 맥아 추출물을 양껏 처방받기를 원하는 어머니의 손에 이끌려 따라오는 영양 상태가 불량한 아이들만으로도 충분했다.

그러나 아무리 자신의 연구에 사명감을 불어넣으려고 노력해도 아직은 일에 완전히 몰입할 수 없었다. 예전 탄진 흡입에 대한 조사를 시작했을 때 끓어올랐던 자발적인 열정이 좀처럼 솟아나지 않았다. 존재하지 않을지도 모를 막연한 증상에 정신을 집중하기에는 생각해야 할 일이 너무 많았고 진료실에 찾아오는 중요한 환자들도 너무 많았던 것이다. 그가 환자를 제대로 진찰하는 데 얼마나 많은 시간이 필요한지 그보다 더 잘 아는 사람은 없었다. 게다가 그는 언제나 바빴다. 이런 항변 은 반박할 수 없는 것들이었다. 이윽고 그는 자신의 행동을 놀 랄 만한 논리로 합리화하게 되었다. 쉽게 말해 도저히 지금 상 태로는 연구를 제대로 할 수 없다는 것이었다.

사실 무료 진찰을 받으러 오는 가난한 사람들의 경우에는 별로 고충이 없었다. 전임자가 워낙 거친 사람이어서 앤드루가 인심 좋게 처방을 해 주고 이따금 농담을 건네면 인기는 틀림 없었다. 그는 또한 같은 직급의 밀리건 박사와도 절친하게 지 내면서 얼마 가지 않아 정기적인 환자들을 대하는 데 밀리건 박사의 방법을 따랐다. 먼저 진찰이 시작되면 그들을 무더기 로 책상 앞으로 불러들인 다음 그들의 진료 차트를 이름의 머 리글자 순서로 재빨리 구분했다. 그런 다음 '전과 동일'이라는 말을 휘갈겨 쓰는 것이다. 자신이 한때 이 고전적인 글귀를 얼 마나 조롱했는지에 대해서는 생각할 틈도 없었다. 어쨌든 그는 무사히 훌륭한 명예 의사가 되는 궤도에 올라 있었던 것이다.

9

빅토리아 병원에 근무한 지도 육 주가 지난 어느 날 앤드루 는 크리스틴과 함께 아침 식사를 하다가 마르세유 소인이 찍힌 한 통의 편지를 뜯었다. 그는 편지를 뚫어지게 쳐다보다 잠시 믿을 수 없다는 듯한 표정을 짓더니 큰 소리로 외쳤다.

"데니 편지야! 드디어 멕시코가 지겨워졌나 봐! 영국에 정착하러 돌아온다는군. 물론 돌아오기 전에는 믿을 수 없지만 말이야! 하지만 데니를 다시 만난다니 정말 기뻐. 그가 떠난지 도대체 몇 년이나 됐지? 꽤 오래된 것 같군. 거기 신문 있지, 크리스? 오레타 호가 언제 입항하는지 봐 줘."

예상치 않았던 소식에 크리스틴도 앤드루만큼 기뻤지만 그 이유는 조금 달랐다. 모성애 기질이 강한 크리스틴은 남편을 도덕적으로 엄격하게 보호하려는 묘한 심리가 있었다. 그녀는 전부터 줄곧 데니와, 정도는 좀 낮지만 호프가 자기 남편에게 유익한 영향을 준다고 믿고 있었다. 특히 요즘 들어 앤드루가 변한 것 같자 크리스틴은 더욱 그런 생각을 많이 했다. 그래서 그녀는 이 편지를 받자마자 세 사람을 한 자리에 모이도록 해야겠다는 계획을 마음속으로 세웠다.

오레타 호가 틸버리 항에 입항하기 전날 크리스틴은 이 문제를 꺼냈다.

"앤드루, 당신이 어떻게 생각할지 모르지만, 다음 주에 조촐한 만찬을 준비할까 해요. 당신과 데니 씨와 호프 씨를 위해서."

앤드루는 다소 놀라서 크리스틴을 쳐다보았다. 최근 들어 그들 사이가 멀어지고 어색해졌다는 생각을 해 오던 차에 그녀가 만찬 운운하는 게 이상하게 생각되었던 것이다.

그가 대답했다.

"호프는 아마 케임브리지에 있을 거야. 그리고 데니와 나는 어디 밖에 나가서 먹는 게 나을 것 같은데. 아! 그럼 일요일에 만나기로 할까? 그때라면 모두 시간이 될 거야."

드디어 일요일, 얼굴이며 목이 전보다 더욱 살찌고 검붉게 그을린 데니가 찾아왔다. 이제 늙어 보이는 그는 까다로운 성미가 많이 죽어서 훨씬 원만한 인상이었다. 그러나 데니는 역시 데니였다. 그는 첫인사로 대뜸 이렇게 말했다.

"아주 근사한 저택이군그래. 난 잘못 찾아온 줄 알았네." 그리고 크리스틴을 향해 얼굴을 반쯤 돌리고는 정중한 말투로 물었다. "이 멋쟁이 신사가 맨슨 박사인가요? 그럴 줄 알았으면 카나리아라도 한 마리 가져오는 건데 그랬어요."

잠시 후 데니는 자리에 앉았지만 술은 사양했다.

"아니네. 나는 요즘 라임 주스만 마셔. 이상하게 보일지 모르지만 이제 정착해서 일자리도 갖고 착실하게 살아 보려고 하네. 지금까지 별이 반짝이는 넓은 하늘은 지겹도록 봤어. 이 형편없는 나라를 좋아하게 되는 최선의 방법은 외국에 나가 보는 거야."

앤드루는 다정한 책망의 눈길로 데니를 바라보았다.

"자네 정말로 정착하려는가 보군, 필립. 어쨌든 자네도 마흔을 코앞에 두고 있으니까. 게다가 자네 재주는……."

데니는 눈썹 밑으로 앤드루에게 묘한 시선을 던지며 그의 말을 끊었다.

"너무 점잖은 체하지 말게, 교수 양반. 나도 조만간 자네에게 뭔가 보여 줄 테니."

데니는 운 좋게도 연봉 300파운드에 집과 식사가 제공되는 사우스 하트포드셔 병원의 외과 의사로 채용되었다는 소식을 전해 주었다. 물론 그곳에서 끝까지 일할 거라고 장담은 못하지만 근무하는 동안 수술할 기회도 많이 생길 테니 새로운 외과 수술 기법을 배울 수 있을 거라고, 그러다 보면 그 후의 일은 또 어떻게든 될 거라고 말했다.

"그 사람들이 왜 나 같은 놈한테 일자리를 줬는지 모르겠단 말이야. 분명 신원 조회에서 실수로 다른 사람과 혼동했을 거야."

"설마." 앤드루가 무덤덤하게 말했다. 그리고 심드렁하게 덧붙였다. "의학 박사라는 간판 때문이겠지, 필립. 그런 일급 간판만 있으면 어디서든 통하니까."

"아니, 이 친구와 한바탕 싸우기라도 했습니까?" 데니가 당혹스러운 표정을 지었다. "나와 하수도 폭파하던 때의 그 청년이 할 소리는 아닌데요."

바로 그때 호프가 도착했다. 그는 데니와는 초면이었다. 하지만 그들이 서로 이해하는 데는 오 분이면 충분했다. 그들은 저녁을 먹으러 주방으로 가면서 하나가 되어 앤드루를 골려 주기 시작했다.

"물론이네, 호프 군." 데니는 냅킨을 펴면서 아쉬운 듯한 말투로 말했다. "이 집 요리에 대해선 큰 기대를 걸 필요가 없다네, 절대로. 내가 이 부부를 오랫동안 알고 지내서 하는 말인데, 지금처럼 잔뜩 폼 잡은 웨스트엔드 사람이 되기 전부터 알고 있었으니까. 이 사람들은 기니피그를 굶겼다고 전에 살던 집에서도 쫓겨났다고."

"그래서 전 늘 주머니에 베이컨 조각을 넣고 다녀요." 호프도 맞장구를 쳤다. "지난번 키친 강가 탐험 때 빌리 버튼에게서 배운 습관이죠. 그런데 운이 없게도 오늘 달걀이 떨어졌지

뭡니까! 하필 오늘따라 암탉이 알을 낳지 않은 겁니다."

호프의 허튼소리는 데니가 있어서 더욱 자극을 받는 모양이었다. 식사가 계속되는 동안 이런 농담이 자주 튀어나왔지만 점차로 진지한 대화로 바뀌었다. 데니는 남미 국가에서 자신이 겪은 경험들과 관련된 이야기를 했고 — 그는 한두 명의 흑인 이야기로 크리스틴을 웃기기도 했다. — 광산 노무 사무국의 최근 활동 상황에 관해 자세한 이야기를 들려 주었다. 휘니가 드디어 오랫동안 궁리해 온 근육 피로에 대한 조사를 착수하는 데 성공했다는 사실도 알 수 있었다.

"이게 제가 요즘 하고 있는 일이에요." 호프가 시무룩하게 말했다. "하지만 다행히 장학금 의무 기간이 아홉 개월밖에 남지 않았어요. 그게 끝나면 저도 뭔가 할 겁니다. 다른 사람들, 특히 노친네들의 감독을 받으며 일하는 것도 이제 지긋지긋해요." 호프는 목소리를 낮추고 우스꽝스러운 흉내를 냈다. "'호프 군, 이번에는 육유산이 얼마나 검출되었나?' 저도 이젠 저만의 연구를 하고 싶어요. 작은 실험실이라도 하나 있으면 얼마나 좋을까!"

그러고 나서 그들의 대화는 크리스틴이 바라던 대로 의료계에 대한 논쟁으로 바뀌어 갔다. 식사가 끝나고 — 데니의 비관적인 예측에도 불구하고 그들은 오리 고기 두 마리를 몽땅 먹어치웠다. — 커피를 들여오면서 크리스틴은 자기도 그 자리에 함께 있겠다고 졸랐다. 호프가 숙녀 분이 듣기에 난처한 이야기가 나올지도 모른다고 말했지만 크리스틴은 테이블에 팔꿈치를 올리고 손으로 턱을 괴고 앉아 남편의 얼굴을 진지하게 살피면서 그동안 잊고 있었던 이야기를 경청했다.

처음에 앤드루는 딱딱하게 경직되어 서먹서먹한 기분이었다. 비록 데니를 다시 만난 것은 기뻤지만 옛 친구는 자신의 성공에 별 관심을 보여 주지 않았고 심지어는 무시하고 조롱하는 것처럼 보였다. 어쨌든 이 모두가 스스로 노력해서 얻은 결과 아닌가? 그럼 데니는 대체 무엇을, 그래 지금까지 뭘 했단 말인가? 호프가 우스꽝스러운 말투로 끼어들 때는 하마터면 자신을 그만 가지고 놀라고 고함을 지를 뻔하기도 했다.

　하지만 대화가 의료계 방향으로 흘러가자 앤드루는 자신도 모르게 대화에 끼어들었다. 그리고 한동안은 원하든 원하지 않았든 두 사람에게 전염되어 예전처럼 진지한 태도로 자신의 생각을 말했다.

　마침 그들이 병원에 관해 의견을 주고받고 있었는데 갑자기 앤드루가 전체 병원 시스템에 대한 자신의 의견을 피력했다.

　"내 생각은 이렇다네." 앤드루는 담배를 길게 한 모금 빨아들였다. 이게 값싼 버지니아산 퀄런이 아니라는 것을 데니가 눈치 챌지도 모른다는 생각을 하면서 용기 내어 담배 상자에서 꺼낸 잎담배였다. "전반적인 제도는 낙후되어 있어. 하지만 내가 이 병원에 몸담고 있는 한 자네들이 생각하는 어떤 행동을 하지는 않을걸세. 나는 빅토리아 병원을 좋아하고 우리가 대단한 일을 하고 있다고 생각하니까. 하지만 문제는 시스템이야. 이런 걸 참고 넘어가는 건 마음씨 좋고 무신경한 우리 영국인들밖에 없을 거야. 도로만 봐도 그렇지. 구식이고 손도 댈 수 없을 만큼 엉망이잖아. 빅토리아 병원도 지금 붕괴되고 있는 중이야. 세인트 존스 병원도 그렇고. 런던의 병원 절반이 무너지고 있다고 비명을 지르지! 그런데 우리가 무얼 하고 있느냐고? 푼돈이나 모으고 있지. 병원 정면에 붙여 놓은 광고 덕택에 몇 파운드쯤은 들어오고 있으니까. '최고의 맥주는 브라운 맥주!'라는 광고처럼 말이야. 굉장하지 않아? 아마 운이 좋으면 빅토리아도 십 년 내에 새로운 부속 건물이나 간호사의 숙소 정도는 지을 수 있을 거야. 간호사들의 숙소가 어떤지 자네들도 직접 봐야 하는데! 하지만 그런 낡아 빠진 뼈대에 잇고 붙이고 한다고 해서 뭐가 더 나아지겠나. 이렇게 런던처럼 시끄럽고 안개 자욱한 도시 한가운데 폐 전문 병원을 세운들 무슨 효과가 있겠냔 말이야, 젠장! 폐렴 환자를 탄광 갱도로 데려가는 것이나 같지. 다른 병원들도 대부분 마찬가지야. 요양소는 말할 것도 없고. 차들이 빵빵거리는 도로 한복판인에다 지하철로 땅이 흔들거리고 심지어 버스가 지나갈 때면 환자의 침대가 흔들거리지. 만일 내가 그런 곳에 들어간다면, 아무리 건강한 나도 매일 밤 수면제를 열 알씩 먹지 않고는 잠들지 못할 거야. 그런데 중한 복부 수술을 받는 환자나 뇌막염으로 열이 40도 넘게 오르는 환자가 그런 소음 속에 누워 있다고 생각해 보게."

"음, 그럼 대책은 뭔가?" 데니가 눈썹을 추켜올렸다. 새로 생긴 버릇인 듯했다. "자네가 병원 연합회 회장쯤 되었다고 치고 말일세."

"말도 안 되는 소리 하지 말게, 필립." 앤드루는 짜증스럽게 반응했다. "분산시키는 게 해답이야. 아니, 이건 책에 나온 말이 아니라 내가 런던에 오기 전에 겪었던 경험을 통해 도달한 결론이야. 왜 런던 근교 2킬로미터 떨어진 곳에만 가도 녹지가 있는데 그런 곳에 큰 병원을 짓지 않느냔 말이야. 예컨대 벤험 같은 곳은 런던에서 15킬로미터밖에 떨어지지 않았는데도 조용하고 공기도 좋은 전원 동네야. 교통이 불편하다는 따위의 생각은 하지 말게. 조용한 직통 노선을 이용하면 지하철로, 그것도 특별히 병원만 오가는 지하철을 운행하면 벤험까지 딱 십팔 분밖에 걸리지 않아. 아무리 빠른 구급차라도 비상시에 평균 사십 분이 걸려 환자를 수송하는 것에 비하면 대단한 개선이 아닌가. 만일 병원들을 그렇게 교외로 옮기면 지역마다 의료 시설이 없어지는 게 아니냐고 말할지도 모르겠네. 그건 뭘 모르는 소리야. 공공 진료소는 그대로 두고 병원만 옮겨 가는 거니까. 우리가 지금 이런 이야기를 하는 동안에도 지역의료 시설에 대한 문제점은 대책도 없이 큰 혼란을 겪고 있어. 내가 처음 여기 서부 런던에 왔을 때 내 환자를 입원시킬 수 있는 곳은 동부 런던 병원밖에 없었네. 빅토리아 병원 역시 켄싱턴과 이링, 머스웰 힐 등 사방에서 환자들을 보내오고 있어. 자네들에게 솔직히 털어놓자면 그 혼잡함은 종종 믿기지 않을 정도라네. 그래서 어떤 대책을 세우고 있느냐고? 아무것도, 정말 전혀 아무것도 하지 않고 있네. 그저 양철 깡통이나 두드리고, 무슨 기금 모금일을 정해 사람들에게 애걸하고, 학생들에게 우스꽝스러운 광대 의상을 입혀서 푼돈을 구걸하게 하는 옛날 방법을 답습할 뿐이야. 내가 말한 시책은 유럽의 신흥 국가에서는 이미 시행하고 있다네. 만일 내가 내 식대로 할 수 있다면 빅토리아 병원 건물을 헐어 버리고 벤험에 직통 교통 수단을 갖춘 호흡기 병원을 새로 짓겠어. 그리고 환자들의 회복률이 얼마나 올라가는지 반드시 보여 주겠어!"

이것은 단순히 서막에 지나지 않았다. 그 뒤로는 토론의 강도가 점점 높아졌다.

데니는 자신이 오랫동안 주장해 온 내용을 말하기 시작했다. 일반 개업의는 그 검은 왕진 가방 하나만 있으면 무슨 병이든 고칠 수 있다는 어리석은 믿음을 가지고 있다가 환자에 대해 아무것도 모르는 전문의가 자동차를 타고 와서 5기니를 받고는 어떤 조치를 취하기에는 너무 늦었다고 말해 주는 순간 오히려 기뻐한다며, 어쨌든 그전까지는 일반 개업의가 온갖 환자를 어깨에 짊어지고 가야 하는 우스운 상황에 대해 통탄했다.

호프는 거리끼거나 망설이는 기색 없이 상업주의와 보수주의 사이, 한편으로는 약품의 독점적인 생산을 위해 돈을 뿌리는 인심 좋은 제약회사와 허튼소리를 지껄이는 광산 노무 사무국의 노인네들 사이에 낀 젊은 세균학자의 입장을 피력했다.

"상상할 수 있으십니까?" 호프가 빈정거리는 투로 말했다. "따로 노는 네 개의 핸들과 경적이 수없이 많이 달린 낡아 빠진 자동차에 탄 마르크스 형제* 꼴이죠. 그게 광산 노무 사무국에 있는 우리 모습이에요."

그들은 열띤 대화를 나누느라 자정이 넘은 줄도 몰랐는데 문득 정신을 차리고 보니 테이블 위에 생각지도 않았던 샌드위치와 커피가 놓여 있었다.

"아, 이거 대단히 고맙습니다, 맨슨 부인." 호프는 데니의 조롱에도 아랑곳하지 않고 정중하게 자신이 '예의 바른 괜찮은 청년'임을 보여 주었다. "재미없는 이야기를 해서 따분하셨죠. 한참 떠들었더니 그렇지 않아도 배가 고팠는데. 휘니에게 새로

---

* 당시 유명한 미국의 희극 영화 배우 사 형제.

운 연구 과제를 제안해야겠습니다. 열띤 수다가 소화 분비액에 미치는 영향에 대해서 조사해 보라고요. 하하! 이거야말로 경주마다운 연구 주제로군!"

호프가 오늘 저녁은 참으로 유쾌했다고 떠들썩하게 인사를 하고 돌아간 뒤에도 데니는 오랜 친구라는 특권으로 몇 분 더 남아 있었다. 앤드루가 전화로 택시를 부르러 방을 나갔을 때 데니는 하찮은 선물이라 미안하다며 크리스틴에게 아름다운 스페인산 숄을 선물로 주었다.

"교수님이 날 죽일지도 모릅니다." 그가 익살을 떨었다. "이건 부인께만 드리는 선물입니다. 제가 무사히 돌아갈 때까지 저 친구에게 말하면 안 됩니다." 그는 크리스틴이 감사의 인사를 하려는 것을 막으며 감사의 말을 듣는 것이 세상에서 가장 싫다고 했다. "이런 숄이 모두 중국에서 온다니 정말 놀랍죠? 실제로 스페인산이 아니라고 해요. 전 상하이에서 온 걸 샀지요."

잠시 침묵이 흘렀다. 홀에서 앤드루가 전화를 끊고 돌아오는 소리가 들려왔다.

데니는 다정하고 주름이 잡힌 눈을 그녀의 얼굴에서 돌리며 자리에서 일어났다.

"나는 앤드루에 대해 별로 걱정하지 않습니다." 그가 웃었다. "하지만 반드시 블라넬리 시절로 되돌려 놓도록 노력해야지요, 그렇죠?"

10

부활절이 되어 학교마다 방학이 시작되었을 무렵 앤드루는 손턴 부인에게서 편지를 받았다. 브라운 호텔에 와서 자기 딸을 진찰해 달라는 부탁이었다. 편지에는 자기 딸 시빌의 발이 좀처럼 낫지 않는다, 당신이 로런스 부인을 진찰해 주었다는 이야기를 인상 깊게 들었다, 우리도 당신의 진찰을 받아 보고 싶다는 내용이 간단히 적혀 있었다. 자신을 인정해 주는 말에 앤드루는 기분이 뿌듯해서 당장 왕진을 갔다.

진찰 결과 증세는 별로 심하지 않았지만 조기에 수술을 받는 게 좋겠다는 결론을 내렸다. 앤드루는 허리를 쭉 펴고 침대에 걸터앉아 튼튼한 맨 다리에 검정색 긴 양말을 신는 시빌에게 미소를 보내며 그런 사실을 손턴 부인에게 설명했다.

"뼈가 굵어지고 있어요. 치료를 하지 않고 내버려 두면 갈고리처럼 굽은 발가락이 그대로 굳을 염려가 있습니다. 당장 수술 준비를 해야겠습니다."

손턴 부인은 별로 놀라지 않았다.

"학교 양호 선생님도 그렇게 말씀하셨어요. 우리는 준비를 하고 있어요. 시빌이 이곳의 요양소에 입원했으면 해요. 전 전적으로 선생님을 믿고 있으니 모든 걸 알아서 주선해 주셨으면 해요. 혹시 소개해 주실 만한 분 있으세요?"

단도직입적인 질문에 앤드루는 난감했다. 그는 내과 전문이기 때문에 유명한 내과 의사는 많이 알고 있지만 런던의 외과 의사는 전혀 알지 못했다.

그때 갑자기 아이보리가 떠올랐다. 앤드루는 흔쾌히 말했다.

"아이보리 씨라면 이 수술을 할 수 있을 겁니다. 물론 그가 시간이 난다면."

손턴 부인은 아이보리 박사에 대해 들어서 알고 있었다. '물론! 그 사람이라면 열사병 환자를 치료하기 위해 한 달 전 카이로까지 날아갔다 왔다고 일간지에서 시끄럽게 떠들었던 그 의사가 아니던가! 그렇게 유명한 의사가!' 그녀는 그런 의사에게 자기 딸을 맡기라는 앤드루의 제안이 대단하다고 생각했다. 이제 남은 고민은 시빌을 이다 셰링턴의 요양소에 보내는 문제였다. 자신의 친구들도 그곳에서 많이들 치료를 받았고, 거기가 아닌 다른 곳에 보낸다는 생각은 하기도 싫었다.

집으로 돌아온 앤드루는 이렇게 주선을 하는 게 처음인 사람답게 한참을 망설이다 아이보리에게 간신히 전화를 걸었다. 그러나 친절하고 자신만만하며 호탕한 아이보리의 태도가 그를 안심시켰다. 그들은 다음 날 함께 환자를 보러 가기로 약속했고, 아이보리는 이다의 요양소가 다락방까지 꽉 들어찼다는 것을 알지만 필요하다면 자신이 설득해서 시빌이 입원할 만한 병실 하나쯤은 비우게 할 수 있을 거라고 안심시켜 주었다.

다음 날 아침 손턴 부인을 만난 아이보리는 전날 앤드루가 내렸던 처방이 모두 적절하다고 강조해서 말한 다음 즉각 수술을 받아야 한다고 덧붙였다. 시빌은 곧 셰링턴의 요양소로 옮겨지고 수술이 시작되었다.

앤드루는 수술실에 입회했다. 아이보리가 무슨 일이 있어도 입회해 달라고 진심으로 간청했기 때문이다.

별로 어려운 수술은 아니었다. 사실 블라넬리 시절에 앤드루도 자주 했던 수술이었다. 아이보리의 경우에는 속도가 좀 떨어졌지만 당당하고 능숙하게 수술을 끝냈다. 커다란 하얀 가운에 단단하고 위압적인 턱을 가진 그의 얼굴은 강인하고도 멋져 보였다. 찰리 아이보리만큼 명의에 대한 일반적인 개념에 꼭 들어맞는 사람도 흔치 않았다. 그는 대중소설에서 수술실의 영웅을 묘사할 때 흔히 쓰는 표현대로 섬세하고 부드러운 손을 가졌으며, 잘생긴 얼굴에 확신에 찬 표정은 연극적인 인상을 주었다. 역시 수술복을 입고 있는 앤드루는 수술대 건너편에서 존경의 눈빛으로 그를 바라보기만 했다.

이 주일이 지나 시빌 손턴이 요양소에서 퇴원한 후 아이보리는 앤드루를 새크빌 클럽의 점심 식사에 초대했다. 유쾌한 자리였다. 완벽한 재담꾼인 아이보리는 최신 가십거리들을 들려 주었는데, 그 이야기를 듣는 앤드루는 자신도 저절로 아이보리처럼 세상 물정에 밝은 사람이 된 듯한 느낌이 들었다. 높은 천장을 애덤* 양식의 천장화로 장식하고 크리스털 샹들리에가 매달려 있는 새크빌 클럽의 식당은 유명인들로 — 아이보리는 그들 한 명 한 명을 유머스럽게 설명해 주었다. — 가득 차 있었다. 앤드루는 그날의 경험이 매우 흡족했는데, 그것은 아이보리의 의도가 정확히 맞아 떨어진 것이었다.

"이번 모임에는 자네 이름도 올렸으면 하네." 아이보리가 말했다. "프레디나 폴, 나처럼 자네가 아는 사람들도 오니까 말이야. 참, 재키 로런스도 회원이야. 로런스 부부는 결혼 생활을 재미나게 하고 있지. 완벽하게 좋은 친구 같으면서도 각자의

---

* 스코틀랜드의 건축가, 디자이너. 런던을 비롯한 여러 도시의 공공건물 건축과 대저택의 실내 장식 등으로 유명하다.

길을 간다고나 할까! 솔직히 난 자네를 회원으로 추천하고 싶
어. 자네는 나를 다소 신뢰하지 않는 것 같지만 말이야. 스코
틀랜드인 특유의 조심성 탓인가? 자네도 알듯이 난 병원 근무
는 하지 않아. 프리랜서가 좋거든. 게다가 난 지금 이대로도 몹
시 바쁘다네. 병원에 근무하는 고지식한 의사들 중에는 한 달
에 한 명도 개인 환자가 없는 경우가 태반이지만 말이야. 하지
만 난 일주일에 평균 열 명이야! 게다가 이젠 손턴 씨 댁에서
도 불러 줄 테고. 앞으로 그 집은 내게 완전히 맡겨 주게. 그
들은 최상류층이야. 그리고 말 나온 김에 하는 말인데, 시빌의
편도선을 어떻게 해야 할 것 같은데 자네 생각은 어떤가? 진찰
하지 않았나?"

"아니, 하지 않았네."

"저런, 진찰을 하지 그랬나. 완전히 주머니처럼 커져서 패혈
증 균이 이루 말할 수 없을 만큼 많은 거 같더군. 자네가 기분
나쁠지 모르지만 내 멋대로 날이 따뜻해지면 어떤 조치를 취
해야 한다고 말해 두었네."

집으로 돌아오는 길에 앤드루는 아이보리가 참 괜찮은 친구
라는 생각을 지울 수 없었다. 사실 그를 소개해 준 햄프턴에게
감사해야 했다. 시빌의 경과는 매우 좋아서 손턴 부인의 가족
들이 매우 기뻐했다. 그보다 확실한 평가 기준은 없을 것이다.

삼 주 뒤 어느 날 오후 앤드루는 크리스틴과 앉아 있다가
집배원으로부터 편지 한 통을 받았다.

친애하는 맨슨
방금 손턴 부인에게서 사례금을 받았네. 그래서 마취과 의사

와 나누듯이 자네에게도 자네 몫을 보내네. 수술 시 나를 크게 도와준 데 대한 사례금이네. 시빌은 이번 학기말에 진찰을 받으러 내게 오기로 했네. 내가 말했던 편도선 건은 잊지 않았겠지? 손턴 부인이 매우 기뻐하고 있다네.

자네에게 감사의 마음을 전하며
찰리 아이보리

봉투 안에는 20기니 수표가 들어 있었다.

앤드루는 수술실에서 아이보리를 도와준 기억이 없기 때문에 놀라서 그 수표를 바라보았다. 그러나 이내 돈이 들어올 때마다 항상 느끼는 뿌듯함이 가슴 한 켠에서 솟아났다. 앤드루는 흡족한 미소를 띠며 편지와 수표를 크리스틴에게 건넸다.

"아이보리 이 친구 정말 괜찮은 사람 같지 않아, 크리스? 이번 달에는 우리 수입이 완전히 신기록이야!"

"하지만 난 이해가 안 돼요." 크리스틴은 당혹스러운 표정을 지었다. "이게 손턴 부인이 지불하는 돈인가요?"

"아니지, 순진하기는." 앤드루가 킥킥 웃었다. "특별 수당이지. 단순히 내가 수술하는 데 입회해 준 대가라고."

"당신 말은 아이보리 씨가 자기 수입의 일부를 떼어 줬다는 말이군요."

앤드루는 얼굴이 붉어지면서 별안간 싸울 듯한 태도로 변했다.

"제기랄! 다시는 그따위 말 하지 마! 우린 그런 일은 꿈도 꾸지 않았어. 내가 그곳에 함께 들어가서 도와준 데 대한 대가라는 거 몰라? 마취 의사가 마취를 해 주고 받는 돈과 같단 말이야. 아이보리는 자신의 청구서에 그것도 포함시킨 거라고. 그러니까 일종의 자문비라고!"

크리스틴은 아무 말도 하지 않고 언짢아서 수표를 탁자 위에 내려놓았다.

"하지만 너무 금액이 커요."

"그래서 어떻다고?" 그는 공연히 화를 내며 싸움을 끝냈다. "손턴 씨네는 대단한 부자야. 그들에게 이만한 돈은 우리 진료소에 찾아오는 환자들의 3실링 6펜스보다 못한 액수야."

앤드루가 방을 나간 후에도 크리스틴은 긴장되고 걱정스러운 눈으로 수표를 바라보았다. 그녀는 앤드루가 아이보리와 직업적으로 협력하는 사이라는 것을 모르고 있었다. 갑자기 예전의 불안감이 엄습했다. 데니, 호프와 함께했던 저녁 시간은 앤드루에게 아무런 효과도 없는 것 같았다. 그는 지금 얼마나 돈을 좋아하는가! 영혼까지도 팔아 버릴 정도였다. 빅토리아 병원 근무도 물질적인 성공에 대한 열망보다 중요한 것 같지 않았다. 심지어 크리스틴은 앤드루가 진료실에서 별로 아프지도 않은 사람들에게 몇 번이고 병원에 오라고 하면서 미리 만들어 둔 조제약을 처방해 주는 광경을 목격했다. 찰리 아이보리의 수표를 놓고 앉아 있는 크리스틴의 얼굴에 수심이 깊어가며 무언가에 눌려 점점 작아지는 것 같았다. 그러더니 천천히 눈물이 고였다. 그에게 말해야 해. 말해야 해, 꼭 말해야 해.

그날 저녁 진료가 끝난 후 크리스틴이 조심스럽게 앤드루 곁으로 다가갔다.

"앤드루, 내 기분 좀 풀어 줄래요? 일요일에 자동차를 타고 교외로 나가는 건 어때요? 언제든지 태워 주겠다고 약속했잖아요. 그야 겨울에는 가려야 갈 수도 없었지만요."

앤드루는 어리둥절한 눈으로 그녀를 쳐다보았다.

"그래, 좋아. 그러지 뭐."

크리스틴이 바라던 대로 일요일은 맑고 따뜻한 봄 날씨였다. 앤드루는 11시쯤 중요한 왕진 환자 진료를 끝낸 뒤 자동차 트렁크에 깔개와 피크닉 바구니를 싣고 소풍을 떠났다. 자동차가 해머스미스 다리를 지나 서리 방향의 킹스턴 우회 도로를 달릴 때 크리스틴은 날아갈 것 같은 마음이었다. 그들은 곧 도킹을 지나 우회전을 해서 셰어로 향했다. 교외로 나온 게 실로 오랜만인 두 사람은 들판의 생생한 초록빛, 움트는 느릅나무의 보랏빛, 늘어진 꽃가지의 노란 꽃가루, 둑 아래 떼 지어 피어 있는 앵초의 연노란색 등 달콤한 색의 향연에 취할 것만 같았다.

"너무 빨리 달리지 말아요." 크리스틴은 최근 몇 주 동안 들어 본 적이 없는 부드러운 목소리로 중얼거렸다. "정말 아름답지 않아요?"

앤드루는 도로를 달리는 다른 차들을 추월하려고 기를 쓰고 있었다.

1시가 가까워져서 셰어에 도착했다. 빨간색 지붕의 농가가 몇 채 있고 물냉이 모판 사이로 조용히 실개천이 흐르는 마을로 아직까지는 몰려드는 여름 관광객으로 몸살을 앓는 철은 아닌 듯했다. 그들은 언덕 멀리까지 자동차를 타고 가서 가까운 경마장 길에 주차했다. 그들이 자리를 깐 작은 공터는 새 지저귀는 소리만 들릴 뿐 적막했다.

그들은 햇볕을 받으며 샌드위치를 먹고 보온병에서 커피를 따라 마셨다. 주변의 오리나무 숲에는 앵초가 어지럽게 자라고 있었다. 크리스틴은 앵초를 따서 그 시원하고 부드러운 촉감 속에 얼굴을 묻고 싶은 생각이 들었다. 앤드루는 크리스틴 옆에 누워 머리를 식히며 반쯤 눈을 감았다. 크리스틴의 우울하고 불안한 마음에도 달콤한 고요함이 내려앉았다. 우리가 언제까지나 이렇게 함께할 수 있다면!

앤드루의 졸린 듯한 시선이 한동안 자동차에 머무르는가 싶더니 그가 불쑥 입을 열었다.

"저 차도 그렇게 고물은 아니지, 크리스? 내 말은 산 값에 비해서 말이야. 그런데 자동차 전시장에 가면 새 차를 사고 싶단 말이지."

크리스틴은 그의 지칠 줄 모르는 욕망을 확인하자 다시 불안해졌다.

"하지만 저 차를 산 지도 얼마 안 되었잖아요. 우리한테는 저걸로도 충분하다고 생각해요."

"흠! 저 차는 너무 느려. 우리를 앞질러 가던 뷰익 봤지? 새로 나온 비테스 살롱 중 하나를 사고 싶어."

"왜요?"

"왜, 안 돼? 우린 살 여유가 있어. 돈도 점점 더 잘 벌잖아. 안 그래?" 앤드루는 담배에 불을 붙이고 아주 만족스러운 표정으로 그녀를 돌아보았다. "당신이 잘 못 느끼나 본데, 이봐요, 블라넬리 초등학교 선생님. 우린 급속도로 부자가 되어 가고 있어요."

앤드루가 웃어 보였지만 크리스틴은 웃지 않았다. 햇살을 받아 나른하고 편안했던 몸이 갑자기 얼어붙는 것 같았다. 크리스틴은 우스꽝스럽게도 손으로 풀을 뜯어 깔개의 술과 엮어

꼬기 시작했다. 그녀가 느릿느릿 말을 시작했다.

"여보, 우리가 원하는 게 정말 부자가 되는 걸까요? 난 모르겠어요. 왜 돈에 대한 이야기만 하죠? 예전에는 우리 이러지 않았어요. 그땐 정말 행복했고, 돈 얘기 따윈 하지 않았어요. 그런데 요즘은 돈에 대한 것 말고는 아무 말도 하지 않잖아요."

그는 전혀 아랑곳하지 않는 태도로 다시 웃음을 지었다.

"몇 년간 진흙탕 속을 왔다 갔다 걸어 다니고 소시지와 절인 청어만 먹고 꽉 막힌 위원회 위원들에게 개 취급당하고 더러운 뒷방에서 광부의 마누라들을 시중들었더니 팔자 좀 고치고 싶더라고. 왜, 그러면 안 돼?"

"농담으로라도 그런 말 마요. 당신은 그런 식으로 말하는 사람이 아니었어요. 모르겠어요? 정말 모르겠어요? 당신은 당신이 그토록 증오하고 비난했던 바로 그 제도의 희생물이 된 거라고요." 크리스틴의 흥분한 얼굴은 가련할 정도였다. "당신이 인생에 대해 어떻게 말했는지 기억나지 않아요? 인생은 미지의 것에 대한 도전이며, 언덕 위에 있다는 것은 알지만 보이지는 않는 어떤 성을 차지하기 위해 힘겹게 언덕을 오르는 것과 같다고 말했잖아요."

앤드루는 심기가 불편한 듯 중얼거렸다.

"그때야 내가 어렸지. 아무것도 몰랐고. 그런 건 단지 낭만적인 소리일 뿐이야. 주위를 둘러보면 남들도 이렇게 살아. 어떻게든지 한 푼이라도 벌려고 하지! 그것이 인생의 유일한 목적이야."

크리스틴은 숨이 탁 막혔다. 지금 말하지 않으면 영영 할 수 없다는 것을 그녀는 깨달았다.

"여보, 돈은 인생의 목적이 아니에요. 제발 내 말 좀 들어 봐요, 제발! 난 지금까지 행복하지 않았어요. 당신이 변했기 때문이에요. 데니 씨도 그렇게 생각해요. 우린 서로 멀어지고 있어요. 당신은 내가 결혼한 앤드루 맨슨이 아니에요. 아! 당신이 예전으로 돌아가기만 한다면."

"내가 어쨌다고?" 앤드루가 화를 내며 거칠게 대꾸했다. "내가 당신을 때리기를 했어, 술 먹고 주정을 부렸어, 아니면 사람을 죽였어? 내가 잘못한 게 있으면 한 가지라도 말해 봐."

크리스틴은 필사적으로 대답했다.

"그렇게 딱 꼬집어 말할 수 있는 성격의 것이 아니잖아요. 당신의 태도가 문제예요. 예를 들면 아이보리 씨가 보낸 수표를 받은 것 말이에요. 겉으로는 사소한 것 같지만 그 이면에는, 아, 그 이면을 보면 천박하고 탐욕스럽고 부정직한 면이 감춰져 있죠."

앤드루는 몸이 굳어지더니 자리에서 일어나 크리스틴을 노려보며 대꾸했다.

"제발! 왜 또 그 얘기를 꺼내는 거지? 내가 그걸 받은 게 뭐가 잘못이란 말이야?"

"그걸 몰라요?" 크리스틴은 지난 몇 달간 마음에 쌓였던 감정이 울컥 솟아나 말이 막히고 갑자기 눈물이 쏟아졌다. 그녀는 발작하듯 외쳤다. "제발, 앤드루, 당신 자신을 팔지 말란 말이에요!"

앤드루는 이를 갈며 무섭게 크리스틴을 노려보았다. 그리고 말 한마디 한마디를 생각하며 천천히 말했다.

"이게 마지막이야! 내가 경고하지. 신경과민 환자처럼 계속해서 멍청한 말만 늘어놓는 그런 짓 좀 그만해. 그렇게 온종일 잔소리나 늘어놓으면서 나를 괴롭히지 말고 어떻게든지 나를 도울 방법을 생각해 보는 게 어떻겠어?"

"내가 잔소리를 했다고요?" 크리스틴이 흐느껴 울었다. "난 진작 말하고 싶었지만 하지 않았어요."

"그럼 말하지 마." 앤드루는 이성을 잃고 갑자기 소리치기 시작했다. "내 말 들어, 알았어? 하지 말라고! 당신은 일종의 콤플렉스에 빠져 있어. 내가 마치 더러운 사기꾼이라도 되는 듯 말하지. 만일 내가 돈을 원한다면 그것은 목적을 위한 수단일 뿐이라고. 사람들은 내 신분이나 재산으로 나를 평가해. 못 가진 놈은 남에게 부림만 당한단 말이야. 그런 건 지금까지 충분히 겪었어. 앞으로는 남을 부리면서 살 거야. 이제 내 마음 이해하겠어? 다시는 내게 그런 바보 같은 말 하지 마."

"알았어요, 알았어." 크리스틴은 계속해서 울먹였다. "다신 말하지 않을 거예요. 하지만 언젠가는 당신의 잘못을 깨닫게 될 날이 있을 거예요."

이날의 소풍은 그들의 관계를 완전히 어긋나게 만들어 버렸다. 특히 크리스틴이 받은 상처는 더욱 컸다. 그녀는 눈물이 마른 뒤 바랐던 대로 앵초를 한 움큼 꺾기도 하고 햇볕 쏟아지는 언덕에서 한 시간 더 보내기도 하고 돌아오는 길에 '라벤더 레이디'에 잠깐 들러 차도 마시고 겉으로 보기에는 여느 때처럼 다정하게 말을 나누었지만 그날의 모든 즐거움은 이미 죽은 것과 마찬가지였다. 땅거미가 질 무렵 자동차를 타고 돌아올 때도 크리스틴의 얼굴은 창백하게 굳어 있었다.

앤드루의 불만은 차츰 분노로 변해 갔다. 다른 사람도 아닌 크리스틴이 어떻게 내게 그런 말을 할 수 있단 말인가! 다른 여자들은, 그것도 매력적인 여자들은 나의 빠른 성공에 열광하지 않던가!

며칠 뒤 프랜시스 로런스가 그에게 전화를 걸어 왔다. 그녀는 겨우내 자메이카에서 보내고 ── 지난 두 달 동안 머틀 뱅크 호텔에서 여러 통의 편지를 보내왔다. ── 지금은 런던으로 돌아와 자신이 한껏 흡수해 온 햇살을 발산하며 친구들을 만나고 싶어 했다. 그녀는 햇볕에 그을린 모습이 사라지기 전에 한번 만나고 싶다며 명랑한 목소리로 말했다.

앤드루는 차나 마실 겸 그녀를 만나러 갔다. 과연 그녀는 말한 대로 햇볕에 아름답게 그을려 있었다. 손과 가느다란 팔목, 반인반양(半人半羊) 파우누스처럼 뭔가 대답을 기다리는 듯한 긴장된 얼굴까지 아름다워 보였다. 특히 다른 사람들에게는 무심하면서 그만은 환영하는 그녀의 친근한 눈동자를 보자 앤드루는 다시 만난 기쁨이 더욱 커졌다.

그랬다. 두 사람은 옛 친구처럼 대화를 나누었다. 그녀는 산호섬이라든지 바닥이 유리로 된 보트에서 본 열대어, 천국 같은 날씨 등 여행한 이야기를 들려주었다. 앤드루는 자신의 수입이 늘었다는 이야기를 했다.

아마도 그의 말에 담긴 본심을 어렴풋이 알아차렸는지 그녀가 명랑하게 대꾸했다.

"당신은 너무 딱딱하고 지루할 정도로 밋밋해요. 내가 없는 동안 내내 그렇게 재미없게 살았군요. 안 돼요. 솔직히 당신은 일을 너무 많이 해요. 지금처럼 여기저기 병원 일을 계속해야 하는 건가요? 내가 당신을 위해 생각해 봤는데 이젠 웨스트의, 예컨대 웜폴 거리나 웰벡 거리에 건물을 하나 얻어 병원을 차려도 좋을 것 같아요."

이 말을 할 때 그녀의 남편이 들어왔다. 큰 키에 여유와 기품이 몸에 밴 신사였다. 그는 앤드루에게 가볍게 목례를 하며 우아하게 찻잔을 들었다. 새크빌 클럽에서 앤드루와 한두 번인가 브리지 게임을 한 적이 있었기에 앤드루를 잘 알고 있었다.

그는 두 사람을 방해할 의도가 없다며 하던 이야기를 계속하라고 말했지만 둘만의 대화는 거기에서 끊겼다. 그들은 럼볼드블레인의 최근 호화 여행에 대해 웃고 떠들며 이야기했다.

삼십 분 뒤 체스보러 테라스로 돌아가는 앤드루의 머릿속에서는 프랜시스 로런스의 제안이 떠나지를 않았다. 나라고 웰벡 거리에 진료실을 가지지 못한다는 법이라도 있어? 나도 이젠 때가 되었어. 하지만 패딩턴의 진료소도 닫을 생각은 없었다. 가볍게 포기하기에는 수입이 짭짤한 편이었다. 웨스트에 병원을 하나 더 차려도 우편물은 편리한 주소를 사용하고, 병원 서류나 청구서에도 그 주소를 사용하면 되니 두 곳을 병행하기에 큰 어려움은 없어 보였다.

이런 생각이 떠오르자 그는 더 큰 정복을 향해 몸이 달았다. 프랜시스는 에버렛만큼이나 그에게 도움이 되어 줄 뿐만 아니라 그녀보다 더 매력적이고 자극적이었다. 게다가 그는 프랜시스의 남편과도 안면을 튼 터였으며, 그와 꾸준하게 만나는 기회를 만들어 왔다. 따라서 주인의 방을 지키는 사냥개처럼 집 밖에서 샐쭉해 있을 필요가 없었다. 아! 우정이란 얼마나 멋진 것인가!

그는 크리스틴에게 한마디 상의도 없이 웨스트에 있는 괜찮은 진료소를 물색하기 시작했다. 그리고 한 달 뒤 마음에 드는 곳을 찾아냈을 때 그는 너무 들뜬 나머지 조간신문을 보면서 무심코 내뱉고 말았다.

"크리스틴, 당신에게도 말할 필요가 있을 것 같아 하는 말인데, 나 실은 웰벡 거리에 진료소를 계약했어. 그곳은 상류층을 위한 진찰실로 사용할 생각이야."

11

웰벡 거리 57번지의 진료소는 앤드루에게 물밀듯이 밀려오는 승리감을 새로 안겨 주었다. 드디어 이곳에 입성하다니! 그는 속으로 쾌재를 불렀다. 별로 넓지는 않지만 햇볕이 잘 드는 자그마한 창문이 있고 무엇보다 1층이라서 유리했다. 대부분의 손님들은 계단을 오르내리는 것을 싫어하기 때문이었다. 게다가 대기실은 현관문에 깔끔한 간판을 나란히 내건 몇 명의 의사들과 공동으로 사용하지만 진료실은 혼자만의 것이었다.

4월 19일 임대 계약서에 서명하고 권리증을 받으러 가는 날 햄프턴이 동행해 주었다. 햄프턴은 자신이 개업 준비를 하는 데 상당히 쓸모 있는 사람이라는 것을 증명했고, 그가 퀸앤 거리에서 개업했을 때 고용했던 여직원의 친구라는 간호사까지 소개해 주었다. 샤프라는 이름의 간호사는 별로 예쁜 편은 아니었다. 퉁명스럽고 혹사당한 경험이 있는 듯한 중년 여인이었지만 간호사로서는 유능해 보였다. 햄프턴은 간단히 샤프 간호사에 대해 설명했다.

"절대 예쁜 간호사를 고용해선 안 되네. 내 말 무슨 뜻인지 알겠지? 재미는 재미고, 일은 일이야. 한 번에 두 가지를 얻겠단 생각을 해선 안 되네. 우린 취미로 이 일을 하는 게 아니니까. 아무리 머리 나쁜 돌대가리라도 그 정도는 알 거네. 자네가 이웃으로 이사 왔으니 이제 우리 잘 협력해서 일해 보세나."

햄프턴과 그가 진료실의 실내 장식에 대해 의논하고 있을 때 뜻밖에 프랜시스 로런스가 찾아왔다. 그녀는 앤드루의 안목이 어떠한지 보러 왔다면서 화려한 모습으로 들어섰다. 그러면서도 자신은 전혀 참견할 마음이 없다는 듯 무심하게 둘러보는 것이 그녀의 매력이었다. 오늘따라 검정색 코트에 스커트, 고급스러운 밤색 털목도리를 두른 모습이 유난히 아름다웠다. 그녀는 오래 머물지 않았지만 실내장식이라든가 앤드루의 책상 뒤편 창문에 걸 발이나 커튼 따위에 대해 자신의 의견을 내놓았는데 햄프턴이나 앤드루가 계획한 것과는 비교가 안 될 정도로 세련되고 고상했다.

이윽고 그녀의 생기발랄한 모습이 사라지자 방 안이 갑자기 썰렁해졌다.

햄프턴이 과장된 투로 말했다.

"자네처럼 운 좋은 팔자도 없을 거야. 정말 멋진 여자야." 그가 부러운 듯 씩 웃었다. "1890년에 글래드스턴 총리가 남자가 직업적으로 성공하기 위한 가장 확실한 방법은 무엇이라고 말했는지 아나?"

"무슨 말을 하는지 통 모르겠군."

진료실의 실내 장식을 끝냈을 때 앤드루는 자신의 완벽한 기획을 시찰하러 온 프랜시스의 조언이 더없이 정확했다는 것을 알고 햄프턴과 함께 놀라워했다. 그곳은 현대적이면서도 진료소라는 목적에 딱 맞았다. 이 정도의 진료소라면 치료비 3기니도 결코 아깝지 않을 것 같은 생각이 들었다.

개업 초기에는 환자가 별로 많지 않았다. 그러나 폐 전문 병원으로 환자를 보내는 일반의들에게 정중하게 개업한 사실을 알리자 — 그들이 보낸 입원 환자들의 상태라든지 증상을 설명하면서 자연스럽게 한마디 언급했다. — 곧 런던 곳곳에 거미줄처럼 인맥이 형성되었고 다들 그의 진료소로 개인적인 환자들을 보내기 시작했다. 앤드루는 요사이 새로 산 비테스 살롱을 타고 체스보러 테라스의 진료소에서 빅토리아 병원으로, 빅토리아 병원에서 웰벡에 있는 진료소로 바쁘게 오가는 사람이 되었다. 그러면서 왕진도 다니고 종종 밤 10시까지 밀려드는 환자를 상대하느라 눈코 뜰 새 없이 일했다.

성공이라는 강장제는 강력한 엘릭시르처럼 혈관을 통해 콸콸 흐르면서 모든 면에서 앤드루를 지탱해 주었다. 그는 로저스네 양복점에 들러 양복을 세 벌 맞춘 다음 햄프턴이 소개해 준 저민 거리에 가서 셔츠를 맞추었다. 병원에서의 인기도 날로 높아 갔다. 사실 바쁜 만큼 외래 환자를 진찰하는 데 들어가는 시간을 줄여야 했지만 그 대신 숙달된 솜씨로 보충하면 되지 않느냐고 스스로를 위로했다. 심지어 친구들에게조차 얼른 미소를 보내고 바쁘게 발걸음을 옮기며 무뚝뚝하게 인사말을 하게 되었다.

"나 지금 가 봐야 하네. 마침 급하게 가는 중이어서."

웰벡 거리에 개업을 한 지 오 주일쯤 지난 어느 금요일 오후 한 중년 부인이 목을 진찰받으러 왔다. 단순한 후두염이었는데 불평이 많은 그녀는 다른 의사의 의견도 들어보고 싶은 눈치였다. 앤드루는 자존심이 좀 상했지만 그녀를 누구에게 소개해야 할까 생각했다. 이만한 일로 로버트 애비 경 같은 분의 시간을 빼앗는다는 것은 생각할 수도 없는 일이었다. 그러다 문득 모퉁이만 돌면 되는 프레디 햄프턴을 생각해 내고는 표정이 밝아졌다. 햄프턴은 요즘 들어 그에게 무척 친절하게 굴었다. 전혀 모르는 사람보다는 그에게 3기니라도 벌게 해 주는 게 낫다는 생각이 들었다. 앤드루는 햄프턴에게 소견서를 써서 그녀 편에 들려 보냈다.

그리고 한 시간도 채 안 된 사십오 분쯤 지나자 그녀가 되돌아왔다. 병원을 나설 때와는 사뭇 다르게 저자세로 나오면서 햄프턴과 무엇보다 앤드루에게 만족하는 듯한 태도를 보였다.

"저 죄송하지만 다시 돌아왔어요, 선생님. 제게 불쾌하지나 않으셨는지 모르겠네요. 햄프턴 선생님도 선생님이 말씀하신 게 틀림없다고 확인해 주셨어요. 그리고 선생님이 내려 준 처방과 별다르지 않게 말해 주셨고요."

6월에는 시빌 손턴의 편도선 수술이 있었다. 시빌의 편도선은 꽤 비대해진 상태였는데, 최근 들어 《의학 저널》에 편도선의 염증이 류머티즘의 원인과도 관계가 있다는 의혹이 제기된 터였다. 아이보리는 지루할 정도로 신중하게 제거 수술을 했다.

"나는 이런 임파선 조직은 천천히 수술하는 편이네." 그가 손을 씻으며 말했다. "자네도 알겠지만 다른 의사들은 쉽게 제거하고 말지. 하지만 난 그런 식으로 하지는 않네."

앤드루가 아이보리로부터 수표를 받았을 때 — 이번에도 우편으로 보내왔다. — 마침 햄프턴이 옆에 있었다. 그들은 서로의 진찰실을 자주 드나들었는데, 햄프턴은 후두염 환자를 받으면 그에 대한 답례로 위장병 환자를 보내 줌으로써 그때그때 보답을 했다. 그래서 지금까지 여러 명의 환자가 소견서를 가지고 웰벡과 퀸앤 거리를 오갔다.

"그런데 말이야, 맨슨. 자네가 예전의 성직자처럼 고지식하고 깐깐한 태도를 버린 건 정말 다행이야. 뭐, 아직도 남아 있기는 하지만." 햄프턴은 앤드루의 어깨 너머로 수표를 곁눈질했다. "하지만 자넨 아직 오렌지에서 즙을 완전히 짜내지는 못하는군. 나와 함께 다녀 보게. 그럼 더 많은 즙이 있다는 걸 알게 될 테니."

앤드루는 웃지 않을 수 없었다.

그날 저녁 앤드루는 자동차를 타고 집으로 돌아오는 길에 여느 때와 달리 마음이 가벼웠다. 문득 담배가 떨어진 사실을 깨닫고 옥스퍼드 거리에 있는 담배 가게로 차를 몰았다. 그가 가게로 들어가려는데 웬 여자가 옆 진열장 앞을 서성거리는 모습이 보였다. 블로드웬 페이지였다.

그는 대번에 그녀를 알아보았는데, 안타깝게도 그 예전 브링가워의 당당하던 귀부인의 모습과는 딴판이었다. 꼿꼿하던 몸매는 불안하게 구부정해졌고, 그가 말을 걸었을 때 돌아다본 눈은 아무런 감정도 없이 무심해 보였다.

"페이지 부인 아니십니까?" 앤드루가 그녀에게 다가갔다. "아니, 이젠 리스 부인이라고 불러야겠군요. 저를 기억하시겠어요? 맨슨입니다."

그녀는 잘 차려입고 부유한 티가 나는 앤드루를 훑어보며 한숨을 내쉬었다.

"그럼요, 기억하고말고요. 잘 지내시겠죠?" 그녀는 꾸물거리는 자신이 걱정스러운지 도로를 따라 몇 미터쯤 떨어진 곳에서 초조하게 기다리고 있는 대머리 남자 쪽을 돌아보았다. 그러더니 이해를 구하는 듯한 표정으로 말했다. "이제 가 봐야 해요. 남편이 기다리고 있어서요."

앤드루는 그녀가 서둘러 사라지는 모습이며, 리스가 얇은 입술을 씰룩거리며 "도대체 뭐 하느라 나를 기다리게 하는 거야!"라고 고함을 지르는 모습을 보았다. 그녀는 머리를 조아렸고, 앤드루는 은행 지점장의 냉혹한 눈초리가 자신을 향하고 있다는 것을 의식할 수 있었다. 이윽고 두 사람은 발걸음을 옮겨 인파 속으로 사라져 버렸다.

앤드루의 머리에서는 이 모습이 떠나지 않았다. 체스보러 테라스로 돌아와 현관문을 들어서니 크리스틴이 쟁반에 찻잔을 준비해 놓은 채 뜨개질을 하고 있었다. 자동차 소리를 듣고 미리 준비해 둔 것이었다. 앤드루는 그녀의 심사를 살피려 힐끗 쳐다보았다. 그는 조금 전에 일어난 일을 그녀에게 들려 주고 냉전 기간을 그만 끝내고 싶은 생각이 들었다.

하지만 차를 마시면서 말을 꺼내기도 전에 그녀가 조용히 입을 열었다.

"로런스 부인이 오후에 또 전화했어요. 용건은 말하지 않았지만."

"그래?" 앤드루는 얼굴이 붉어졌다. "그런데 '또'라니, 무슨 뜻이야?"

"이번 주에만 네 번 전화했어요."

"그래, 그래서 어쩌란 말이야?"

"그냥 그렇다고요. 난 아무 말도 안 했어요."

"당신 얼굴에 쓰여 있잖아. 그 여자가 전화한 걸 가지고 나보고 어쩌란 말이지?"

크리스틴은 눈을 내리깔고 잠자코 뜨개질만 했다. 만일 그녀의 잠잠한 가슴에 일고 있는 격랑을 눈치 챘더라면 앤드루도 그렇게 성질을 부리지는 않았을 것이다.

"당신 태도를 보면 내가 바람이라도 피우는 거라고 생각하는 모양인데, 그 여자는 정말 좋은 여자야. 단지 그 여자의 남편이 나와 절친한 사이일 뿐이라고. 그 사람들은 매력적인 부부야. 병든 강아지처럼 이리저리 쏘다니는 사람들이 아니라고. 그런데 대체 뭐가 어떻다는 거야! "

앤드루는 나머지 차를 단숨에 들이켜고 일어섰다. 하지만 방을 나가면서 미안한 기분이 들었다. 그는 곧장 진찰실로 들어가 담배에 불을 붙이고 자신과 크리스틴의 사이가 언제부터 이렇게 나빠졌는지 깊이 생각해 보았다. 깊어만 가는 불화가 그를 초조하고 짜증나게 만들었고, 창창한 그의 성공 가도에 낀 먹구름 같았다.

예전에 크리스틴과 그는 이상적이라고 할 만큼 행복한 결혼 생활을 해 왔다. 예상치 않게 페이지 부인을 만난 일이 앤드루의 안에 블라넬리에서의 다정했던 연애 시절의 기억을 되살려 주었다. 그는 지금 과거와 달리 크리스틴을 숭배하지는 않지만 ─ 그래, 젠장! ─ 여전히 좋아하기는 했다. 아마도 최근에는 한두 번 그녀의 기분을 상하게 한 적도 있는 것 같았다. 그는 문득 크리스틴을 달래 주고 기쁘게 해서 화해하고 싶었다. 그리고 그런 생각은 점점 더 간절해졌다. 어느 순간 그의 눈빛이 밝아졌다. 손목시계를 보니 이제 삼십 분만 있으면 로리에 상점이 문을 닫을 시각이었다. 그는 크램을 만나기 위해 서둘러 자동차를 몰았다.

앤드루가 자신의 용건을 말하자 크램은 즉시 알아듣고 열심히 상담에 응해 주었다. 그들은 진지하게 의견을 나눈 다음 모피 판매점으로 갔다. 그들은 앤드루를 위해 다양한 모피 옷을 입어 보여 주었다. 크램은 전문가다운 손길로 모피를 어루만지며 광택이라든지 은빛 색조라든지 이런 특별한 모피 제품을 고를 때 고려해야 할 점 따위에 대해 설명해 주었다. 한 번인가 두 번은 앤드루의 견해에 대해 부드럽게 반박하면서 어떤 모피가 질이 좋으며 어떤 모피가 그렇지 않은지 자세히 일러 주었다. 결국 그는 크램이 흔쾌히 동의한 제품을 고르기로 했다. 잠시 후 그녀는 윈치를 만나러 갔다가 밝은 얼굴로 돌아왔다.

"윈치 씨가 선생님께는 원가에 드리라고 하셨어요." 로리에 점원이 '도매가'라는 말로 자기 입을 더럽히는 것은 좀처럼 없는 일이었다. "그럼 55파운드가 되네요. 그 값에 사시면 정말 가격만큼 가치를 느끼실 거예요. 아주 고급스럽고 아름다운 모피지요. 부인께서 입으시면 정말 자랑스러워하실 거예요."

그 주 토요일 11시쯤 앤드루는 뚜껑에 흉내도 낼 수 없게 예술적으로 흘려 쓴 상표가 찍힌 짙은 초록색 상자를 들고 거실로 들어섰다.

"크리스틴! 잠깐만 이리 와 봐!"

베넷 부인을 도와 위층에서 침대를 정리하던 크리스틴이 가볍게 숨을 몰아쉬며 내려왔다. 갑작스러운 소환에 어리둥절한 눈빛이었다.

"이 상자 열어 봐!" 곧 이어질 결정적인 순간을 생각하자 앤드루는 숨이 막힐 것처럼 어색했다. "내가 사 왔어. 나도 느끼고 있었어. 우리가 요즘 자꾸 어긋난다는 거. 하지만 이건 꼭 당신에게 주고 싶어서……."

그는 말을 잇지 못하고 초등학교 학생처럼 상자만 불쑥 내밀었다.

크리스틴은 백지장처럼 창백한 얼굴로 상자를 열었다. 매듭을 푸는 그녀의 손이 떨렸다.

이윽고 그녀는 감정이 복받친 듯 짧게 말했다.

"어머, 정말 아름다워요."

박엽지 안에는 두 장의 은빛 여우 털을 멋스럽게 하나로 이어 붙인 숄이 들어 있었다. 앤드루는 얼른 숄을 들어 크램 양이 그랬던 것처럼 손으로 쓰다듬으며 다소 상기된 목소리로 말했다.

"마음에 들어, 크리스? 한번 둘러 봐. 예전의 그 하프백이라는 여점원이 골라 준 거야. 최상류층의 여자들이 두르는 거라고. 이것보다 더 좋은 것은 없다나. 값어치도 있고. 어때, 이 광택, 등판의 은빛 색조, 모피는 특히 그게 중요하다더군!"

크리스틴의 뺨에 눈물이 흘렀다. 그녀가 갑자기 앤드루를 돌아보았다.

"당신은 아직 날 사랑하는군요. 내겐 세상에서 그게 가장 중요해요."

겨우 마음을 진정시킨 크리스틴이 모피를 걸쳐 보았다. 정말로 훌륭했다.

앤드루는 그 모습을 칭찬하는 것만으로는 뭔가 부족했다. 크리스틴과 깨끗이 화해하고 싶었다. 그가 웃었다.

"이봐, 크리스. 우리 내친김에 밖에 나가 조촐한 축하라도 하자고. 오늘 나가서 점심 먹는 게 어떨까. 1시에 플라자 호텔 식당에서 만나자고."

"좋아요, 그런데……." 크리스틴은 뭔가 할 말이 있는 것 같았다. "오늘 점심에 먹으려고 셰퍼드 파이를 만들었어요. 당신이 좋아하잖아요."

"안 돼, 안 돼!" 그는 지난 몇 달간 보지 못한 명랑한 얼굴로 웃으며 말했다. "그렇게 집에만 있으면 안 돼. 1시야, 알았지? 플라자 호텔 식당에서 시커멓고 잘생긴 신사를 만나는 거야. 빨간 카네이션까지 달 필요는 없어. 그 남자가 모피만 보면 알아볼 테니까."

오전 내내 앤드루는 기분이 날아갈 것 같았다. 그동안 나는 얼마나 바보였던가! 크리스틴을 방치해 두다니! 모든 여자는 데리고 나가 즐거운 시간을 함께 보내면서 관심을 보여 주면 좋아하는 법이다. 플라자 호텔은 그러기에 제격이었다. 1시부터 3시 사이 그곳에는 온갖 런던 사람들, 특히 중요한 인사들이 나타났다.

그러나 크리스틴은 좀처럼 오지 않았다. 앤드루는 유리로 된 칸막이가 있는 작은 라운지에 앉아 좋은 좌석들이 빠르게 손님들로 채워지는 모습을 보며 짜증이 나기 시작했다. 그는 마티니를 두 잔째 주문했다. 그녀가 허겁지겁 들어선 것은 약속 시간보다 이십 분이 지나서였다. 소음과 사람들과 화려한 제복을 입은 종업원들뿐만이 아니라 그때까지 삼십 분이나 엉뚱한 로비에서 기다렸던 것 때문에 그녀는 몹시 당황한 상태였다.

"미안해요, 여보." 그녀가 숨을 헐떡이며 말했다. "지금까지 몇 번이고 물어보면서 기다렸는데, 나중에 알고 보니 다른 식당 로비였어요."

그들이 안내받은 자리는 주방이 가깝고 기둥이 툭 튀어나온 불편한 자리였다. 식당은 기분 나쁠 정도로 붐볐고 테이블이 다닥다닥 붙어 있어서 서로 남의 무릎에 앉아 있는 것 같았다. 종업원들은 곡예사처럼 움직였다. 식당의 열기는 가히 열대 지방의 그것이었다. 소음은 템스 강 이남의 어느 대학생들의 응원 소리처럼 커졌다 잦아들기를 반복했다.

"크리스, 당신 뭘 먹겠어?"

앤드루가 단호한 목소리로 물었다.

"당신이 주문해요."

크리스틴은 힘이 하나도 없는 목소리로 대답했다.

앤드루는 최고급의 비싼 요리를 주문했다. 캐비아, '수프 프랭스 드 갈', '플레 리슈', 아스파라거스, 시럽을 끼얹은 '프레즈 드 부아', 그리고 1929년산 리프라우밀히 와인도 한 병 곁들였다.

"블라넬리 시절에는 이런 음식은 알지도 못했지." 앤드루가 짐짓 명랑한 척 웃으며 말했다. "이런 즐거움 같은 건 없었으니 말이야."

크리스틴은 앤드루의 기분을 맞추기 위해 상류층 부인처럼 보이려고 애썼다. 캐비아의 맛을 칭찬하고 비싼 수프를 깨끗이 먹어치우려고 애쓰기도 했다. 앤드루가 영화 배우인 글렌 로스코라든지 남편을 여섯 번이나 바꾼 걸로 유명한 미국 여자 마비스 요크, 그 밖에 그곳에 와 있는 국제적으로 유명한 인사들을 가리킬 때는 관심이 있는 척했다. 하지만 어쩐지 그곳의 천박한 분위기가 마음에 들지 않았다. 남자들은 지나치게 멋을 부려서 기름독에 빠진 것처럼 모두 맨질맨질했다. 여자들은 하나같이 금발에 검정색 드레스를 입고 얼굴에는 두껍게 화장한 모습이었다.

크리스틴은 갑자기 현기증을 느끼며 몸에 중심을 잃었다. 보통 때 같으면 그녀의 태도는 꾸밈없고 자연스러웠을 테지만 최근에는 신경이 곤두서는 일이 많았다. 게다가 새 모피와 싸구려 드레스의 불균형이 내내 마음에 걸렸다. 다른 여자들이 자신을 뚫어지게 쳐다보는 것만 같았다. 자신이 난초 온실에 섞여 있는 데이지인 양 이 장소에 어울리지 않는다는 것을 그녀도 느끼고 있었다.

"왜 그래?" 앤드루가 돌연히 물었다. "재미없어?"

"아니요, 재밌어요."

크리스틴이 미소를 지으려고 애썼다. 하지만 그녀의 입술은 굳어 있었다. 그녀는 접시에 놓인 크림 끼얹은 닭고기를 맛도 모르고 억지로 삼켰다.

"당신은 내 말 따윈 듣지도 않고 있군." 앤드루가 불만스러운 듯 투덜거렸다. "와인은 입에도 대지 않았잖아. 젠장! 마누라라고 모처럼 데리고 나왔더니만."

"물 좀 줄래요?"

크리스틴이 힘없이 말했다. 그녀는 소리라도 지르고 싶은 심정이었다. 자신은 이런 곳과 맞지 않다고. 자신은 머리카락을 금발로 염색하지도 않았고, 얼굴에 화장품을 덕지덕지 바르지도 않았다고. 종업원들이 자신을 빤히 쳐다보는 것도 이상할 게 없었다. 초조해진 그녀는 아스파라거스 줄기를 집어 들었다. 그러자 윗부분이 부러지면서 새로 산 모피에 떨어져 소스가 묻고 말았다.

그 모습을 본 옆 테이블의 백금발 여자가 재미있다는 듯 자기 일행을 향해 웃었다. 앤드루는 그 웃음을 보았다. 그리고 어떻게든 즐기려고 했던 노력을 포기해 버렸다. 식사는 무거운 침묵 속에서 끝났다.

집으로 돌아올 때의 기분은 더욱 참담했다. 앤드루는 집에 돌아오자마자 왕진을 하러 나갔다. 두 사람 사이는 이전보다 더욱 벌어져 버렸다. 크리스틴은 견디기 힘들 정도로 마음이 고통스러웠다. 스스로 자신감도 잃고 앤드루에게 정말 좋은 아내일까 회의도 밀려왔다. 그날 밤 그녀는 앤드루의 목에 팔을 감고 새삼스럽게 새 모피와 외식에 대해 고맙다는 말을 하며 키스했다.

"즐거웠다니 다행이군."

앤드루는 무덤덤하게 대꾸한 뒤 자기 방으로 들어가 버렸다.

12

그러나 때마침 일어난 일로 앤드루는 당분간 크리스틴과의 불화 따위는 잊고 지내게 되었다. 그는 《트리뷴》을 읽다가 우연히 미국 포틀랜드의 유명한 건강 전문의 리처드 스틸먼이 임페리얼 호로 영국에 와 지금 브룩스 호텔에 머물고 있다는 기사를 보게 되었다.

예전 같았으면 흥분해서 신문을 들고 부리나케 크리스틴에게 달려갔을 것이다.

"이것 봐, 크리스! 리처드 스틸먼 씨가 왔대. 당신 기억나? 예전에 몇 달 동안 그와 연락을 주고받았잖아. 그가 날 만나 줄지 어떨지 모르지만, 아니 난 솔직히 그를 꼭 만나고 싶어."

하지만 요사이 그는 크리스틴에게 달려가는 버릇을 잃어버렸다. 대신 《트리뷴》을 읽고 또 읽으면서 의료조합의 보조 의사가 아니라 웰벡 거리의 개업의로서 스틸먼 씨를 만난다면 얼마나 좋을까 상상했다. 그는 수요일쯤 플라자 호텔에서 점심 식사를 대접하고 싶다는 내용을 직접 깔끔하게 타이핑해서 그 미국인에게 보냈다.

다음 날 아침 스틸먼이 전화를 걸어왔다. 그의 말투는 조용하고 다정하면서도 용의주도한 느낌을 주었다.

"이렇게 연락이 되어서 반갑습니다, 맨슨 씨. 기꺼이 점심 식사 초대에 응하죠. 그런데 장소를 플라자가 아닌 다른 곳으로 정하면 안 될까요? 저는 벌써 그곳에 질려 버렸습니다. 제가 있는 호텔로 와서 여기서 먹는 건 어떨까요?"

스틸먼은 브룩스 호텔의 자기 방 응접실에 앉아 앤드루를 기다리고 있었다. 플라자 호텔의 소란스러움이 부끄러울 정도로 조용한 호텔이었다. 앤드루는 바꾸기를 잘했다는 생각이 들었다. 그날따라 유난히 무더웠고 오전 내내 환자도 많았던 것이다. 앤드루는 스틸먼을 보는 순간 하마터면 실물을 보지 않는 게 좋았을 거라고 생각할 뻔했다. 오십대로 보이는 그는 왜소하고 마른 체격과 어울리지 않게 머리는 커다랗고 아래턱이 툭 튀어나온 모습이었다. 하얀 얼굴에는 소년처럼 분홍빛이 돌고 옅은 색의 머리카락은 가운데 가르마를 탄 모습이었다. 하지만 옅으면서도 또렷하고 얼음처럼 푸르스름한 눈동자를 보았을 때 앤드루는 초라한 외모 뒤에 숨겨진 추진력을 거의 충격적일 만큼 강력하게 느낄 수 있었다.

"괜히 여기까지 오시게 한 건 아닌지 모르겠습니다." 리처드 스틸먼이 자신을 찾아온 많은 사람들에게 그랬듯 조용하고 온화한 목소리로 말했다. "우리 미국인들이 플라자 같은 곳을 좋아할 거라고 생각하셨군요." 그가 한없이 인간적인 웃음을 웃었다. "그러나 그런 곳은 형편없는 사람들이나 드나들죠." 그는 잠시 말을 멈췄다가 이어서 말했다. "참, 이렇게 만났으니 그 훌륭한 탄진 흡입에 관한 논문에 대해 정식으로 축하한단 인사를 드리고 싶군요. 제가 견운모에 관해 말씀드렸을 때 기분 상하지 않으셨습니까? 그런데 요즘은 무얼 하고 계십니까?"

그들이 레스토랑으로 내려오자 지배인인 듯한 사람이 스틸먼을 알아보고 다가왔다.

"맨슨 선생, 무얼 드시겠습니까? 난 오렌지 주스 주시오." 그런 다음 프랑스 음식 메뉴판은 들여다보지도 않고 몇 가지 더 주문했다. "콩을 곁들인 양고기 커틀릿하고. 그런 다음 커피도."

앤드루도 음식을 주문한 뒤 점점 커지는 존경심을 담은 시선으로 상대를 바라보았다. 잠깐이라도 스틸먼과 함께 있으면 그의 인간성에 대해 강한 호기심을 품지 않을 수 없었다. 앤드루가 대충 알고 있는 그의 이력은 특이함 그 자체였다.

스틸먼은 매사추세츠의 한 명문가 출신으로 그의 집안은 대대로 보스턴에서 법률 관계 일에 종사해 왔다. 하지만 스틸먼은 가업을 잇지 않고 열여덟 살이 되던 해 아버지를 설득하여 하버드에서 자신이 하고 싶은 공부를 했다. 바로 의학 공부였다. 그러나 이 대학을 삼 년간 다녔을 때 갑자기 아버지가 세상을 뜨는 바람에 그와 어머니 그리고 하나밖에 없는 여동생은 생각지도 않았던 가난을 겪게 되었다.

뭔가 생계를 도와야 할 방법을 찾고 있던 시점에서 할아버지인 존 스틸먼은 손자에게 의학 공부를 그만두고 가업인 법률가가 되라고 강요했다. 수없이 의견 다툼을 했어도 소용없었다. 노인의 고집을 꺾을 수 없었던 리처드 스틸먼은 원했던 의과대학 졸업장 대신 법과 대학 졸업장을 받았고, 졸업 후 사년 동안 조상 대대로 이어 온 보스턴의 법률 회사에 들어가 일해야 했다.

그러나 전적으로 법률 관계 일에 전념한 것은 아니었다. 세균학, 특히 미생물학은 스틸먼이 학창 시절부터 관심을 가진 분야로 그는 비컨 힐에 있는 자택의 다락방에 작은 실험실을 만들고 자신의 서기를 조수로 채용하여 여가 시간을 그동안 품어 온 열정을 불태우는 데 바쳤다. 이 다락방은 실제로 스틸먼 연구소의 모태가 되었다. 리처드 스틸먼은 결코 아마추어가 아니었다. 정반대로 그는 수준 높은 기술력뿐만 아니라 천재에 가까운 독창성을 보여 주었다. 그 후 1908년 겨울 무척이나 아꼈던 누이동생 메리가 급성 폐결핵으로 죽자, 그는 폐결핵 균에 대한 연구에 본격적으로 뛰어들었다. 그는 피에르 루이스와 루이스의 미국인 제자 제임스 잭슨 주니어의 초기 연구를 발전시켰다. 이어서 평생을 청진기 발명에 바친 라에네크에 관해 관심을 갖던 중 폐에 대한 생리학적 연구를 하게 되었다. 그는 새로운 종류의 청진기도 발명했다. 또한 자신이 만든 한정된 장치를 이용해 혈청을 분리해 내는 최초의 실험에 착수했다.

1910년에 조부인 존 스틸먼이 사망하고, 리처드 스틸먼은 마침내 기니피그의 폐결핵을 치료하는 데 성공했다. 이 두 가지 사건의 효과는 즉시 나타났다. 스틸먼의 어머니는 아들의 과학적인 연구를 줄곧 안타깝게 지켜봐 왔다. 덕분에 그는 별로 힘들이지 않고 보스턴의 법률 회사를 처분했으며 조부에게서 물려받은 재산을 팔아 오리건 주 포틀랜드 근처의 농장을 사들일 수 있었다. 그리고 그곳에서 자신이 정말 좋아하는 일에 모든 것을 바쳤다.

이미 귀중한 세월을 몇 년 허비했기 때문에 스틸먼은 학위 따위는 딸 생각을 하지 않았다. 진전된 결과만을 원했던 그는 곧 밤색 말에서 혈청을 만들어 냈고, 젖소 백신으로 저지 지역 소 떼의 집단 면역에 성공했다. 동시에 그는 줄기차게 헬름홀츠와 예일 대학의 윌러드 기브스, 그리고 비자이용이나 징크스 같은 후대의 물리학자들이 닦아 놓은 기초 연구를 손상된 폐의 치료에 응용했다.

새 연구소에서 심혈을 기울여 개발한 치료법은 실험실에서의 승리 그 이상의 성취감과 탁월한 결과를 가져왔다. 그의 환자들 대부분이 이 요양소에서 저 요양소를 전전하다가 불치 판정을 받은 외래 폐결핵 환자들이었다. 그가 이런 환자들을 성공적으로 치료하자 의료계로부터 경멸과 비난이 쏟아지는 등 단호한 저항에 직면하게 되었다.

그리하여 스틸먼은 전과 다른 한층 장기간에 걸친 투쟁, 즉 자신의 성과를 사람들에게 인식시키기 위한 싸움을 벌여야 했다. 게다가 그는 연구소를 설립하는 데 갖고 있던 동전 하나까지 모두 털어 넣었는데 그 경영에도 막대한 비용이 들어갔다. 사람들에게 알려지는 것을 싫어하는 터라 자신의 업적을 상업화하려는 온갖 권유도 뿌리쳤다. 반대자들의 잦은 박해와 그로 인한 물질적인 어려움으로 몇 번인가 침몰할 위기도 겪었다. 그러나 불굴의 용기로 매번 위기를 헤쳐 나갔고 심지어 한 일간지에서 그에 대한 전국적인 반대 운동을 펼쳤을 때도 살아남았다.

드디어 오해의 시기는 지나고 논란의 폭풍도 가라앉았다. 스틸먼은 점차 반대자에게도 그런대로 인정을 받게 되었다. 1925년에는 워싱턴의 어느 위원회가 그를 방문하여 연구소의 성과를 열렬하게 보고하기도 했다. 마침내 인정을 받게 된 스틸먼은 기업의 간부들은 물론 공공 기관이나 일반인들로부터 거액의 기부금을 받기 시작했다. 그는 그 기금을 연구소를 확장하고 완벽하게 만드는 데 썼으며, 그 덕분에 뛰어난 장비와 환경을 갖추고 저지 지역의 소 떼와 순수한 혈통의 아일랜드산 혈청 소를 보유하게 된 그의 연구소는 오리건 주에서도 명소가 되었다.

스틸먼에게 적이 전혀 없는 것은 아니었다. 예컨대 1929년에는 해고된 실험실 조수가 불만을 품고 터무니없는 소문을 퍼뜨렸다. 하지만 그런 일로 연구를 그만두기에는 단단히 면역이 되어 있는 그였다. 그는 대단한 성공에도 변함없이 첫 세균 배양에 성공한 비컨 힐의 다락방에서 이십오 년 가까이 조용하고 겸손한 성품을 그대로 유지했다.

그리고 지금 브룩스 호텔 식당에 앉아서 친근하고 조용한 눈빛으로 앤드루를 바라보고 있었다.

"영국에 머무는 게 무척 즐겁습니다. 특히 영국 시골이 마음에 들어요. 미국의 여름은 여기만큼 시원하지가 않아서요."

"강연 때문에 오신 겁니까?"

앤드루의 물음에 스틸먼이 미소를 지었다.

"아니요! 지금은 강연을 하지 않아요. 강연 대신 제 결과를 가지고 말하겠다면 너무 건방진 소리일까요? 사실 저는 이곳에도 몰래 왔습니다. 크랜스턴 씨에게 볼일이 있어서요. 대단한 소형 자동차들을 개발하고 있는 허버트 크랜스턴 씨 말입니다. 일 년 전에 저를 만나러 미국에 찾아왔었죠. 그는 평생 천식을 앓아 왔는데, 제가, 아니 저의 연구소에서 그의 천식을 치료해 주었죠. 그 후로 제게 영국 포틀랜드에 우리 연구소 방식을 따르는 작은 진료소를 개설하게 해 달라고 어찌나 청하던지. 육 개월 전에 승낙했지요. 그동안 여러 계획을 주고받았고 현재 하이 위콤비 근처 칠턴스에 벨뷰라고 부르는 진료소가 거의 완성 단계에 있죠. 개원할 때까지는 제가 돕겠지만 그 후에는 제 조수인 멀랜드에게 맡기려고 합니다. 솔직히 이번 일은 시험 삼아 해 보는 겁니다. 특히 기후와 인종이 달라질 경우 제 방법이 효과가 있을까 하는 점을 시험해 보는 거죠. 수익성은 결코 중요하지 않아요!"

앤드루는 몸을 앞으로 기울였다.

"정말 흥미가 느껴지는데요. 어떤 점에 특히 역점을 두고 계십니까? 저도 한번 방문하고 싶습니다."

"완성되면 꼭 와 주십시오. 근본적인 천식 치료를 하려고 합니다. 크랜스턴 씨가 그걸 원하죠. 제 생각에는 소수의 초기 폐결핵 환자들도 전문으로 하려고 합니다만. 제가 소수라고 한 이유는." 그가 미소를 지었다. "제가 호흡기에 대해 별로 아는 게 없는 생물물리학자에 불과하다는 사실을 잊지 않고 있기 때문이죠. 미국에서는 환자가 많아서 그게 어려워요. 참, 내가 무슨 말을 하려고 했지? 아, 초기 폐결핵 환자들 얘길 했죠. 제가 새로운 인공 기흉 요법을 개발했습니다. 정말 진일보한 방법이죠."

"에밀웨일 말씀이세요?"

"아니요, 그것보다 더 우수하죠. 음압이 요동치는 경우도 없고." 스틸먼의 표정이 환하게 밝아졌다. "기구를 고정시킨 기존 장치의 난점을 알고 계실 겁니다. 늑막 내부의 압력과 체액의 압력이 균형을 이루면 가스의 흐름이 완전히 중단되는 점 말입니다. 그런데 저희 연구소에서 보조적인 압력실을 고안해 냈습니다. 처음부터 정해 놓은 음압에 맞춰 가스가 나오게 하는 거죠."

"그럼 가스에 의한 색전증 염려는 없습니까?"

앤드루가 재빨리 물었다.

"우린 그런 위험을 완전히 제거했습니다. 바로 그 점이 특징이에요. 소형 브로모포름 압력계를 바늘에 부착한 뒤 주입함으로써 압력 저하를 막죠. 14센티미터가 동요해도 바늘 끝에서 1밀리리터의 가스밖에 나오지 않아요. 게다가 우리가 개발한 바늘은 4단계의 조절 장치가 있어서 생그먼의 제품보다 더욱 우수하죠."

빅토리아 병원의 명예 의사인 앤드루도 깊은 인상을 받았다.

"그렇다면 늑막의 충격을 거의 '0'으로 감소시킨 것이로군요.

스틸먼 씨, 저로서는 정말 놀라울 뿐입니다. 이 모든 것을 당신이 모두 개발하셨다니. 오! 죄송합니다. 나쁜 뜻으로 말씀드린 게 아니라, 제 말은 그토록 많은 의사들이 아직도 구식 장치를 쓰고 있는데……."

"네, 압니다." 스틸먼이 유쾌한 표정으로 대답했다. "최초로 인공 기흉 사용을 주장했던 카슨이라는 인물이 생리학 평론가에 지나지 않았다는 사실을 명심하십시오."

두 사람은 곧 다른 전문적인 문제로 화제를 돌렸다. 그들은 폐첨 박리술과 횡격막 신경 절단술에 대해 이야기했다. 또 브라우어의 사침법(四針法)에 대해 토론을 하고 유흉술(油胸術)과 결핵성 농흉일 경우 다량의 늑막 내 주사를 놓았던 프랑스인 베르농의 업적에 대해서도 토론했다. 그들의 대화는 손목시계를 들여다본 스틸먼이 크랜스턴과의 약속 시간에 삼십 분이나 늦었다며 놀라는 바람에 끝이 났다.

앤드루는 잔뜩 고무되어 브룩스 호텔을 나섰다. 그런데 그때부터 이상하게도 자신이 하고 있는 일에 대한 불만과 착잡함이 슬며시 솟아났다. 스틸먼이라는 남자 때문에 들떠 있는 거라고 스스로 달래면서도 불쾌했다.

체스보러 테라스에 도착할 때까지도 특별히 기분 좋은 상태는 아니었지만 그래도 집 앞에 자동차를 세우면서 아무렇지도 않은 표정을 짓기로 마음먹었다. 크리스틴과의 관계가 서먹해진 이후로는 곧잘 이렇게 무심한 표정을 짓게 되었다. 그가 아무리 화를 내도 그녀가 지나치게 순종하고 감정을 좀처럼 드러내지 않기 때문에 그런 식으로밖에 대응할 수 없었던 것이다.

요즘 들어 크리스틴은 앤드루가 도저히 꿰뚫어 볼 수 없는 자기만의 세계에 틀어박힌 것처럼 보였다. 책에 푹 빠져 있고 편지도 열심히 썼다. 한번은 그가 집에 왔을 때 플로리와 노는 광경을 목격했는데, 가게에서 사 온 갖가지 색깔의 장난감 화폐를 가지고 노는 유치한 놀이였다. 언젠가부터는 눈에 띄지 않게 정기적으로 교회에 나가고 있었다. 그 사실이 무엇보다 앤드루를 격분시켰다.

블라넬리 시절에도 그녀는 윗킨스 부인과 매주 일요일 교회에 나갔는데 그때 그는 불평할 이유를 찾지 못했다. 하지만 지금은 서로 냉담해지고 사이도 멀어지고 보니 그것이 자신을 깔보고 하는 짓이며 신앙을 빙자해서 자신의 고통스러운 마음을 조롱하는 짓으로밖에 생각되지 않았다.

오늘 저녁도 그가 거실로 들어갔을 때 크리스틴은 테이블에 팔꿈치를 얹고 방 안에 홀로 앉아 있었다. 최근에 쓰기 시작한 안경을 끼고 책을 앞에 놓고 있는 자그마한 모습이 수업을 받는 여학생 같았다. 앤드루는 문득 따돌림 당하고 있다는 생각이 들면서 화가 치밀었다. 앤드루는 그녀의 어깨 너머로 몸을 기울여 책을 낚아챘다. 그녀가 감추려고 했지만 너무 늦었다. 페이지 상단에는 '성 누가복음'이라고 적혀 있었다.

"맙소사!" 앤드루는 망연자실하면서도 화가 났다. "당신이 어째서 이런 걸 읽게 된 거지? 이젠 『성서』를 읽고 내게 설교라도 할 셈이야?"

"뭐라고요? 당신을 만나기 전부터 읽던 거예요."

"오, 그러셨나?"

"그래요." 크리스틴의 눈에 묘한 고통이 스쳤다. "플라자 호텔의 당신 친구들은 『성서』의 가치를 모르겠지만요. 이건 적어도 훌륭한 문학은 된다고요."

"오, 그렇군! 당신한테 한마디 하겠는데, 당신은 지금 심한 노이로제를 앓고 있어!"

"그럴지도 모르죠. 그것도 모두 내 탓이에요. 하지만 당신에게 이것만은 말해야겠어요. 난 심한 노이로제 환자지만 영혼은 살아 있어요. 하지만 지독한 성공 병에 걸린 당신의 영혼은 이미 죽어 버렸다고요!"

크리스틴은 갑자기 말을 뚝 끊고 입술을 깨물며 흐르는 눈물을 참았다. 어떻게든 흥분을 가라앉히려고 애썼다. 그러고는 고통스러운 눈으로 앤드루를 노려보며 감정을 자제하려는 듯 낮은 목소리로 말했다.

"앤드루! 나 잠시 어디 다른 곳에 가 있겠어요. 그게 우리 모두에게 좋을 것 같아요. 본 부인이 내게 이삼 주일 함께 보내자고 편지를 보내왔어요. 여름 동안 뉴키에 별장을 빌렸대요. 당신도 내가 가는 게 좋을 거예요, 그렇죠?"

"그래! 가라고! 가 버려!"

앤드루는 몸을 획 돌려 방을 나가 버렸다.

13

크리스틴이 뉴키로 떠나자 앤드루는 안도감과 짜릿한 해방감마저 느꼈다. 하지만 그것도 겨우 사흘뿐이었다. 그 후로는 그녀가 지금 뭘 하는지, 자신을 보고 싶어 하는지 궁금하기도 하고 그녀가 언제 돌아올까 생각하다가 공연히 초조하고 질투

심도 났다. 비록 스스로 자유로운 몸이라고 위로도 해 보았지만 애버릴로에서 그녀가 시험 공부하는 자신을 두고 브리들링턴에 갔을 때 일손이 안 잡혔던 것처럼 뭔가 허전한 느낌이 들었다.

크리스틴의 모습이 눈앞에 떠오르기도 했다. 예전처럼 젊고 싱그러운 모습이 아닌 볼 살이 약간 빠지고 근시인 눈에 둥근 테의 안경을 쓴 좀 더 창백하고 성숙한 얼굴이었다. 아름답지는 않지만 심성은 한결같다는 생각이 줄곧 그의 머리에서 떠나지 않았다.

그는 아이보리, 햄프턴, 프리드먼과 클럽에서 브리지를 하는 등 주로 밖에서 시간을 보냈다. 첫 만남에서 본의 아니게 약간의 거부감을 느꼈던 스틸먼도 자주 만났다. 그는 브룩스 호텔과 거의 완성되어 가는 위콤비의 진료소 사이를 오가며 시간을 보내고 있었다. 앤드루는 데니에게 편지를 써서 런던에서 만나자고 청해 보았지만 데니는 취직한 지 얼마 안 되어 아직 시내로 나오기가 어렵다는 답장을 보내 왔다. 호프는 케임브리지에 있어서 연락이 되지 않았다.

가끔은 병원에 있는 자신의 임상 연구실에서 연구에 몰두해 보려고 애쓰기도 했지만 불가능했다. 그는 너무도 초조하고 불안했다. 이런 기분으로 투자 상담을 하러 은행 지점장인 웨이드를 찾아갔다. 모든 게 만족스러웠고 모든 게 잘되어 가고 있었다. 앤드루는 체스보러 테라스의 집을 진료소만 그대로 두고 팔아서 웰벡 거리에 나온 건물을 사들일 계획을 세우고 있었다. 투자액도 막대하지만 예상 수익도 상당했다. 주택조합 한 곳에서 그를 도와주기로 한 상태였다. 그는 종종 무더운 한

밤중에 잠을 깨서 이런저런 계획이라든지 진료소 일에 대한 생각을 하다가 신경이 날카로워지면서 크리스틴을 그리워하고, 그러다가는 자동적으로 손을 뻗어 침대 옆 탁자 위에 놓인 담배를 찾았다.

그러던 중 어느 날 앤드루는 전화로 프랜시스 로런스를 불러냈다.

"요즘 혼자 지내고 있어요. 괜찮다면 저녁에 어디라도 드라이브나 할래요? 런던은 너무 더워요."

그녀의 침착한 목소리는 어쩐지 그에게 위로가 되었다.

"그거 정말 멋진 일이에요. 나도 왠지 당신이 전화를 걸어오지 않을까 기대하고 있었어요. 크로스웨이 알아요? 엘리자베스 시대에 만들어진 곳인데 너무 환해서 탈이지만 강 풍경은 정말 완벽하죠."

다음 날 저녁 그는 사십오 분 만에 진료소를 정리했다. 8시까지는 아직 시간이 넉넉해서 나이트브리지에서 그녀를 태운 다음 처지 방향으로 차를 몰았다.

그들은 스테인스 변두리 평야 지대의 채소밭을 지나서 찬란하게 쏟아지는 저녁놀을 향해 서쪽으로 달렸다. 운전석 옆에 앉은 프랜시스는 별로 말을 하지 않았지만 이국적인 매력이 풍기는 그녀 자체만으로도 자동차가 꽉 들어차는 느낌이었다. 그녀는 얇은 황갈색 천으로 된 상의에 치마를 입고 자그만 머리 위에는 짙은 색 모자를 꼭 맞게 눌러 쓰고 있었다. 앤드루는 그녀의 우아하고도 완벽하게 갖춰 입은 모습에 압도될 지경이었다. 바로 옆에 보이는 장갑을 끼지 않은 희고 가느다란 손은 이상할 만치 그 표현을 실감나게 했다. 긴 손가락 하나하나의 끄트머리에는 절묘하게도 분홍색 반원 손톱이 달려 있었다. 섬세하면서도 까다로운 느낌을 주었다.

크로스웨이는 그녀가 말한 대로 템스 강가의 완벽한 정원 안에 세워진 아름다운 엘리자베스 시대의 저택으로 장식적으로 깎아 다듬은 정원과 형식미를 자랑하는 아름다운 나리꽃 연못이 드문드문 있는데, 도로변 여관으로 개조되면서 현대식 편의 시설과 저질 재즈 밴드에 의해 완전히 망가져 버렸다. 이미 고급 자동차들로 꽉 들어찬 마당에 그들이 들어서자 하인 분장을 한 종업원들이 자동차 곁으로 총알같이 달려왔다. 등나무 덩굴 뒤로 고색창연한 벽돌이 빛나고 키 크고 각진 굴뚝 여러 개가 모여 하늘을 향해 우뚝 솟아 있었다.

그들은 식당으로 들어갔다. 반들반들 윤이 나는 사각형의 마루에 둥글게 돌아가며 놓여 있는 테이블에는 손님들이 꽉 들어차 있었다. 지배인 남자는 플라자 호텔의 터키 수상처럼 생긴 지배인과 형제가 아닌가 싶을 정도로 닮은 데가 있었다. 앤드루는 어디가나 지배인들이 마음에 들지 않고 싫었다. 그런데 이제 와서 알게 된 사실인데, 그것은 그가 한번도 프랜시스 같은 멋진 여자 손님을 동반하지 않았기 때문이었다. 얼핏 보니 자신들은 식당에서 가장 좋은 테이블에 앉아 종업원들에게 둘러싸여 정중한 시중을 받는 것 같았다. 어떤 종업원은 앤드루의 냅킨을 펴서 그의 무릎 위에 조심스럽게 놓아 주기도 했다.

프랜시스는 별로 많이 주문하지 않았다. 샐러드와 멜바 토스트 외에 와인은 사양하고 찬물만 조금 달라고 했다. 그런데도 지배인은 전혀 불쾌한 내색 없이 이렇게 조금 먹는 것이 신분을 확인시켜 주는 양 태연하게 받아들였다. 만일 자기가 크리스틴과 이런 장소에 와서 음식을 조금만 주문한다면 아마 실컷 조롱을 당하고 쫓겨날지도 모른다고 생각하니 갑자기 실망과 함께 역겨움이 밀려왔다.

그는 프랜시스가 자신에게 미소 짓는 것을 보고 마음을 가라앉혔다.

"우리가 서로 알고 지낸 지도 꽤 오래되었죠? 그런데 이제야 당신에게 데이트 신청을 받았네요."

"후회하십니까?"

"아니요. 그렇지는 않아요."

그녀의 매력적인 얼굴에 친근함이 담뿍 담긴 엷은 미소가 퍼지자 앤드루는 고무되어 자신도 상류층이 된 듯 편안하게 농담이라도 할 수 있을 것 같은 기분이 되었다. 그것은 단순한 우월감도 아니고 어리석은 속물근성도 아니었다. 그녀의 혈통을 표시하는 낙인이 그에게도 함께 찍혔다는 안도감이었다. 앤드루는 근처 테이블에 앉은 사람들의 호기심 어린 눈이 자신들을 향해 있고 그중에서도 사내들이 찬탄의 시선으로 그녀를 바라보는 것을 의식했다. 앤드루는 자연히 그녀와 더 친밀한 관계라는 것을 사람들에게 보여 주지 않을 수 없었다.

프랜시스가 이야기를 시작했다.

"제가 이런 말을 하면 당신이 우쭐해질지 모르지만 저 여기 오려고 극장에 가기로 한 약속을 취소했어요. 니콜 왓슨, 그 사람 알죠? 그가 발레 보러 가자고 했거든요. 난 발레를 좋아하는데, 내 이런 어린애 같은 취미에 대해 어떻게 생각해요? 레오니드 마신이 나오는 「환상적인 가게」예요."

"왓슨 씨, 기억납니다. 파라과이 여행도요. 머리가 좋은 사람이죠."

"정말 멋진 분이에요."

"하지만 발레를 보러 갔더라면 더워서 고생했을 겁니다."

그녀는 아무런 대꾸도 없이 웃으며 부셰의 세밀화를 축소하여 정교하게 법랑으로 그린 상자에서 담배를 꺼냈다.

"그래요, 나도 왓슨 씨가 당신을 쫓아다닌다는 말을 들었어요." 앤드루가 갑자기 흥분된 어조로 말했다. "남편께선 어떻게 생각하십니까?"

프랜시스는 아무 말도 없이 약간 책망하는 투로 눈을 치켜뜨기만 했다.

잠시 후 그녀가 입을 열었다.

"아시잖아요? 남편과 난 사이좋은 친구예요. 하지만 우린 서로 각자의 친구도 있어요. 남편은 요즘 후안에 가 있지만 난 왜 가느냐는 따위의 질문은 하지 않아요." 그러면서 가볍게 말했다. "우리 춤이나 출래요? 한 번만요."

두 사람은 춤을 추었다. 프랜시스는 늘 그렇듯이 상대를 빠져 들게 하는 우아함으로 그의 팔에 가볍게 안겨 아무런 감정도 들어가 있지 않은 듯한 몸짓으로 춤을 추었다.

"난 별로 잘 추는 편이 못 됩니다."

테이블로 돌아오면서 앤드루가 말했다. 앤드루는 어느새 그녀의 말투까지 닮아 가고 있었다. 툴툴거리면서 "젠장, 크리스, 난 역시 춤꾼은 못 돼."라고 말하던 시절은 가고 없었다.

프랜시스는 아무 대꾸도 하지 않았다. 그런 점 또한 그에게는 프랜시스만의 고귀한 신분적 특징을 말해 주는 것처럼 느껴졌다. 다른 여자들은 입에 발린 칭찬을 하거나 반박을 해서 그를 불쾌하게 만들었을 것이다. 그는 충동적으로 호기심이 일어 갑자기 큰 소리로 말했다.

"당신에게 할 말이 있습니다. 왜 내게 친절하게 대해 주시는 거죠? 지난 몇 달간 왜 날 도와준 겁니까?"

"당신은 여자들에게 특별한 매력이 있어요. 그리고 가장 큰 매력은 자신이 그렇다는 걸 모른다는 점이죠."

"아니요, 전 진심으로……." 앤드루가 얼굴을 붉히며 중얼거렸다. "의사로서도 인정받고 싶습니다."

프랜시스가 큰 소리로 웃으면서 한 손으로 담배 연기를 천천히 날려 보냈다.

"당신은 안 믿을지도 몰라요. 하지만 그렇지 않다면 내가 그런 말을 왜 했겠어요. 그리고 물론 당신은 훌륭한 의사예요. 얼마 전 그린 거리에서도 당신에 대해 그런 얘기가 나왔어요. 르 로이 씨는 우리 회사의 영양학자들에 대해 점점 실망하고 있어요. 불쌍한 럼볼드블레인 씨! 르 로이 씨가 '저 영감 입에 재갈을 물려야겠군.'이라고 말하는 소리를 듣고 기분이 나빴을 거예요. 하지만 남편은 찬성이에요. 그들은 이사진에 좀 더 젊고 추진력 있고, 상투적인 표현일지 모르지만 유망한 사람이 들어오기를 원해요. 그들은 의학 잡지들에 대대적인 광고를 실을 계획이에요. 그들은, 르 로이 씨 표현을 빌리자면, 과학적인 시각에서 전문적인 사람에게 관심을 갖고 있죠. 물론 럼볼드블레인 씨야 그의 동료들 사이에서도 조롱거리밖에 안 되죠. 그런데 내가 왜 이런 얘기를 하고 있죠? 오늘 같은 밤 시간 낭비를 하다니. 인상 쓰지 마세요. 지금 당신은 나 아니면 웨이터나, 밴드 리더라도 죽일 표정이에요. 사실은 당신이 그랬으면 좋겠다고 생각하고 있지만요. 저 남자 밉살스럽지 않아요? 첫날 당신이 꼭 저런 얼굴이었어요. 수선실에 들어왔을 때 말이에요. 오만하면서도 자신만만하고 잔뜩 신경이 곤두서서, 심지어 좀 우습기도 했어요. 그런데, 이런, 불쌍한 토피! 일반적인 관습에 따르면 이 자리에 있어야 할 건 그녀인데."

"난 그녀가 여기 없는 것을 다행으로 생각합니다."

앤드루는 테이블 건너 프랜시스를 바라보며 말했다.

"제발 날 그런 진부한 여자로 생각하지 말아 주세요. 난 그런 건 참을 수 없어요. 우린 상당한 인텔리예요. 난, 아니 우린, 아니 적어도 난 그런 대단한 열정을 믿지는 않아요. 이렇게 말하면 되겠죠? 하지만 난 인생이, 친구가 있어서 그 사람과 잠깐이라도 만나서 함께 시간을 보낼 수 있다면, 인생이 훨씬 즐거울 거라고 생각해요." 그녀의 눈에 장난기가 가득 서렸다. "어머, 내가 지금 로세티*처럼 말하고 있군요. 내가 가장 싫어하는 건데." 그녀는 담배 케이스를 집어 들었다. "그런데 여기 통풍이 너무 안 되는군요. 밖에 나가 강물에 비친 달빛을 보여 드릴게요."

앤드루는 음식값을 지불하고 그녀의 뒤를 따라 긴 유리 창문을 통과했다. 이 창문은 멀쩡한 옛날 벽을 허문 뒤 끼워 놓은 일종의 공공 기물 파괴 행위였다. 난간으로 둘러싸인 테라스 한 곳에서 밴드가 연주하는 댄스 음악이 조그맣게 흘러나왔다. 눈앞에는 넓은 잔디밭 길이 짧게 자른 주목 사이로 강까지 이어져 있었다. 프랜시스가 말한 것처럼 달이 떠올라 주목

---

* 영국의 여성 시인.

에 큰 그림자를 드리우고 잔디밭 아래 서 있는 양궁의 과녁들 위로 희미하게 빛나고 있었다. 그 너머에는 은빛으로 빛나는 강물이 펼쳐져 있었다.

그들은 천천히 강을 따라 걸어 내려가다 강가에 있는 벤치에 앉았다. 프랜시스는 모자를 벗고 천천히 흘러가는 강물을 말없이 바라보았다. 졸졸 흐르는 그 끝없는 물소리와 멀리 속력을 내 달리는 자동차의 윙윙거리는 소리가 묘하게 어우러져 들려왔다.

"정말 기묘한 밤의 소리네요." 그녀가 중얼거렸다. "옛것과 새것의 조화. 저기 달빛을 가로지르는 탐조등. 바로 이게 우리 시대의 모습이로군요."

그때 앤드루가 그녀에게 키스했다. 그녀는 아무런 반응도 보이지 않았다. 그녀의 입술은 따뜻하고 말라 있었다.

잠시 후 프랜시스가 입을 열었다.

"달콤했어요. 몹시 서툴기는 했지만."

"더 잘할 수도 있어요."

앤드루는 미동도 하지 않고 앞만 쳐다보며 말했다. 그는 어색하고, 어떤 확신도 없었으며, 부끄럽고 초조했다. 그러면서도 이런 밤 이렇게 우아하고 매력적인 여인과 함께 있으니 얼마나 멋지냐고 스스로를 호되게 야단쳤다. 달빛이든 잡지 기사든 온갖 구실과 수단을 동원해 그는 여자를 미친 듯이 끌어안아야 했다. 그러나 시간이 흐를수록 어색한 처지와 담배를 피우고 싶은 욕구, 고질적인 소화불량을 일으키는 샐러드의 식초 맛만 자꾸 의식하게 되었다.

그리고 흐르는 강물에 까닭 없이 크리스틴의 얼굴이 비쳤다. 여위고 다소 지쳐 보이며, 뺨에는 체스보러 테라스로 처음 이사 와서 묵직한 접이문에 페인트를 칠했을 때 사용한 붓 자국이 애처롭게 나 있었다. 앤드루는 문득 걱정이 되면서도 화가 났다. 자신은 상황에 충실했을 뿐이고, 지금 여기 있으며, 게다가 자신은 남자라고, 아직까지 보로노프*의 신세를 질 정도도 아니라고 스스로를 다그쳤다. 앤드루는 다시 프랜시스에게 키스했다.

"아마 당신이 결심하기까지 열두 달이 걸렸을걸요." 그녀의 시선에는 애정 어린 장난기가 서려 있었다. "그럼, 이제 그만 돌아갈까요, 의사 선생님? 이 밤공기가 청교도적인 정신에 다소 해로울 것 같지 않아요?"

앤드루가 일으켜 주기 위해 손을 내밀자 프랜시스는 그의 손을 가볍게 잡고 자동차까지 걸어갔다. 앤드루는 화려한 옷을 입은 주차원에게 1실링을 던져 주고 자동차에 올라타 런던을 향해 달렸다. 운전을 하는 동안 프랜시스가 아무 말도 하지 않아서 그는 더 다행스럽게 느꼈다.

그러나 어쩐지 즐겁지 않았다. 자신이 사냥개나 다름없는 바보처럼 느껴졌다. 하지만 자신의 행동에 실망하고 자신을 증오하면서도 그는 여전히 후텁지근한 방, 그 쓸쓸하고 불안한 침대로 돌아가는 것이 끔찍했다. 그의 심장은 차갑게 얼어붙고 머리는 갖가지 생각들로 혼란스러웠다. 크리스틴을 처음 사랑하던 시절 그 고통스러운 달콤함과 블라넬리에서의 신혼 시절

---

* 러시아 출신의 프랑스 생리학자, 외과 의사. 유인원의 고환을 인체에 이식하는 회춘법을 연구했다.

에 느꼈던 가슴 뛰는 황홀한 기억들이 눈앞에 스쳐갔다. 그는 그 기억을 지워 버리려고 미친 듯이 달렸다.

이윽고 자동차가 프랜시스의 집 앞에 도착했지만 그의 머리는 여전히 이런 문제들과 싸우고 있었다. 그가 자동차에서 내려 그녀를 위해 문을 열어 주었다. 두 사람이 함께 도로에 서 있을 때 그녀가 가방을 열어 열쇠를 꺼냈다.

"들어올 거죠? 하인들이 잠자리에 들었는지 모르겠네."

그는 주저하면서 말했다.

"너무 늦지 않았나요?"

프랜시스는 그 말을 못 들은 체하고 열쇠를 손에 든 채 돌계단을 두세 개 올라갔다. 그녀의 뒤를 슬며시 따라가는 그의 눈앞에 낡은 장바구니를 들고 시장 거리를 걸어 내려가는 크리스틴의 모습이 환영처럼 나타났다 사라졌다.

14

사흘 후 앤드루는 웰벡 거리의 진찰실에 앉아 있었다. 무더운 오후였고, 열어 놓은 창문의 방충망으로 나른한 공기와 뒤섞인 자동차의 단조로운 소음이 들려왔다. 앤드루는 과로로 피곤한 중에도 주말에 돌아올 크리스틴을 생각하면 두려웠고, 전화벨이 울릴 때마다 기대 반 불안함 반을 느꼈으며, 3기니짜리 환자를 한 시간에 여섯 명이나 진찰했고, 저녁이 되면 병원을 빠져나와 프랜시스를 데리고 저녁을 먹으러 가야 하기 때문에 땀투성이가 될 수밖에 없었다. 그는 샤프 간호사가 평소보다 더욱 심술 맞은 표정으로 들어오자 불안해하며 힐끗 쳐다보았다.

"어떤 남자 분이 찾아왔는데요, 불쾌하게 생긴 남자예요. 환자는 아니고 자기 말로는 떠돌이도 아니랍니다. 명함도 없고. 참, 이름이 볼런드라고 하더군요."

"볼런드?" 앤드루가 멍하니 되뇌었다. 그러더니 갑자기 얼굴이 환해졌다. "콘 볼런드라고 하지 않던가요? 들여보내시오, 간호사! 당장."

"하지만 환자가 기다리고 있어요. 십 분 안에 로버츠 부인이 오실……"

"아! 로버츠 부인이라면 신경 쓸 것 없어요!" 앤드루가 짜증스럽게 말을 막았다. "내 말대로 해요."

샤프 간호사는 그의 말투에 얼굴이 빨개졌다. 자신에게 이런 식으로 말하는 사람은 없었다고 하마터면 그에게 따질 뻔했다. 하지만 꾹 참고 몸을 획 돌려 진찰실을 나갔다. 그리고 몇 분 후 콘 볼런드를 안으로 들여보냈다.

"아, 콘!"

앤드루가 의자에서 벌떡 일어났다.

"여, 정말 오랜만이군!"

볼런드가 예의 친근한 함박웃음으로 성큼성큼 걸어오며 소리쳤다. 이 빨간 머리 치과 의사는 예전과 하나도 달라진 게 없었다. 헐렁하고 반들반들 윤이 나는 푸른색 양복에 커다란 갈색 부츠를 신은, 박력 넘치면서도 단정치 못한 모습은 목조차고에서 막 나온 듯한 느낌이었다. 조금은 나이가 더 들어 보였지만 침이 주렁주렁 달린 붉은색 수염에 겁날 게 없어 보이

는 기세등등한 태도, 덥수룩한 머리, 시끄럽게 떠드는 목소리
는 예전과 변함이 없었다. 그는 앤드루의 등을 세게 치며 말
했다.

"세상에, 맨슨! 다시 만나서 반갑네. 자네 아주 좋아 보이는
군, 좋아 보여. 백만 명 속에 있어도 자네는 알아봤을 거야, 암!
그러고 보니 자네가 있는 이곳이 상류 계급이 사는 곳이군그
래." 볼런드는 고개를 돌려 떨떠름하게 자신을 조롱하는 표정
으로 쳐다보는 샤프 간호사를 향해 환한 웃음을 지었다. "이 간
호사 양반이 말이야, 나도 어엿한 의사라고 말하기 전에는 안
들여보내 주더군. 이봐요, 간호사. 이 잘난 체하는 의사 선생님
이 말이오, 실은 몇 년 전까지만 해도 나와 함께 초라한 의료조
합에서 일했다오. 저 위 애버럴로라고 하는 동네에서. 만일 그
곳에 갈 일이 있으면 꼭 우리 집에 들러 주시오. 차 한잔 대접
할 테니. 나의 옛 친구 맨슨의 동료라면 언제라도 환영이오!"

샤프 간호사는 그를 한번 흘낏 쳐다보더니 방을 나갔다. 하
지만 볼런드는 개의치 않고 명랑하게 지껄였다. 그러다가 참기
싫었는지 앤드루를 돌아다보며 한마디 했다.

"미인은 아니군, 그렇지, 맨슨? 하지만 괜찮은 여자 같기는
해. 틀림없어. 그래! 자네 어떻게 지내나?"

그는 앤드루의 손을 놓으려고도 하지 않고 아래위로 흔들며
정말 반가워서 싱글싱글 웃었다.

오늘처럼 기운 없는 날에 볼런드를 다시 만나게 되니 활력
이 솟는 것 같았다. 비로소 그의 손아귀에서 풀려난 앤드루는
회전의자에 털썩 앉으며 인정스러운 마음이 되어 상대에게 담
배를 권했다. 볼런드는 더러운 한쪽 엄지손가락을 겨드랑이에

넣고 다른 한 손으로는 막 불을 붙인 담배의 젖은 한쪽 끝을 누르며 찾아온 이유를 털어놓기 시작했다.

"몇 가지 처리할 일이 있어 잠깐 휴가를 냈다네, 맨슨. 마누라가 당장 가서 해결하고 오라고 어찌나 등을 떠미는지. 요즘은 느슨한 브레이크를 조이는 스프링을 발명하느라 여념이 없다네. 가끔 그놈의 아이디어를 위해 촛불을 켜 놓고 머리가 빠지도록 연구하지. 악마가 모두 데려갔는지 아무도 인정해 주는 사람은 없지만 말이야! 하지만 신경 쓰지 않아. 그러라면 그러라지. 차라리 그건 다른 문제에 비하면 아무것도 아니라네." 볼런드는 담뱃재를 양탄자에 떨어뜨리며 심각한 표정을 지었다. "실은 말이네, 맨슨! 그 문제란 건 바로 메리야. 자네도 메리 알지? 그 애는 자네를 기억하더군! 그 불쌍한 아이가 말이야, 요즘 별로 몸이 좋지 않아. 루엘린에게도 데려가 봤는데, 그 녀석도 전혀 고치지 못하더군." 그는 갑자기 열이 오른 듯 목소리가 탁해졌다. "젠장! 그런데 그 녀석 말이 글쎄 메리에게 폐결핵 증세가 있다는 거야. 그 애 삼촌인 댄이 십오 년 전에 요양소에 간 후로 볼런드 집안에 그런 사람은 아무도 없었는데. 그래서 말인데, 맨슨, 자네가 옛 정을 생각해서 한번 진찰해 주지 않겠나? 자네가 지금 유명한 의사가 되었다는 걸 알고 있어. 애버럴로에서도 자네 얘기를 많이 한다네. 자네가 우리를 위해 메리를 좀 진찰해 주겠나? 자넨 그 애가 얼마나 자네를 신뢰하고 있는지 모를 거야. 나나 애들 엄마도 마찬가지 생각이야. 그래서 아내가 내게 말하더군. 맨슨 선생님을 찾아가서 부탁해 보라고. 만일 자네가 내 딸을 진찰해 준다면 언제라도 자네 편한 시간에 메리를 보내겠다고. 어떻겠나, 맨슨?

자네가 바쁘다면 그렇다고 말하게. 그럼 나는 그렇게 알고 갈 테니."

앤드루의 표정이 걱정스럽게 바뀌었다.

"그런 말 마요, 콘. 내가 당신을 만나서 얼마나 기쁜지 모르겠어요? 그리고 메리, 그 불쌍한 아이를 위해 내가 할 수 있는 일이라면 무엇이든 하겠어요."

자신이 의미 있는 눈치를 보내는데도 앤드루가 아랑곳하지 않고 볼런드와 이야기를 나누는 데 귀중한 시간을 쓰자, 샤프 간호사는 더 이상 참지 못했다.

"맨슨 선생님, 지금 환자가 다섯 분이나 기다리고 있어요. 예약 시간을 벌써 한 시간이나 미루고 계세요. 전 이런 식으로 환자를 대한 적이 없어서 뭐라고 변명해야 할지 모르겠어요."

그래도 앤드루는 계속해서 볼런드만 붙잡고 있다가 드디어 현관까지 배웅하며 친근하게 굴었다.

"이대로 가게 할 순 없어요. 여기에 얼마나 머무를 예정입니까? 사흘이나 나흘? 그거 잘됐군요! 어디서 묵을 겁니까? 웨스트랜드 호텔? 베이스워터 거리 근교에 있는 거요? 안 돼요! 그러지 말고 우리 집에 묵어요. 우리 집은 바로 이 근처예요. 방도 있어요. 크리스틴은 금요일에나 돌아올 거고. 크리스틴도 당신을 보면 정말 반가워할 거예요, 콘. 우리 함께 옛날이야기나 하자고요."

다음 날 볼런드는 가방을 들고 체스보러 테라스로 왔다. 저녁 진료가 끝난 후 그들은 팔라디엄 뮤직홀의 별관에 갔다. 볼런드와 함께 있으니 모든 프로그램이 놀랍도록 재미있게 느껴졌다. 그가 큰 소리로 웃음보를 터뜨려서 처음에는 당황했지만 곧 주위 사람들에게도 전염이 되어 모두들 볼런드 쪽으로 고개를 돌려 동감이라는 듯 미소를 보냈다.

"저런 저런, 세상에나!" 볼런드는 의자에서 데굴데굴 굴렀다. "저 자전거 타는 녀석 좀 보게. 자네 그때 생각나나, 맨슨?"

막간에 두 사람은 바에 갔다. 모자를 뒤로 젖혀 쓰고 갈색 부츠를 신은 볼런드는 수염에 맥주 거품을 묻혀 가며 유쾌하게 떠들었다.

"정말 내게 얼마나 멋진 대접인지 모르겠네. 자넨 친절 그 자체야!"

진심으로 고마워하는 볼런드의 얼굴을 보자 앤드루는 자신이 정말 더러운 위선자처럼 느꼈다.

그들은 카페로에서 스테이크와 맥주를 먹고 나서 집으로 돌아와 거실에서 불쏘시개를 뒤적이며 이야기를 나누었다. 그러면서 담배를 피우고 맥주를 몇 병 더 마셨다. 앤드루는 그러는 순간만은 극도로 도시화된 신변의 복잡한 일들일랑 잊었다. 긴장이 팽팽한 진료소 일이라든지, 르 로이에게 선택될 가능성, 빅토리아 병원에서의 승진 기회, 건물에 투자한 상황, 프랜시스 로런스의 부드럽고 미묘한 매력, 크리스틴의 냉담한 눈빛에 담긴 원망에 대한 두려움, 이 모든 것이 볼런드의 고함치는 듯한 큰 목소리에 잠겨 희미해졌다.

"우리 루엘린과 투쟁하던 때 기억나나? 어커트와 다른 녀석들은 우리를 두고 도망갔지. 덕분에 어커트는 지금도 건재한데 자네에게 안부 전해 달라더군. 그때 우리 둘만 남아 본격적으로 싸우게 되나 싶었는데 결국 맥주를 마시면서 끝냈지."

그리고 다음 날이 되었다. 하늘도 무심하게 크리스틴과 재회할 순간이 다가온 것이다. 아무렇지도 않은 척할 자신이 없는 앤드루는 불안해서 볼런드가 자신의 구원자가 되어 주기를 바라며 아무것도 모르는 그를 역까지 끌고 갔다. 기차가 역으로 들어오자 그의 심장은 끔찍한 앞날을 생각하며 두방망이질 쳤다. 마침내 낯선 사람들 얼굴 사이에서, 역시 기대와 긴장이 교차된 표정으로 걸어오는 크리스틴의 작고 낯익은 얼굴을 발견했다. 그녀를 보자 그는 후회와 괴로움으로 미칠 것만 같았다. 그래도 곧 아무렇지도 않은 얼굴을 하려고 애쓰며 모든 것을 잊었다.

"여, 크리스! 안 오는 줄 알았어! 이분을 잘 봐. 그래, 콘 볼런드 씨야! 예전보다 더 늙지도 않았지? 지금 우리 집에 묵고 있어. 자세한 얘긴 차 안에서 해 줄게. 자동차는 밖에 세워 두고 왔어. 어때, 즐겁게 보냈어? 이런, 왜 무겁게 가방을 들고 있는 거야?"

크리스틴은 기대하지도 않았던 영접에 당황하면서도 — 앤드루가 역까지 마중 나올 거라고는 생각하지 못했다. — 어두웠던 얼굴이 밝아지며 뺨에는 살짝 홍조를 띠었다. 그녀 역시 새로 시작하고 싶다는 열망이 큰 만큼 걱정과 회의로 신경이 잔뜩 예민해져 있던 터였다. 그런데 지금은 희망을 느낄 수 있었다. 자동차 뒷좌석에 볼런드와 함께 편히 앉은 크리스틴은 운전석에 앉은 앤드루의 옆모습을 간혹 쳐다보면서 볼런드와 감회 어린 이야기를 나누었다.

"아, 역시 집이 최고예요." 크리스틴이 현관으로 들어서며 길게 숨을 내쉰 뒤 아련한 눈빛으로 앤드루를 쳐다보며 재빨리 말했다. "당신도 나 보고 싶었어요?"

"그럼, 우리 모두 그랬어. 그런데 베넷 부인은 어디 있지? 플로리는? 콘! 도대체 그 짐을 들고 거기서 뭐 하는 겁니까?"

그는 곧 밖으로 나와 그럴 필요가 없는데도 볼런드에게서 빼앗듯이 가방을 받아 들었다. 그런 다음 아무것도 하지 않고 또 이야기 한마디 나눌 틈도 없이 왕진을 나갔다. 그러면서 차를 마시러 올 수는 있을 테니 기다려 달라고 말했다. 잠시 후 그는 자동차 운전석에 털썩 앉으면서 중얼거렸다.

"이제 됐어! 크리스틴도 휴가에서 마음 편히 지내지는 못한 것 같군. 휴, 어쨌든 눈치 채지 못한 게 분명해. 지금은 그 일이 가장 중요해."

늦게야 집으로 돌아온 앤드루는 지나치게 명랑하고 쾌활하게 굴었다. 볼런드는 그런 분위기에 덩달아 기분이 좋아졌다.

"어이, 도대체 어찌 된 건가! 자네 아까보다 더 원기 왕성해졌군그래."

앤드루는 크리스틴이 다 알고 있다는 듯한 표정에 화해를 청하는 시선을 담아 한두 번쯤 자신을 쳐다보는 것을 느꼈다. 메리의 병이 그녀의 마음을 동요시켜 마음에 갈등을 일으키고 있다는 것을 알 수 있었다. 그녀는 대화 중간에 가능하면 내일이라도 메리에게 전보를 쳐서 런던으로 오게 하라고 볼런드에게 말했다. 그녀는 메리를 진심으로 걱정하고 있었다. 당장이라도 모든 방법을 동원해 병을 고쳐 주고 싶어 했다.

일은 앤드루가 생각했던 것보다 순조롭게 진행되었다. 메리는 이튿날 점심 전에 도착할 거라는 전보를 보내왔고, 크리스틴은 그녀를 맞기 위한 준비를 빈틈없이 하느라 바빴다. 집안의 활기와 흥분에 앤드루의 위선적인 성의까지도 가려져서 잘 보이지 않았다.

하지만 메리가 모습을 나타내자 앤드루는 본연의 자신으로 돌아갔다. 메리는 첫눈에도 확연하게 병세가 나빠 보였다. 못 본 사이에 메리는 호리호리하고 어깨가 구부정한 스무 살의 처녀로 자랐는데 자연스럽지 않을 정도로 하얗고 투명한 안색을 보자마자 앤드루는 자신도 모르게 "이런!" 하는 한탄을 뱉었다.

메리는 여행을 하느라 지쳤는데도 그들을 다시 만난 게 몹시 기쁜 듯 계속해서 이야기를 나누고 싶어 했지만 사람들이 말려서 6시경에 침대로 갔다. 곧 뒤따라 올라간 앤드루는 메리의 가슴에 청진기를 댔다.

십오 분쯤 뒤 진찰을 마치고 볼런드와 크리스틴이 있는 거실로 내려온 앤드루의 얼굴에는 처음으로 우려하는 빛이 역력했다.

"틀림없는 것 같아요. 왼쪽 꼭대기 부분이에요. 루엘린의 진단이 옳아요, 콘. 하지만 걱정하지 말아요. 아직 초기 단계니까. 우리가 고칠 수 있을 거예요."

"앤드루, 그러니까 자네 말은……." 볼런드가 걱정스러운 얼굴로 물었다. "자네가 저 병을 고칠 수 있다는 말인가?"

"네, 제 말 그대로예요. 다만 메리를 지속적으로 관찰하면서 치료해야 해요." 앤드루는 생각에 잠긴 듯 얼굴을 찡그렸다. "그런데, 콘, 애버럴로는 메리에게 최악이에요. 초기 폐결핵은 집에서 치료한다는 것 자체가 잘못이에요. 그러지 말고 메리를 빅토리아 병원에 입원시키는 게 어때요? 제가 소러굿 박사와 잘 아니까, 그의 병동에 입원시킬 수 있을 거예요. 그럼 제가 메리를 계속해서 지켜볼 수도 있고요."

"맨슨!" 볼런드가 감격해서 소리쳤다. "이런 게 정말 우정이로군. 우리 메리가 자네를 얼마나 신뢰하는지 모를 거네. 누가 저 아이를 고쳐 주겠나, 자네 말고."

앤드루는 즉시 소러굿에게 전화를 하러 갔다. 오 분 뒤에 돌아온 앤드루는 메리가 주말에 빅토리아 병원에 입원할 수 있을 거라고 전했다. 볼런드의 얼굴이 이내 밝아졌다. 게다가 앤드루가 지켜보고 소러굿 박사의 치료를 받는 폐 전문 병원에 입원할 거라는 생각에 특유의 낙관주의가 고개를 들어 메리가 이미 완쾌라도 한 듯 굴었다.

다음 이틀은 준비를 하느라 바빴다. 토요일 오후에 메리가 입원을 하고 볼런드가 패딩턴 역에서 기차를 타고 집으로 돌아가자 앤드루는 드디어 마음의 평온을 찾았다. 그는 진료소로 돌아오는 길에 크리스틴의 팔을 잡으며 가볍게 말했다.

"크리스, 이제 이렇게 둘만 있게 되어서 얼마나 좋은지 모르겠어! 아! 정말 이번 주일은 대단했어."

어색한 부분 없이 상황에 딱 맞는 말이었다. 그러나 그는 크리스틴의 얼굴에 나타난 표정을 제대로 읽지 못했다. 그녀는 혼자 방에 들어가 고개를 숙이고 손은 무릎에 얹은 채 미동도 없이 앉아 있었다.

처음 집으로 돌아오던 날 크리스틴은 희망에 부풀었다. 하지만 지금은 왠지 모르게 무서운 예감이 들었다. 오, 하느님! 지금 이 상황이 언제 어떻게 끝날까요?

15

계속해서 밀려드는 성공의 홍수는 둑을 무너뜨리고 요란한 굉음을 내는 무서운 파도가 되어 그를 어디론가 한없이 휩쓸어 가고 있었다.

햄프턴, 아이보리와의 협력이 더욱 긴밀해지면서 앤드루의 수입은 그 어느 때보다 많아졌다. 프리드먼 역시 르 투케로 일주일간 골프를 치러 가면서 대신 플라자 호텔에 왕진을 가 달라고 부탁했는데, 말은 하지 않아도 사례는 진료비의 절반이었다. 지금까지는 햄프턴이 프리드먼의 대리 의사였는데, 최근 들어 두 사람 사이에 불화가 생긴 것 같았다.

사실 앤드루는 발작을 일으킨 영화 배우의 침실로 곧장 걸어 들어가 그녀의 비단 이불에 걸터앉은 뒤 성적인 호기심은 배제하고라도 그녀의 몸을 손으로 직접 만지며 진찰이 끝나면 그녀와 담배라도 한 대 피울 수 있다는 사실이 얼마나 신기했는지 몰랐다.

그러나 더욱 신나는 사건은 조지프 르 로이에게 발탁된 일이었다. 지난 몇 달 동안 그는 르 로이와 점심 식사를 두 번 함께 했다. 그리고 그 자리에서 상대방의 마음속에 뭔가 중대한 생각이 있음을 알아차렸다. 마지막 만났을 때 르 로이는 앤드루의 마음을 떠보려는 듯이 이런 말을 꺼냈다.

"의사 선생, 난 줄곧 선생이 나를 도와줄 거라고 생각해 왔소이다. 실은 다소 원대한 계획을 세우고 있는데 똑똑한 의사 선생의 조언이 절대적으로 필요하오. 내게 더 이상 음흉한 거물은 필요 없소. 럼볼드블레인 영감은 그 자신의 칼로리만 한 가치도 없고 우린 당장이라도 그 늙은이를 퇴진시키려고 하고 있소. 게다가 난 소위 전문가라는 사람들이 밀담을 해서 나를 빙빙 돌리는 것도 원치 않소. 분별 있는 의료계 조언자 한 명이면 족하오. 난 선생이 그 역할을 해 주면 어떨까 생각하오. 선생도 알다시피 우리는 인기를 기반으로 우리 제품의 대중적인 인지도를 넓혀 왔소. 하지만 난 이제 솔직히 우리의 이익을 확대하고 더욱 과학적인 제품 개발에 힘쓸 때가 되었다고 믿고 있소. 이를테면 우유 성분을 분리해 전기를 통과시키고 광선을 쪼여 정제로 만드는 거요. 비타민 B가 함유된 크레모라든지 영양실조나 구루병, 결핍성 불면증에 좋은 크레모팍스와 레테신 같은 것들 말이오. 내 말 이해가 됩니까? 나아가 더 많은 제품을 생산하게 되면 더 정통한 전문가들에게 조언을 구하고 전 의료계의 이해를 얻어 모든 의사들이, 말하자면 잠재적인 세일즈맨이 되게 하는 거요. 바로 이것이 과학적인 광고 또는 과학적인 접근 방식을 의미하오. 따라서 나는 회사 안에 젊고 과학적인 사고를 가진 의사를 두면 먼 장래에까지 우리가 도움을 받을 수 있다고 믿고 있소. 나는 선생이 내 계획을 이해해 주길 바라오. 그래서 내가 모든 것을 솔직하고 과학적으로 말하는 거요. 실제로 우리는 제품의 수준을 높이고 있소. 선생은 쓸데없는 추출물이라고 생각할지 모르지만 많은 의사들이 추천하는 마로빈 C라든지 베가토그, 본브란 같은 것들을 생각해 보시오. 나는 그런 것들이 일반적인 건강 수준을 높여 주기 때문에 국가를 위해 국민 건강에 이바지하고 있다고 생각하오."

앤드루는 여러 통의 크레모팍스보다 신선한 콩 한 알에 더 많은 비타민이 들어 있을 거라는 생각을 떨칠 수 없었다. 그렇지만 중역이 되었을 때 받을 보수 따위보다 르 로이의 관심을 받고 있다는 사실에 잔뜩 고무되었다.

르 로이가 어떻게 시장을 교묘히 조작해서 거액을 벌어들이는지 귀띔해 준 장본인은 바로 프랜시스였다. 아! 그녀의 집에 들러 차를 마시며 이 오묘하게 매력적인 여인이 던지는 특별한 눈길을 느끼고 어렴풋이 던지는 친근한 미소를 바라보는 일은 얼마나 황홀한가! 그녀와의 교제는 그에게 궤변뿐만 아니라 자신감과 품위도 갖게 해 주었다. 의식하지 못하는 사이에 그는 그녀의 사고방식까지도 그대로 흡수하고 있었다. 하지만 그녀의 지도하에 피상적인 세련됨만 흉내 낼 뿐 더 깊은 내면의 세계는 거들떠보지도 않았다.

프랜시스와 한 시간쯤 보낸 뒤 집으로 돌아와 크리스틴의 얼굴을 대하기 민망했던 것도 오래가지 않았다. 그는 이 놀라운 변화에 대해 의아해할 틈도 없었다. 설령 거기에 대해 조금이나마 생각했더라도 자신은 로런스 부인을 사랑하는 게 아니며, 이 일은 크리스틴도 전혀 모르는 것으로 남자라면 누구나 평생 한 번쯤은 이렇게 특별한 막다른 길을 갈 수도 있다고 일축했을 것이다. 왜 그라고 남들과 달라야 한단 말인가?

그래도 크리스틴에게 미안한 마음은 있어서 다정하게 굴고 배려하는 말을 하는가 하면 자신의 계획을 털어놓기까지 했다. 그리하여 크리스틴은 그가 돌아오는 봄에 웰벡 거리의 건물을 살 것이며 계약이 성사되는 대로 체스보러 테라스의 집을 팔 거라는 사실도 알게 되었다. 그래도 크리스틴은 한마디도 따지지 않고 그의 계획을 비난하지도 않았다. 설령 기분 나빠했더라도 그는 눈치 채지 못했으리라. 지금 크리스틴은 모든 일에 소극적이었다. 앤드루는 생활이 너무 바빠 오래 생각할 틈이 없었다. 어지러울 정도로 바쁜 생활은 그를 들뜨게 만들고 자신에게 그만한 힘이 있다고 착각하게 만들었다. 그런 생각은 점점 커져서 나중에는 자기 자신과 운명을 마음대로 할 수 있다고까지 느끼게 되었다.

그리고 그즈음 마른하늘에 날벼락 같은 일이 일어났다.

어느 날 저녁 이웃에 사는 가게 주인의 아내가 체스보러 테라스의 진료소로 찾아왔다. 비들러 부인이라고 불리는 그녀는 참새처럼 작고 가냘픈 체구의 중년 부인으로 눈매가 시원하고 명랑하며 마게이트는 고사하고 보우 벨즈 이상은 평생 벗어나 본 적이 없는 런던 토박이였다. 앤드루는 비들러 부부를 잘 알고 있었는데, 그가 처음 이곳에 개업했을 때 가벼운 소아과 질병에 걸린 그들의 어린 아들을 치료해 준 적이 있기 때문이었다. 또 그 시절에는 구두를 수선하러 그들의 가게를 이용한 적도 있었다. 비들러 부부는 성실하고 근면한 사람들로 패딩턴 거리 초입에 다소 과장되게 '개혁 상사'라는 간판을 걸어 놓고 두 가지 장사, 즉 하나는 구두 수선, 다른 하나는 옷을 세탁하고 다림질하는 세탁소를 운영하고 있었다. 남편인 해리 비들러는 뚱뚱하고 얼굴이 창백한 남자로 깃이 없는 셔츠의 소매를 걷은 채 무릎 사이에 구두 골을 올려놓고 수선을 하거나 세탁소 일이 바쁠 때면 두 명의 일꾼이 있어도 빨래판을 사용해 손수 빨래하는 모습을 자주 볼 수 있었다.

비들러의 아내가 찾아온 용건은 남편 해리 때문이었다.

"선생님." 그녀가 특유의 명랑한 목소리로 말했다. "제 남편이 건강이 좋지 못해요. 벌써 몇 주일째 그래요. 제가 몇 번이나 선생님께 진찰을 받아 보라고 해도 막무가내예요. 내일 저희 집에 와 주실 수 있으세요? 제가 침대에서 꼼짝 못하게 해 놓을 테니까요."

앤드루는 왕진을 가겠다고 약속했다.

다음 날 아침 그는 침대에 누워 있는 비들러를 발견했다. 그는 복통이 있고 자꾸 살이 찐다고 하소연했다. 특히 최근 몇 달간 몸무게가 이상할 정도로 늘어서 평생 잔병치레 않고 살아온 사람들이 그렇듯 그도 자연히 여러 가지 원인을 생각해 보게 되었다. 그는 막연히 맥주를 너무 많이 마시거나 하루 종일 앉아서 일하다 보니 그런가 보다고 생각했다.

그러나 진찰해 본 결과 앤드루는 그의 설명에 반박해야 했다. 그의 병은 낭종으로, 별로 위험하지는 않지만 수술할 필요가 있었다. 그는 비들러와 그의 아내에게 이런 단순한 낭종은 몸속에서 자꾸만 커져서 나중에는 대단히 불편해진다고, 수술로 제거하지 않으면 그 불편함이 사라지지 않는다고 설명하면서 어떻게든 안심시키려고 노력했다. 그리고 수술 결과에 대해서는 일말의 의심도 없었기 때문에 당장 병원에 입원하라고 했다.

하지만 그 말을 들은 비들러 부인이 펄쩍 뛰며 반대했다.

"안 돼요, 선생님. 남편을 병원에 입원시킬 수는 없어요." 시간이 흐르면서 그녀는 흥분을 가라앉히려고 애썼다. "안 그래도 이런 일이 생길까 봐 걱정하고 있었어요. 남편이 일을 너무 많이 했거든요. 하지만 이렇게 된 이상 어쩌겠어요. 다행히 남편을 치료할 돈은 마련해 놓았어요. 아시다시피 큰 부자는 아니지만 얼마쯤 모아 놓은 돈은 있으니까. 이제 그 돈을 쓸 때가 되었네요. 저는 남편이 자선가의 소개장을 받기 위해 줄을 서야 한다거나 극빈자처럼 일반 병실에 들어가게 하고 싶지는 않아요."

"하지만 비들러 부인, 제가 잘 알아서……."

"아니요, 선생님. 남편을 개인 요양소에 입원시켜 주세요. 이 근처에 많다는 거 알아요. 그리고 개인 병원 의사가 수술을 하게 해 주세요. 미리 말씀드려 두는데, 제가 살아 있는 한 제 남편을 공립 병원에 입원시키는 일은 없을 거예요."

앤드루는 그녀의 결심이 확고하다는 것을 알았다. 비들러 자신도 그 불쾌한 수술의 필요성이 제기된 후로 아내와 같은 의견이었다. 그는 될 수 있으면 최고의 치료를 받고 싶다고 했다.

그날 저녁 앤드루는 아이보리에게 전화를 걸었다. 요즘은 이런 경우처럼 다른 의사의 도움을 구해야 할 일이 생기면 아이보리에게 환자를 넘기는 게 당연해졌다.

"나를 위해 수고 좀 해 주게, 아이보리. 개복 수술을 해야 할 환자가 있어. 부자는 아니지만 성실하게 일해서 돈도 꽤 모았어. 무슨 말인지 알겠지? 자네에게 내키지 않는 환자일지도 모르지만 자네가 해 준다면 정말 고맙겠네. 그리고 보통 치료비의 3분의 1로 말이야."

아이보리는 무척 정중했다. 자신의 능력이 되는 한 어떻게든 친구인 맨슨을 도울 수 있다면 그보다 더 기쁜 일은 없다고 말했다. 그들은 몇 분간 환자의 상태에 대해 이야기를 나누었고, 전화를 끊고 난 뒤 앤드루는 비들러에게 전화를 걸었다.

"방금 웨스트엔드에서 개업하고 있는 제 친구 찰리 아이보리와 이야기를 했습니다. 그가 내일 저와 함께 남편을 진찰하러 갈 겁니다. 비들러 부인, 11시 괜찮겠어요? 네, 여보세요? 비들러 부인, 만일 수술을 하게 될 경우 수술비는 30기니랍니다. 보통의 경우라면 100기니나 그 이상은 되겠지만⋯⋯제 생각에 그 정도라면 나쁘지 않을 거라고 생각합니다."

"네, 선생님, 알았습니다." 그녀의 목소리는 여전히 걱정스러웠지만 그래도 안심했다는 듯이 보이려고 애썼다. "정말 고맙습니다. 그 정도라면 우리도 그럭저럭 마련할 수 있을 것 같아요."

다음 날 아침 아이보리는 앤드루와 함께 환자를 보러 갔고, 그 이튿날 해리 비들러는 브런즈랜드 광장 거리의 브런즈랜드 요양소에 입원했다.

체스보러 테라스에서 그리 멀지 않은, 구식이지만 깨끗한 요양소로 병원비가 저렴하고 시설이 빈약한 그 지역의 많은 요양소 중 한 곳이었다. 그곳의 환자들은 대부분 내과 환자이거나 반신불수, 만성 심장병을 앓는, 침대를 벗어나지 못하는 할머니들이어서 그들의 주된 어려움은 욕창을 방지하는 일이었다. 앤드루가 다녀 본 런던의 다른 요양소와 마찬가지로 애초부터 현재의 목적을 위해 세워진 것은 아니었다. 승강기도 없고 수술실은 한때 온실로 사용되던 곳이었다. 그러나 소장인 벅스턴 양은 간호사 자격증을 갖춘 매우 성실한 여성이었다. 여러 가지 결점이 있기는 하지만 청결 하나만은 흠잡을 데가 없었고, 심지어 반짝반짝 윤이 나는 리놀륨을 깐 바닥 구석구석까지 깨끗하게 청소가 되어 있었다.

수술 날짜는 금요일로 잡혔고, 아이보리가 일찍 도착할 수 없어서 평소와 달리 2시라는 비교적 늦은 시각에 수술 시간이 정해졌다.

앤드루는 브런즈랜드 광장 거리에 먼저 도착하고 아이보리는 정각에 도착했다. 마취의와 동행한 아이보리는 자신의 운전기사에게 커다란 장비 가방을 수술실로 옮겨 놓으라고 지시했다. 곧 시작될 수술에서 미묘한 손의 감각을 해치지 않기 위해서였다. 솔직히 그는 이 요양소 일을 별로 중요하게 여기지 않았지만 태도는 여느 때와 마찬가지로 상냥했다. 십 분쯤의 여유 시간 동안 그는 현관 앞에서 서성이던 비들러 부인을 안심시켜 주고 벅스턴 양과 간호사에게도 잘 부탁한다는 말을 건넨 다음 우스꽝스러울 정도로 좁은 수술실에서 가운과 수술 장갑을 착용하고 침착하게 마음의 준비를 했다.

잠시 후 환자는 결심한 듯 씩씩하게 걸어 들어와 환자복을 벗어 간호사에게 건넨 뒤 좁은 수술대 위에 올라가 누웠다. 어떠한 시련이라도 이겨 내야 한다고 생각한 비들러는 용기를 내어 맞서기로 했다. 마취의가 얼굴에 마스크를 씌우기 전에 비들러는 앤드루를 보며 싱긋 웃었다.

"수술 끝나면 훨씬 나아지겠죠."

비들러는 말을 끝내자마자 눈을 감고 정성을 다해 마취제를 힘껏 빨아들였다. 벅스턴 양이 붕대를 제거하기 시작했다. 요오드를 바른 부위가 드러났다. 부자연스럽게 부어오른 배가 반짝거리는 흙더미처럼 보였다. 아이보리는 수술을 시작했다.

그는 특수한 주사를 요추 근육으로 깊숙이 찔러 넣었다.

"쇼크를 막기 위해서지." 그가 앤드루를 보며 진지하게 말했다. "난 항상 이 주사를 놓는다네."

그런 다음 본격적인 수술이 시작되었다.

그가 즉시 복부를 비교적 크게 절개하자 우스꽝스러운 모양의 환부가 드러났다. 물을 머금어 부푼 축구공 같은 낭종이 절개한 틈 사이로 툭 불거졌다. 어찌 되었든 자신의 진단이 맞았다는 생각에 앤드루는 어깨가 으쓱했다. 그는 이 거추장스러운 물건을 떼어 내면 비들러의 몸이 가뿐해질 거라는 생각을 하며 다음 예약 환자 생각이 나서 슬며시 시계를 꺼내 보았다.

그러는 사이에 아이보리는 능숙한 태도로 그 축구공을 다루며 뿌리 부분으로 손을 넣어 잡으려고 했지만 웬일인지 자꾸만 실패했다. 낭종을 잡으려고 하면 번번이 미끄러져 버렸다. 이번 한 번만 더 하면 벌써 스무 번째였다.

앤드루는 초조하게 아이보리를 쳐다보면서 생각했다. '저 친구가 지금 뭘 하는 거지?' 낭종을 제거하기에 복부 공간이 넓은 것은 아니지만 그렇다고 수술하기 어려울 정도로 좁은 것은 결코 아니었다. 예전에 본 루엘린이나 데니 외에 여러 의사들은 조금도 지체하지 않고 능숙하게 수술을 하지 않았던가. 좁은 틈으로라도 수술 도구를 넣어 조작할 수 있어야 하는 게 외과 의사의 직무 아니던가. 그는 문득 자신이 아이보리에게 소개한 환자들 중 복부 수술을 하는 것은 이번이 처음이라는 사실을 깨달았다. 그는 시계를 도로 주머니에 넣고 약간 긴장된 상태로 천천히 수술대로 다가갔다.

아이보리는 여전히 입을 꾹 다물고 침착하고 기민하게 낭종의 뒷부분을 잡으려고 애썼다. 벅스턴 양과 어린 간호사는 어떻게 되어가는지 눈치 채지 못한 채 신뢰의 눈길을 보내며 서 있었다. 나이가 들어 머리가 희끗희끗한 마취의는 엄지손가락으로 병마개 끝을 톡톡 치며 생각에 잠겨 있었다. 지붕이 작은 유리창으로 된 이 헐벗은 수술실의 공기는 잠잠하고 평화롭기까지 했다. 숨가쁜 긴장도 열띤 드라마도 없이 아이보리는 그저 한쪽 어깨를 올리고 장갑 낀 손을 열심히 놀려 가며 매끄러운 고무공 뒤를 잡으려고 애썼다. 그러나 어떤 이유에서인지 앤드루는 오싹한 기분이 들었다.

앤드루는 자신도 모르게 얼굴을 찌푸리고 잔뜩 긴장한 채 그 모습을 쳐다보았다. 저 친구가 뭘 겁내는 거지? 두려울 건 아무것도 없었다. 몇 분이면 끝나는 간단한 수술에 지나지 않았다.

결국 아이보리는 마치 만족스러운 듯한 엷은 미소를 지으며 낭종의 뿌리 쪽을 찾아내려는 노력을 포기해 버렸다. 그가 메스를 달라고 지시하자 어린 간호사는 황송한 눈길로 그를 바라보았다. 아이보리는 천천히 메스를 건네받았다. 아마도 의사가 된 후 지금만큼 그가 소설 속의 위대한 의사처럼 보인 적도 없을 것이다. 그는 메스를 들더니 앤드루로 하여금 그가 무엇을 할지 알아차릴 틈도 주지 않고 낭종의 반들반들한 벽을 푹 찔렀다.

모든 일이 순식간에 벌어졌다.

낭종이 터지면서 엄청난 양의 정맥혈 덩어리가 공중으로 튀고 그 내용물이 복강으로 흘러 들어갔다. 지금까지 존재했던 탱탱하고 둥근 공이 일 초 사이에 흐느적거리는 껍질이 되어 분출하는 핏덩이 속에 늘어졌다. 놀란 벅스턴 양이 탈지면을 찾으려고 통 속에 손을 쑥 집어넣었다.

마취의는 의자에 풀썩 주저앉았다. 어린 간호사는 금방이라도 졸도할 것 같았다. 아이보리가 심각하게 말했다.

"겸자 좀 주게."

앤드루에게 공포의 물결이 밀어닥쳤다. 아이보리를 쳐다보니 그는 혈관의 뿌리를 잡아맬 생각도 하지 않고 그저 되는대로 낭종을 째고 있었다. 게다가 그것은 출혈성 낭종이었다.

"탈지면 좀 줘요."

아이보리가 차가운 목소리로 말했다. 그는 핏덩어리 속에서 혈관의 말단부를 찾아 겸자로 집고 피로 가득한 복강을 탈지면으로 닦아 창자를 제자리에 넣고 출혈을 막아 보려고 했지만 허사였다. 순간 앤드루의 머릿속에 번개처럼 떠오르는 생각이 있었다. '맙소사! 저 친구는 수술을 못하는 거야! 전혀 할 줄 모르는 거야!'

마취의가 손가락으로 환자의 경동맥을 짚어 보더니 미안한 듯 조용한 목소리로 중얼거렸다.

"환자가 죽은 것 같아요, 아이보리 선생."

아이보리는 겸자를 빼고 피가 묻은 거즈를 복강 가득 채웠다. 그는 크게 절개한 배를 봉합하기 시작했다.

이제 배는 푹 꺼져 있었다. 비들러의 배는 홀쭉하게 들어가 버리고 핏기를 잃어 완전히 속 빈 껍질처럼 보였다. 그도 그럴 것이 비들러는 이미 죽은 상태였던 것이다.

"아아, 죽었어요."

마침내 마취의가 말했다.

아이보리는 마지막 한 바늘을 꿰매더니 찬찬히 실을 끊고 기구가 담긴 쟁반 쪽으로 몸을 돌려 가위를 내려놓았다. 앤드루는 마비된 듯 꼼짝도 할 수 없었다. 얼굴이 납빛이 된 벅스턴 양은 기계적으로 탕파를 모포로 감쌌다. 그녀는 침착성을 잃지 않으려고 강한 의지력으로 버티고 있었다. 무슨 일이 일어났는지 모르는 급사가 들것을 가지고 들어왔다. 잠시 후 해리 비들러의 시신은 들것에 실려 위층 그의 병실로 옮겨졌다.

아이보리가 입을 열었다.

"지독히도 운이 없었어."

그는 가운을 벗으며 침착한 목소리로 말했다.

"쇼크를 일으킨 것 같아. 그렇게 생각하지 않소, 그레이?"

마취의인 그레이는 웅얼거리면서 뭐라고 대답했다. 그는 자신의 장비를 챙기느라 바빴다.

앤드루는 아무 말도 할 수 없었다. 그는 머리가 멍한 상태에서 문득 아래층에서 기다리고 있을 비들러 부인 생각이 났다. 아이보리가 그의 생각을 읽은 듯 말했다.

"걱정할 것 없네, 맨슨. 그 부인은 내게 맡겨. 같이 가지. 자네 대신 내가 말할 테니."

앤드루는 저항력을 잃은 사람처럼 고분고분하게 아이보리를 따라 아래층 대기실로 내려갔다. 그는 여전히 멍하고 약간의 구토증도 느껴서 비들러 부인에게 아무 말도 할 수 없었다. 이 난국을 헤쳐 나가겠다고 나선 사람은 아이보리였다.

"저, 부인." 그가 그녀의 어깨에 부드럽게 손을 얹으며 동정 섞인 목소리로, 그러나 당당하게 말했다. "부인께 나쁜 소식을 전하게 됐습니다."

그녀는 닳고 닳은 갈색 염소 가죽 장갑을 낀 두 손을 꼭 마주 잡았다. 그녀의 눈에 공포와 애원의 빛이 스쳤다.

"뭐죠?"

"남편이신 비들러 씨께서, 우리가 최선을 다했는데도 불구하고……"

그녀는 쓰러지듯 의자에 주저앉았다. 사색이 된 얼굴로 장
갑 낀 손을 여전히 꼭 맞잡고 있었다.

"해리!" 그녀가 애통한 목소리로 조용히 남편을 불렀다. 그
리고 다시 소리쳤다. "해리!"

"제가 말씀드리고 싶은 건." 아이보리가 슬픈 목소리로 말
을 이었다. "맨슨 선생과 그레이 선생, 벅스턴 양 그리고 제가
아니라 그 누구라도 남편을 구할 수는 없었을 겁니다. 비록 남
편 분이 수술을 견디었다고 해도……"

그는 의미심장하게 어깨를 으쓱했다.

그녀는 그가 말하는 의미를 이해했고, 이런 절망의 순간에
도 의사의 그런 겸손함과 자신에 대한 호의에 일말의 의심도
품지 않으면서 그를 올려다보았다.

"이렇게 직접 말해 주러 오시다니, 고맙습니다, 선생님."

그녀는 눈물을 떨구며 말했다.

"제가 간호사를 보내지요. 너무 낙심하지 마십시오. 부인이
용기를 내 주셔서 저희도 고맙게 생각하고 있습니다."

아이보리가 방을 나서자 앤드루도 그의 뒤를 따랐다. 홀 끝
에 문이 열려 있는 빈방이 있었다. 아이보리는 시가를 한 대
피우고 싶어 그 방으로 들어갔다. 그리고 담배에 불을 붙인 뒤
길게 한 모금 빨아들였다. 그는 평소보다 약간 더 창백할 뿐
턱을 꽉 다물고 손도 떨지 않았으며 전혀 동요하는 기색이 없
었다.

"자, 이제 끝났어." 그가 냉정하게 말했다. "유감이네, 맨슨.
출혈성 낭종일 줄은 꿈에도 생각하지 못했어. 하지만 이런 사

고는 최고의 의사들도 간혹 저지를 수 있지."

의자 딸린 책상 하나가 있는 좁은 방이었다. 앤드루는 벽난
로 주위에 둘러쳐진 가죽 울타리 옆에 맥없이 풀썩 주저앉았
다. 그는 텅 빈 재받이에 놓인 누렇고 푸르스름한 주전자 안에
꽂아 놓은 엽란을 뚫어지게 쳐다보았다. 졸도할 것처럼 기운이
하나도 없고 멍했다. 누구의 도움도 받지 않고 수술대로 걸어
가 "수술이 끝나면 나아지겠죠."라고 말하던 해리 비들러의 환
영이 지워지지 않았다. 그랬던 그가 십 분 만에 몸뚱이가 엉망
으로 난도질당해 축 늘어진 주검으로 들것에 실려 나갔다. 앤
드루는 이를 악물며 손으로 눈을 가렸다.

"물론." 아이보리가 담배 끝을 바라보며 입을 뗐다. "그는 수
술대에서 죽은 게 아니야. 나는 그 전에 수술을 끝냈으니까. 그
러니까 문제없어. 검시도 필요 없고."

앤드루가 고개를 들었다. 이 어처구니없는 상황에서 무력하
기만 한 자신을 생각하자 화가 치밀어 올라 부들부들 떨렸다.
아이보리, 이 냉혈 인간 같으니라고!

그가 격분해서 소리쳤다.

"그만 지껄여. 자네가 그를 죽였어. 자넨 외과 의사도 아니
야. 과거에도 아니었고 앞으로도 아니야. 내 평생 자네 같은 돌
팔이는 처음이야."

잠시 침묵이 흘렀다. 아이보리는 창백하고 굳은 얼굴로 앤드
루를 쳐다보았다.

"그런 말은 마음에 들지 않는군, 맨슨."

"마음에 안 든다고?" 앤드루가 온몸을 떨며 고통스럽게 울
부짖었다. "마음에 안 드는 줄 알아! 하지만 이건 사실이야. 내

가 지금까지 자네에게 소개해 준 환자들은 모두 어린애라도 고칠 수 있는 병이었지. 하지만 이번에는……처음으로 진짜 환자였어……. 맙소사! 내가 몰랐다니……. 자네처럼 내게도 잘못이 있어……."

"침착해, 이 감상적인 멍청아. 누가 듣겠어."

"들으면 어때서?" 또 한 차례의 발작적인 분노가 앤드루를 덮쳤다. 앤드루는 목이 메었다. "내가 알듯이 너도 뭐가 진실인지 알고 있어. 넌 엄청난 실수를 저질렀어……. 살인을 한 거라고!"

순간 아이보리가 앤드루를 난로 울타리 쪽으로 밀치며 때릴 것처럼 달려들었다. 그의 체중과 완력이라면 얼마든지 그럴 수도 있었다. 하지만 그는 대단한 의지력으로 자신을 자제했다. 그는 아무 말도 하지 않고 그저 몸을 돌려 방을 걸어 나갔다. 하지만 그 차갑고 굳은 얼굴에 나타난 험악한 표정은 앤드루를 영원히 용서하지 않으리라는 분노를 말해 주고 있었다.

벽난로 선반의 차가운 대리석에 이마를 댄 채 얼마나 시간이 흘렀는지 알 수 없었다. 마침내 몸을 일으킨 앤드루는 막연하게 자신에게 해야 할 일이 남아 있다고 생각했다. 그 엄청난 사건의 무시무시한 충격이 폭탄 같은 파괴력으로 그를 철저히 부수었다. 마치 내장이 도려내져 뱃속이 텅 빈 것처럼 느껴졌다. 그러나 그는 끔찍한 부상을 당한 병사처럼 남겨진 임무를 완수하기 위해 습관에 이끌려 기계적으로 움직였다.

어쨌든 그런 식으로 그는 나머지 환자들의 왕진을 마쳤다. 그리고 납덩이처럼 무거운 마음과 머리가 깨질 듯한 두통을 안고 집으로 돌아왔다. 7시가 다 되어 가는 늦은 시각이었다.

그래도 야간 진료 시간에는 겨우 댈 수 있었다.

현관 쪽 대기실은 환자들로 만원이고 문까지 환자들이 밀려 있었다. 앤드루는 죽어가는 사람처럼 느릿느릿 움직이며 환자 한 명 한 명에게 말을 걸었다. 환자들은 더운 여름 공기에도 불구하고 대기실 안에 모여 그의 인품이며 행동거지를 칭찬하고 있었다. 대부분 여자인 환자들은 그의 미소와 재치 있는 말 한마디, 약을 꾸준히 먹어야 한다는 자상한 권유에 속아 넘어가 수 주일째 그를 찾아오고 있는 로리에 상점의 여점원들이었다. 교묘하지만 낡은 수법에 잘도 넘어가고 있다고, 그는 멍하니 그런 생각을 했다.

앤드루는 진료실로 들어가 회전의자에 털썩 앉은 다음 얼굴에 가면을 쓰고 의례적인 저녁 근무를 시작했다.

"어떻습니까? 네, 안색이 많이 좋아졌어요! 맥박도 훨씬 힘차게 뛰고. 약이 효과가 있나 봐요. 약이 먹기 힘들지 않아야 할 텐데, 어때요?"

그런 다음 밖으로 나와 기다리고 있던 크리스틴에게 빈 약병을 건네주고 다시 복도를 지나 진찰실로 와서 상투적인 질문을 던지고 언제나처럼 가짜 동정심을 보여 주고 다시 복도로 나와 약이 가득 찬 약병을 들고 진료실로 돌아왔다. 이렇게 그는 자신의 저주스럽고 지긋지긋한 쳇바퀴를 계속해서 돌았다.

찌는 듯하게 더운 밤이었다. 앤드루는 짜증이 날 대로 났지만 진료를 중단하지 않았다. 반은 자신을 괴롭히기 위해서였지만, 반은 정신이 멍하고 감각이 없는 상태라 멈출 수가 없었던 것이다. 그는 괴롭고 멍한 상태에서 왔다 갔다 하며 스스로에게 물었다. 내가 지금 어디로 가고 있는 거지? 대체 내가 지금 어디로 가고 있는 거야?

드디어 평소보다 늦은 10시 30분에 진료가 끝났다. 그는 진료소의 바깥문을 잠그고 늘 하던 대로 진찰실로 들어갔다. 그곳에서는 환자 명부를 불러 주고 장부 정리를 도와주기 위해 크리스틴이 기다리고 있었다.

그는 몇 주 만에 처음으로 크리스틴의 얼굴을 똑바로 쳐다보았다. 그녀는 눈을 내리깔고 손에 든 환자 명부를 살펴보고 있었다. 정신이 멍한 상태에서도 그녀에게 생긴 변화가 충격으로 다가왔다. 그녀의 표정은 평온하지만 굳어있었고 입은 힘없이 처져 있었다. 그녀는 비록 그를 쳐다보지 않았지만 눈에는 가시지 않을 슬픔이 배어 있었다.

두꺼운 원장을 앞에 두고 책상에 앉은 앤드루는 옆구리가 심하게 당기는 것을 느꼈다. 하지만 그의 육체, 살아 있는 시체나 다름없는 그의 육체는 내부의 고통이 겉으로 드러나는 것을 조금도 허용하지 않았다. 앤드루가 말을 하기도 전에 크리스틴이 환자 명부를 읽어 내려갔다.

그가 장부에 기입하기 시작했다. 왕진 환자는 가위표를, 내원 환자에는 동그라미를 표시하여, 자기가 저지른 부정행위의 총계를 빈틈없이 기록했다.

장부 정리가 모두 끝나자 크리스틴이 물었다. 그녀의 위축된 목소리가 사실은 자신을 조롱하고 있다는 것을 그는 그때서야 깨달았다.

"자, 오늘은 얼마를 벌었죠?"

그러나 앤드루는 대답하지 않았다, 아니 할 수 없었다. 이윽고 크리스틴이 방을 나갔다. 그녀가 위층 침실로 올라가서 조용히 문 닫는 소리가 들렸다. 그는 혼자 남았다. 입 안이 바싹 바싹 마르고, 뭔가에 얻어맞아 멍한 기분이 들었다.

나는 어디로 가고 있는 걸까? 도대체 나는 어디로 가고 있는 걸까?

그는 문득 시선을 떨어뜨려 그날 벌어들인 현금이 들어 있는 불룩한 담배 주머니를 바라보았다. 또 한번의 발작적인 물결이 그를 덮쳤다. 그는 자루를 들어 방구석으로 던졌다. 자루는 털썩하고 둔탁한 소리를 내며 떨어졌다.

앤드루는 자리에서 벌떡 일어섰다. 숨을 쉴 수 없을 정도로 가슴이 답답했다.

그는 얼른 진찰실을 빠져나와 허겁지겁 작은 뒷마당으로 달려갔다. 별들이 쏟아지는 깜깜한 작은 우물이 있었다. 그는 벽돌로 된 우물 벽에 힘없이 몸을 기댔다. 그리고 갑자기 격렬하게 토하기 시작했다.

16

앤드루는 그날 밤 내내 잠들지 못하고 몸을 뒤척이다가 새벽 6시가 되어서야 잠이 들었다. 9시가 훌쩍 넘어 일어났더니 창백한 얼굴에 눈꺼풀이 무거웠다. 크리스틴은 아침 식사를 준비해 두고 어딘가로 나가고 없었다. 평소 같으면 이런 일로 당황하지 않았겠지만 지금처럼 마음이 몹시 아플 때는 자신들의 사이가 얼마나 멀리 떨어져 있는지 느끼지 않을 수 없었다.

베넷 부인이 정성껏 요리한 베이컨과 계란을 가지고 왔지만 그는 한 점도 먹을 수 없었다. 목구멍의 근육이 음식을 받아들이지 않았다. 그래서 커피만 한 잔 마시고 충동적으로 독한 위스키소다를 만들어 그것도 단숨에 들이켰다. 이것으로 하루를 시작할 준비를 했다.

아직까지도 기계에 조종당하는 것 같았지만 그래도 그의 동작은 전날보다 덜 자동적이었다. 희미한 빛이, 몽롱한 한 줄기 빛이 그의 멍하고 불확실한 내면을 뚫고 들어오기 시작했다. 그는 자신이 놀랄 만큼 어마어마한 붕괴 직전까지 와 있다는 것을 깨닫기 시작했다. 그리고 그 심연으로 떨어지면 절대로 기어 나올 수 없을 것 같은 예감이 들었다. 그는 조심스럽게 몸뚱이를 지탱하면서 차고 문을 열고 자동차를 꺼냈다. 그정도 움직였는데도 손바닥에 땀이 흥건해졌다.

오늘 아침 그가 해야 할 가장 중요한 일은 빅토리아 병원에 가는 일이었다. 소러굿 박사와 메리 볼런드를 보러 가기로 약속했던 것이다. 적어도 그 약속은 어기고 싶지 않았다. 그는 병원을 향해 천천히 차를 몰았다. 실제로 걸을 때보다 자동차 안에 있을 때 더 편안한 기분이 되었다. 이미 운전에 익숙해졌기 때문에 자동적이고 반사적인 행동만 하면 되었다.

병원에 도착한 그는 주차를 하고 병실로 올라갔다. 만나는 간호사에게 목례를 하고 메리의 침대로 가는 길에 차트를 집어 들었다. 그는 붉은 담요를 깐 메리의 침대 가장자리에 걸터앉았다. 반갑게 미소 짓는 메리와 그녀 옆에 놓인 커다란 장미 다발이 보였지만 줄곧 차트만 들여다보았다. 차트는 만족스럽지 않았다.

"안녕하세요?" 메리가 말을 건넸다. "꽃 예쁘죠? 크리스틴아줌마가 어제 가져오셨어요."

앤드루는 메리를 쳐다보았다. 열에 의한 홍조는 사라졌지만 입원할 때보다 더 여윈 듯했다.

"그래, 아주 예쁜 꽃이구나. 좀 어떠니, 메리?"

"네, 아주 좋아요." 메리는 순간 그의 시선을 피했지만 마음으로부터는 따뜻한 신뢰감이 솟고 있었다. "어차피 오래가지 않을 거예요. 선생님이 곧 완쾌시켜 줄 거라고 믿어요."

메리의 그 말, 아니 메리의 눈에 담긴 신뢰에 앤드루는 마음이 찡하게 아려 왔다. 여기서 만약 잘못된다면 자신도 끝장이라는 생각이 들었다.

그때 자신의 병동을 회진하던 소러굿 박사가 메리의 병실에 들렀다. 그는 들어오면서 앤드루를 발견하곤 곧장 그에게 다가왔다.

"어이, 맨슨." 그가 유쾌하게 소리쳤다. "아니, 왜 그러나? 어디 아픈가?"

앤드루가 자리에서 일어났다.

"아닙니다. 걱정해 주셔서 고맙습니다."

소러굿 박사는 미심쩍은 얼굴로 그를 쳐다보더니 이내 메리에게로 시선을 옮겼다.

"나를 믿고 환자를 맡겨 줘서 고맙게 생각하네. 저, 간호사, 엑스선 촬영 사진 좀 가져와요."

소러굿은 앤드루와 함께 십여 분간 메리를 진찰한 다음 창문 쪽으로 걸어갔다. 그곳이라면 병실 전체가 한눈에 들어와도 말소리는 다른 사람들에게 들릴 리 없었다.

"어떤가요?"

앤드루가 물었다.

그는 아직 몽롱한 상태에서 자신의 음성을 들었다.

"선생님은 어떻게 생각하시는지 모르지만 저는 저 환자의 병세가 상당히 불안합니다."

"한두 가지 문제가 있긴 한데……."

소러굿이 짧고 숱 적은 자신의 수염을 잡아당겼다.

"제가 보기에는 약간 확장된 것 같습니다."

"나는 그렇게 생각하지 않네, 맨슨."

"체온도 불규칙하고요."

"음, 어쩌면."

"이런 말씀드리기 외람됩니다만, 저도 우리의 입장을 충분히 알고 있지만 이 환자는 제게 특별합니다. 이런 상태라면 인공 기흉을 고려하는 게 어떨까요? 기억하시겠지만 메리, 아니 저 환자가 처음 입원했을 때 저는 인공 기흉을 시술하는 게 어떨지 말씀드린 적이 있습니다."

소러굿은 곁눈질로 앤드루를 쳐다보았다. 그러더니 곧 얼굴색이 변하며 완고한 주름이 잡혔다.

"안 되네, 맨슨. 이런 정도의 환자에게 그걸 주입할 수는 없어. 그때도 말했지만 지금도 내 생각은 변함없어."

잠시 침묵이 흘렀다. 앤드루는 더 이상 한마디도 꺼낼 수 없었다. 상대가 얼마나 꽉 막힌 고집불통인지 알고 있었다. 논쟁을 벌여 봤자 정신적, 육체적으로 힘들 뿐 소용도 없을 거라고 느꼈다. 그는 소러굿이 메리에게 다가가 자신의 의견을 설명하는 동안 무표정한 얼굴로 듣고만 있었다. 소러굿이 결론을 말한 뒤 나머지 환자들을 회진하자 앤드루는 메리에게 내일 다시 보러 오겠다는 말만 하고 병실을 나섰다. 그는 자동차로 병원을 나서기 전에 수위에게, 집으로 전화를 걸어 점심을 먹으러 집에 들르지 못한다는 말을 전해 달라고 부탁했다.

1시까지는 시간이 별로 많지 않았다. 그는 여전히 통렬한 자기반성으로 괴로운 데다 허기가 져서 현기증까지 났다. 그래서 배터지 다리 근처에 차를 세우고 조그만 싸구려 찻집으로 들어갔다. 커피와 버터 바른 토스트를 주문했다. 하지만 커피만 마셨을 뿐 토스트는 위가 받아들이지 않았다. 여종업원이 줄곧 이상한 눈으로 쳐다보다가 물었다.

"맛이 없으세요? 다시 만들어 드릴까요?"

그는 고개를 가로저으며 얼마냐고 물었다. 그녀가 계산서를 쓸 때 앤드루는 우습게도 그녀의 옷에 붙은 번쩍거리는 검정색 단추의 개수를 세고 있었다. 오래전에 그는 블라넬리 초등학교에서 진줏빛 나는 단추 세 개를 멍하니 바라본 적이 있었다. 바깥으로 나오니 강물 위로 누런 햇살이 숨 막히게 쏟아져 내리고 있었다. 기억 어느 한 켠에서 오늘 오후 웰벡 거리에서 두 가지 약속이 있다는 사실이 떠올랐다. 그는 천천히 자동차를 몰았다.

샤프 간호사는 토요일 근무를 지시할 때면 늘 그렇듯이 부루퉁해 있었다. 그러면서도 그에게 어디 아프냐고 물었다. 그녀는 이내 부드러운 목소리로 햄프턴이 ─ 프레디 햄프턴은 그녀가 특별히 존경하는 사람이었다. ─ 점심 이후 두 번이나 전화를 걸었다고 전했다.

그녀가 진료실을 나가자 앤드루는 책상에 앉아 멍하니 앞을 바라보았다. 2시 30분쯤 첫 환자가 왔다. 광산부의 젊은 서

기관으로 길의 소개를 받고 온 심장병 환자였는데 심장 판막증으로 오래 고생을 한 사람이었다. 앤드루는 젊은 환자에게 이것저것 문진을 하고 치료법에 대해 자세히 설명하는 등 특별히 신경을 쓰는 바람에 너무 많은 시간을 잡아먹었다는 사실을 깨달았다.

진찰이 끝나고 환자가 주머니를 더듬어 얄팍한 지갑을 꺼내자 재빨리 앤드루가 말했다.

"치료비는 지금 내실 필요 없습니다. 저희가 청구서를 보낼 때까지 기다려 주십시오."

그러나 결코 청구서를 보내지 않을 생각이었다. 돈에 대한 욕심이 사라지고 그런 것을 다시 경멸할 수 있을 것 같은 생각이 들자 그는 묘하게도 마음이 편안해졌다.

그때 두 번째 환자가 들어왔다. 마흔다섯 살의 베이스든으로 그의 열렬한 추종자들 중 한 명이었다. 앤드루는 그녀의 모습을 보자 가슴이 덜컥 내려앉았다. 부자에다 이기적인 건강 염려증 환자인 그녀는 언젠가 햄프턴과 셰링턴 요양소에서 보았던 래번 부인보다 나이는 어려도 더욱 독선적인 래번 부인의 복사판이었다.

그녀가 웃으면서 며칠 전 진료소를 다녀간 뒤 자기 몸에 일어난 모든 일에 대해 늘어놓는 동안 앤드루는 피곤한 표정으로 이마에 손을 대고 그 이야기를 들었다.

그러다 갑자기 그가 고개를 쳐들었다.

"베이스든 양, 왜 제게 오시는 거죠?"

그녀는 말하다 말고 입을 다물어 버렸다. 얼굴 위쪽에는 아직 만족스러운 표정이 남아 있지만 입은 어이없다는 듯 천천히 벌어졌다.

"아, 저 때문이란 거 알고 있습니다. 제가 오시라고 말씀드렸죠. 하지만 사실 베이스든 양에게는 아무 문제도 없습니다."

"맨슨 선생님!"

그녀는 놀라 숨을 들이쉬며 자신의 귀를 의심했다.

하지만 그것은 엄연한 사실이었다. 냉정하게 보면 그녀의 증상은 모두 돈 때문에 생긴 것이었다. 태어나서 단 하루도 일이라는 것을 해 본 적이 없는 그녀의 몸뚱이는 응석받이에 영양 과잉 상태였다. 근육을 사용하지 않기 때문에 밤이면 불면증에 시달렸다. 심지어는 뇌도 사용하지 않았다. 이자표를 끊어 주며 배당금이 얼마나 생길까, 어떻게 하면 하녀를 꾸짖을까, 자신과 포메라니안종 애완견이 무엇을 먹을까 하는 따위 외에는 아무 생각도 하지 않았다. 만일 그녀가 밖으로 나가 무슨 일이라도 한다면 이 작은 알약이라든지 진정제, 수면제, 간장약, 그 밖에 온갖 종류의 쓸데없는 약을 끊게 될 것이다. 그리고 그 돈을 가난한 사람들에게 나눠 주면 되는 것이다. 남을 도와줄 생각만 하고 자신에 대한 생각은 그만 하면 되는 것이다! 하지만 그녀는 절대로 그렇게 하지 않을 것이다. 절대로 그러지 않으리라. 그녀에게 아무리 요구해도 소용없으리라. 왜냐하면 그녀는 이미 정신적으로 죽었기 때문이다. 그리고 아아, 자신도 그녀와 똑같은 부류가 아니던가!

그가 침통한 목소리로 말했다.

"죄송합니다. 제가 더 이상 진료를 못할 것 같습니다, 베이스든 양. 제가, 제가 런던을 떠날 것 같습니다. 하지만 틀림없이 여기 주위에서 다른 의사들을 찾을 수 있을 겁니다. 베이스든 양의 마음에 꼭 드는 의사를."

그녀는 물고기가 공기를 마시는 것처럼 여러 번 입을 뻐끔거렸다. 그러더니 그의 말뜻을 알았다는 듯한 표정이 얼굴에 번졌다. 저 의사가 정신이 나갔군, 이런 생각을 하는 게 틀림없어 보였다. 그녀는 이치를 따지기 위해 더 이상 기다리지 않았다. 벌떡 일어나 자신의 소지품을 서둘러 챙겨 부리나케 진찰실을 나갔다.

앤드루는 단호한 태도로 책상 서랍을 닫고 집으로 갈 준비를 했다. 자리에서 일어나려 할 때 샤프 간호사가 웃으면서 진찰실로 뛰어 들어왔다.

"햄프턴 선생님이 오셨어요! 전화도 없이 직접 오셨네요."

잠시 후 불 붙인 담배를 손에 쥔 햄프턴이 뭔가 용건 있는 듯한 표정으로 의자에 털썩 앉았다. 그의 음성은 전에 없이 다정했다.

"토요일을 방해해서 미안하네, 앤드루. 하지만 자네가 여기 있는 것을 알고 마호메트를 만나러 산에 올라가는 기분으로 왔어. 나 좀 보게, 맨슨. 어제 수술에 관한 이야기를 들었는데 말이야, 난 솔직히 말하는데 그 소식을 듣고 통쾌했다네. 자네도 아이보리 그 친구에 대해 품고 있던 마음이 폭발한 게 아닌가."

햄프턴의 목소리가 갑자기 신랄한 조롱 투로 바뀌었다.

"자네도 내가 요즘 아이보리나 프리드먼과의 사이가 틀어진 걸 알고 있을 거야. 그들은 나와 공정한 게임을 하지 않았어. 우린 서로 협조해서 일했고, 그게 수익도 좋았지. 하지만 언제부턴가 난 그 두 놈이 내 몫까지 빼돌리고 있다는 확신을 가졌어. 게다가 아이보리의 교활함에 질려 버렸지. 그 녀석은 외과 의사도 아니야. 그래, 자네가 말한 대로야. 그놈은 낙태 전문의에 지나지 않아. 자넨 몰랐겠지, 그렇지? 내 말을 믿게. 이곳에서 160킬로미터도 떨어지지 않은 곳에 요양소가 있어. 거기는 그 짓밖에 하지 않아. 물론 겉보기에는 그럴듯하고 훌륭한 요양소처럼 보이는데, 아이보리가 그곳 총책임자야. 프리드먼이라고 그보다 낫지도 않네. 겉만 번지르르한 마약 행상에 지나지 않아. 아이보리보다도 멍청하고. 그 녀석도 얼마 안 있으면 지금 일하는 곳에서 쫓겨날 거야. 내 말 잘 듣게, 앤드루. 자네를 위해 하는 말이야. 그놈들과 손을 끊고 나와 손을 잡세. 자넨 세상 돌아가는 물정을 너무 몰라. 그래서 자기 몫을 제대로 챙기지 못했어. 아이보리가 수술비로 100기니를 받으면 그중 반은 자네 몫이라는 것을 알고 있었나? 그런데 지금까지는 어떻게 해 왔는지 자네가 알 거야. 그래, 그놈이 자네에게 얼마를 주던가? 기껏해야 15기니 아니면 20기니? 이것만으로도 충분히 알 수 있지 않은가, 맨슨! 게다가 어제 같은 일도 있었으니 나도 이젠 더 이상 참을 수가 없어. 놈들에게는 아무 말도 하지 않았지만, 난 그런 점에 있어서 빈틈이 없는 사람이야. 오늘 이 자리에서 내 계획을 털어놓겠네. 맨슨, 우리 함께 일하세. 자네와 나 둘이. 우리만의 동업자 관계를 시작하는 거야. 우린 대학에서 친구로 지낸 사이가 아닌가, 안 그래?"

햄프턴은 새 담배에 불을 붙이기 위해 말을 끊었다가 이내 잠재적인 동업자로서 자신의 능력을 과시하려는 듯이 유쾌한 웃음을 지어 보였다.

"난 자네가 생각지도 못할 전략을 쓴다네. 내가 최근에 어떻게 했는지 말해 줄까? 주사 한 번에 3기를 받았어. 그것도 멸균수(滅菌水)를 가지고 말이야! 어느 날 백신 접종을 하러 어떤 환자가 왔다네. 그런데 깜빡하고 미처 주문을 못 했지 뭔가. 하지만 난 실망하지 않고 멸균수를 주입했네. 그런데 그 환자가 다음 날 와서 하는 말이 다른 때보다 주사가 훨씬 효과가 있다는 거야. 그래서 그 방법을 계속해서 썼지. 그러면 왜 안 되겠나? 모두 완전히 펄펄 끓여서 병에 넣은 건데. 난 필요하다면 모든 약을 그런 식으로 만들어 쓸 수 있다네. 난 돌팔이 비전문가가 아니야. 진짜 의사지, 머리가 잘 돌아가는. 맨슨, 자네와 내가 함께 일하면 말이야, 자네의 학위와 내 잘 돌아가는 머리만 있으면 우린 고급 환자를 독차지할 수 있을 거야. 그러기 위해선 우리 둘이 손을 잡아야 하네. 자넨 언제나 다른 의사의 소견을 원하잖나. 그리고 내가 눈독 들이고 있는 젊고 똑똑한 의사가 하나 있어. 당연히 아이보리보다야 천 배 만 배 낫지! 우리 나중에 그 친구를 영입하자고. 그리고 나중에는 우리 소유의 요양소까지도 가질 수 있어. 그렇게 되면 금광을 손에 넣는 거지."

앤드루는 무덤덤한 얼굴로 꼼짝도 않고 있었다. 햄프턴에게 화가 나기보다는 그저 자신이 더욱 혐오스러워질 뿐이었다. 햄프턴의 이런 제안만큼 자신이 지금까지 취해 온 처신과 행위와 목표를 더 똑똑하게 보여 주는 것도 없었다. 마침내 대답을 요구받자 그는 머뭇거렸다.

"난 함께할 수 없네, 프레디. 난, 난 갑자기 이 일이 싫어졌어. 한동안 여기 일도 그만둘까 생각하고 있어. 이곳에는 이리 같은 놈들이 너무 많아. 물론 정직하게 일하면서 최선을 다하는 좋은 사람들도 많지만 그 나머지는 이리나 다름없어. 불필요한 주사를 놓는 놈들, 어떤 해도 끼치지 않는 편도선이나 맹장을 잘라 내는 놈들, 자기 환자를 공 던지듯 이리저리 주고받으며 진료비를 나눠 먹고 낙태를 하고 요상한 비과학적 치료법이나 신봉하고 끊임없이 돈만 긁어모으려고 쫓아다니는 놈들. 모두 이리들이야."

햄프턴의 얼굴이 서서히 붉어졌다.

"무슨 말을 하는 거야! 그런 자네는 어떻고?"

햄프턴이 흥분해서 소리쳤다.

"나도 알고 있어, 프레디." 앤드루가 침울하게 말했다. "나도 똑같이 나쁜 놈이야. 난 우리 사이에 나쁜 감정은 없었으면 하네. 자네는 나의 가장 오랜 친구야."

햄프턴이 자리에서 벌떡 일어났다.

"자네 미쳤나, 아니면 왜 그래?"

"그런지도 모르네. 하지만 돈이나 물질적 성공에 대해선 그만 생각할 거야. 그것은 훌륭한 의사의 증거가 될 수 없어. 의사가 일 년에 5000파운드나 되는 돈을 번다면 그것은 필시 불건전한 방법을 쓰고 있다는 증거야. 그리고 어떻게 인간이 되어 고통받는 사람들을 이용해 돈을 벌려고 할 수 있단 말인가?"

"자네 정말 구제할 수 없는 바보군."

햄프턴이 혀를 끌끌 찼다. 그는 몸을 획 돌려 진찰실을 나갔다.

앤드루는 다시 책상을 마주하고 혼자 쓸쓸하게 멍하니 앉아 있었다. 그러다가 겨우 몸을 일으켜 차를 타고 집으로 향했다. 집이 가까워 오자 심장의 고동이 빨라지는 것을 느낄 수 있었다. 벌써 6시가 지났다. 힘겨웠던 하루도 그럭저럭 절정을 향해 치닫고 있는 것 같았다. 현관문의 열쇠를 돌릴 때 그의 손이 격하게 떨렸다.

크리스틴은 현관 쪽 응접실에 있었다. 그녀의 창백하면서도 조용한 얼굴을 보자 오싹하고 소름이 돋았다. 그는 아내가 오늘 하루 자기와 떨어져 있었던 시간을 어떻게 보냈는지 물어보고 관심을 보여 주기를 바랐다.

그러나 그녀는 무덤덤한 목소리로 겨우 몇 마디 물을 뿐 별말이 없었다.

"늦었네요. 저녁 진료 전에 차라도 마실래요?"

그가 대답했다.

"아니, 오늘 밤은 진료 없을 거야."

크리스틴이 흘끗 쳐다보았다.

"하지만 토요일이에요. 당신에게 가장 바쁜 저녁이잖아요?"

그는 대답 대신 종이에 '오늘 밤은 휴진'이라는 글귀를 적었다. 그리고 복도를 지나 진료소 문 앞에 그 쪽지를 핀으로 꽂았다. 심장이 어쩌나 힘차게 뛰는지 금방이라도 가슴이 터져 버릴 것만 같았다. 복도를 되돌아오자 크리스틴이 여전히 창백한 얼굴에 혼란스러운 눈빛으로 진료실에 서 있었다.

"무슨 일이에요?"

그녀가 묘한 음성으로 물었다.

앤드루는 그녀를 쳐다보았다. 가슴이 찢어지는 것처럼 고통스럽더니 어느 순간 엄청난 기세로 터져 버려 그로서도 더 이상 어떻게 할 수가 없었다.

"크리스틴!"

그의 가슴속 모든 것이 그 한마디에 담겨 터져 나왔다. 그러더니 무너지듯 무릎을 꿇고 앉아 흐느끼기 시작했다.

17

두 사람의 화해는 그들이 처음으로 사랑에 빠진 이후 그들에게 일어난 가장 멋진 일이었다. 다음 날 아침은 일요일이었다. 앤드루는 애버릴로 시절처럼 크리스틴 옆에 누워 마치 몇 년 동안 그녀와 떨어져 지내기라도 한 것처럼 가슴속에 담아 두었던 말을 하고 또 했다. 고요한 일요일, 문밖에서는 마음을 위로해 주기라도 하듯 평화로운 교회 종소리가 울려 퍼졌다. 그러나 앤드루는 마음이 편안하지 못했다.

"내가 어쩌다 이렇게 되었을까?" 그가 초조하게 한탄했다. "내가 미쳤던 걸까, 크리스? 아니면 도대체 왜? 지금 생각해 보면 도저히 믿기지가 않아. 데니, 호프 같은 사람들과 어울리던 내가 그런 사람들 속에 끼어서, 아! 난 벌 받아야 마땅해."

크리스틴이 그를 달래 주었다.

"모든 게 눈 깜짝할 사이에 일어난 일이에요. 누구라도 그런 경우에는 발을 헛디디게 마련이에요."

"아냐, 크리스. 솔직히 지금 생각하면 그때는 제정신이 아니었던 것 같아. 그동안 당신도 무척 괴로웠겠지. 아아! 난 천벌을 받아야 해!"

크리스틴이 미소를 지었다. 진심에서 우러나는 미소였다. 그녀의 얼굴에서 싸늘하고 무덤덤한 표정이 사라지고 부드럽고 행복하며 그를 위로해 주는 표정을 보게 된 것은 참으로 놀라운 경험이었다. 앤드루는 기쁨에 차서 생각했다. '오! 하느님, 우리 둘은 다시 태어났어요.'

"이제부터 내가 해야 할 일은 한 가지야." 그가 뭔가를 결심한 듯 힘주어 미간을 모았다. 그는 아직 불안하기는 했지만 어지러운 망상에서 해방되어 지금이라도 행동으로 옮기고 싶은 강렬한 욕구를 느꼈다. "우리 여길 떠나자고. 난 그동안 너무 깊이, 너무 깊이 빠져 들었어. 이곳에 있으면 곳곳에서 지금까지 내가 저지른 위선적인 행동이 기억날 것 같아. 그리고 어쩌면 다시 그곳으로 끌려 들어갈지도 몰라. 병원은 금방 팔 수 있을 거야. 크리스! 그리고 말이야, 내가 멋진 일을 생각해 냈어."

"뭔데요, 여보?"

앤드루는 찡그린 얼굴을 펴며 수줍고 다정한 미소를 보냈다.

"당신이 날 이렇게 부르는 게 얼마 만이야? 어쨌든 듣기 좋은데. 나도 내가 어떤 짓을 했는지 잘 알아. 아아! 그때 일은 다시 생각하고 싶지도 않아. 크리스, 실은 오늘 아침 눈을 뜨면서 이런 생각이 떠올랐어. 햄프턴 녀석이 내게 그 썩어 빠진 팀을 만들자고 했던 말을 생각해 보다 문득 떠오른 건데, 이제부터 진정한 팀을 만들면 어떨까 해. 미국의 의사들은 많이들 하고 있나 본데, 스틸먼 씨가 자신은 의사도 아니면서 내게 자주 그런 권유를 했어. 여기에선 아직 동조하는 의사들이 많지 않은 것 같지만 말이야. 아주 작은 시골 마을이라도 좋으니까 의사들이 소규모의 팀을 짜서 각자 전공을 살려서 진료하는 병원을 만드는 거야. 햄프턴이나 아이보리, 프리드먼과 함께하는 것보다는 데니, 호프를 불러다 진정한 삼인조를 만들면 되지 않을까? 데니는 외과를 전담하고, 당신도 알다시피 그야 그 방면의 최고잖아! 나는 내과를 맡고, 호프는 세균학자가 되는 거야! 그럼 좋을 거야. 우리가 각자 자기 분야를 담당하면서 지식을 공유하면 말이야. 아마 당신도 기억할 거야, 데니가 우리의 비효율적인 개업의 시스템을 맹렬히 공격했던 것. 내생각도 같지만 일반 개업의들이 어깨에 온갖 짐을 다 짊어지고 비틀거리며 가도록 만들어 놓은 현재의 제도로는 아무것도 안돼! 집단 의료 제도가 그에 대한 해답이야, 완벽한 해답! 정부 주도의 의료 제도와 개인적인 노력 사이에서 절충점을 찾는 거야. 지금까지 이 나라에서 이것이 불가능했던 이유는 모든 것을 자기가 쥐고 흔들려는 높은 분들 때문이었어. 하지만 만일 우리가 최일선에서 소규모 팀을 만든다면 얼마나 멋질까? 그래, 과학적이면서도 정신적으로는 독립해서, 우리의 편견을 깨뜨리고 부수고, 낡고 맹목적인 생각을 타파하는 일종의 개척자 정신을 갖는다면 이 나라 전체의 의료 시스템을 개혁하는 첫걸음이 될 수 있을 거야."

크리스틴은 뺨을 베개에 대고 반짝이는 눈으로 그를 응시했다.

"당신이 그렇게 말하니까 예전으로 돌아간 것 같아요. 내가 지금 얼마나 기쁜지 모를 거예요. 아! 이제야 처음부터 다시 시작하는 것 같아요. 난 너무 행복해요, 여보."

"난 당신에게 갚아야 할 빚이 너무 많아." 앤드루가 어두운 표정으로 말했다. "난 그동안 바보였어. 아니 그보다 더 나빴어." 앤드루는 손으로 자기 이마를 감쌌다. "불쌍한 해리 비들러를 잊을 수가 없어. 내가 정말 그에 대한 보상이 될 만한 일을 하기 전까지는 잊을 수 없을 것 같아." 앤드루가 괴로워하며 낮게 중얼거렸다. "나도 거기에 있었으니 아이보리만큼 죄인이야. 그렇게 쉽게 잊혀질 것 같지가 않아. 그냥 이렇게 없던 일처럼 해 버리는 것은 옳지 않은 일이야. 하지만 크리스, 난 열심히 일할 거야. 데니와 호프도 나와 함께하리라고 믿어. 당신도 그들 생각 알 거야. 데니는 다시 예전으로 돌아가 외과 의사로서의 열정을 불사르고 싶어 안달이 났으니까. 호프도 우리가 혈청을 만드는 사이에 자신이 원래 하던 연구를 계속할 수 있도록 실험실만 하나 마련해 준다면 어디든 우리를 따라올 거야."

앤드루는 침대에서 뛰쳐나와 예전에도 그랬듯이 성급한 마음에 방 안을 왔다 갔다 했다. 그의 머릿속은 미래에 대한 설렘과 과거에 대한 회한 사이에서 갈팡질팡하며 두려워하고 기대하고 계획을 세우느라 바쁘게 돌아가고 있었다.

"해결해야 할 일이 너무 많아, 크리스." 그가 열띤 음성으로 말했다. "그리고 당장 해결해야 할 일이 한 가지 있어. 그래, 우선 편지를 몇 통 쓰고, 그러고 나서 점심을 먹고 난 뒤 어디 교외라도 잠깐 드라이브나 하는 거 어때?"

크리스틴이 어리둥절한 표정으로 그를 바라보았다.

"하지만 바쁘잖아요?"

"아니, 그렇게 바쁘지는 않아. 그나저나 크리스, 솔직히 말하면 메리 볼런드 때문에 마음의 부담이 커. 빅토리아 병원에서 별로 호전되지 않고 있고, 난 충분한 조치를 취하지 못하고 있어. 소러굿 박사는 너무 냉정하고 메리의 병세에 대해 제대로 이해하지 못하고 있어. 적어도 내가 생각하는 방식과는 달라.

아! 콘에게 책임지겠다고 큰소리를 쳐 놓고 만일 메리에게 무슨 일이라도 일어난다면 난 미치고 말 거야. 내가 속한 병원에 대해 이러쿵저러쿵 불평하는 건 우습지만 메리는 빅토리아 병원에서는 절대 낫지 않아. 메리는 시골의 좋은 요양소로 옮겨서 신선한 공기를 맡게 해야 해."

"그래요?"

"스틸먼의 요양소에 가 보려는 것도 그 때문이야. 벨뷰만큼 시설 좋고 훌륭한 병원은 다시 없을 거야. 그만 허락해 준다면 메리를 그곳에 입원시킬 생각이야. 그럼 나 역시 마음이 놓이고 뭔가 제대로 조치를 취했다고 자부하게 될 거야."

크리스틴이 경쾌한 어조로 말했다.

"준비되는 대로 어서 가요, 우리."

앤드루는 옷을 입고 아래층으로 내려와서 데니와 호프에게 장문의 편지를 썼다. 오늘은 중환자 세 명만 진찰하면 되었고, 왕진하러 가는 길에 편지를 부쳤다. 그런 다음 가볍게 식사를 마치고 크리스틴과 위콤비를 향해 출발했다.

마음의 긴장이 아직 남아 있었지만 여행은 즐거웠다. 행복이라는 것은 설령 사람들이 뭐라고 조롱하건 세속적인 부와 상관없는 내면의 상태이며, 순전히 정신적인 것임을 앤드루는 그 어느 때보다 분명하게 깨달았다. 최근 몇 달 동안 그는 부와 지위와 여러 가지 물질적 성공을 위해 애쓰고 그것을 손에 얻으면 행복해질 거라고 생각했다. 그러나 행복하지 않았다. 원하는 것을 손에 넣으면 좀 더 갖고 싶어 하는 일종의 광란 상태에 빠져 살아왔다. 돈! 모두가 그 더러운 돈 때문이었다고 그는 씁쓸하게 생각했다. 처음에는 일 년에 1000파운드만 벌면

소원이 없겠다고 생각했다. 그런데 그만한 수입이 들어오자 곧 희망 금액을 두 배로 올리고 그 숫자를 최대치로 잡았다. 그러나 그 최대치에 도달하고서도 그는 만족하지 못했다. 그래서 계속해서 높여 나갔다. 가지면 더 갖고 싶었다. 그리고 그대로 갔다면, 그는 결국 파멸하고 말았을 것이다.

그는 곁눈질로 크리스틴을 흘끗 쳐다보았다. 그녀는 나 때문에 얼마나 괴로웠을까! 하지만 지금, 만약 그의 결정이 옳은 것인지 아닌지 확인하고 싶다면 그녀의 변한 표정과 빛나는 얼굴만 보아도 충분히 알 수 있으리라. 물론 그 얼굴은 이제 인생의 고달픔과 눈물의 흔적이 남아 있어서 아름답다고는 할 수 없었다. 게다가 약간 거뭇해진 눈가에는 잔주름이 잡히고 한때는 팽팽하고 포동포동했던 볼은 다소 홀쭉해져 있었다. 그러나 그 얼굴에는 한결같은 고요함과 진실함이 담겨 있었다. 그리고 이제 이렇게 생기 띤 모습을 보자 앤드루는 마음이 가볍고 찡하면서도 또다시 가슴을 깊이 찌르는 회한을 느꼈다. 그는 이제 살아 있는 동안 더 이상 그녀를 슬프게 만드는 일은 절대로 하지 않겠다고 굳게 결심했다.

그들은 3시가 가까워서 위콤비에 도착했고 거기에서 레이시 그린을 지나 산등성이를 따라가다가 다시 오르막 샛길로 들어섰다. 벨뷰는 작은 고원지대에 자리하고 있어서 조망이 뛰어났다. 비록 북쪽으로는 막혀 있지만 양쪽으로 계곡을 굽어볼 수 있었다.

스틸먼은 그들을 따뜻하게 맞았다. 그는 조심스럽고 이성적인 사람으로 좀처럼 열정을 나타내지 않는데도 앤드루의 방문에 기쁨을 감추지 못하며 자신이 만든 요양소의 아름다움과

효율성에 대해 열심히 설명했다.

벨뷰는 일부러 소규모로 지었지만 그 완벽함에 대해서는 의문의 여지가 없었다. 원무과가 있는 중앙 건물 옆으로 남서쪽을 향한 두 개의 건물이 날개처럼 연결된 형태였다. 출입문 로비와 몇 개의 사무실 위로 설비를 잘 갖춘 치료실이 있고, 남쪽 벽은 완전히 자외선이 투과되는 유리로 되어 있었다. 모든 창문이 이 유리로 되어 있고, 난방과 공기 정화 시설은 최신식 병원의 결정판이었다. 앤드루는 요양소 곳곳을 둘러보면서 초현대적인 완벽함을 갖춘 이 병원을 백 년 전에 세운 낡은 런던 병원들이나 오래된 주택을 허술하게 개조하여 장비도 제대로 갖추지 않고 요양소로 둔갑시킨 런던의 요양소들과 비교하지 않을 수 없었다.

스틸먼은 병원을 구경시켜 준 뒤 차를 대접했다. 그 자리에서 앤드루는 서둘러 자신의 부탁을 꺼냈다.

"제가 남에게 청탁하는 일은 별로 좋아하지 않지만, 스틸먼 씨." 크리스틴은 거의 잊혀져 가던 상투적인 말에 웃지 않을 수 없었다. "혹시 환자를 한 명 이곳에 받아 주실 수 있는지 모르겠습니다. 초기 폐결핵 환잡니다. 인공 기흉이 필요할 것 같은데요. 절친한 친구 딸이죠. 네, 아버지가 의사예요, 치과 의사. 환자는 자신이 어떻게 되어 가고 있는지도 모릅니다."

스틸먼의 엷은 푸른 눈동자 뒤로 얼핏 장난기 같은 게 엿보였다.

"설마 그 환자를 내게 보내려는 건 아니겠죠? 내게 환자를 보내는 의사들은 없습니다, 미국에서는 간혹 있지만. 각오하셔야 할 겁니다. 전 환자들에게 당근즙으로 아침 식사를 먹이기도 전에 맨발로 이슬 밭을 걷게 하는 엉터리 요양소의 가짜 치료사거든요."

앤드루는 웃지 않았다.

"농담하지 마십시오, 스틸먼 씨. 저는 그 소녀에 대해 진지하게 말하고 있습니다. 저는 그 아이가 걱정되어 못 견딜 정도예요."

"하지만 맨슨 씨, 지금은 진료소가 만원이에요. 당신네 의사회에서 반감을 갖고 있는데도 지금 우리 병원에 대기자들이 잔뜩 밀려 있어요. 참 이상한 일이죠!" 스틸먼은 태연하게 미소까지 지었다. "사람들이 의사를 두고 우리한테 치료받기를 원하니 말입니다."

"그렇군요!" 앤드루가 중얼거렸다. 스틸먼의 거절은 앤드루를 대단히 실망시켰다. "실은 이곳에 얼마간 기대를 걸었더랬죠. 여기에 메리를 입원시킬 수만 있다면 마음이 놓일 것 같았습니다. 어쨌든 영국에서 가장 훌륭한 시설을 갖춘 곳이니까요. 선생님께 아첨을 하는 게 아닙니다. 빅토리아 병원의 낡은 병실에 메리가 누워 있다는 생각을 할 때마다 벽 뒤 판자를 기어 다니는 바퀴벌레 소리가 들리는 것 같아서……."

스틸먼은 몸을 앞으로 숙이고 앞에 놓인 탁자에서 오이 샌드위치를 집어 들었다. 그는 방금 손을 씻고도 뭐가 묻을까 봐 극도로 조심하는 등 매사를 까다롭게 처리하는 성격이었다.

"좋습니다! 다소 냉소적으로 연극을 했더니 넘어가셨군요. 아, 아니, 당신이 걱정스러워했는데 그런 식으로 말하면 안 되겠군요. 어쨌든 당신을 돕겠습니다. 당신도 의사이긴 하지만 당신의 환자를 받겠습니다." 스틸먼은 앤드루가 망연해하는 표정을 짓자 입술을 샐쭉거렸다. "아시다시피 저는 마음이 넓은 편이죠. 필요하다면 의사와 협상하는 일도 꺼리지 않습니다. 왜 웃지 않으십니까? 농담이었어요. 신경 쓰지 마십시오. 유머 감각은 없지만 당신은 다른 의사보다 훨씬 사고가 깬 분이니까요. 가만 있자, 다음 주에 빈 병실 하나가 납니다. 수요일이요. 그러니 수요일쯤 환자를 데려오세요. 그럼 제가 할 수 있는 한 최선을 다하겠다고 약속드리지요."

앤드루는 고마워서 얼굴이 붉어졌다.

"이거, 뭐라고 감사의 말씀을 드려야 할지……"

"그러지 마십시오. 그렇게 예의 바르게 행동하실 것 없습니다. 전 당신이 뭐라도 집어던질 듯한 태도를 취할 때가 더 좋아요. 맨슨 부인, 남편께서 부인에게 접시를 던진 적 있습니까? 제 친구 중에 그런 녀석이 있어요. 신문사를 열여섯 개나 소유하고 있는데 성질이 날 때마다 5센트짜리 접시를 깨지요. 그런데 어느 날……"

그는 계속해서 그렇게 앤드루와는 아무런 상관도 없는 이야기를 늘어놓았다.

서늘한 저녁 공기를 맡으며 집으로 돌아오는 길에 앤드루는 크리스틴에게 말했다.

"어쨌든 한 가지는 해결됐군. 마음의 가장 큰 짐을 덜었어, 크리스. 그곳은 메리에게 더할 나위 없이 좋은 곳이야. 스틸먼 그 사람은 훌륭해. 나는 그를 믿어, 좋아하고. 아무것도 아닌 것처럼 보이지만 속은 강철처럼 굳은 사람이야. 호프와 데니와 나도 병원을 운영하게 된다면 그런 식으로 하면 어떨까? 엉뚱한 꿈일까, 응? 당신은 모를 거야. 난 줄곧 생각했어. 데니와 호프가 내 계획에 찬성하고 우리가 이 지역을 떠나게 된다면 난 다시 탄광 지역을 선택해서 탄진 흡입에 관한 연구를 시작하고 싶어. 당신 생각은 어때, 크리스?"

그녀는 대답 대신 몸을 옆으로 기울여 그에게 안전하게, 고속 도로에서 가장 흔한 위험 요소임에도 불구하고, 입을 맞추었다.

18

간밤에 잠을 푹 잔 덕분에 앤드루는 이튿날 아침 일찍 일어 났다. 무엇이든 할 수 있을 것처럼 기운 넘치고 팽팽하게 긴장 된 느낌이었다. 그는 곧장 애덤 거리의 병원 매매 중개업소인 '펄저 앤드 터너'에 전화를 걸어 자신의 병원을 팔아 달라고 했다. 설립 역사가 오래된 이 회사의 현 대표 제럴드 터너 씨 는 직접 앤드루의 전화를 받아 당장 체스보러 테라스로 달려 가겠다고 대답했다. 그는 오전 내내 장부를 면밀히 조사한 뒤 이 정도라면 별 어려움 없이 팔릴 거라고 장담했다.

"그런데 아시는 바와 같이 광고를 하려면 저희가 병원을 파 는 이유를 알아야 합니다." 터너가 연필로 가볍게 이를 두드리 며 말했다. "어떤 구매자든 궁금해하기 마련이죠. 이렇게 금광 같은 병원을 왜 팔까 하고 말이에요. 이렇게 말씀드리면 실례 일지 모르지만 이 정도면 금광이죠. 저는 지금까지 하루에 이 정도의 현금 수입이 있는 병원을 본 적이 없습니다. 아무래도 건강상의 이유라고 말하는 게 어떻겠습니까?"

"아닙니다." 앤드루가 퉁명스럽게 대답했다. "사실대로 말해 주십시오. 사실은……." 그러나 잠시 생각하더니 말을 바꾸었다. "그러죠. 그럼 일신상의 이유라고 해 주시오."

"네, 잘 알았습니다."

제럴드 터너가 광고 문안에 이렇게 적어 넣었다.

일신상의 이유로 양도하는 것일 뿐 의료 업무와 연관된 이유는 없음.

앤드루는 이렇게 이야기를 매듭지었다.

"그리고 말입니다, 전 비싼 가격에 팔 생각은 없습니다. 그저 적절한 가격에만 내놔 주십시오. 아무리 길들여진 고양이도 새 주인 곁에는 오지 않는 법이니까요."

점심 때 크리스틴은 그에게 두 통의 전보를 내밀었다. 그가 며칠 전 데니와 호프에게 편지를 보내면서 받는 즉시 전보로 답장을 해 달라고 부탁했던 것이다.

먼저 데니가 보낸 전보에는 간단히 적혀 있었다.

찬성. 내일 저녁 도착함.

두 번째 전보는 역시나 경박스러웠다.

아, 이 괴짜들과 내 평생을 보내야 한단 말인가. 영국의 시골 읍내 선술집은 교회당 아니면 우시장 같지나 않을까. 하지만 귀하께서 실험실 말씀을 꺼내셨겠다?

분개한 지방세 납세자 씀

점심을 먹고 난 후 앤드루는 서둘러 빅토리아 병원으로 갔다. 소러굿 박사의 회진 시간은 아니지만 자신의 목적을 위해서라면 지금이 더 나았다. 괜히 윗사람의 심기를 불편하게 해서 잡음을 일으키거나 얼굴을 붉히기 싫었던 것이다. 특히 상대는 완고하고 예전의 이발 외과의 연구에 심취해 있는 사람이기 때문에 앤드루로서도 공손하게 윗사람 대접을 해 주는 편이었다.

앤드루는 메리의 침대 곁에 앉아 몰래 자신의 계획을 설명했다.

"이곳에 널 입원시킨 건 내 잘못이다." 그는 메리를 다정하게 쓰다듬으며 말을 꺼냈다. "이 병원이 네게 맞지 않는다는 걸 진작 알았어야 했는데. 이제 벨뷰라는 곳에 입원해 보면 이곳과 얼마나 다른지 알게 될 거야. 정말 다르지. 하지만 이곳 의사들도 네게 친철하게 대해 주었으니 다른 사람들의 감정을 해칠 필요는 없겠지. 그래서 말인데, 넌 그냥 다음 주 수요일에 퇴원하고 싶다고만 말해. 직접 말하기 싫다면 내가 네 아버지를 통해 퇴원 요청을 하라고 하마. 병실이 나기를 기다리는 사람들도 많으니까 쉽게 퇴원시켜 줄 거야. 그런 다음 수요일에 내가 직접 차에 태워 벨뷰로 데려가마. 간병인이나 그 밖의 준비는 모두 내게 맡겨. 이렇게 간단한 조치로 이보다 네게 도움되는 일도 없을 거야."

그는 뭔가 하나 더 해결했다는 뿌듯함과 그의 인생 앞길을 막고 있던 잡동사니들이 서서히 치워지기 시작한다는 홀가분한 마음으로 집에 돌아왔다. 그날 저녁에는 진료를 받으러 온 만성 환자들에게 이제 그만 오라고 단호하게 통고하고, 그의 매력에 빠져 오던 환자들에게도 가차 없이 통고했다. 그는 한 시간 동안 수십 번이나 단호하게 말했다.

"이번이 마지막 진료입니다. 그동안 너무 오래 약을 드셨어요. 이젠 많이 좋아지셨어요. 약도 계속해서 복용할 필요 없습니다."

그 일이 끝나자 그는 마음이 얼마나 가벼운지 스스로도 놀랄 지경이었다. 마음에 있는 말을 솔직하고 당당하게 털어놓는 일은 그가 오랫동안 스스로에게 허용하지 않았던 사치였다. 그는 소년처럼 씩씩하게 걸어 크리스틴에게 갔다.

"이제 목욕용 소금을 파는 영업 사원 같은 기분은 덜 느껴져!" 그러더니 갑자기 한탄하는 음성으로 바뀌었다. "맙소사! 내가 어떻게 이런 말을 할 수 있지. 그동안 내가 저지른 일, 비들러 사건도 벌써 잊었단 말이야!"

그때 전화벨이 울렸다. 전화를 받으러 간 크리스틴이 한참을 돌아오지 않는다 싶더니 이윽고 묘하게 상기된 표정으로 돌아왔다.

"누가 당신 좀 바꿔 달래요."

"누가……?" 앤드루는 순간 프랜시스 로런스가 전화를 했을지도 모른다는 생각이 스쳤다. 방 안에는 이상한 침묵이 흘렀다. 앤드루가 얼른 말했다. "집에 없다고 말하지 그랬어. 내가 여길 떠날 거라고 말하지. 아니야." 그는 굳은 표정으로 돌연 벌떡 일어나 앞으로 걸어가며 말했다. "내가 직접 말하겠어."

오 분쯤 뒤 돌아온 앤드루는 크리스틴이 늘 앉는 구석의 불빛 밝은 곳에서 뭔가를 하고 있는 것을 발견했다. 그는 크리스틴을 힐끗 쳐다본 뒤 시선을 돌려 창문가로 걸어가 우울한 표정으로 주머니에 손을 넣었다. 조용한 가운데 들리는 뜨개바늘의 '딸각' 하고 부딪히는 소리가 여느 때와 달리 그로 하여금 자신이 바보스럽고 멍청하고 처량한 개가 된 느낌이 들게 했다. 어떤 부정한 도시에서 더럽혀진 꼬리를 질질 끌고 고개를 푹 숙인 채 집으로 돌아오는 개.

그가 등을 돌린 채 말했다.

"이제 다 끝났어. 궁금하겠지만 그것도 그저 내 어리석은 허영과 이기심에 지나지 않았던 일이야. 나는 언제나 당신밖에 사랑하지 않았어." 그러다 갑자기 이를 악물고 말했다. "그래, 크리스. 그건 모두 내 잘못이야. 이 사람들은 누구나 별다른 사람은 없다고 하지만 난 달라. 난 지금 쉽게, 너무 쉽게 빠져나오고 있는 중이야. 당신에게 털어놓자면 방금 그 여자와 통화를 하고 나서 르 로이 씨에게도 전화를 걸었어. 그와의 일도 해결하는 게 나을 것 같아서. 난 더 이상 크레모사의 제품에 관심 없어. 그와의 관계도 깨끗이 청산했어. 크리스, 이제 난 완전히 정리한 거야."

크리스틴은 아무 대꾸도 하지 않았다. 조용한 방 안에 뜨개바늘 부딪히는 소리만 경쾌하게 들렸다. 앤드루는 회한에 찬 눈으로 바깥 거리의 움직임과 여름밤을 가로지르는 빛을 응시하며 오래도록 그렇게 서 있었다. 그러다가 고개를 돌려 보니 방 안까지 땅거미가 들어와 있었지만 크리스틴은 여전히 그 작은 몸을 시커먼 의자에 파묻어 거의 보이지 않는 모습으로 뜨개질에 몰두하고 있었다.

그날 밤 앤드루는 땀에 절어 몸을 뒤척이다 잠이 깨어 크리스틴 쪽으로 몸을 돌렸다. 아직도 꿈의 공포가 생생했다.

"크리스, 자? 미안해, 정말 미안해. 앞으로는 정말 당신에게 최선을 다할게." 이런 중얼거림 후 잠시 침묵이 흘렀다. 그는 이미 반쯤 잠이 깬 상태였다. "우리 여길 팔면 휴가나 떠나자고. 아! 내가 당신보고 노이로제 환자라고 했는데 실은 내 신경이 완전히 삭아 버렸어! 우리가 어디든 정착하면 당신은 정원을 가꾸도록 해. 당신이 정원 가꾸기를 얼마나 좋아하는지 알고 있어. 당신 베일뷰 생각나, 크리스?"

다음 날 아침 그는 크리스틴을 위해 커다란 국화 한 다발을 사 왔다. 그는 예전처럼 그녀에게 애정을 표현하려고 노력했다. 그녀가 싫어하는 과시나 물질 공세가 아니라 — 호텔에서의 점심 식사 사건을 생각하면 지금도 몸서리가 쳐졌다! — 거의 잊고 지냈던 사소하고도 자상하게 배려하는 식의 애정 표현이었다.

차 마시는 시간에 그가 크리스틴이 좋아하는 특별한 종류의 스폰지 케이크를 사 와서는 몰래 복도 끝 선반에 있는 크리스틴의 실내용 슬리퍼와 함께 들고 들어오자, 의자에 앉아 있던 크리스틴은 인상을 찡그리며 가볍게 항의했다.

"여보, 그럴 필요 없어요. 그러지 말아요. 그렇지 않으면 나만 곤란해져요. 다음 주면 당신 또 머리카락을 쥐어뜯고 날 쫓아다니며 잔소리를 늘어놓을 거 아니에요? 예전에도 곧잘 그랬듯이 말예요."

"크리스!" 그가 놀란 얼굴에 괴로운 표정을 지으며 소리쳤다. "내가 완전히 바뀐 게 보이지 않아? 지금부터 난 당신에게 속죄하며 살 거야."

"아니에요. 여보, 그만하면 됐어요." 크리스틴은 웃으면서 눈가의 눈물을 닦았다. 그러더니 갑자기 뜻밖이라고 여길 만큼 열렬한 음성으로 말했다. "우리가 함께 있을 수 있다면 어떻게 되어도 괜찮아요. 당신이 내 뒤를 졸졸 따라다니기를 원하는 건 아니에요. 그저 내가 바라는 건 당신이 다른 사람을 쫓아다니지나 말아 달라는 거예요."

그날 저녁 약속한 대로 데니가 저녁 식사 시간에 맞춰 도착했다. 데니에 의하면 호프는 지금 케임브리지에 가 있어서 오늘 저녁 런던에 가지 못할 거라고 장거리 전화로 알려 왔다고 했다.

"일이 있다고 하더군." 데니가 파이프를 툭툭 치며 말했다. "그런데 내 생각에 말이야. 아무래도 호프 그 친구 머지않아 새신랑이 될 것 같단 말이야. 세균학자의 짝짓기라, 로맨틱한 것 같지 않아!"

"그 친구가 내 계획에 대해 무슨 말 없던가?"

앤드루가 재빨리 물었다.

"응, 내켜하는 것 같던데. 아니, 뭐라든 상관없어. 우리가 보쌈해서 어디든지 데려가자고! 물론 난 대찬성이야." 데니는 냅킨을 펼치며 직접 샐러드를 덜어 먹었다. "그런데 이런 최고의 계획이 어떻게 자네 같은 돌머리에서 나왔는지 상상이 안 된단 말이야. 난 자네가 웨스트엔드의 비누 장사꾼으로 전락한 줄 알았는데 말이지. 내게 자세한 이야기를 들려주지 않겠나?"

앤드루는 점점 열을 내면서 자세한 계획에 대해 설명했다. 그들은 더욱 구체적이고 세세한 계획까지 논의했다.

그러다 문득 자신들이 너무 앞서 간다는 것을 깨닫고 데니가 말했다.

"내 생각은 우리가 너무 큰 도시를 선택해서는 안 된다는 거야. 주민 2만 명 정도가 가장 이상적이야. 그 정도라면 신나게 일할 수 있을 거야. 웨스트 미들랜즈 지도를 살펴볼까. 네다섯 명 정도 되는 의사들이 서로 자기의 밥그릇을 빼앗기지 않으려고 점잖게 경쟁하고, 늙은 의학 박사가 어느 날 아침 편도선을 반쯤 끌어냈다가 다음 날에는 대충 분무제로 무마하는 그런 산업화된 도시를 얼마든지 찾을 수 있을 거야. 그런 곳이 바로 우리의 특수한 협진 시스템의 이상을 실현시킬 수 있는 곳이야. 굳이 우리 자신을 팔 필요도 없어. 그저 한마디로, 그곳에 가면 되는 거야. 아! 그들의 얼굴이 보고 싶군. 브라운 선생이니 존스 선생이니 로빈슨 선생이니 하는 이들 말이야. 물론 욕을 트럭으로 먹을 각오를 해야지. 어쩌면 폭력을 당할지도 몰라. 그런데 이건 진지한 얘긴데 말이야, 우린 자네가 말한 호프의 실험실까지 갖춘 집중 진료소를 만들어야 해. 어쩌면 위층에 병상이 두서넛쯤 필요할지도 몰라. 처음부터 거창할 필요는 없겠지. 그러니까 신축하기보다는 개조가 낫다는 뜻이야. 하지만 난 우리가 그곳에 뿌리를 박을 것 같은 예감이 들어."

데니는 자신들의 이야기를 들으며 눈을 반짝이는 크리스틴을 의식하고는 웃으며 말을 건넸다. "부인은 어떻게 생각하십니까? 미치광이 같은 짓입니까?"

"그렇네요." 크리스틴이 약간 쉰 듯한 목소리로 대답했다. "하지만 미치광이 같은 열정이 중요하지 않을까요?"

"맞아, 크리스! 바로 그거야! 그런 열정이 중요해."

앤드루가 주먹으로 식탁을 내려치는 바람에 포크와 나이프 따위가 튀어 올랐다.

"계획은 좋아. 하지만 그 계획을 뒷받침하는 이상이 있어야 해! 히포크라테스 선서를 새롭게 해석하는 거야. 과학적인 이 상에 절대적으로 충실할 것이며, 경험에 근거한 비과학적인 치료를 지양하고, 효과 없고 비합리적인 방법을 거부할 것이며, 과잉 처방은 금하고, 터무니없는 요금도 삼가며, 환자를 독점하지 말 것이며, 건강 염려증 환자를 부추기지 말지어다. 아아! 목말라, 나 물 좀 주게! 이래가지고는 성대가 견뎌 내지 못하겠어. 그나저나 북이라도 하나 준비할 걸 그랬나."

그들은 새벽 1시까지 이야기를 나누었다. 앤드루의 찌를 듯한 의욕은 금욕적인 데니에게도 감동을 주었다. 데니가 탈 예정이었던 마지막 기차도 오래전에 떠난 뒤였다. 그날 밤 데니는 남은 방에서 묵었고, 아침 식사를 마치자마자 서둘러 집을 나서며 다음 금요일에 다시 오겠다고 약속했다. 그러는 사이에 앤드루는 호프를 만나고 그런 열정의 결정적인 증거로 웨스트 미들랜즈의 대형 지도를 사 오기로 했다.

"착착 진행되고 있어, 크리스." 앤드루는 문가에서 의기양양하게 되돌아왔다. "필립은 벌써부터 열성적이야. 말은 그렇게 많이 하지 않아도 난 알 수 있어."

그날 처음으로 진료소에 대해 문의하는 사람이 나타났다. 그 뒤로도 진료소를 살 가능성이 큰 사람이 몇 명 더 찾아왔다. 가능성이 큰 구매자가 올 경우에는 꼭 제럴드 터너가 따라왔다. 그는 유창하고 화려한 말솜씨로 차고의 건축 상태에 대해서까지 자세하게 설명했다. 월요일에는 노엘 로리라는 의사가 두 번이나 진료소를 찾아왔다. 오전에는 혼자 오더니 오후에는 중개인을 대동하고 왔다. 그가 돌아가고 난 뒤 터너가 부드럽고 확신에 찬 목소리로 전화를 걸어왔다.

"로리 씨가 크게 관심을 보이고 있습니다. 자기 아내가 집을 보기 전까지 우리가 팔지 않았으면 하는 눈치예요. 아내는 지금 아이들과 함께 해변에 갔다고 합니다. 수요일에 돌아올 거랍니다."

그날은 메리를 벨뷰에 데리고 가기로 한 날이었으므로 앤드루는 모든 문제를 터너 손에 맡겨도 될 거라고 생각하고는 집을 나섰다. 병원에서는 모든 일이 예상대로 진행되고 있었다. 메리가 2시에 퇴원할 예정이었으므로 앤드루는 샤프 간호사와 함께 자동차를 타고 메리를 데리러 가기로 했다.

1시 30분쯤 그가 샤프 간호사를 태우려고 웰벡 거리로 차를 몰기 시작할 무렵부터 비가 세차게 내리기 시작했다. 겨우 57번지에 도착하자 마지못해 기다리던 샤프 간호사는 잔뜩 골이 난 것 같았다. 앤드루가 이달 안으로 일을 그만둬 달라고 말을 해놓은 터라 그녀의 기분은 더욱 불안한 상태였다. 그가 알은체를 하자 그녀는 퉁명스럽게 한마디 대꾸한 뒤 자동차에 올라탔다.

다행히 메리는 별 탈 없이 퇴원을 했다. 자동차를 세웠을 때 메리는 마침 수위실을 지나고 있었기 때문에 앤드루가 달려가 따뜻한 담요로 감싼 뒤 자동차 뒷좌석 샤프 간호사 곁에 앉히고는 발밑에 탕파를 놓아 주었다. 그러나 멀리 가지 못해 그는 이 부루퉁하고 의심 많은 간호사를 데려오지 말 걸 그랬다는 후회가 밀려들기 시작했다. 그녀는 이렇게 멀리까지 따라가는 게 자신의 업무 외적인 일이라고 생각하는 게 분명했다. 그는 문득 이런 간호사를 그동안 잘도 참고 데리고 있었다는 사실이 놀라웠다.

3시가 지나서 그들은 벨뷰에 도착했다. 진료소 안으로 나 있는 찻길을 올라가는 동안 비는 그치고 구름 사이로 햇살이 쏟아져 내렸다. 메리는 몸을 앞으로 기울이고 불안해하면서도 자신에게 이토록 많은 기대를 갖게 만든 이곳의 모습을 하나라도 놓치지 않으려는 것처럼 꼼꼼하게 살펴보았다.

스틸먼은 사무실에 있었다. 앤드루는 인공 기흉을 주입하는 문제가 시급하다는 생각을 하고 있었기 때문에 당장이라도 스틸먼과 함께 메리의 상태를 진찰하고 싶어 했다. 그는 담배를 한 대 피우고 차를 한잔 마시면서 이런 속마음을 털어놓았다.

"좋습니다. 지금 당장 봅시다."

스틸먼이 흔쾌히 승낙하며 고개를 끄덕였다.

그는 앞장 서서 메리의 병실로 안내했다. 메리는 여행을 한 탓에 창백해진 얼굴로 침대에 누워서도 병실 끝에 서서 자신의 옷을 개는 샤프 간호사를 불안한 눈으로 바라보았다. 스틸먼이 다가가자 메리는 약간 놀라는 것 같았다.

스틸먼은 메리를 꼼꼼하게 검사했다. 말 한마디 없이 조용하면서도 정확한 진찰은 앤드루에게 깊은 감명을 주었다. 여느 의사처럼 거만한 태도는 찾아보기 힘들었다. 보통 볼 수 있는 의사 같은 느낌이 전혀 없었다. 오히려 고장 난 복잡한 계산기를 수리하는 기술자에 가까웠다. 비록 청진기를 사용하기는 했지만 그는 거의 촉진을 했다. 갈비뼈와 쇄골 사이를 촉진하면서 유연한 손가락으로 그 아래 살아서 호흡하는 폐 세포의 상태를 실제로 느끼는 것 같아 보였다.

진찰이 끝나자 그는 메리에게는 아무 말도 하지 않고 앤드루를 데리고 문밖으로 나갔다.

"인공 기흉을 해야겠어요. 틀림없습니다. 여러 주일 전에 폐에 허탈이 생겼어요. 당장 시술해야 합니다. 가서 환자에게 말해 주십시오."

스틸먼이 장비를 점검하러 간 동안 앤드루는 병실로 돌아와서 메리에게 자신의 결심을 알렸다. 되도록 아무렇지도 않게 말하려고 했지만 즉시 인공 기흉을 시술해야 한다는 말이 메리를 불안하게 만든 것 같았다.

"선생님이 하실 거예요?" 메리가 불안한 목소리로 물었다. "아! 저는 선생님이 해 주셨으면 좋겠어요."

"아무렇지도 않아, 메리. 조금도 아프지 않을 거야. 물론 나도 그 자리에 있으면서 도와줄 거야. 걱정하지 마, 아무 일도 없을 테니까."

그는 사실 모든 기술적인 문제를 스틸먼에게 맡길 참이었다. 그러나 메리가 너무 불안해하는 데다 그에게 의지하는 것 같고, 또한 자신이 메리를 이곳에 데려왔다는 책임감 때문에 수술실에 입회하겠다고 했다.

십 분 뒤 모든 준비가 끝났다. 메리가 수술실로 들어오자 앤드루는 국소 마취를 실시했다. 그런 다음 그가 혈압계 옆에 서서 지켜보는 동안 스틸먼은 능숙한 손길로 바늘을 꽂고 무균 질소를 양을 조절해 가며 늑막에 주입했다. 장비는 매우 정밀했고 스틸먼의 기술은 더할 수 없이 완벽했다. 그는 조용히 압력계를 주시하면서 숙련된 솜씨로 캐뉼러*를 꽂고 벽측 흉

---

* 환부에 꽂아 액을 빼내거나 약을 넣는 금속관.

막까지 들어갔음을 알려 주는 '찰칵' 하는 소리가 들릴 때까지 교묘히 밀어 넣었다. 스틸먼은 외과적인 폐기종이 발생하는 것을 막아 주는 나름의 조작술을 갖고 있었다.

갑자기 신경이 예민해지는 초기 단계가 지나자 메리의 불안증은 서서히 가셨다. 메리는 점점 확신을 갖고 치료에 임하게 되었고, 나중에는 완전히 마음을 놓고 앤드루를 보며 미소까지 지었다. 나중에 메리는 병실로 돌아와 이렇게 말했다.

"선생님 말씀이 맞아요. 정말 아무렇지도 않았어요. 의사 선생님이 거기에서 무얼 하시는지 느끼지도 못했어요."

"아무렇지도 않아?" 앤드루가 눈썹을 올리며 웃었다. "그게 당연한 거야. 별로 놀랄 것도 없고, 끔찍한 일이 일어난 것 같은 느낌도 없지. 모든 수술이 그래야 하는데 말이야! 하지만 우리는 지금 너의 그 한쪽 폐에 아무 일도 일어나지 않도록 조치를 해 놓았단다. 이제부턴 휴식을 취할 거야. 그리고 다시 숨을 쉬게 되면, 그땐 완전히 치료가 되는 거란다!"

메리는 잠시 앤드루를 쳐다보다가 곧 쾌적한 병실을 죽 둘러보았다. 창문을 통해 멀리 계곡의 전경이 들어왔다.

"어쨌든 전 이곳이 좋아지기 시작했어요. 스틸먼 선생님 말이에요, 왠지 무뚝뚝하신 척하지만 좋은 분 같아요. 저, 차 마셔도 되나요?"

19

앤드루가 벨뷰를 떠난 것은 7시가 다 되어서였다. 아래 층

베란다에 서서 시원한 바람을 즐기며 스틸먼과 조용히 대화를 나누느라 예상했던 것보다 더 오래 머물고 말았다. 차를 몰고 돌아올 때는 온화하고 차분한 분위기에 젖어 있었다. 스틸먼의 인품과 침착성, 인생의 사소한 일에 구애되지 않는 점 등은 앤드루의 조급한 성격에 바람직한 영향을 주었다. 게다가 이제 메리에 대한 걱정도 한시름 덜었다. 그날 저녁 앤드루는 지난날 자신이 메리를 성급하게 낡은 병원에 입원시킨 일과 그날 오후 메리 문제와 관련해서 스틸먼이 취했던 자세를 비교해 보았다. 이번 일은 스틸먼에게 있어 당혹스러운 일이기도 하고 어렵게 조정할 부분도 많았다. 상식과 동떨어진 경우였다. 치료비에 대해서는 비록 스틸먼과 의논하지 않았지만 그는 볼런드가 벨뷰의 치료비를 댈 수 있는 처지가 아니라는 것을 잘 알고 있었다. 결국 치료비는 자기 몫으로 돌아올 것이다. 그러나 이런 부담도 정말로 보람 있는 일을 했다는 뿌듯함에 비하면 아무것도 아니었다. 그는 몇 달 만에 처음으로 자기 신념에 따라 가치 있는 일을 했다고 느꼈다. 지금까지 저지른 짓에 대한 속죄의 첫걸음이라고 생각하자 마음이 훈훈해졌다.

그는 저녁 무렵의 고요함을 즐기며 천천히 차를 몰았다. 샤프 간호사는 다시 자동차 뒷좌석에 앉았지만 아무 말도 안 했기 때문에 그는 자기 생각에만 빠져서 그녀를 거의 의식하지 않았다. 그러다 런던에 들어서서 그녀에게 어디에서 내려 줘야 하는지 물었고, 그녀의 대답대로 노팅힐 지하철 역에서 차를 세웠다. 그는 샤프 간호사를 내려놓고 나자 마음이 홀가분했다. 그녀는 유능한 간호사지만 성격이 어둡고 퉁명스러웠다. 무엇보다 그녀는 앤드루에게 호의를 갖고 있지 않았다. 그는 다음 날 그녀의 한 달 치 월급을 우편으로 보낼 작정이었다. 그러면 이제는 두 번 다시 만날 일이 없으리라.

그러나 어찌 된 일인지 패딩턴 거리를 지나자니 기분이 바뀌었다. 비들러의 가게 앞을 지날 때는 언제나 마음이 무거웠다. 그는 곁눈질로 '개혁 상사'라고 쓴 간판을 쳐다보았다. 점원 한 명이 셔터를 내리는 중이었다. 그런 단순한 행동이 상징하는 바가 너무 커서 앤드루는 온몸에 오싹 소름이 돋았다. 그는 간신히 마음을 진정시키고 체스보러 테라스에 도착해 차를 차고에 넣었다. 앤드루는 가슴을 짓누르는 이상한 슬픔을 안고 집으로 들어갔다.

크리스틴이 복도에서 명랑하게 앤드루를 맞았다. 그의 기분과 상관없이 그녀는 뜻대로 일이 잘 풀려서 생기에 넘쳐 있었다. 그녀가 눈을 반짝이며 새로운 소식을 전했다.

"팔렸어요!" 크리스틴이 명랑하게 외쳤다. "집도, 재고도, 지하실까지도 모두! 그 사람들이 오랫동안 당신을 기다리다 방금 돌아갔어요. 로리 선생과 그 부인 말이에요. 그분들이 어찌나 흥분하던지!" 크리스틴이 소리 내어 웃었다. "마침 진료 시간이었는데 당신이 없어서 그분이 직접 환자를 봐 주셨어요. 그래서 제가 그분들께 저녁을 대접했죠. 그리고 담소도 나누었고요. 로리 부인은 당신이 자동차 사고라도 난 게 틀림없다고 단정한 것 같았어요. 그런 말을 들으니 나도 얼마나 걱정되던지! 하지만 당신은 지금 여기 이렇게 멀쩡하게 있잖아요! 모두 잘됐어요. 내일 아침 11시에 터너 씨 사무실에 가서 그분을 만나 계약서에 서명하면 돼요. 참! 그분이 터너 씨에게 계약금을 드렸대요."

앤드루는 크리스틴을 따라 거실로 들어갔다. 식탁 위에는 저녁 식사가 이미 깨끗이 치워진 상태였다. 그는 진료소가 팔려서 당연히 기뻐해야 했지만 지금의 기분 같아선 기쁜 표정을 지을 수가 없었다.

"잘됐죠, 그렇죠?" 크리스틴이 계속해서 말했다. "모든 일이 이렇게 빨리 해결되다니요. 그분도 개업할 때까지 그리 오래 걸리지 않을 거라고 생각하더라고요. 참! 당신이 들어오기 전까지 많이 생각해 봤는데, 새로운 병원을 시작하기 전에 발 앙드레로 휴가를 떠나면 좋겠어요. 거기 너무 아름다웠잖아요. 거기에서 보낸 시간도 너무 멋졌고……" 크리스틴이 말을 멈추고 앤드루를 응시했다. "여보, 무슨 일 있어요?"

"아, 아니." 앤드루는 자리에 앉으면서 웃어 보였다. "좀 피곤해서 그래. 아마 저녁을 안 먹어서 그럴지도."

"뭐라고요! 난 당신이 벨뷰에서 먹고 올 거라고 생각했어요." 크리스틴이 놀란 표정으로 소리치고는 주변을 돌아보았다. "그래서 저녁 설거지를 모두 끝내고 베넷 부인에게 영화관이나 다녀오라고 했는데."

"아, 괜찮아."

"괜찮기는요. 어쩐지 내가 병원이 팔렸다는 말을 했을 때도 기뻐서 펄쩍 뛰지 않더니. 잠깐만 여기 앉아 있어요. 내가 뭐 좀 내올게요. 혹시 특별히 먹고 싶은 거 있어요? 스프 좀 데워 올까요? 아니면 스크램블드에그를 만들어 오든지. 뭘로 할까요?"

"스크램블드에그가 좋겠어. 참! 너무 번거롭게 준비하지 마. 괜찮다면 나중에 치즈도 좀 줘."

크리스틴은 얼마 안 있어 스크램블드에그와 셀러리 주스 한

잔, 빵과 비스킷, 버터와 치즈가 담긴 통을 쟁반에 받쳐 들고 와 식탁 위에 내려놓았다. 앤드루가 의자를 당기자 그녀는 찬장에서 맥주를 한 병 가져왔다.

그가 앉아 있는 동안 그녀는 남편의 얼굴을 꼼꼼히 뜯어보았다. 그리고 미소를 지었다.

"여보, 가끔 생각했는데요, 세픈 거리의 그 집 말이에요, 부엌과 침실이 각각 하나밖에 없는 그 집. 그 집이 우리에게 제일 어울려요. 사치스러운 생활은 우리에게 맞지 않아요. 이제 난 다시 일하는 남자의 아내로 돌아갈 것을 생각하면 너무 행복해요."

그는 계속해서 스크램블드에그를 먹었다. 배에 음식이 들어가자 기분도 좀 나아졌다.

크리스틴은 특유의 버릇대로 손을 턱 아래 괴고 말했다.

"요 며칠 동안 많은 생각을 했어요. 그전에는 내 마음이 단단히 닫혀 있었어요. 웬일인지 모든 것에 닫혔다고나 할까요. 그러나 우리가 다시 화해하고 난 후론 모든 게 밝아 보여요. 앤드루, 무엇이든 노력해서 얻을 때만 가치 있는 거예요. 사람들이 당신 무릎에 던져 주는 것에선 만족을 느낄 수 없어요. 애버럴로 시절을 잊은 건 아니겠죠? 그때는 매일 매일 내 마음이 하루 종일 살아 있다는 걸 느꼈어요. 그때 우리 둘이서 얼마나 고생을 했어요. 그래요! 난 지금 우리가 처음부터 다시 시작한다고 생각해요. 우리 식대로 살아요, 여보! 아아! 그런 생각만 해도 난 얼마나 기쁜지 몰라요."

앤드루가 그녀를 힐끗 쳐다보았다.

"정말 행복해, 크리스?"

크리스틴이 가볍게 키스했다.

"지금 이 순간보다 더 행복했던 적은 없어요."

잠시 침묵이 흘렀다. 앤드루는 비스킷에 버터를 바르고 나서 치즈를 얹기 위해 뚜껑을 열었다. 그러나 그 안에는 그가 좋아하는 리프타우어 치즈가 아니라 베넷 부인이 요리에 사용하는 체다 치즈 부스러기가 들어 있었다. 순간 앤드루는 손을 어찌해야 할지 몰랐다. 그 모습을 본 크리스틴은 자책감에 소리쳤다.

"그렇잖아도 오늘 슈미트 부인 가게에 가려고 했는데!"

"아, 괜찮아, 크리스."

"아니요, 괜찮지 않아요." 그녀는 앤드루가 도와주려고 손을 내밀기도 전에 얼른 접시를 치웠다. "그런 줄도 모르고 감상적인 여학생처럼 여기 앉아 노닥거렸으니. 당신이 배고프고 피곤해서 돌아왔는데 저녁도 제대로 챙겨 주지 못하고. 이러면서 일하는 남자의 아내 될 생각만 했으니!" 크리스틴은 자리에서 벌떡 일어나 시계를 쳐다보았다. "문 닫기 전에 얼른 다녀올게요."

"아니야, 크리스. 신경 쓰지 마."

"아니에요, 여보." 그녀는 명랑한 어조로 앤드루의 말을 막았다. "갔다 오고 싶어서 그래요. 당신이 슈미트 부인네 치즈를 좋아하니까요. 그리고 난 당신을 사랑하니까요."

크리스틴은 앤드루가 말리기도 전에 방을 나갔다. 현관으로 걸어가는 그녀의 빠른 발소리와 살짝 닫히는 현관문 소리가 들렸다. 앤드루는 눈에 엷은 미소를 머금었다. 크리스틴다운 행동이었다. 앤드루는 다른 비스킷에 버터를 바르며 그 유명한 리프타우어 치즈와 크리스틴이 오기만을 기다렸다.

집 안은 조용하기 그지없었다. 베넷 부인은 영화관에 가고 플로리는 아래층에서 잠들어 있으리라. 그는 베넷 부인이 자신들의 새로운 모험에 동참할 거라는 말을 듣고 반가웠다. 스틸먼은 오늘 오후에 참으로 훌륭했다. 메리는 이제 괜찮아질 것이다. 오늘 내린 비처럼. 오후에 비가 그치고 하늘이 얼마나 활짝 개었던가. 집으로 돌아오는 시골길은 싱그럽고 조용하고 아름다웠다. 하느님, 고맙습니다! 크리스틴은 이제 곧 자신만의 정원을 갖게 되겠지. 그와 데니와 호프는 의사가 다섯 명쯤 되는 어느 시골 마을에서 폭력을 당할지도 모른다. 그래도 크리스틴에겐 예쁜 정원이 생길 것이다!

그는 버터 바른 비스킷을 한 개 먹었다. 크리스틴이 빨리 오지 않으면 식욕이 사라질 것만 같았다. 아마 그녀는 슈미트 부인과 수다를 떨고 있으리라. 그에게 첫 환자를 소개해 준 마음씨 좋은 노부인. 만일 그가 지금처럼 되지 않고 그 후로 계속해서 건실하게 살았더라면! 그들은 이제 다시 화해했고, 두 사람은 그 어느 때보다도 행복했다. 조금 전 크리스틴의 고백을 들었을 때는 정말 감격스러웠다. 그는 담배에 불을 붙였다.

그때 갑자기 현관 초인종 소리가 요란하게 울렸다. 앤드루는 고개를 들며 담배를 내려놓고 현관으로 걸어갔다. 그런데 현관에 도착하기도 전에 초인종이 다시 한번 울렸다. 그가 현관문을 열었다.

그러자 곧 문밖의 소란함과 함께 도로에 몰려 있는 사람들, 어둠 속에 뒤섞여 보이는 얼굴과 머리들이 시야에 들어왔다. 그런데 뭐가 어떻게 된 일인지 깨닫기도 전에 초인종을 누른 경찰관이 앞으로 불쑥 나타났다. 그와 동향인 파이프 출신의 교통경찰 스트루더스였다. 스트루더스가 이상해 보인 것은 그의 눈이 창백해진 채 앤드루를 응시하고 있었기 때문이다.

"선생님." 그는 지금껏 달려온 사람처럼 숨을 헐떡이며 말했다. "부인께서 다치셨어요. 달려가다가 그만…… 그만 가게 앞에서 버스에 치이셨어요."

얼음처럼 차디찬 커다란 손이 와락 그를 껴안았다. 앤드루가 뭐라고 말하기도 전에 사람들이 그에게 몰려들었다. 삽시간에 무서울 정도로 많은 사람들이 현관 입구를 완전히 막았다. 울먹이는 슈미트 부인, 버스 운전기사, 다른 경찰관들, 낯선 사람들 할 것 없이 몰려드는 바람에 앤드루는 진찰실로 밀려났다. 이윽고 군중을 뚫고 오는 두 남자의 손에 크리스틴이 들려 있었다. 가늘고 하얀 목, 뒤로 툭 떨어진 머리. 왼손 손가락에는 슈미트 가게에서 산 작은 꾸러미의 끈이 아직 감겨 있었다. 두 남자는 진료실의 높고 긴 의자 위에 크리스틴을 내려놓았다.

그녀의 숨은 이미 끊어진 상태였다.

20

앤드루는 며칠 동안 넋이 나간 사람 같았다. 이따금 정신이 들어서 베넷 부인이라든지 데니 그리고 한두 번 호프의 얼굴을 알아보기도 했다. 그러나 대개는 기계처럼 명령대로 행동할 뿐 그의 존재는 오직 절망의 악몽 속에 깊이 빠져 목숨만 간신히 연명했다. 그의 마모된 신경 체계는 끔찍한 환영과 회한의 공포를 만들어 냈고, 어쩌다 땀투성이가 되어 울부짖다 잠에서 깨어나면 상실의 고통을 절감했다.

그러는 중에도 앤드루는 검시 법정의 간단하기 짝이 없는 약식 처리와 시시콜콜하게 제기된 증거들, 별 필요도 없는 목격자 증언 따위의 수사 과정을 어렴풋이 의식하고 있었다. 통통한 뺨 위로 쉴 새 없이 눈물을 흘리는 땅딸막한 슈미트 부인을 그는 멍하니 바라보았다.

"부인은 우리 가게에 왔을 때 미소가 입가에서 떠나지를 않았어요. '빨리 주세요.'라는 말을 몇 번이나 했는지 몰라요. 남편이 기다리고 있다고……."

검시관이 갑작스러운 불행을 당한 앤드루에게 동정의 뜻을 전했을 때 앤드루는 이것으로 모든 게 끝났음을 알았다. 그는 기계적으로 몸을 일으켰는데, 정신을 차리고 보니 어느새 데니와 회색 보도를 걷고 있었다.

어떻게 장례식을 치렀는지 아무것도 생각나지 않았다. 모든 것이 자신도 모르는 사이에 수수께끼처럼 왔다 간 것 같았다. 켄설 그린으로 가는 동안 그의 생각은 세월을 거슬러 올라가 화살처럼 이곳저곳으로 날아다녔다. 우중충한 공원 묘지로 들어가자 베일뷰 뒤편 드넓고 바람 잦던 고원지대에서 산 망아지들이 갈기를 휘날리며 달리던 모습이 떠올랐다. 크리스틴은 그곳을 거닐며 뺨에 닿는 산들바람의 감촉을 느끼는 걸 좋아했다. 그런데 지금 그녀가 이 우중충한 도심의 공동묘지에 묻힌 것이다.

그날 밤 앤드루는 노이로제의 심한 통증에 괴로워하면서 차라리 의식을 잃어버리려고 술을 마셨다. 그러나 아무리 위스키를 마셔도 자신에 대한 분노만 더해 갈 뿐이었다.

그는 밤늦게까지 방 안을 왔다 갔다 하며 완전히 취해서 큰 소리로 자신을 꾸짖었다.

"넌 도망칠 수 있다고 생각했던 거야. 넌 이미 도망쳤다고 생각했지. 하지만 아니었어. 크리스가 그렇게 된 건 너 때문이야. 넌 마땅히 고통받아야 해."

앤드루는 모자도 쓰지 않은 채 비틀거리며 걷다 셔터가 내려진 비들러의 가게 창문을 퀭한 눈으로 쳐다보았다. 이윽고 집으로 발길을 돌리면서 그는 고통스럽게 울먹였다.

"하느님의 눈은 속일 수 없어! 크리스가 말했듯이, 하느님의 눈은 속일 수 없어. 아!"

그는 비틀거리며 층계를 올라가 침실로 들어갔다. 고요하고 차갑고 황량한 기운마저 감도는 방이었다. 화장대 위에 크리스틴의 가방이 놓여 있었다. 앤드루는 가방을 들어 뺨에 대 보았다가 더듬더듬 열었다. 그 안에는 동전 몇 개와 은화, 작은 손수건, 잡화점에서 받은 영수증 하나가 들어 있었다. 그런데 가운데 주머니에 종잇조각 몇 개가 보였다. 블라넬리 시절 찍은 앤드루의 색 바랜 사진과 애버럴로 시절 환자들이 크리스마스에 보내 준 작은 감사 카드였다. 그것을 본 앤드루는 고통으로 가슴이 저려 왔다. 크리스틴은 그것을 지금까지 보물처럼 간직해 온 것이다. 그의 가슴에서 뜨거운 울음이 터졌다. 그는 무너지듯 침대 옆에 무릎을 꿇고 앉아 오열했다.

데니는 앤드루가 술 마시는 것을 말리지 않았다. 그는 거의 매일 앤드루를 보러 오는 것 같았다. 진료소는 로리 선생이 맡아서 운영하고 있으니 그 때문에 오는 것은 아니었다. 로리는 지금 다른 어딘가에 살면서 진료나 왕진을 위해 진료소로 출근하고 있었다. 앤드루는 바깥 상황이 어떻게 흘러가고 있는지 아무것도 알지 못했고, 또 알고 싶지도 않았다. 그는 로리의 방식에 전혀 개입하지 않았다. 그의 신경은 갈갈이 찢긴 상태였다. 초인종 소리만 들리면 심장이 미친 듯이 뛰었다. 갑작스러운 발소리에 손바닥에 땀이 맺히기도 했다. 그는 위층 자기 방에 앉아 돌돌 만 손수건을 손가락 사이에 끼우고 이따금 손바닥에 난 땀을 닦으며 벽난로를 응시했고 밤이면 어김없이 찾아오는 불면증의 망령과 싸웠다.

이렇게 지내던 어느 날 아침 데니가 들어오며 말했다.

"드디어 자유의 몸이 되었네, 고맙게도. 이제 우리 어디로든 떠날 수 있어."

앤드루에게는 거절할 이유도, 반대할 힘도 남아 있지 않았다. 어디로 갈 것인지 묻지도 않았다. 그저 조용히 무덤덤하게 데니가 자기 대신 가방 싸는 모습을 지켜보았다. 그리고 한 시간도 안 되어 그들은 패딩턴 역을 향해 가고 있었다.

그들은 오후 내내 남서부 지역을 통과해서 뉴포트에서 기차를 갈아타고 다시 몬머스셔를 거쳐 위쪽 지역으로 올라가기로 했다. 얼마 후 애버개브니에서 내려 역 밖으로 나오자 데니는 전세 자동차를 하나 빌렸다. 시내를 통과하여 우스크 강 건너 가을색이 완연한 시골 마을을 통과할 때 데니가 말했다.

"여긴 한때 내가 자주 들락거리며 낚시를 했던 작은 마을이야. 랜터니 애비라고 부르지. 내 생각엔 여기가 제격일 것 같아."

그들은 고불고불한 개암나무 가로수 길을 지나 6시쯤 목적지에 도착했다. 초록색 잔디가 촘촘한 광장 둘레에는 수도원의 폐허가 있는데, 매끄러운 회색 돌과 회랑의 아치 몇 개가 아직도 남아 있었다. 그리고 바로 옆에는 수도원에서 떨어져 나온 돌만 가지고 지은 여행자 숙소가 있었다. 지척에는 작은 냇가가 잔잔한 물결을 그리며 조용히 흘렀다. 장작이 타며 내는 푸른 연기가 곧장 하늘로 올라가 고요한 저녁 공기 속으로 흩어지고 있었다.

다음 날 아침 데니는 앤드루를 끌고 산책에 나섰다. 맑고 상쾌한 날씨였지만 간밤에 한숨도 못 잔 앤드루는 온몸이 후들거려서 첫 번째 언덕도 제대로 넘지 못하고 그만 돌아가자고 했다. 그러나 데니는 단호했다. 그는 앤드루를 재촉해서 첫날 8마일을 걸었고, 다음 날에는 15킬로미터를 걸었다. 일주일이 지났을 때는 하루에 30킬로미터를 걸었다. 밤이 되어 엉금엉금 기다시피해서 자기 방으로 올라가면 침대에 눕자마자 세상모르게 잠들어 버렸다.

이곳에는 그들을 성가시게 하는 게 아무것도 없었다. 낚시꾼들이 몇 명 있기는 했지만 송어철도 이제 거의 끝나가고 있었다. 그들은 바닥을 돌로 깐 식당에서 장작불을 피워 놓고 긴 참나무 식탁에 앉아 식사를 했다. 음식은 소박하지만 맛있었다.

산책하는 동안 그들은 거의 말을 하지 않았다. 하루 종일 겨우 한두 마디 나눌 때도 많았다. 처음 얼마 동안 앤드루는 터벅터벅 걸어다니면서도 시골 풍경에는 거의 무관심했는데 날이 지날수록 숲과 강의 아름다움이라든지 고사리로 뒤덮인 언덕이 서서히 그의 마비된 감각 속으로 파고들었다.

이런 회복의 과정은 눈에 띌 정도로 빠르지는 않았지만 한 달이 지날 무렵에는 오래 산책해도 별 피로감을 느끼지 않고 먹고 자는 것도 정상으로 돌아왔으며, 매일 아침 냉수 목욕도

하면서 위축되지 않고 미래를 바라볼 수 있게 되었다. 앤드루도 자신이 회복되는 데 낯선 이곳보다 더 좋은 장소는 없으며, 이렇게 수도원이 있는 곳에서 스파르타식으로 생활하는 것보다 더 효과적인 방법이 없다는 것을 알게 되었다. 첫서리로 땅이 단단해졌을 때 앤드루는 본능적으로 전신의 피가 끓는 듯한 쾌감을 느꼈다.

그러더니 어느 날부터인가 그는 말을 하기 시작했다. 대화의 주제는 처음에는 별로 대수롭지 않은 것이었다. 하지만 그의 마음은 더 고난도의 묘기에 다가가기 전에 단순한 동작만 연습하는 운동선수처럼 새롭게 펼쳐질 인생에 대한 준비를 하고 있었다. 앞으로 펼쳐질 새 인생을 위한 준비를 하고 있는 것이었다. 그동안 일어난 사건들의 경위에 대해서는 데니로부터 어렴풋하게만 들었다.

병원은 로리 선생에게 팔렸다. 중개인인 터커 씨가 처음에 말했던 가격 그대로 받지는 못했지만 비슷한 수준으로 받았다. 그런 상황에서는 병원을 인수해도 제대로 개업하기가 어려웠기 때문이다. 호프는 마침내 의무 근무 기간을 마치고 지금은 고향인 버밍엄에 가 있었다. 데니 역시 병원을 그만두고 자유의 몸이었다. 그는 랜터니로 오기 전에 등록 의사직을 포기했다. 결론이 분명해지자 앤드루가 갑자기 고개를 쳐들었다.

"내년 초부터 나도 일을 할 수 있을 거야."

그로부터 두 사람은 진지한 대화를 나누기 시작했고 일주일 사이에 앤드루의 굳은 표정에서 불안한 기색이 사라졌다. 그러면서도 인간의 마음이란 게 그렇게 치명적인 타격을 입고도 회복될 수 있다는 것이 신기하고 슬펐다. 그러나 그의 상념

과는 별개로 회복은 자연스러운 일이었다. 지금까지 완벽하게 작동되는 기계처럼 아무 감정도 없이 무감각하게 지내 왔지만 이제는 달랐다. 활기차게 쌀쌀한 공기를 들이마시기도 하고 지팡이로 고사리를 탁탁 치기도 하고 데니가 손에 쥐고 있는 편지를 빼앗아 읽기도 하고 우편함에 《의학 저널》이 도착하지 않으면 투덜거리기도 했다.

밤이면 데니와 커다란 지도를 꺼내 놓고 열심히 들여다보았다. 연감을 보며 도시의 이름을 뽑아 리스트를 만들고, 그 리스트에서 쓸모없는 항목을 삭제해 나가면서 선택의 폭을 여덟 곳으로 좁혀 나갔다. 그 지역 중에 두 곳은 스태퍼드셔, 세 곳은 노샘프턴셔, 나머지 세 곳은 워릭셔에 속해 있었다.

다음 주 월요일에 데니는 일주일 계획으로 답사를 떠났다. 데니가 없는 동안 앤드루는 빨리 예전으로 돌아가서 호프, 데니와 함께하는 진짜 일을 하고 싶다는 욕구를 더욱 강렬하게 느꼈다. 그의 조바심은 못 견딜 정도였다. 토요일 오후가 되자 애버개브니까지 걸어가서 하릴없이 그 주일의 막차가 들어오는 모습을 바라보기도 했다. 앞으로 이틀 밤과 하루 낮을 꼬박 더 기다려야 한다는 생각에 실망해서 집으로 돌아오는데 여행자 숙소 앞에 웬 검정색 소형 포드 자동차가 서 있었다. 앤드루는 서둘러 문을 열고 안으로 들어갔다. 어찌 된 일인지 식당에 불이 켜 있고, 데니와 호프가 휘핑 크림을 얹은 커피, 햄과 계란, 선반에서 가져온 복숭아 통조림이 차려진 식탁에 앉아 있었다.

그 주말 내내 세 사람은 숙소를 완전히 전세 낸 것 같았다. 이것저것 되는대로 섞어 만든 풍성한 식탁에서 필립 데니가 발표한 보고서는 그들의 열띤 토론을 예고하는 서막이 되었다. 밖에는 비와 우박이 창문을 때리고 있었다. 어느새 날씨가 사나워져 있었다. 그러나 날씨 따위는 그들에게 아무런 문제도 되지 않았다.

데니가 살펴본 도시 중에서 프랜턴과 스탠보러는 호프의 말을 빌리면 의료 수준이 발전할 수 있는 여건이 무르익은 편이었다. 두 도시 모두 최근에 새로운 산업 시설이 들어서고 있는 견실한 반 농촌 도시였다. 스탠보러에는 새로 자동차 엔진 베어링 공장이 건설되는 중이고, 프랜턴에는 대규모 사탕무 공장이 있었다. 변두리에는 주택들이 속속 들어서고 인구도 급격히 늘고 있는 추세였다. 그러나 두 곳 모두 의료 시설은 굉장히 낙후된 상태였다. 프랜턴에는 시골 병원이 한 군데 있고, 스탠보러에는 그나마 한 곳도 없었다. 응급 환자는 25킬로미터 떨어진 코벤트리로 후송하는 처지였다.

이런 정도의 정보라면 냄새를 맡으며 사냥감을 추적하는 사냥개와 같은 그들로 하여금 계획에 착수하게 하는 원동력으로는 충분했다. 그러나 데니는 더욱 자극적인 정보도 갖고 있었다. 그는 영국 자동차협회 중부 지방 안내 지도책에서 떼어 온 스탠보러 지도를 꺼내 놓으며 말했다.

"부끄러운 얘기지만 스탠보러 호텔에서 슬쩍해 왔지. 그곳에서 시작하려는 우리에게 좋은 징조 같지 않아?"

"빨리 보여 줘요." 평소에는 허튼소리만 하는 호프가 조급하게 말했다. "여기 이 표시는 뭐예요?"

두 사람과 고개를 맞대고 지도를 쳐다보던 데니가 고개를 들며 말했다.

"아 그건, 시장 거리네. 마을 사람들은 어떤 이유에선지 '서 클'이라고 부르는데 눈여겨봐 둘 만해서 말이야. 마을의 중심인 데다 지대가 높아서 입지는 그만이야. 주택과 상점, 사무실이 빙 둘러서 있는데, 사무실이라는 것도 겉으로 보면 반은 주택 이고 반은 낮은 창문에 주랑이 있는 조지 왕조풍의 고풍스러운 사무실이야. 그곳의 의사 대표라는 사람을 만나 봤는데, 몸집이 크고 거만하게 생긴 붉은 얼굴에 염소수염을 기르면서 두 명 의 보조 의사를 거느리고 있다더군. 집은 서클 안에 있고." 데 니의 어투가 약간 빈정기를 띠었다. "서클의 한가운데 매혹적인 대리석 샘이 있고, 그 맞은편에는 빈집이 두 채 있는데, 방들도 큼직하고 마루도 튼튼해. 건물 정면도 훌륭하고. 게다가 중요한 건 지금 팔려고 내놓은 건물이란 거지. 그래서 난……."

"그리고 나도." 호프가 한껏 숨을 들이마시며 말했다. "난 그저 작은 실험실을 그 분수대 앞에 마련해 준다면 더 이상 할 말 없어요."

그들은 계속해서 얘기를 나누었다. 데니는 좀 더 자세하고 흥미로운 이야기들을 들려주었고, 마침내 이야기를 결론지었다.

"물론 우리는 모두 미쳤는지도 몰라. 이런 아이디어는 미국 의 대도시 같은 곳에서 면밀한 조직과 엄청난 경비가 뒷받침되 어야 성공할 수 있는 것일 테니까. 그런데 여기는 스탠보러지! 우린 아무도 그만한 돈을 가지고 있지 않고! 게다가 우린 우리 자신과 엄청난 사투를 벌여야 할 거야. 하지만 어쨌든……."

"오 하느님, 늙은 염소 선생을 불쌍히 여기소서!"

호프가 기지개를 펴며 외쳤다.

일요일에 그들은 더욱 구체적인 계획을 세웠다. 호프는 월요일에 집으로 돌아가는 길에 스탠보러에 들르기로 했다. 그러면 수요일에 데니와 앤드루가 스탠보러 호텔에 가서 호프와 합류하고, 그들 중 한 명이 그 지역의 부동산 소개소에 가서 신중하게 조사하기로 했다.

호프는 며칠 뒤 만날 날에 대한 기대를 품고 이튿날 아침 일찍 자신의 포드 자동차를 타고 흙탕물을 튀기며 출발했다. 앤드루와 데니는 아직 아침 식사를 마치기 전이었다. 하늘은 여전히 무겁게 내려앉았지만 바람이 많이 불어 상쾌했다. 아침 식사를 마친 뒤 앤드루는 혼자서 한 시간 동안이나 바깥 공기를 쐬었다. 새로운 방식의 병원이라는 상당한 모험에 참여함으로써 다시 한번 일에 전력을 쏟을 생각을 하니 마음이 설렜다. 이처럼 갑작스럽게 꿈의 결실이 눈앞에 보이기 전에는 이 계획이 자신에게 이렇게까지 큰 의미가 있는지 몰랐다.

11시쯤 산책에서 돌아와 보니 런던에서 온 편지가 한 묶음 배달되어 있었다. 그는 식탁에 앉아 가벼운 기대를 품고 편지를 뜯어 보았다. 데니는 뒤쪽 난롯가에서 조간신문을 읽고 있었다.

첫 편지는 메리 볼런드가 보낸 것이었다. 편지지 가득 써 내려간 글을 읽다 보니 얼굴에 따뜻한 웃음이 번졌다. 메리는 그에게 위로를 전하며 지금쯤이면 완전히 슬픔에서 벗어나 있기를 바란다고 적었다. 그런 다음 간단히 자신의 상태에 대해서도 설명했다. 눈에 띄게 좋아졌으며 거의 완치된 것 같다고도 했다. 체온도 지난 오 주 내내 정상이며 이제는 자리에서 일어나 조금씩 운동도 한다고 했다. 게다가 살도 많이 쪄서 몰라볼지도 모른다고 귀띔하면서 그에게 자기를 보러 올 수 있느냐고 물었다. 스틸먼 씨가 몇 달 예정으로 미국으로 돌아가서 조수인 멀랜드 선생이 병원을 맡고 있다는 소식도 전해 주었다. 그리고 자신을 벨뷰로 보낸 것은 아무리 감사해도 부족할 거라고 했다.

앤드루는 완쾌된 메리를 생각하며 밝은 표정으로 편지를 내려놓았다. 그러고는 반 페니짜리 우표를 붙인 얄팍한 봉투에 담긴 선전물이나 안내장처럼 보이는 우편물은 제쳐 놓고 다음 편지를 집어 들었다. 긴 봉투가 관공서에서 보낸 듯한 느낌을 주었다. 앤드루는 봉투를 뜯고 그 안에 들어있는 빳빳한 종이를 꺼냈다.

그리고 순간 그의 얼굴에서 미소가 가셨다. 그는 믿지 못하겠다는 듯한 표정으로 편지를 뚫어지게 바라보았다. 동공이 커지고 얼굴빛은 사색이 되었다. 그렇게 일 분가량 미동도 않고 편지를 쳐다보기만 했다.

"데니." 그가 낮은 목소리로 말했다. "이것 좀 봐."

21

팔 주 전 앤드루가 샤프 간호사를 노팅힐 역에 내려 준 뒤 그녀는 지하철을 타고 옥스퍼드 광장에 내려 그곳에서 퀸앤 거리 방향으로 걸음을 재촉했다. 그녀는 친구이자 햄프턴 진료소의 접수원인 트렌트 간호사와 약속이 있었다. 저녁때 두 사람이 열렬하게 좋아하는 루이 사보리가 나오는 「백작 부인의 선언」을 보러 퀸즈 극장에 가기로 한 것이다. 그러나 벌써

8시 15분인 데다 공연이 8시 45분에 시작되기 때문에 친구를 데리고 퀸즈 극장 꼭대기 층까지 올라가려면 시간이 빠듯했다. 뿐만 아니라 애초에 계획했던 대로 코너 하우스에서 따뜻한 저녁 식사를 느긋하게 즐길 틈도 없이 가는 길에 길가에서 샌드위치로 때우든가 아니면 그나마도 못 먹을지 몰랐다. 퀸앤 거리를 따라 걸음을 재촉하는 그녀의 마음은 심하게 혹사당한 여인의 심정 바로 그것이었다. 그녀는 오후의 일들이 마음에서 떠나지 않아 분노와 원망으로 가슴이 터질 것 같았다. 그녀는 17번지의 계단을 뛰어 올라가 얼른 초인종을 눌렀다.

문을 열어 준 사람은 화를 간신히 참고 있는 듯한 표정의 트렌트 간호사였다. 하지만 상대가 입을 열기도 전에 샤프 간호사는 친구의 팔짱을 끼며 속사포처럼 말을 쏟아 냈다.

"아, 정말 미안해. 세상에! 정말 오늘 같은 날은 처음이야! 내가 나중에 자세히 얘기해 줄게. 우선 내 소지품 좀 두고 가게 잠깐 들어가자. 서두르면 늦지는 않을 거야."

두 간호사가 복도에 서 있을 때 마침 윤기가 자르르 흐르는 예복 차림의 프레디 햄프턴이 계단을 내려오고 있었다. 햄프턴은 그들을 보더니 걸음을 멈추었다. 그는 자신의 매력을 남에게 자랑해 보일 기회를 절대 놓치지 않는 사람이었다. 먼저 자기에게 호감을 갖도록 만든 다음 상대를 최대한 이용하는 것이 그의 처세술이었다.

"아, 샤프 간호사!" 그가 금빛 담뱃갑에서 담배를 꺼내며 명랑하게 말을 건넸다. "몹시 피곤해 보이는데. 이렇게 늦게 웬일이지? 트렌트 간호사에게서 오늘 밤 극장에 간다는 말을 들은 것 같은데."

"맞아요, 선생님. 그런데 맨슨 선생님 환자 때문에 늦어졌어요."

"그래?"

햄프턴의 말투에는 뭔가 캐묻는 듯한 느낌이 있었다.

샤프 간호사에게는 그것만으로도 충분했다. 가뜩이나 부당한 대접을 받았다는 억울한 생각을 하고 있는 데다 앤드루를 미워하고 햄프턴을 좋아했던 그녀는 곧장 불평을 쏟아 내기 시작했다.

"평생 이런 일은 처음이에요, 선생님. 햄프턴 선생님이라면 절대 이런 짓은 하지 않죠. 글쎄 빅토리아 병원에서 환자를 몰래 빼내어 벨뷰라는 곳으로 데려갔어요. 맨슨 선생님은 무자격자가 인공 기흉 시술을 하는데도 제게는 아무 말 못하게 하고……."

샤프 간호사는 억울해서 눈물이 나오려는 것을 간신히 참으며 그날 오후에 있었던 일들을 죄다 털어놓았다.

그녀가 말을 마치고 난 뒤 잠시 침묵이 흘렀다. 햄프턴의 눈에 묘한 표정이 떠올랐다.

"그것 참 부당한 일을 당했군, 샤프 간호사." 이윽고 햄프턴이 이렇게 말했다. "그나저나 연극에 늦지 않을까 모르겠네. 트렌트 간호사, 택시 타고 가요. 계산은 내가 할 테니까. 영수증은 병원 경비로 올려놓도록 해요. 자, 그럼 먼저 실례할게요. 가 볼 데가 있어서."

"정말 신사야." 샤프 간호사가 황홀해하는 눈빛으로 햄프턴의 뒷모습을 쳐다보며 중얼거렸다. "어서 가서 택시 타자."

햄프턴은 클럽으로 가는 동안 생각에 잠겨 있었다. 앤드루와 한바탕 설전을 벌이고 난 뒤, 그는 필요에 의해 어쩔 수 없이 자존심을 누르고 다시 프리드먼, 아이보리와 가깝게 지내려고 애쓰고 있었다. 오늘 밤 세 사람은 저녁 식사를 함께 하기로 되어 있었다. 저녁 식사 중에 햄프턴은 악의라기보다는 두 사람의 호기심을 불러일으켜 옛날의 관계를 회복시켜 보려는 마음에 가볍게 말을 꺼냈다.

"맨슨이 우리를 떠난 뒤 아주 위험한 수법을 쓰고 있더군. 그 친구가 스틸먼이라는 작자에게 환자를 대 주고 있다는 소문을 들었다네."

"뭐라고!"

아이보리가 포크를 떨어뜨렸다.

"상부상조하는 거지. 내 생각은 그래."

햄프턴은 적당히 살을 붙여 이야기를 마무리했다.

이야기가 끝나자 아이보리는 돌연 언성을 높여서 물었다.

"정말인가?"

"아, 이 친구, 그의 간호사에게서 들은 말이네. 삼십 분도 안되었을걸."

햄프턴은 불쾌한 투로 대답했다.

모두들 아무 말도 하지 않았다. 아이보리는 잠시 눈을 내리깔고 자기 음식만 먹었다. 그러나 침착함으로 위장한 채 마음속으로는 쾌재를 부르고 있었다. 비들러의 수술이 끝나고 난 뒤 앤드루가 마지막으로 한 말을 그는 결코 용서하지 않았다. 아이보리는 그렇게 예민한 성격은 아니지만 자신의 약점을 알고 그것을 교묘히 감추는 사람으로서 자존심에 큰 상처를 입었다. 그도 자신이 얼마나 무능한 외과 의사인지 잘 알고 있었다. 그러나 지금까지 그렇게 노골적으로 자신의 무능함을 지적한 사람은 없었다. 그는 고통스러워도 그것이 사실이기 때문에 앤드루를 더욱 증오했다.

아이보리가 고개를 들었을 때 다른 두 사람은 대화를 나누고 있었다. 그는 아무 감정도 없는 듯한 음성으로 물었다.

"맨슨의 간호사라. 혹시 자네 그 간호사 집 주소 아나?"

햄프턴은 하던 대화를 중단하고 테이블 건너편의 아이보리를 응시했다.

"그럼."

"내 생각에 말이야." 아이보리가 냉정하게 뭔가 생각하는 듯한 표정을 지었다. "이 문제에 대해선 어떤 조치를 취해야 한다고 보네. 프레디, 자네와 나 사이니까 하는 말인데, 난 맨슨 그 친구와 오래 교제한 것도 아니지만, 사실 그건 별 문제가 안 되네. 난 순전히 윤리적인 문제만 생각하니까. 어느 날 저녁 개즈비가 이 스틸먼이란 사람에 대해 말해 주더군. 메이플라이 만찬에 초대받아 간 자리에서 말이네. 스틸먼이라는 그자가 요즘은 신문 지상에도 오르내리는 것을 보았을 거야. 플리트 거리*의 어떤 순진한 멍청이들이 의사들이 못 고친 병을 스틸먼이 완쾌시켰다며 환자 명단까지 공개하고 말이야. 자네도 알다시피 그런 건 흔히 있는 일 아닌가! 그런데 개즈비는 그 일에 대해 몹시 분개하더군. 아마 크랜스턴이 그 엉터리 같은 치료를 받기 전에 개즈비의 환자였나 보네. 그런데 정식 의사라는 사람이 그런 무면허 나부랭이를 도울 경우 어떻게 될까? 젠장!

---

* 영국의 주요 신문사와 잡지사 등이 밀집되어 있는 런던의 중심 시가.

생각하면 할수록 기분이 나빠. 당장 개즈비에게 연락해서 방법을 강구해야겠어. 웨이터! 모리스 개즈비 박사가 혹시 클럽에 있는지 찾아보게. 안 계시면 수위에게 전화를 걸어 집에 계시는지 알아보게 하라고."

햄프턴은 불편한 마음으로 아이보리를 힐끗 쳐다보았다. 그는 앤드루에 대해 원한도 악의도 없었다. 그저 편하게, 조금은 이기적인 마음으로 그를 좋아했다.

그가 중얼거렸다.

"그 일에 날 끌어들이지는 말게."

"바보같이 굴지 마, 프레디. 자넨 우리를 배신하고 그런 짓까지 하는 녀석을 가만히 보고만 있을 작정인가?"

잠시 후 웨이터가 돌아와서 개즈비가 집에 있다고 전했다. 아이보리는 그에게 고맙다고 말했다.

"이런, 브리지를 핑계로 의논이나 할까 했더니 틀렸군. 개즈비가 혹시 선약이라도 없다면 좋겠는데."

다행히 개즈비는 약속이 없었고, 아이보리는 밤늦게 집으로 그를 찾아갔다. 두 사람은 절친한 사이는 아니지만 개즈비가 두 번째로 좋은 포트와인과 유명한 시가를 내놓을 만큼 알고 지내는 사이였다. 개즈비 박사는 아이보리의 평판과 상관없이 적어도 외과 의사로서의 사회적 지위는 알고 있었다. 그것은 상류 사회의 특권을 열망하는 모리스 개즈비에게는 충분히 높은 지위여서 그와 적당한 친분 관계를 유지해야 할 이유가 되었다.

아이보리가 찾아온 목적을 설명하자 개즈비는 대번에 관심을 보였다. 그는 아이보리의 이야기를 똑똑히 들으려고 의자에 앉은 몸을 앞으로 기울이며 작은 눈을 아이보리에게 고정시켰다.

"저런! 정말 나쁜 놈이군!" 그는 이야기를 다 듣고 나자 평소와 달리 격한 어조로 외쳤다. "나도 그 맨슨이란 작자를 안다네. 잠깐 광산 노무국에 함께 근무한 적이 있는데, 어찌나 서투른지 해고시키고 나니 마음이 다 놓이더라고. 정말 아무것도 모르는 게 급사보다도 못하더군. 그러니까 지금 그자가 빅토리아 병원에서 환자를 빼내어 스틸먼에게 넘겼다는 말이지? 소러굿 박사의 환자가 틀림없는 것 같은데, 소러굿이 그에 대해 뭐라고 말하는지 들어 봐야겠군."

"게다가 스틸먼이 시술할 때 옆에서 돕기까지 했답니다."

"만일 그게 사실이라면." 개즈비가 조심스럽게 말을 꺼냈다. "이건 영국 의료위원회에 회부할 만한 사건이네."

"그렇기는 한데." 아이보리는 적당히 망설이는 듯한 태도를 보였다. "제 의견도 그와 같지만, 좀 망설여집니다. 아시다시피 저는 한때 이 친구와 절친하게 지냈습니다. 제가 직접 나서서 고소를 제기하고 싶지는 않습니다."

"그건 내가 하지." 개즈비가 권위적인 말투로 말했다. "자네가 말한 내용이 모두 사실이라면 내가 개인적으로 제기하겠네. 내가 즉시 조치를 취하지 않으면 스스로 직무 태만을 저지르는 것밖에 안 돼. 이 문제의 본질은 아주 중요한 거야. 이 스틸먼이라는 사람이 일반인에게는 별로 해로울 것 없다고 하더라도 의사들에게는 암적인 존재네. 지난번 만찬에서 그자에 대한 견해를 말한 것도 같은데, 그는 우리의 신분과 우리의 의료 교육과 전통을 위협하네. 우리가 지지하는 모든 것을 위협한단 말이야. 우리의 유일한 대비책은 그를 배척하는 것뿐이네. 그렇다면 조만간 그는 자격증 문제로 곤혹을 치르게 될 거야. 바로 그거야, 아이보리! 다행히 그건 우리 의사들의 손에 달려 있네. 우리들만이 사망 진단서에 서명할 수 있으니까. 하지만 만일 이자가 그를 좋아하는 맨슨 같은 의사들과 직업적으로 협력 관계를 맺는다면 우린 설 자리를 잃게 될걸세. 다행히 영국 의료위원회는 지금까지 엄격한 기준을 견지해 왔지. 자네도 기억할 거야. 몇 년 전 접골사 자비스 사건 말이야, 그가 어떤 의사를 고용해서 자기 환자를 마취시킨 사건. 그는 당장 자격을 박탈당하고 말았지. 그 돌팔이 스틸먼을 생각하면 할수록 이런 사례의 본보기로서 따끔한 맛을 보게 해 줘야 한다고 생각하네. 잠깐만, 실례하네. 소러굿 박사에게 전화를 걸어 봐야겠어. 그리고 내일 그 간호사에게서 자세한 이야기도 들어 보고."

그는 자리에서 일어나 소러굿 박사에게 전화를 걸었다. 그리고 다음 날 소러굿 박사가 보는 앞에서 샤프 간호사의 진술을 듣고 서명도 받았다. 그녀의 진술은 결정적이기 때문에 개즈비는 곧장 자신의 변호사가 소속된 블룸즈버리 광장의 '분 앤드 애버튼' 법률 회사에 연락을 취했다. 물론 그는 스틸먼을 미워했다. 그리고 의료계의 도덕성을 중시하는 일반인들의 지지를 얻는 데는 자신들이 유리할 거라고 전망하며 화를 누그러뜨리고 있었다.

앤드루가 그런 사실도 모르고 랜터니에 있는 동안 그에 대한 소송은 착착 진행되고 있었다. 햄프턴은 크리스틴의 죽음에 대한 수사 상황을 보도하는 신문 기사를 읽고 깜짝 놀라 아이보리에게 전화를 걸어 고소를 중지하라고 설득했으나 때는 너무 늦었다. 고소는 이미 제기된 상태였다.

그 후 징계 위원회는 고소 내용을 심의한 뒤 그 권한에 따라 앤드루에게 11월에 위원회 회의에 출두하여 혐의 내용에 대해 답변하라는 소환장을 발부했다. 그것이 바로 지금 앤드루가 손에 쥐고 있는 이 편지였다. 그는 엄중한 법률 용어에 지레 겁을 먹어 하얗게 질려 있었다.

앤드루 맨슨은 8월 15일, 인지한 상태에서도 자진해서 무면허 의사인 리처드 스틸먼을 도와 의료 행위의 한 부분을 수행했으며, 의사의 능력을 이용해 그러한 의료 행위에 관여함. 그리고 이와 관련해서 의사로서의 명예를 실추시키는 행위를 함.

22

사건은 11월 10일에 심리하기로 되었으나 앤드루는 그 날짜보다 일주일 앞당겨 런던에 도착했다. 호프와 데니에게는 자기 스스로 처리한다고 말했기 때문에 런던에는 혼자 왔다. 그는 괴롭고 우울한 마음으로 뮤지엄 호텔에 머물렀다.

비록 겉으로는 차분해 보였지만 그의 마음은 절망 그 자체였다. 앞날에 대한 회의뿐만 아니라 의사로서의 지난 순간순간이 선명하게 떠오르면서 비통하고 우울한 격분과 불안한 감정 사이를 왔다 갔다 했다. 육 주 전이라면 크리스틴의 죽음으로 인한 충격 때문에 무감각한 상태라서 이런 위기에 부딪혔어도 무관심하고 신경도 쓰지 않았을 것이다. 그러나 간신히 슬픔에서 회복되어 다시 일을 시작하려는 이때, 그것은 잔인할 정도의 큰 타격으로 느껴졌다. 앤드루는 만약 새로 움튼 희망이 좌절된다면 자신도 죽는 것과 마찬가지임을 무거운 마음으로 깨달았다.

이런저런 고통스러운 생각이 끊임없이 머릿속을 파고들어서 이따금 어리둥절한 혼란 상태를 만들어 냈다. 그는 자기 자신, 앤드루 맨슨이 이렇게 무서운 상황에 처했다는 사실과 어떤 의사라도 두려워하는 악몽 같은 일을 앞두고 있다는 사실이 믿기지 않았다. 왜 내가 징계 위원회 같은 곳에 출두해야 한단 말인가? 왜 그들은 내 자격을 박탈하고 싶어 하는 것일까? 나는 결코 부끄러운 짓을 한 적이 없다. 나는 중죄도, 경범죄도 저지른 적이 없다. 내가 한 일이라곤 메리 볼런드의 폐결핵을 치료해 준 일뿐이다.

그의 변호는 데니가 강력히 추천한 링컨즈 인 필즈에 위치한 '호너 앤드 컴퍼니'의 변호사들이 맡기로 되어 있었다. 토머스 호너는 금테 안경에 얼굴이 붉고 몸집이 작은 게 성격이 까다로워 보이지만 별로 강한 인상을 주는 사람이 아니었다. 혈액 순환에 이상이 있는지 피부가 쉽게 달아올라 부끄러움을 잘 타는 것처럼 보였고, 결코 의뢰인에게 확신을 심어 주는 인상은 아니었다. 그럼에도 호너는 이 사건을 처리하는 데 단호한 견해를 갖고 있었다. 앤드루는 처음 한동안 억울한 마음을 참을 수 없어서 런던에서 그가 알고 있는 영향력 있는 친구인 로버트 애비 경에게 달려가고 싶었지만 호너는 애비 경이 위원회 회원이라는 사실을 빈정거리는 투로 지적했다. 이 왜소하고 까다로워 보이는 변호사는 앤드루의 간절한 청에도 불구하고 스틸먼에게조차 당장 영국으로 와 달라는 전보를 치지 못하게 말렸다. 스틸먼이 제출할 수 있는 정도의 증거는 이미 모두 확보하고 있고, 무면허의 시술사가 실제 참석하는 것이 위원회 회원들의 감정을 격화시킬 수 있기 때문이었다. 같은 이유로 현재 벨뷰를 운영하고 있는 멀랜드도 절대로 출두하지 못하게 해야 한다는 게 변호사의 주장이었다.

앤드루는 점차로 이 사건의 법률적 견해가 자신이 갖고 있는 견해와는 완전히 다르다는 것을 깨닫게 되었다. 호너는 자신의 사무실에서 앤드루가 무죄를 주장하며 열렬히 펴는 논리가 변호인으로서는 못마땅한지 인상만 찌푸렸다. 급기야 호너는 이렇게 말하지 않을 수 없었다.

"한 가지 부탁드리고 싶은 게 있습니다, 맨슨 박사. 수요일의 심리에서는 이런 식으로 자기가 하고 싶은 대로 말해서는 안 됩니다. 그렇게 말하는 것은 우리의 사건을 그만큼 불리하게 만드는 겁니다."

앤드루는 잠깐 입을 다물고 주먹을 불끈 쥐며 이글거리는 눈으로 호너를 바라보았다.

"하지만 난 그들에게 진실을 알려야 합니다. 이 소녀에게 치료를 받게 해 준 것이 내가 지금까지 한 일 중에 가장 잘한 일이었다는 것을 말입니다. 지난 몇 개월 동안 돈벌이를 위해 배회하다가 이번에야말로 훌륭한 일을 했나 생각했는데 그 일을 가지고 나를 법정에 세우다니요!"

안경알 너머 호너의 눈에 근심이 깊어졌다. 게다가 초조해져서 얼굴에 피가 몰렸다.

"부탁입니다, 맨슨 박사. 당신은 우리 입장이 얼마나 난처한

지 이해하지 못하는군요! 이번 기회에 솔직히 말씀드리면 우리가 이길 수 있는 가능성은 실로 희박합니다. 지금까지의 판례를 보면 우리에게 절대적으로 불리합니다. 1909년의 켄트, 1912년의 루던, 1919년의 풀저 모두 무면허 의사와 관련해서 제명되었어요. 물론 1921년에 일어난 핵샘 사건의 경우도 핵샘이 자비스라는 접골사를 위해 일반 마취를 해 주었다가 그길로 제명되었죠. 이제 제가 부탁드리고 싶은 것은 질문에 대한 대답은 '예' 또는 '아니요'라고 하든가 그렇지 않으면 되도록 짧게 해 달라는 겁니다. 제가 엄숙히 경고하는데 만일 당신이 방금 전처럼 사건과 상관없는 말을 계속해서 한다면 우리는 틀림없이 패소하게 됩니다. 물론 의사 자격을 박탈당하는 것도 내 이름이 토머스 호너인 것만큼이나 불을 보듯 뻔한 일이고요."

앤드루는 막연하게나마 감정을 억제해야만 한다는 것을 이해하게 되었다. 수술대 위에 놓인 환자처럼 위원회의 법적 수술을 묵묵히 받지 않으면 안 되었다. 하지만 그로서는 그렇게 수동적인 입장에만 머무르기 힘들었다. 자기의 억울함을 풀려는 모든 노력을 포기하고 그저 묻는 말에 "예.", "아니요."라고만 대답해야 한다는 생각에 더욱 참을 수가 없었다.

11월 9일 화요일 저녁, 내일로 다가온 심리 결과를 예상하다 열병에 걸린 것처럼 머리가 뜨거워진 그는 이상한 잠재의식의 충동에 의해 자신도 모르게 패딩턴 거리에 있는 비들러의 가게를 향해 걸었다. 그의 마음속 깊은 곳에는 지난 몇 달간 닥쳐온 재앙이 해리 비들러의 죽음에 대한 형벌이라는 생각이 병적일 정도의 망상으로 지워지지 않고 남아 있었다. 그런 생각은 그의 의지로 막을 수 있는 것이 아니었다. 그저 그의 마음 깊숙이 뿌리 박힌 믿음이었다. 그는 자기도 모르게 비들러의 미망인이 있는 가게로 발길을 옮겼다. 그녀를 보는 것만으로도 도움이 될 것 같은, 이상하게도 그의 고통이 덜어질 것만 같은 생각이 들었다.

비 내리는 깜깜한 밤이어서 거리에는 인적이 드물었다. 그의 얼굴이 널리 알려진 이 동네에서 얼굴을 들키지 않으려고 애쓰며 걷자니 묘하게도 현실이 아닌 세계에 와있는 듯한 느낌이 들었다. 그의 검은 형체는 그림자가 되어 바쁘게 지나가는 다른 유령들 속에 섞여 세차게 내리는 빗속을 뚫고 지나고 있었다. 문을 닫기 전 가게에 도착한 그는 망설이다가 한 손님이 밖으로 나오자 서둘러 가게 안으로 들어갔다.

비들러 부인이 혼자 세탁 도구와 다리미가 있는 작업대 뒤에 서서 방금 나간 여자 손님이 맡긴 여성용 코트를 개고 있었다. 그녀는 검정색 치마에 목둘레가 약간 늘어난 검정색 낡은 블라우스를 입고 있었다. 상복을 입은 그녀는 어쩐지 더 작아 보였다. 그녀는 문득 눈을 들고 앤드루를 보았다.

"어머, 맨슨 선생님." 그녀가 갑자기 환해진 얼굴로 외쳤다. "어떻게 지내세요, 선생님?"

앤드루의 대답은 딱딱하고 의례적이었다. 그녀는 지금 자신이 처한 고통에 대해 아무것도 모를 거라고 그는 생각했다. 그는 굳어 버린 것처럼 문가에 서서 그녀를 쳐다보기만 했다. 모자 챙에서 천천히 빗방울이 떨어졌다.

"들어오세요, 선생님. 어머나, 옷이 흠뻑 젖었어요. 참 고약한 밤 날씨예요."

그가 부자연스럽고도 어딘가 허공에 뜬 듯한 목소리로 말을 건넸다.

"비들러 부인, 오래전부터 한번 여기 오고 싶었습니다. 어떻게 지내시고 있나 궁금하기도 하고……."

"그럭저럭 지내고 있어요, 선생님. 별로 힘들지 않아요. 구두 수선하는 젊은이가 새로 왔어요. 일솜씨도 좋고 성실하죠. 그러지 말고 잠깐 들어오세요. 차라도 한잔 대접하고 싶어요."

그는 고개를 저었다.

"아닙니다, 그냥 지나는 길에 들렀습니다." 그러면서 앤드루는 아주 어렵게 말을 이었다. "남편 분이 많이 보고 싶으시죠?"

"네, 그래요. 아무래도 처음에는 그랬죠. 하지만 신기하죠." 그녀는 앤드루를 보고 미소까지 지었다. "그래도 인간이란 시간이 지나면 그럭저럭 익숙해지나 봐요."

앤드루는 어쩔 줄 몰라 하며 재빨리 말했다.

"저는 이따금 제 자신을 책망합니다. 모든 일이 너무 갑작스럽게 일어나서, 부인께서 저를 많이 원망할 거라고 생각해요."

"선생님을 원망하다니요!" 그녀가 고개를 가로저었다. "어떻게 그런 말씀을! 선생님은 최선을 다하셨어요. 요양소도 알아봐 주시고, 최고의 외과 선생님도 소개해 주시고……."

"하지만." 앤드루는 온몸이 갑자기 오싹해지면서 쉰 목소리로 항변했다. "만일 다른 방법을 취했다면, 가령 남편 분이 병원에 입원하지 않았다면……."

"달리 어떻게 했더라면 하고 생각한 적은 없어요, 선생님. 남편에게는 돈으로 할 수 있는 데까지는 최선을 다했으니까요. 아, 선생님이 보셨더라면 좋았을 텐데. 심지어 장례식 때는 화환만 해도 굉장했어요. 선생님을 원망하다니요. 저는 가게 손님들에게도 자주 말해요. 남편은 선생님처럼 훌륭하고 친절한 선생님께 치료를 받았으니 더 이상 원도 없을 거라고요."

그녀가 계속하는 말을 들으면서 앤드루는 자신이 사실대로 털어놓아도 상대는 결코 믿을 것 같지 않다는 생각에 가슴이 더욱 저렸다. 그녀는 남편이 돈을 많이 들여 최선을 다해 치료를 받던 끝에 평화롭게, 어쩔 수 없이 죽은 거라고 잘못 알고 있었다. 그녀가 위안으로 삼는 그런 마음의 지주를 흔든다는 것은 너무 가혹한 일이리라. 잠시 후 그가 말했다.

"이렇게 만나 뵈어서 정말 기뻤습니다, 비들러 부인. 아까 말했듯이 그저 어떻게 지내시나 보고 싶었습니다."

그는 말을 끊고 그녀와 악수를 나눈 뒤 작별 인사를 하고 밖으로 나왔다.

앤드루에게 마음의 안정도 위안도 되어 주지 못한 만남은 비참함만 가중시켰다. 그의 기분은 갑자기 바뀌어 버렸다. 나는 무엇을 기대했을까? 완전히 꾸며 낸 것에 불과한 옛날이야기 속에 나오는 용서를 바랐던 것일까? 아니면 비난을? 오히려 그녀는 예전보다 더욱 자신을 높게 평가하고 있는 게 아닐까 하는 생각에 그는 괴로웠다. 앤드루는 비에 젖은 거리를 터벅터벅 걸으면서 문득 내일 판결에서 자신이 패소할 것 같은 예감이 들었다. 무섭게도 그런 예감은 더욱 짙어만 갔다.

그는 호텔에서 멀지 않은 어느 조용한 골목길에서 문이 열려 있는 교회를 지나게 되었다. 그러다가 알 수 없는 충동에 사로잡혀 걸음을 멈추었다. 그는 걸음을 되돌려 교회 안으로 들어갔다. 내부는 컴컴하고 텅 비어 있었는데 방금 예배가 끝났는지 따뜻했다. 무슨 교회인지 이름도 알지 못했고 몰라도 상관없었다. 그는 뒷자리에 앉아 퀭한 눈으로 어둠이 내린 교회당 창문을 응시했다. 크리스틴이 예전에 자신과 사이가 안 좋았을 때 신에게 의지했던 일이 생각났다. 그는 한번도 교회에 가 본 적이 없었지만 지금은 이렇게 이름 모를 교회에 와 있었다. 고난은 사람들을 이곳으로 인도하여 그 본성으로 돌아가게 하고 신을 생각하게 만드는 것이다.

앤드루는 마치 여행에서 돌아와 쉬는 사람처럼 고개 숙여 앉아 있었다. 여느 숭고한 기도문은 아니지만 영혼으로 갈구하는 마음속의 생각이 입 밖으로 흘러나왔다.

"오, 하느님! 저를 버리지 말아 주세요. 하느님, 저를 버리지 말아 주세요."

삼십 분쯤 지났을까, 그는 그렇게 이상한 기도를 한 뒤 의자에서 일어나 곧장 호텔로 향했다.

간밤에 잠을 푹 잤는데도 눈을 뜨자 병적인 불안감이 한층 심해졌다. 옷을 입을 때는 손까지 가볍게 떨렸다. 그는 왕립의 사협회 회원 자격시험을 회상하며 이 호텔에 묵은 것을 후회했다. 지금 겪는 불안함은 그 시험 전에 느꼈던 공포감보다 백배나 강렬한 것이었다.

그는 아래층으로 내려왔지만 아침 식사를 할 수 없었다. 심리가 시작되는 시간은 11시였는데 호너는 그에게 조금 일찍 나오라고 일러 주었다. 할램 거리까지 가는 데 이십 분이면 충분하다고 생각한 그는 10시 30분까지 호텔 라운지에서 신문을 읽으며 초조함을 달래려고 애썼다. 그러나 막상 택시를 탔더니 옥스퍼드 거리에서 사고가 생겨서 길이 막혔다. 그가 영국 의료위원회 사무실에 도착했을 때 시계는 정각 11시를 가리키고 있었다.

앤드루는 서둘러 징계 위원회 회의실로 들어갔다. 회의실의 크기와 회장인 제너 헬리데이 경을 비롯해 심리 위원들이 앉아 있는 높은 테이블이 그의 마음을 어지럽혔다. 멀리 끝자리에는 이 사건에 관련된 사람들이 자기 대사를 기다리는 배우들처럼 기묘한 표정으로 앉아 있었다. 호너도 거기에 있고, 아버지와 함께 온 메리 볼런드도 있고, 샤프 간호사, 소러굿 박사, 원고 측 변호사 분 씨, 병실 담당 간호사였던 마일스까지, 그는 일렬로 앉아 있는 그들을 죽 훑어보았다. 그런 다음 서둘러 호너 씨 옆 자리로 가서 앉았다.

"제가 조금 일찍 오라고 말씀드렸을 텐데요." 변호사는 다소 화가 난 것 같았다. "앞서 시작한 다른 건의 심리가 거의 끝났어요. 심리에 늦는 것은 치명적이에요."

앤드루는 아무 대꾸도 하지 않았다. 호너가 말했듯이 회장은 앞선 사건에 대한 판결문을 읽으면서 의사 자격 박탈이라는 불리한 판결을 내렸다. 앤드루는 어떤 피치 못할 사정으로 유죄 판결을 받은 의사에게 눈이 가지 않을 수 없었다. 초라하고 뒤축이 낡은 구두를 신은 그 남자는 먹고살기 위해 고단한 사투를 벌이는 듯한 인상을 풍겼다. 자신의 동료이기도 한 이 엄숙한 단체에 의해 유죄 판결을 받는 순간 그의 얼굴에 비친 절망을 보고 앤드루는 오싹 소름이 돋았다.

그러나 잠시 동정을 느꼈을 뿐 앤드루에게는 그 이상 생각할 시간이 없었다. 얼마 안 있어 그의 사건이 호명되었다. 절차가 시작되자 그는 심장이 오그라드는 것 같았다.

기소장이 형식대로 낭독되었다. 그런 다음 원고 측 변호사인 조지 분이 일어서서 변론을 시작했다. 호리호리한 몸매에 빈틈없어 보이는 그는 프록코트를 입고 깨끗이 면도를 했으며 폭 넓은 검정색 줄을 매단 안경을 쓰고 있었다. 그의 차분한 음성이 흘러나왔다.

"의장 및 심리 위원 여러분, 이제부터 심리하게 될 이번 사건에 대해 제 의견을 말씀드리면 본건은 의료법 28조에 규정되어 있는 어떤 의료 법규에도 저촉되지 않습니다. 오히려 이 사건은 제가 본 바로는 위원회에서도 최근까지 개탄해 마지않는, 전문적인 의사가 진료에 있어 무면허 의사와 결탁한 사례에 해당된다고 봅니다.

이 사건의 개요는 이렇습니다. 폐첨결핵을 앓고 있는 환자 메리 볼런드는 7월 18일에 빅토리아 폐 전문 병원 소러굿 박사의 병동에 입원을 했습니다. 그곳에서 그녀는 8월 15일까지 소러굿 박사의 치료를 받았습니다. 그 후로는 본인이 집으로 돌아가고 싶다는 '핑계'로 자진 퇴원을 했습니다. 제가 '핑계'라고 말씀드렸는데, 그것은 그녀가 집으로 돌아가지 않고 그날로 맨슨 박사에 의해 곧장 벨뷰라는 이름의 한 시설로 옮겨졌기 때문입니다. 제가 알기로 그 의도는 폐병을 치료받기 위해서였습니다.

벨뷰에 도착하자마자 환자는 병실로 옮겨져서 맨슨 박사와 함께 외국인이라고 알고 있는 그 시설의 운영자인 리처드 스틸먼이라는 무자격자에게 진찰을 받았습니다. 진찰 결과 협의하에, 위원회에서는 특히 이 구절에 주의를 기울여 주시기 바랍니다, 협의하에 맨슨 박사와 스틸먼 씨는 환자에게 인공 기흉을 시술하기로 결정했습니다. 그 결과 맨슨 박사는 국소 마취를 실시하고 시술은 맨슨 박사와 스틸먼이 함께 했습니다.

위원회 여러분, 이제 이 사건의 개요를 간단히 말씀드렸으니 저는 위원회가 허락한다면 추가로 증인 신문에 들어가겠습니다. 유스터스 소러굿 박사 나와 주십시오."

소러굿 박사가 일어나서 앞으로 걸어 나왔다. 그는 자신의 요점을 강조할 준비라도 하듯 안경을 벗어 손에 쥐었다. 분이 신문을 시작했다.

"소러굿 박사님, 괴롭혀 드릴 생각은 없습니다. 우리는 당신의 명성을 익히 알고 있으며, 폐 질환에 관한 진단 전문의로서 당신의 탁월함을 잘 알고 있습니다. 또한 박사님께서 후배에 대한 관대한 마음에 이끌리지 않는 분이라는 것도 잘 알고 있습니다. 그러나 소러굿 박사님, 토요일, 그러니까 8월 4일 아침에 앤드루 맨슨 씨가 메리 볼런드에 대한 진찰을 요구한 게 사실입니까?"

"그렇습니다."

"그리고 그 진찰 과정 중에 박사님이 적절하지 않다고 생각하는 어떤 치료법을 채택해 줄 것을 강요한 것도 사실입니까?"

"그는 내게 인공 기흉을 시술해 달라고 말했습니다."

"그랬군요! 하지만 환자에게 최선의 치료법이 아니라고 생각해서 거절하셨군요."

"그렇습니다."

"박사님이 거절했을 때 맨슨 씨의 태도에 특별한 점은 없었습니까?"

"글쎄요."

소러굿이 머뭇거렸다.

"부탁입니다, 소러굿 박사님! 박사님이 말씀하기 꺼려하는 것은 이해합니다만."

"그날 아침 맨슨 박사는 평소의 그답지 않았습니다. 내 결정에 이견이 있는 것 같았습니다."

"그렇군요. 그렇다면 환자가 병원에서 박사님의 치료에 불만이 있다든가 하는 점은 못 느끼셨는지⋯⋯." 이렇게 말하는 분의 메마른 얼굴에 엷은 웃음이 번졌다. "아니면 박사님이나 병원 직원들에 대해 어떤 불만을 품을 만한 이유는 없었습니까?"

"전혀 없었습니다. 환자는 언제나 상냥하고 만족스럽고 행복해 보였습니다."

"고맙습니다, 소러굿 박사님." 분은 다음 서류를 집어 들었다. "이제 병실 담당 간호사 마일스 씨 나와 주십시오."

소러굿 박사가 자리에 앉고 대신 간호사인 마일스가 앞으로 걸어 나왔다. 분이 질문을 시작했다.

"마일스 간호사, 월요일 오전, 즉 소러굿 박사와 앤드루 맨슨 씨가 진찰 결과에 대해 이야기를 나눈 다음 8월 6일 월요일 오전에 맨슨 씨가 환자를 보러 왔습니까?"

"네, 그래요."

"통상적인 회진이었습니까?"

"아니에요."

"그런데 환자를 진찰했습니까?"

"아닙니다. 그날 아침에는 엑스선 사진이 없었습니다. 그냥 앉아서 환자와 이야기를 나누었습니다."

"그렇군요. 당신의 법적인 진술서에 의하면 길고 진지한 대화였더군요. 그렇다면 이제 맨슨 씨가 떠나고 난 후 일어난 일에 대해 진술해 주시겠습니까?"

"네, 삼십 분쯤 지나서 17호 환자, 그러니까 메리 볼런드 양이 제게 말하더군요. '여러 번 생각해 봤는데 집에 돌아가기로 마음먹었어요. 그동안 친절하게 대해 줘서 고마워요. 하지만 다음 주 수요일에 퇴원하고 싶어요.'라고요."

그때 분이 재빨리 끼어들었다.

"다음 주 수요일이라고요. 고맙습니다, 마일스 간호사. 제가 확인하고 싶었던 것은 바로 그 사실이었습니다. 일단은 그것으로 됐습니다."

마일스 간호사가 뒤로 물러갔다.

변호사는 줄을 매단 안경을 손에 들고 만족스럽다는 듯한 몸짓을 정중하게 취했다.

"그럼 이제, 샤프 간호사, 앞으로 나와 주시겠습니까?" 그는 잠시 말을 끊었다. "샤프 간호사, 당신은 8월 15일 수요일 오후에 맨슨의 행동과 관련해서 진술한 내용을 확인해 주러 이 자리에 나오셨죠?"

"네, 전 어쩔 수 없이 가야 했어요!"

"당신의 말투로 보면 샤프 간호사, 당신은 마음에 내켜서 그곳에 간 게 아니었던 것 같군요."

"그땐 제가 가는 곳이 어디며, 그 사람이 정식 의사도 아닌 스틸먼이라는 사람인 걸 몰랐어요. 나중에 알고 나서 전……"

"놀라셨겠군요."

분이 거들어 주었다.

"네, 그래요." 샤프 간호사가 속사포처럼 내뱉었다. "전 지금까지 제대로 된 진짜 전문의가 아니고선 함께 일한 적이 없어요."

"좋습니다." 분이 만족스럽게 말했다. "그럼, 샤프 간호사, 다시 한번 여기 계신 심의 위원들을 위해 한 가지 사실만 확인해 주시겠습니까? 맨슨 박사가 실제로 스틸먼 씨와 협력했습니까? 이 시술을 하는 데 있어서 말입니다."

"네, 맞아요."

샤프 간호사가 악에 받친 듯 단호하게 말했다.

이때 로버트 애비가 몸을 앞으로 기울이며 의장을 제치고 부드러운 말투로 질문했다.

"샤프 간호사, 문제의 사건이 일어났을 때 당신은 맨슨 박사로부터 해고 통보를 받은 상태였습니까?"

샤프 간호사의 얼굴이 붉어지며 돌연 침착성을 잃고 더듬거리기 시작했다.

"네, 아마, 그랬을 거예요."

잠시 후 그녀가 자리에 앉았을 때 앤드루는 희미하게나마 가슴이 훈훈해지는 것을 느꼈다. 적어도 애비는 아직 그의 편이었다.

분은 방해받은 것이 조금 불만스러운지 위원회의 테이블을 돌아다보았다.

"의장님을 비롯해 위원회 여러분, 저는 계속해서 증인을 부를 수도 있지만 위원님들의 시간이 얼마나 귀중한지도 알고 있습니다. 더욱이 저는 제 사건의 결정적인 증인들을 이미 불렀다고 생각합니다. 환자인 메리 볼런드가 다른 병원으로 옮겨 갔다는 사실에 대해서는 조금의 의심도 없다고 생각합니다. 전적으로 앤드루 맨슨 씨의 묵인하에 런던 최고 병원의 저명한 전문의 손에서 이 정체불명의 요양소로, 사실 이 시설 자체도 의료 행위의 심각한 법규 위반의 구성 요소가 됩니다만, 아무튼 그곳으로 옮겨 갔다는 사실과 그곳에서 맨슨 박사가 교묘하게 무자격자인 시설 운영자와 협력해서, 이미 그 환자에 대한 윤리적인 책임을 갖고 있는 전문의인 소러굿 박사도 반대한 위험한 수술을 시행했다는 사실에 대해 의심할 여지가 없습니다. 의장님과 위원 여러분, 따라서 저는 우리가 본 사건을 겉으로 보는 것처럼 우연한 과실로 취급할 수 있는 단독적인 사례가 아니라 사전에 계획하고 모의한 조직적인 의료법 위반 행위로 다루어야 한다고 생각합니다."

분이 흡족한 표정으로 자리에 앉아 안경을 닦기 시작했다. 잠시 침묵이 흘렀다. 앤드루는 바닥만 뚫어지게 바라보았다. 그는 사건에 대한 왜곡된 설명을 묵묵히 듣고 있어야만 하는 게 고통스러웠다. 상대는 자신을 몰래 사기나 치는 죄인으로 취급하고 있었다. 그때 피고 측 변호사가 앞으로 나가 변론 준비를 했다.

호너는 평소와 다름없이 어리숙해 보였고 얼굴은 붉게 물들고 서류 챙기는 일도 서툴렀다. 그러나 이상하게도 그런 점이 위원들의 동정을 산 것 같았다. 의장이 입을 열었다.

"준비되셨습니까, 호너 씨?"

호너가 헛기침을 했다.

"황송한 말씀이오나, 의장님을 비롯한 위원회 여러분, 저는 분 씨가 제시한 증거에 대해 논박할 마음이 없습니다. 그 사실의 배후를 조사할 마음도 없습니다. 하지만 그 사실을 해석하는 태도는 심히 저희를 걱정스럽게 만듭니다. 게다가 사건의 정황상 저희 의뢰인을 유리하게 볼 수 있는 점들이 분명히 몇 가지 더 있다는 점을 말씀드리고 싶군요.

볼런드 양이 원래는 맨슨 박사의 환자였다는 사실이 진술에서는 언급되지 않았습니다. 그녀는 7월 11일 소러굿 박사를 만나기 전에 먼저 맨슨 박사의 진찰을 받았습니다. 볼런드 양은 맨슨 박사의 가까운 친구의 딸이기 때문입니다. 따라서 맨슨 박사는 처음부터 끝까지 그녀의 치료를 책임지고 있다고 생각했습니다. 맨슨 박사의 행위가 완전히 잘못되었다는 점은 우리도 솔직히 인정해야 합니다. 그러나 그것이 비열하다거나 악의에 의한 것이 아니라는 점은 존중해야 한다고 봅니다.

우리는 소러굿 박사와 맨슨 박사 사이에 치료법에 대해 약간의 의견 차이가 있었다고 들었습니다. 환자에 대한 맨슨 박사의 지극한 관심을 감안한다면 그 환자를 자기 손으로 다시 치료해 보고 싶다는 그의 바람은 결코 부자연스러운 것이 아닙니다. 자연히 그는 선배 의사의 기분을 상하게 하고 싶지 않았겠지요. 그것이, 다름 아닌 원고 측 변호사가 줄기차게 강조한 '핑계'의 이유였습니다."

호너는 여기서 말을 멈추고 손수건을 꺼내 기침을 뱉었다. 그는 더 어려운 장애물을 앞두고 있는 사람 같은 태도를 취했다.

"그리고 이제는 스틸먼 씨와의 협력 행위 및 벨뷰에 대한 문제입니다. 위원 여러분께서도 스틸먼 씨의 이름을 모르지는 않으실 거라고 생각합니다. 그는 비록 의사 자격은 없지만 상당한 명성도 있고, 아직 검증되지는 않았지만 특별한 치료법을 개발한 것으로 알려져 있습니다."

의장이 근엄한 음성으로 말을 막았다.

"호너 씨, 이런 문제에 대한 당신의 견해는 변호사로서의 영역을 넘어선 것 같소."

"옳으신 말씀입니다, 의장님." 호너가 얼른 인정했다. "제가 진정으로 말씀드리고 싶은 것은 스틸먼 씨가 대단한 인격을 갖춘 분이라는 겁니다. 그는 수년 동안 맨슨 박사가 폐에 대해 연구한 논문을 보고 찬사의 편지를 보내면서 자신을 소개한 걸로 알고 있습니다. 그 후 두 사람은 스틸먼 씨가 진료소를 세우기 위해 이곳에 왔을 때 순전히 비직업적인 관계에서 만났습니다. 따라서 신중하게 생각하지 않은 점은 유감스럽지만 스스로 볼런드 양을 치료할 곳을 찾던 맨슨 박사가 벨뷰에서 그에게 제공하는 편의 시설을 사용한 것은 극히 자연스러운 일입니다. 분 씨는 벨뷰를 '수상쩍은' 시설이라고 언급했습니다. 그러나 그 점에 대해는 위원회 여러분께서도 증인의 증언을 듣고 싶을 만큼 관심을 가지고 계실 것으로 생각합니다. 볼런드 양, 나와주십시오."

메리가 자리에서 일어나자 위원회 위원들은 대단히 호기심 어린 눈으로 그녀를 훑어보았다. 그녀는 불안했음에도 불구하고 앤드루가 아닌 호너를 줄곧 쳐다보았다. 그녀의 모습은 건강을 되찾은 듯 좋아 보였다.

호너가 말했다.

"볼런드 양, 본 사실대로만 말씀해 주시면 됩니다. 벨뷰에 있는 동안 뭔가 불만스러운 점이 있었습니까?"

"아니요! 그 반대입니다."

앤드루는 그녀가 사전에 신중하게 교육받았다는 것을 대번에 알 수 있었다. 그녀의 대답은 조심스럽고 절제되어 있었다.

"병에 좋지 않은 결과가 있었습니까?"

"아닙니다, 저는 더욱 건강해졌어요."

"실제로 그곳에서 받은 치료는 맨슨 박사가 당신을 처음 만났던, 그러니까 7월 11일에 권한 그 치료법이었군요."

"그렇습니다."

"본 사건과 관련 있는 질문입니까?"

의장이 물었다.

"이걸로 증인의 신문은 끝났습니다."

호너가 재빨리 말했다. 메리가 자리에 앉자 호너는 도전적인 태도로 위원회의 테이블 쪽으로 두 손을 내밀었다.

"제가 감히 말씀드리고자 하는 것은 벨뷰에서 시술한 치료법은 사실상 맨슨 박사의 치료법이기도 하며 다른 의사들도 이용한다는 점입니다. 따라서 그 행위의 법적인 의미를 놓고 볼 때 스틸먼 씨와 맨슨 박사 간에 직업상의 협력은 없었다는 점을 말씀드리고 싶습니다. 그럼, 맨슨 박사를 불러 질문하겠습니다."

앤드루는 자신의 입장과 자신에게 쏠린 많은 시선을 따갑게 의식하며 자리에서 일어났다. 그는 창백하고 일그러진 표정을 지었다. 명치끝이 싸하도록 시장기가 느껴졌다. 그는 호너가 자신에게 던지는 질문에 귀를 기울였다.

"맨슨 박사, 문제가 되고 있는 스틸먼 씨와의 협력으로 금전적인 보상을 받았습니까?"

"아니요, 전혀."

"그 시술을 하는 데 이면의 동기도, 좋지 못한 목적도 없었습니까?"

"없었습니다."

"선배인 소러굿 박사에 대한 비난의 의도는 없었습니까?"

"전혀요. 우리는 지금까지 원만하게 일해 왔습니다. 단지 이 환자에 대한 의견이 달랐던 것뿐입니다."

"그렇군요." 호너가 얼른 말을 받았다. "당신은 지금 여기 위원 여러분께 당신이 의료법을 위반할 의도가 없었다는 것과 당신의 행위를 파렴치한 것으로 생각하지 않는다는 것을 맹세할 수 있습니까?"

"그 말은 틀림없이 옳습니다."

호너는 안도의 한숨을 억누르고 고개를 끄덕이며 앤드루에게 자리에 돌아가 앉으라고 했다. 그는 어쩔 수 없이 이렇게 진술을 하라고 요구하면서도 내심 의뢰인의 격렬하고 다급한 성격을 걱정했다. 그러나 이제 무사히 끝났고, 비록 그의 진술이 짧기는 했지만 조금은 좋은 결과를 가져올 거라는 확신이 들었다.

그는 반성한다는 듯한 태도로 말했다.

"저는 더 이상 심리가 계속되지 않기를 바랍니다. 저는 맨슨 박사가 단순히 불행한 실수를 저질렀다는 것을 밝히려고 노력했습니다. 그래서 저는 정의와 위원회의 자비심에 호소하려고 합니다. 그리고 마지막으로 제 의뢰인의 자격을 박탈할 것인가에 위원 여러분들의 주의를 환기시키고자 합니다. 맨슨 박사의 경력은 어떤 이라도 자랑스러워할 만한 것입니다. 우리는 유능한 사람들이 한 가지 실수로 죄를 저지르고 관대한 배려를 받지 못한 결과 경력이 하루아침에 무너지는 경우를 많이 봐 왔습니다. 저는 바라건대, 곧 내려질 위원회의 판결로 이번 사건이 그런 전철을 밟게 되지 않기를 간절히 기도하고 있습니다."

호녀의 음성에 담긴 겸손하고 사죄하는 듯한 태도는 위원들에게 놀랄 만한 영향을 주었다. 그러나 바로 그때 분이 자리에서 일어나 의장에게 발언권을 요구했다.

"의장님의 허락을 얻어 맨슨 박사에게 한두 가지 질문을 하겠습니다."

그는 몸을 돌리더니 맨슨에게 자리에서 일어나라는 의미로 안경 쥔 손을 위로 쳐들었다.

"맨슨 박사, 당신의 마지막 답변은 저로서는 잘 이해할 수 없었습니다. 당신은 당신의 행위가 어느 의미에선 부끄럽지 않다고 말씀하셨죠. 하지만 당신은 스틸먼 씨가 자격을 갖춘 의사가 아니라는 사실을 알고 있었지요?"

앤드루는 분을 뚫어지게 바라보았다. 지금까지 변론을 죽 듣고 있었으면서도 몹시 까다롭게 구는 이 변호사의 태도는 앤드루에게 뭔가 파렴치한 짓을 저질렀다는 죄의식을 강요했다. 그의 명치끝 차가운 빈 공간에서 천천히 불꽃이 타오르기 시작했다.

앤드루가 또렷한 어조로 대답했다.

"네, 그가 의사가 아니라는 사실을 알고 있었습니다."

분의 얼굴에 만족스럽고도 냉랭한 미소가 스쳤다. 그가 몰아세우듯 다시 물었다.

"네, 그렇군요. 그런데도 그 점 때문에 그만둘 생각이 없으셨군요."

"네, 그만둘 생각이 없었습니다." 앤드루는 갑자기 신랄한 말투로 상대의 말을 되풀이했다. 자제심의 한계를 느낀 그는 길게 한숨을 내쉬었다. "분 씨, 저는 지금까지 당신이 한 많은 질문을 들었습니다. 제게도 한 가지 질문할 기회를 주시겠습니까? 루이 파스퇴르라는 이름을 들어 보셨겠죠?"

"그렇습니다. 그분을 모르는 사람이 있겠습니까!"

분이 놀라면서 대답했다.

"맞습니다! 모르는 사람이 없을 겁니다. 하지만 분 씨, 당신은 아마 이 사실은 모르실 겁니다. 과학적 의학 분야에서 가장 위대한 그 루이 파스퇴르가 의사가 아니었다는 사실을 말씀드려도 되겠습니까? 파울 에를리히, 의료계 역사상 가장 효과적이고 우수한 치료법을 개발한 그도 의사가 아니었습니다. 그는 인도에서 전염병과 싸우며 어느 자격 있는 의사도 해내지 못한 일을 한 사람입니다. 업적에 있어선 파스퇴르보다는 못하지만 메치니코프도 마찬가지였습니다. 이런 기초적인 사실을 알려 드려서 죄송합니다만, 분 씨, 이런 사실은 비록 의사 명부에 이름이 올라 있지 않아도 질병과 싸우는 모든 사람을 반드시 악한이나 어리석은 자로 단정할 수 없다는 점을 보여 줍니다."

모두 침묵한 가운데 짜릿한 긴장이 흘렀다. 지금까지는 심리 절차가 마치 이등 법정처럼 거드름이나 피우는 지루하고 곰팡내 나는 케케묵은 분위기에서 진행되기 일쑤였다. 그러나 지금은 전 위원들이 허리를 곧게 펴고 자세를 고쳐 앉았다. 특히 애비 경은 묘하게 열띤 시선을 앤드루에게 고정시키고 있었다. 그 순간이 지났다.

당황한 호너는 손을 얼굴에 대고 신음 소리를 냈다. 이제는 정말로 졌구나 하는 생각이 들었다. 분 역시 어쩔 줄 몰라 하면서도 가까스로 침착성을 유지하고 있었다.

"네, 네, 우리가 잘 아는 유명한 사람들이군요. 하지만 설마 스틸먼을 그런 사람들과 비교하려는 건 아니겠죠?"

"왜 안 됩니까?" 앤드루는 분개한 말투로 되물었다. "그들은 죽었기 때문에 유명할 뿐입니다. 피르호는 생전에 코흐를 비웃고 욕하기까지 했습니다! 하지만 우린 지금 그를 욕하지 않습니다. 우리가 욕하는 것은 스파링거나 스틸먼 같은 사람입니다. 분 변호사님을 위해 스파링거라는 위대하고 과학적인 철학자를 하나 더 예로 들어 볼까요. 그는 의사가 아닙니다. 의과대학 졸업장도 없습니다. 하지만 그는 학위를 가진 천 명보다도 의학계에 더 많은 공헌을 했습니다. 그 많은 이들이 진료비를 받아 공기처럼 자유롭게 즐기면서 자동차를 타고 돌아다닐 때 스파링거는 비난받고 저항받고 경멸받으면서도 연구와 치료를 위해 사재를 털어 넣었고, 지금은 가난 속에서 악전고투를 벌이고 있습니다."

"그러니 당신 말은 리처드 스틸먼에게도 똑같이 찬사를 보내 줘야 한단 말입니까?"

분이 비웃으며 말했다.

"그렇습니다! 그는 인류를 위해 평생을 바친 위대한 사람입니다. 그는 질투와 편견과 오해와 싸웠어요. 자기 나라에서는 이제 겨우 그것을 극복했습니다. 그러나 여기에선 아직 그렇게 되지는 못했습니다. 하지만 전 그가 이 나라의 어떤 학자들보다도 결핵 치료에 훌륭한 공헌을 했다고 믿습니다. 그는 의사가 아닙니다. 그렇습니다! 하지만 의사들 중에는 평생 결핵 치료를 해 왔으면서도 결핵을 퇴치하는 데 티끌만큼의 공헌도 하지 못한 사람들이 수두룩합니다."

천장이 높고 긴 회의실이 술렁였다. 앤드루를 뚫어져라 쳐다보는 메리 볼런드의 눈이 찬사와 근심 사이를 오가며 반짝반짝 빛났다. 호너는 침울한 얼굴로 천천히 서류 더미를 챙겨 자신의 가죽 가방에 주섬주섬 넣었다.

그때 의장이 말을 가로막고 나섰다.

"맨슨 씨, 당신은 지금 자신이 무슨 말을 하는지 알고 있습니까?"

"알고 있습니다."

앤드루는 자신이 방금 대단히 경솔한 짓을 저질렀다는 것을 알면서도 의견을 굽히지 않겠다는 듯 의자 등받이를 손으로 꽉 쥐었다. 그는 호흡이 짧아지고 극도로 긴장된 상태에서 묘하게도 점점 대담해지는 것을 느꼈다. 만일 저들이 그를 내쫓으려 한다면 이쪽에서 구실을 만들어 주자는 배짱이었다.

그가 얼른 말을 이었다.

"오늘 저는 저를 위한 변론을 들으면서 줄곧 제가 지금까지 어떤 나쁜 짓을 했나 스스로 물어보았습니다. 저는 엉터리 사기꾼들과 일하고 싶지 않습니다. 저는 가짜 약들을 믿지 않습니다. 제가 매일 우편함에 쏟아지는 대단히 과학인 양하는 광고 전단지 봉투를 반도 뜯어 보지 않는 이유가 거기에 있습니다. 제가 지금 필요 이상으로 과장되게 말하고 있다는 것을 잘 압니다. 하지만 어쩔 수가 없습니다. 우리는 누구나 완전히 자유롭지 못합니다. 만일 우리가 계속해서 우리 의료계 바깥의 것들은 모두 잘못된 것이고, 우리 내부의 것들만 옳다는 것을 확인하려고 든다면 그것은 과학적인 발전의 죽음을 의미합니다. 우리는 그저 편협하고 보잘것없는 동업자 비호 단체밖에는 안 되는 겁니다. 지금이야말로 우리가 속한 의료계를 정비

할 수 있는 절호의 기회입니다. 표면적인 것을 뜻하는 게 아닙니다. 처음으로 돌아가서 지금 의사들이 받는 부적절하고 구제 불능인 교육 과정부터 살펴보십시오. 제가 처음 의사가 되었을 때 저는 다른 어떤 사람보다도 사회에 위협적인 존재였습니다. 제가 아는 거라곤 몇몇 질병의 이름과 그에 대해 적당히 사용하는 몇 가지 약물 이름뿐이었습니다. 저는 심지어 산파가 쓰는 겸자도 사용할 줄 몰랐습니다. 제가 지금 알고 있는 것은 모두 그 이후에 스스로 배운 것입니다. 하지만 임상에서 익힌 일반적이고 기초적인 지식 이상의 것을 배우는 의사가 얼마나 될까요? 안타깝게도 그들에겐 시간이 없습니다. 늘 종종걸음으로 돌아다녀야 하니까요. 우리의 의료계 전체가 취약한 이유도 그 때문입니다. 우리는 과학적인 구성 단위로 재조직되어야 합니다. 졸업 후에도 의무적으로 재교육을 받게 해야 합니다. 의료 일선에 과학을 도입하고, 구태의연한 약병 제일주의를 버리고, 모든 개업의에게 연구할 수 있는 기회를 부여하고, 서로 협력해서 연구할 수 있는 대대적인 개혁이 이루어져야 합니다. 또, 저 영리주의는 어떻습니까? 쓸데없이 진료비만 올리려는 치료, 불필요한 수술, 우리가 사용하는 가치도 없는 사이비 과학 의료 장비들, 이제 이런 것들을 배제해야 할 때가 아닐까요? 의료계 전체가 너무 편협하고 독선적입니다. 우리는 구조적으로 정체되어 있습니다. 우리는 결코 우리의 시스템을 바꾸거나 발전시켜 나가는 걸 원치 않습니다. 우리는 무엇을 해야 한다, 무엇을 하지 말아야 한다 말들만 합니다. 우리는 수년간, 형편없는 월급을 받고 일하는 간호사들의 저임금 체계에 대한 불평을 들어 왔습니다, 그렇죠? 하지만 그들은 여전히 적은 임금을 받으며 착취당하고 있습니다. 그것은 하나의 예일 뿐입니다. 제가 정말로 하고 싶은 말은 그보다 더 본질적인 이야기입니다. 우리는 선구자에게 기회를 주지 않습니다. 접골사인 자비스를 위해 용감하게 마취 주사를 놓았던 핵샘이라는 의사는 막 개업을 한 초기 시절에 의사 자격을 박탈당했습니다. 십 년 후 자비스가 런던 최고의 의사들이 포기한 수백 명의 환자들을 치료한 공로로 기사 작위를 받게 되고, 모든 '고명하신 분들'이 그를 천재라고 칭했을 때 그때서야 우리는 한 발짝 물러나서 슬며시 그에게 명예 의학 박사 학위를 수여했지요. 그 당시 핵샘은 이미 심장마비로 세상을 떠난 후였습니다. 저도 수많은 실수를 했고, 개업한 후에도 중대한 오진을 한 적도 있다는 것을 알았습니다. 그리고 그것을 후회합니다. 하지만 리처드 스틸먼과 관련된 일은 절대 실수가 아니었습니다. 저는 그와 함께한 행위에 대해 전혀 후회하지 않습니다. 여러분께 한 가지 부탁이 있습니다. 저기 메리 볼런드 양을 보십시오. 그녀는 스틸먼에게 갈 당시 폐첨결핵에 걸렸지만 지금은 완치되었습니다. 만일 여러분이 저의 부끄러워해야 할 행위가 정당했는지 아닌지 그 증거를 원하신다면 바로 이 방 여러분 앞을 보십시오."

그는 갑자기 말을 중단하고 자리에 앉았다. 위원회 테이블 위쪽에 앉아 있는 애비 경의 얼굴에 묘한 빛이 스쳤다. 아직 일어서 있는 분 변호사는 복잡한 심정으로 앤드루 맨슨을 바라보았다. 이윽고 그는 적어도 자신이 이 당돌한 의사로 하여금 스스로 제 목에 올가미를 씌우게 했다고 생각하며 복수심에 불타는 마음으로 의장에게 목례를 한 뒤 자기 자리에 가서 앉았다.

잠시 동안 회의실에는 이상한 침묵이 흘렀다. 그다음은 의장이 관례에 따라 선고를 해야 할 차례였다.

"심리 위원 외의 방청객은 모두 퇴장하시기 바랍니다."

앤드루도 다른 사람들과 함께 밖으로 나갔다. 아까의 무모함은 온데간데없고 온몸이 혹사당한 기계처럼 덜덜 떨렸다. 위원회 회의장의 분위기는 숨이 막힐 듯했다. 그는 호너와 볼런드, 메리, 그 밖의 증인들이 그 자리에 있는 것을 견딜 수 없었다. 특히 자기 변호사의 침울하고 책망하는 듯한 표정이 두려웠다. 그도 자신이 바보처럼 행동했다는 것, 비참한 웅변가인 양 굴었다는 사실을 알고 있었다. 그리고 이제야 자신의 솔직함이 그저 미친 짓이었다는 사실을 깨닫게 되었다. 그렇다. 그런 식으로 위원들을 설득하려고 했던 것은 미친 짓이었다. 그는 의사가 아니라 하이드 파크의 가두 연설가에 지나지 않았던 것이다. 그래! 이제 조금 뒤에는 그는 의사가 아닐 것이다. 저들이 그의 이름을 명부에서 깨끗이 지워 버릴 것이다.

앤드루는 혼자 있고 싶은 마음에 화장실로 가서 세면대 한쪽 끝에 걸터앉아 기계적으로 담배를 꺼내 물었다. 그러나 바싹 마른 혀로는 담배 맛조차 느낄 수 없어서 구둣발로 담배를 밟아 꺼 버렸다. 방금 전 의료계의 고질적인 병폐에 대해 그토록 비난했는데도 불구하고 막상 그곳에서 추방당할 것을 생각하니 비참한 기분이 드는 게 이상했다. 그러면서도 스틸먼과 함께 할 수 있는 일이 있을지도 모른다는 생각이 들었다. 그러나 그것은 자신이 원하는 일이 아니었다. 결코 아니었다! 그는 데니, 호프와 함께 일하면서 자신의 실력을 기르고 자신이 계획하는 창끝으로 냉담과 보수주의의 가죽을 뚫고 싶었다. 하지만 이 모든 일들은 의료계 안에 있을 때야 가능했다. 영국에서는 의사 자격이 없으면 절대, 절대 불가능했다. 지금으로선 데니와 호프만이 트로이의 목마가 될 수 있으리라. 통렬함이 큰 파도가 되어 밀려왔다. 그는 자기 앞에 펼쳐진 미래가 절망스럽기만 했다. 그는 이미 가장 고통스러운 감정, 추방당하는 자의 패배감과 이제 끝장이라는, 다 틀렸다는, 이것이 최후라는 느낌이 들기 시작했다.

복도를 오가는 사람들 소리가 앤드루의 지친 몸을 일으켰다. 그는 사람들에 섞여 다시 위원회 심리실로 들어가며 자신에게는 한 가지만 남았다고 준엄하게 말했다. 절대 비굴하게 굴지 않는 것이었다. 그는 자신이 나약하거나 비굴한 모습을 보이지 않기를 빌었다. 그는 바로 앞의 바닥에만 시선을 고정시킬 뿐 아무도 쳐다보지 않았다. 높은 테이블 쪽은 쳐다보지도 않고 꼼짝도 않고 굳은 듯이 앉아 있었다. 방 안의 잡다한 소음, 가령 의자 끄는 소리, 기침 소리, 속삭이는 소리, 심지어 누군가가 연필을 가지고 무심코 두드리는 소리까지도 그의 신경을 극도로 긁었다.

그러다 갑자기 주위가 조용해졌다. 앤드루는 온몸이 발작하듯 굳는 것 같았다. '아, 이제야, 이제야 올 것이 오는구나!'

의장이 입을 열었다. 그는 인상적일만큼 천천히 말을 시작했다.

"앤드루 맨슨 씨, 위원회의 위원들은 당신을 기소한 고소 내용과 그것을 뒷받침하는 증거들을 매우 신중하게 검토했음을 우선 알려 두는 바입니다. 위원회의 의견은 본 사건의 특수한 상황과 특히 그에 대한 당신의 비상식적인 발언에도 불구하고, 당신이 선의에 의해 행동했다는 점과 의사로서 고결한 규범을 요구하는 법의 정신에 따르고자 하는 진지한 열망이 있었음을 인정하기로 했습니다. 그리하여 본 위원회는 당신의 성명을 협회 명단에서 삭제토록 등록계에 지시하는 것은 온당치 않다고 결론 내렸음을 통고하는 바입니다."

한동안 앤드루는 무슨 뜻인지 이해하지 못하고 멍하니 있었다. 그러다가 갑작스러운 감격이 전신을 훑고 지나갔다. 심리 위원들은 그의 자격을 박탈하지 못한 것이다. 그는 결백하고 정당함을 인정받은 것이다.

앤드루는 떨리는 고개를 들고 심리 위원들을 바라보았다. 이상하게도 흐릿해 보이는 얼굴들이 그를 향하고 있었는데, 그 중에서도 로버트 애비의 얼굴이 가장 또렷하게 들어왔다. 그의 시선을 확인하자 앤드루는 더욱더 어쩔 줄 몰랐다. 문득 그가 자신을 구해 주었다는 생각이 섬광처럼 머리를 스쳤다. 지금까지 태연한 척했던 태도가 어디론가 사라졌다. 그는 희미한 목소리로 중얼거렸다. 비록 의장에게 하는 말이었지만 실은 애비가 들어 주기를 바랐다.

"고맙습니다."

그러자 의장이 말했다.

"이것으로 본 사건의 폐정을 선고합니다."

앤드루는 자리에서 일어났고 곧 친구들과 볼런드, 메리, 어리벙벙해 있는 호너, 그리고 그가 한번도 본 적이 없지만 따뜻하게 축하의 악수를 건네는 사람들에게 둘러싸였다. 그렇게 얼마나 시간이 흘렀을까. 그는 자신도 모르는 사이에 어깨를 토닥거리는 볼런드와 거리로 나와 있었다. 지나가는 버스들, 여느 때와 다름없이 정상적으로 흘러가는 사람들의 왕래에 혼란스러웠던 신경이 이상하게 안정되었다. 그때부터 비로소 떨 듯이 기뻤고 무죄 선고를 받은 것이 믿기지 않을 만큼 짜릿했다.

문득 아래를 내려다보니 뜻밖에도 메리가 눈물이 가득 고인 눈으로 그를 쳐다보고 있었다.

"만일 그 사람들이 선생님을 어떻게 하려고 했으면……어쨌든 선생님이 저 때문에 이렇게 되셨잖아요……, 그랬으면 아마제가 그 늙은 의장이란 사람을 죽이고 말았을 거예요."

"맙소사!" 볼런드가 참을 수 없다는 듯이 입을 열었다. "네가 그런 걱정을 했다니 이해할 수가 없구나! 난 아까 맨슨이 앞으로 나갔을 때 말이다, 그놈들을 꼼짝 못하게 혼내줄 줄 알았단다."

앤드루는 희미하게, 아직 얼떨떨하면서도 기쁜 미소를 지었다.

세 사람이 뮤지엄 호텔에 도착한 것은 1시가 넘은 시각이었다. 그곳 호텔 라운지에서는 데니가 기다리고 있었다. 그는 활짝 웃으면서 그들에게 다가왔다. 호너에게서 전화로 소식을 전해 들은 것이다. 그러나 그에 대해서는 한마디도 하지 않고 엉뚱한 말만 늘어놓았다.

"배가 고픈데 여긴 먹을 데가 없군. 자, 우리 나가서 점심이라도 먹읍시다."

그들은 코노트 레스토랑에서 점심을 먹었다. 데니는 얼굴에 아무런 감정의 빛도 없이 볼런드에게 자동차 이야기만 늘어놓았지만 그 자리를 즐거운 축하연으로 만들어 주었다.

얼마 후 그가 앤드루에게 말했다.

"우리 열차가 4시에 출발한다네. 호프는 스탠보러 호텔에서 우리를 기다리고 있을 거야. 그 집은 터무니없이 싼 값에 샀다니까. 아무튼, 나는 몇 가지 살 물건이 있어서 그러는데, 4시 10분 전에 유스턴에서 만나기로 하지."

앤드루는 블라넬리의 초라한 진료실에서 처음 만난 순간부터 그에게서 느꼈던 진한 우정을 떠올리며 데니를 바라보았다.

앤드루가 갑자기 말했다.

"만일 내가 제명당한다면 어떻게 할 생각이었나?"

"자넨 제명당하지 않았어." 데니가 고개를 저었다. "그리고 이제부턴 절대 그렇게 되지 않도록 내가 지켜 줘야지."

데니가 물건을 사러 떠나고 난 뒤 앤드루는 볼런드와 메리를 배웅하러 패딩턴 역까지 동행했다. 이제 다소 대화가 뜸해진 채로 플랫폼에서 기다리고 있을 때 앤드루는 이미 말했지만 다시 한번 와 줘서 고맙다고 인사했다.

"스탠보러에 꼭 한번 와 주세요."

"가고말고, 꼭 가야지." 볼런드가 힘주어 말했다. "봄이 되면 꼭 가지. 소형 버스로 개조하면 말이야."

그들이 탄 열차가 증기를 내뿜으며 떠난 뒤 앤드루에게는 아직 한 시간 정도의 여유가 남아 있었다. 그러나 그가 하고 싶은 일은 이미 정해져 있었다. 그는 본능적으로 버스에 올라탔는데 곧 그 버스가 켄설 그린행이라는 것을 알아차렸다. 공동묘지에 들어선 그는 여러 가지 생각을 하며 크리스틴의 묘 앞에 오랜 시간 서 있었다. 맑게 갠 싱그러운 오후였다. 크리스틴이 무척이나 좋아했던 산들바람이 부는 선선한 날씨였다. 머리 위 때 묻은 나뭇가지에서 참새 한 마리가 명랑하게 지저귀고 있었다.

앤드루가 열차 시간에 늦지 않을까 걱정하며 발걸음을 돌렸을 때 눈앞에 펼쳐진 하늘에는 성채 모양을 한 뭉게구름이 밝게 피어오르고 있었다.

작품 해설

인도주의에 입각한 의사 정신의 좌표 제시

1937년에 출간된 소설 『성채』는 『모자 장수의 성』, 『천국의 열쇠』와 함께 A. J. 크로닌의 3대 걸작에 꼽히는 작품으로 사실주의와 로맨스, 사회 비판적인 시각이 적절하게 조화를 이룬 준(準)자전적인 소설이다. 1938년에 할리우드에서 영화화되었고 1983년에는 영국 BBC에서 미니시리즈로 제작되었으며 세계 19개 언어로 번역되어 지금도 변함없이 독자들의 사랑을 받고 있다.

아일랜드 출신의 가톨릭 신자인 아버지와 스코틀랜드 출신의 개신교도인 어머니 사이에서 태어난 크로닌은 7세에 아버지를 여의고 외가가 있는 스코틀랜드에서 성장기를 보냈다. 가난했을 뿐만 아니라 어머니가 가족의 반대를 무릅쓰고 가톨릭 신자와 결혼했던 탓에 크로닌의 어린 시절은 행복하지 못했다. 옷차림이라든지 언어, 특히 종교적 분위기의 차이 때문에 영혼에 상처를 입은 어린 크로닌은 내성적이고 수줍음을 잘 타며 책 읽기가 유일한 취미인 아이로 자라났다. 다행히 영특하고 글쓰기에 재주가 남달라서 여러 차례 백일장에서 수상도 했고, 글래스고 의과대학에 진학해서도 뛰어난 성적을 보였다.

크로닌은 1차 세계대전 중 영국 해군 의무관으로 종군했고 제대 후에는 남웨일스 탄광촌에서 의사로 근무하면서 갱부들의 직업병 연구에 몰두했다. 그 당시 발표한 논문이 「영국 탄광 구급 상태에 관한 보고서」와 「무연 탄광 내 탄진 흡입에 관한 보고서」로, 훗날 작품 『성채』를 집필할 때 자료로 활용되었음은 물론이다.

그렇게 삼 년을 근무한 후 런던의 번화가 할리 거리에서 개업을 하여 번창 일로를 걷던 크로닌은 십이지장궤을 얻게 되어 요양차 스코틀랜드의 고원 지대로 들어갔다. 그는 웨일스의 광산촌과 런던 개업의 시절의 경험을 통해 다양한 인간 군상과 인간관계, 인간의 감정에 대한 깊은 통찰력을 갖게 되었다. 웨일스 광산에서는 불우하고 가난한 삶과 싸우는 인간의 영혼을 보았고, 런던 개업의 시절에는 돈을 물 쓰듯 쓰는 타락하고 신경질적인 부자들을 보았다. 그는 훗날 책을 쓰기 위해 이런 경험을 일기로 기록했다.

이를 바탕으로 크로닌은 요양 중에 어릴 적부터 꿈이었던 소설 쓰기를 시작했는데, 처음 발표한 소설이 그의 인생 방향을 바꿔 놓은 『모자 장수의 성』이다. 그러나 처음부터 글쓰기가 쉬웠던 것은 아니다. 그는 『모자 장수의 성』의 초고만 완성해 놓고 자신의 능력에 한계를 느껴 원고를 잿더미 속에 던져 버린 뒤 회의에 빠졌다. 그러다 마을의 한 농부가 아버지 대부터 내려오는 석탄 캐는 일에 만족하며 성실히 살아가는 모습에 용기를 얻어 원고를 완성했다. 이렇게 세상에 나온 『모자 장수의 성』은 대성공을 거두어 영국 도서협회가 주관하는 '이달의 책'에 선정되었고 '전후 최고의 소설'이라는 평가도 받았다.

그 후 전업 작가로 나선 크로닌은 발표하는 작품마다 성공을 거두었고 마침내 1939년 아내와 세 아들과 함께 미국 뉴잉글랜드로 이주해 그곳에서 십칠 년을 지냈다. 그러나 명예와 성공과 부가 정점에 이르렀을 때 크로닌은 깊은 회의에 빠졌다. 사실 아버지가 세상을 떠나고 외가에서 사춘기를 보내는 동안 종교적인 광신을 혐오하고 종교 자체를 부정했던 그였다. 그는 부당한 이유로 고통을 받는 경우에만 신을 찾는, 이를테면 무도덕주의자(amoralist)였다. 아니, 『천국의 열쇠』에서도 볼 수 있듯 제도권 교회에 의심을 품고 기독교의 여러 파들이 형제애를 통해 이해하고 협력할 것을 주장하는 사람이었다. 크로닌은 서로 다른 교회 간에 눈물 흘리는 경쟁이 아닌 화해가 일어나기를 꿈꾸었다. 이런 신념은 신앙에 의문을 던지는 그의 모든 작품에 공통적으로 나타난다.

물질과 명예에 부족함이 없으면 영혼을 갈구하게 되듯 크로닌은 어린 시절 스코틀랜드에서 겪은 종교적 갈등을 다분히 보상하려는 마음으로 1930년대 말 가톨릭에 귀의했다. 크로닌의 종교관은 자신의 분신이기도 한 앤드루 맨슨의 태도나 신념을 통해 이 소설 곳곳에서 엿볼 수 있다. 앤드루는 공공연하게 신을 믿지 않는다고 말하고 동료 의사이자 개신교 신자인 옥스보로 부부의 전도 행위를 맹목적인 광신이라 비웃으며 성서를 읽고 교회에 나가는 크리스틴을 나무란다. 또 낙태 수술을 하러 온 패리 목사를 위선자라고 비난한다. 하지만 이렇듯 신을 부정하던 앤드루도 소설 후반부로 갈수록 신을 찾게 된다. 그는 크리스틴이 죽자 자기 탓이라고 자책하며 이렇게 울부짖는다.

하느님의 눈은 속일 수 없어! 크리스가 말했듯이, 하느님의 눈은 속일 수 없어. 아!

전체가 4부로 구성된 이 소설은 크로닌이 광산촌 의사로서 살던 시절과 런던 개업의 시절의 경험이 시간상 순차적으로 펼쳐진다. 소설은 의과대학을 갓 졸업한 젊고 이상적인 주인공 앤드루 맨슨이 광부들의 건강을 개선하겠다는 꿈을 안고 남웨일스의 광산촌 블라넬리에 들어오는 장면으로 시작된다. 계약서와 달리 중풍에 걸려 누워 있는 원장을 대신해 진료소를 떠맡게 된 앤드루는 진부하고 효과도 떨어지는 옛 치료 방식을 고수하는 무능력하고 부패한 지역 의사들과 변화를 두려워하는 광부들의 적개심과 저항을 경험한다. 의료계의 독단에 의문을 제기하고 개혁하려는 그의 옆에는 현실을 냉소적으로 바라보는 염세주의자 필립 데니가 있다. 앤드루는 데니와 함께 자신의 병원에 오는 환자들에게 과학적인 첨단의 치료 방법을 쓰고 나쁜 관행을 바로잡으려고 노력한다. 그리고 결국 그의 성실함과 실력은 인정을 받는다. 환자들이 구태의연한 의사들 대신 그를 선택하게 된 것이다.

그리고 크로닌이 그랬듯 앤드루는 갱부들의 직업병 연구에 착수한다. 그는 아내 크리스틴의 도움을 받아 광부들에게 많이 발병하는 폐병과 탄진 흡입과의 관계를 연구하고 왕립의사 협회 자격시험에도 합격하고 박사 학위도 받는다. 하지만 그의 성공을 질투하고 못마땅하게 여기는 광산 노조원 몇 명과 생체 실험 반대자들에 의해 곤경에 빠지고 크리스틴은 유산을 해서 더 이상 아기를 가질 수 없는 몸이 된다.

이제 무대는 웨일스의 가난한 탄광에서 런던의 부촌으로 옮겨 간다. 앤드루는 직업병 연구를 현실과 접목시키려는 야심을 갖고 정부 기관에 들어가지만 형식에만 치우친 나태하고 부패한 관료 사회에 환멸만 느끼게 된다. 또 한번 좌절한 그는 런던에 병원을 개업하기로 결심한다. 처음에는 런던 변두리에 병원을 열고 가난한 사람들을 치료했지만 차츰 실력이 알려지면서 명성을 얻게 된 그는 점차로 상류층의 왕진을 맡게 되고 수입도 늘어난다. 그러면서 돈에 집착하게 되고 한때 자신이 그토록 혐오했던 부패 속으로 빠져든다. 계속되는 좌절에 이상주의가 냉소적으로 변질되고 이상을 부와 특권과 바꿔 버린 것이다. 앤드루는 비슷하게 물질을 추구하는 의사들과 환자를 서로 소개해 주고 소개받으며 수수료도 받고 애써 부자 환자들을 찾아다니며 가난한 환자들은 무시한다.

앤드루가 물질에 집착하고 윤리적으로 타락할수록 크리스틴과의 갈등은 깊어진다. 게다가 앤드루가 상류층 유부녀인 프랜시스 로런스와 사귀기 시작하면서 갈등은 고조된다. 크리스틴은 데니 같은 옛 친구를 통해 잠들어 버린 남편의 이상과 열정을 깨우려 노력해 보지만 소용없자 이렇게 설득한다.

당신이 인생에 대해 어떻게 말했는지 기억나지 않아요? 인생은 미지의 것에 대한 도전이며, 언덕 위에 있다는 것은 알지만 보이지는 않는 어떤 성을 차지하기 위해 힘겹게 언덕을 오르는 것과 같다고 말했잖아요.

이 책에는 '성' 혹은 '성채'라는 표현이 두 번 나온다. 성채가 상징하는 의미는 인간의 이상이며, 앤드루의 경우 언덕 위의 성채는 그가 추구하는 '완전한 의술'이다. 한때는 그 이상을 실현하기 위해 물질주의라는 언덕을 힘겹게 올랐던 앤드루가 물질에 취해 주저앉아 버린 것이다.

그러던 중 선량한 세탁소 주인이 앤드루가 소개한 돌팔이 의사에게 수술을 받다 사망하는 사고가 벌어진다. 앤드루는 참회하는 마음으로 런던의 병원을 정리하고 시골로 내려가기로 결심한다. 그리고 데니와 함께 오래전부터 꿈꾸었던 계획을 실행에 옮기기로 한다. 미들랜즈의 소도시에 전공이 다른 의사들이 모여 '과학적인 방법'으로 진료하는 공동 병원을 세우기로 한 것이다. 이 방식은 크로닌 자신이 환자를 위한 최선의 시스템이라고 믿었던 것으로, 실제로 영국 의료 시스템에 커다란 영향을 끼쳤다. 『성채』가 출간된 후 영감을 받은 영국의 젊은 의사들이 이런 형태의 병원을 설립하기 시작했던 것이다.

그 밖에도 이 책에는 크로닌이 의사로서 가졌던 이상과 신념이 앤드루를 통해 피력된다. 크로닌은 부자건 가난하건 모든 환자들이 평등하게 치료받아야 하며 형편에 맞게 치료비를 내야 한다고 믿었다.

사례는 이런 식으로 받아야 하는 거라고. 돈도 아니고 빌어먹을 청구서도 아니고, 인두세도 아니야. 한 푼이라도 더 받으려고 벌벌 떨 것도 없고. 이런 종류의 지불, 이해하겠어? 내가 환자를 건강하게 고쳐 주면 환자는 내게 자신이 정성껏 만든 물건으로 보답하는 거야. 석탄이건 밭에서 기른 감자 한 자루건 자기 집 암탉이 낳은 달걀이건. 내 말 이해하지? 너무 도덕적인 이상인가!

또 크로닌은 당시 영국의 의료 체계에 대해서도 맹렬히 비판한다.

이게 우리의 허울 좋은 기부제(寄附制) 병원 시스템이지. 지난번에 어떤 만찬장에서 자선가라는 녀석이 일어서서 이게 세상에서 가장 훌륭한 시스템이라고 말하더군. 그렇지만 이건 결국 가난한 사람들을 또다시 구빈원으로 가게 만드는 제도야. 서류에다 별의별 것을 다 쓰라고 하지. 수입은? 종교는? 어머니는 친어머니인가? 복막염 환자를 보고 말이야. 그래! 아프면 얌전히 시키는 대로 하라 이거지.

우리의 비효율적인 개업의 시스템을 맹렬히 공격했던 것. 내 생각도 같지만 일반 개업의들이 어깨에 온갖 짐을 다 짊어지고 비틀거리며 가도록 만들어 놓은 현재의 제도로는 아무것도 안돼! 집단 의료 제도가 그에 대한 해답이야, 완벽한 해답! 정부 주도의 의료 제도와 개인적인 노력 사이에서 절충점을 찾는 거야. 지금까지 이 나라에서 이것이 불가능했던 이유는 모든 것을 자기가 쥐고 흔들려는 높은 분들 때문이었어.

이렇게 새로운 계획에 마음이 부풀고 크리스틴과 화해하여 기쁨을 되찾았을 때 갑작스러운 교통사고로 크리스틴이 세상을 떠난다. 앤드루는 아내의 죽음이 자신의 맹목적인 어리석음에 대한 징벌이라고 자책하며 술독에 빠져 슬픔에서 벗어나지 못한다. 그런데 그런 앤드루를 더욱 구렁텅이로 몰아넣는 일이 일어난다. 옛 친구의 딸이 폐병에 걸려 자신이 근무하는 런던의 폐 전문 병원에 입원시킨 앤드루는 최신의 치료법을 사용하려고 하지만 고루하고 효과 없는 옛 방식을 고수하는 선배 의사와 의견 충돌을 일으킨다. 그래서 하는 수 없이 환자를 빼내서 전문의 자격증은 없지만 유능한 스틸먼이 운영하는 병원에 입원시키는데, 그 사실을 전직 간호사가 고발하는 바람에 의료위원회로부터 의사 자격을 박탈당할 위기에 놓인 것이다.

결국 무죄를 선고받고 데니와 미들랜즈로 떠나기 전에 크리스틴의 묘지를 찾아간 앤드루는 하늘에서 성채 모양의 구름을 본다. 그리고 생전에 아내가 그토록 원했던 이상을 펼치리라 생각하며 그 성채의 담을 부수려 힘찬 발걸음을 내딛는다.

1937년 『성채』를 발표했을 때 크로닌은 이미 인기 작가로서의 위치를 굳힌 상태였다. 『성채』는 소수의 부정을 과장되게 묘사했다고 의학계의 거센 항의와 비판을 받기도 했지만 많은 독자들은 이 책이 불평등하고 부적절한 영국의 의료 시스템을 비판하여 무료 공공 의료 서비스의 탄생에 공헌했다고 믿었다. 《데일리 익스프레스》지와의 인터뷰에서 크로닌은 "나는 의료계에 대해 내가 갖고 있는 생각을 모두 『성채』에 담았다. 그 부당성이라든지 은폐되어 있는 비과학적 완고함……. 이 소설의 끔찍한 사건들과 불평등한 상황은 내가 직접 목격한 것이다.

이것은 개인에 대한 공격이 아니라 시스템에 대한 공격이다."라고 주장했다.

앤드루가 난관에 처할 때마다 크로닌은 명백하게 누가 적이고 누가 우군인지 알려 주면서도 누구도 전적으로 나쁘거나 선한 사람은 없다는 사실을 강조한다. 심지어 적이 원칙에 어긋난 행동을 하더라도 그것은 개인이 아닌 사회와 조직의 탓이다. 마찬가지로 의사가 환자의 병을 제대로 치료하지 못하는 것은 잘못된 의료 서비스 체계와 자질이 부족한 의사를 생산해 내고도 재교육하지 못하는 의료 행정 탓이라고 말한다. 소설에서도 의술의 발전에 공헌한 사람은 의사가 아니라 루이 파스퇴르 같은 학자라고 주장한다. 크로닌의 이런 비판적인 시각은 의학의 역사에 대해서까지 메스를 댄다. 그는 의대에서 교과서로 배우는 지식이 시대에 뒤떨어지고 오류도 많아 절대적이지 않은데도 의대 교수나 의사들은 그것을 그대로 답습한다고 지적한다. 소설에서는 주인공이 구술시험을 치르는 장면에서 동맥류를 처음 발견한 이가 교과서에 나온 앙브루아즈 파레가 아닌 켈수스가 맞다고 대답함으로써 시험을 통과하는 대목이 나온다.

『성채』에서 크로닌이 추구했던 문제들은 오늘날의 시스템에서도 여전히 풀지 못하고 있는 숙제다. 치료비라는 보상의 형태가 의사들의 행동에 영향을 준다든지 영리를 위해 부작용이 있는 약을 함부로 처방한다든지 제약 회사나 의료 장비 회사들이 의사의 판단에 영향을 준다는 점 등과 같은 문제는 변함없이 유효하다. 또한 이 책은 바쁜 의사들이 직업인으로서의 책임과 사생활의 균형을 맞추기 어려워하는 점도 생생하게 보여 준다. 이 역시 오늘날에도 여전한 의료계의 문제다.

2차 세계대전 중 독일에서는 영어로 된 모든 책이 판금조치를 받았지만 광산촌을 다루는 크로닌의 작품들은 노동자들을 선동할 수 있다는 이유로 드레스덴의 서점에 버젓이 진열되었다. 또한 냉전 시대 소련에서도 크로닌의 휴머니즘과 사회적 리얼리즘은 대중의 인기를 끌었다. 뿐만 아니라 크로닌은 출판업자인 빅터 골란츠(Victor Gollancz)의 마케팅 기법에 의존해서 소설을 쓴 최초의 대중 소설가(formular writer)였다. 1958년까지 크로닌의 소설은 세계적으로 700만 부가 팔려, 그는 스코틀랜드 작가로는 드물게 막대한 부를 소유한 소설가이기도 했다.

크로닌의 문체는 비교적 평이하며 생생한 인물 묘사와 극적인 플롯이 소설 본연의 재미를 듬뿍 맛보게 해 준다. 그런 의미에서 그의 소설을 통속 소설의 범주에 넣는 사람들도 있지만 작가 자신의 체험이 가식 없는 현실감을 부여하고 무엇보다 주인공의 인도주의가 공감을 준다. 출간된 지 70년이 넘는 지금까지 이 책이 많은 독자들에게 사랑받는 이유도 거기에 있을 것이다.

2009년 7월
이은정

작가 연보

1896년   7월 19일 스코틀랜드 출신의 신교도인 어머니 제시
         크로닌(Jessie Cronin)과 아일랜드 출신의 가톨릭 신
         자인 아버지 패트릭 크로닌(Patrick Cronin)의 외아
         들로 스코틀랜드 덤바턴셔(Dumbartonshire) 카드로
         스(Cardross)에서 태어남.

1903년   7세 되던 해 아버지를 여의고 가난으로 불행한 어
         린 시절을 보냄.

1914년   글래스고 의과대학에 진학. 1차 세계대전 중 영국
         해군 군의관으로 근무.

1919년   의과대학 졸업. 인도행 선박의 촉탁의로 근무. 대
         학 시절에 만난 아그네스 메리 깁슨(Agnes Mary
         Gibbson)과 결혼.

1921년   약 3년간 남웨일스 광산 의사로 근무함. 첫 아들 태
         어남.

1924년	광산 의무 검열관이 되어 직업병 연구 시작. 이때의 경험이 『별들이 내려다보다(The Stars Look Down)』와 『성채(The Citadel)』의 토대가 됨.
1925년	글래스고 대학에서 의학박사 학위를 받고 웨일스와 런던에서 차례로 개업.
1930년	십이지장 궤양 발병으로 고향인 스코틀랜드의 고원지대에서 요양.
1931년	요양 중 첫 소설 『모자 장수의 성(Hatter's Castle)』 발표.(이 소설은 영국에서 즉시 큰 성공을 거두어 1941년에 영화화됨.)
1932년	『세 연인들(Three Lovers)』 발표.
1933년	『멋진 카나리아(Grand Canary)』 발표.
1935년	『별들이 내려다보다』 발표.(1939년에 영국 최초의 사회적 문제를 다룬 사회 비판 영화로 영화화됨.)
1937년	『성채』 발표.(1938년 영화화됨.)
1939년	아내와 세 아들과 미국으로 이주. 『카네이션을 단 여인(Lady with Carnations)』 발표.
1940년	희곡 『유피테르 웃다(Jupiter Laughs)』 발표.
1942년	『천국의 열쇠(The Keys of the Kingdom)』 발표.(1944년 영화화됨. 그해 가장 많은 예산으로 만들어진 영화.)
1944년	『풋내기 시절(The Green Years)』 발표.(1946년에 영화화됨.)
1946년	『블랙 백의 모험(The Adventures of a Black Bag)』 발표.
1948년	『섀넌의 길(Shannon's Way)』 발표.
1950년	『스페인 정원사(The Spanish Gardener)』 발표.

1952년	자전적인 소설 『두 세계의 모험(Adventures in Two World)』 발표.
1953년	『이승을 넘어(Beyond This Place)』 발표.
1954년	미국 펜실베이니아 주 라파예트 대학에서 문학박사 수여. 이후 스위스 거주.
1956년	『십자군의 무덤(Crusader's Tomb)』 발표.(『아름다운 것(A Thing of Beauty)』으로도 알려져 있음.)
1958년	『북쪽의 빛(The Northern Light)』 발표.
1959년	『순수한 의사(The Native Doctor)』 발표.(『에덴의 사과(An Apple in Eden)』로도 알려져 있음.)
1961년	『유다의 나무(The Judas Tree)』 발표.
1962년	『여인숙 주인의 아내(The Innkeeper's Wife)』 발표.
1964년	『6펜스의 노래(A Song of Sixpence)』 발표.
1966년	『현대성에 대한 의문(A Question of Modernity)』 발표.
1969년	『한 줌의 호밀(A Pocketful of Rye)』 발표.
1971년	『황홀한 눈(Enchanted Snow)』 발표.
1975년	『음유시인 소년(The Minstrel Boy)』과 『데스몬드(Desmonde)』 발표.
1978년	『우아한 린지(Grace Lindsay)』 발표.
1979년	『핀레이 박사의 진료 기록부(Short Stories From Dr. Finlay's Casebook)』 발표.
1981년	1월 9일, 스위스 몽트뢰에서 세상을 떠남.
1985년	사후에 『태노치브래의 핀레이 박사(Doctor Finlay of Tannochbrae)』 출간.

세계문학전집 **216**

성채 2

1판 1쇄 펴냄 2009년 7월 24일
1판 18쇄 펴냄 2023년 6월 12일

지은이 A. J. 크로닌
옮긴이 이은정
발행인 박근섭, 박상준
펴낸곳 (주)민음사

출판등록 1966. 5. 19. (제 16-490호)
서울특별시 강남구 도산대로1길 62(신사동) 강남출판문화센터 5층 (우편번호 06027)
대표전화 02-515-2000 팩시밀리 02-515-2007
www.minumsa.com

한국어 판 © (주)민음사, 2009. Printed in Seoul, Korea

ISBN 978-89-374-6216-0 04800
ISBN 978-89-374-6000-5 (세트)

* 잘못 만들어진 책은 구입처에서 교환해 드립니다.

세계문학전집 목록

세계문학전집은 계속 간행됩니다.